DOCTOR Daddy

Die Baby Überraschung

Amy Daws

Copyright © 2023 Amy Daws

Alle Rechte vorbehalten.

Englischer Originaltitel: *One Moment Please*
Deutsche Übersetzung: Noëlle Niederberger
Korrektorat: Sabine McCarthy

Veröffentlicht durch: Stars Hollow Publishing,
PO Box 90022, Sioux Falls, SD 57109, USA
E-Book ISBN: 978-1-944565-83-1
Taschenbuch ISBN: 978-1-944565-84-8
Bearbeitung: Kelley Harvey und Jenny Sims von Editing4Indies
Lektorat: Lydia Rella
Formatierung: Champagne Book Design
Umschlagdesign: Amy Daws
Umschlagfotografie: Wander

Dieses Buch ist nur für den persönlichen Gebrauch
lizenziert. Kein Teil dieses Buches darf ohne schriftliche Genehmigung
der Autorin in irgendeiner Form oder mit irgendwelchen
elektronischen oder mechanischen Mitteln, einschließlich
Informationsspeicher- und -abrufsystemen, vervielfältigt werden. Die
einzige Ausnahme besteht darin, kurze Auszüge in einer Rezension zu
zitieren. Wenn Sie dieses Buch lesen und es nicht gekauft haben, gehen
Sie bitte auf www.amydawsauthor.com, um herauszufinden, wo Sie
ein Exemplar erwerben können. Wir danken Ihnen, dass Sie die harte
Arbeit der Autorin respektieren.

Dieses Buch ist ein Werk der Fiktion. Namen, Personen, Orte und
Begebenheiten sind Produkte der Fantasie des Autors oder werden
fiktiv verwendet. Jede Ähnlichkeit mit tatsächlichen lebenden oder
toten Personen, Ereignissen oder Orten ist rein zufällig.

Gewidmet all jenen, die eine Flucht brauchen.

DOCTOR Daddy

Die Baby Überraschung

KAPITEL 1

Lynsey

„Heilige Karotten mit Dip, ich habe es geschafft!", quietsche ich leise vor mich hin, als ich die letzte Zeile meiner Masterarbeit bearbeite und neunzehnmal auf „Speichern" klicke. Nach fast drei Monaten, in denen ich mich totgeschuftet und in die Krankenhauscafeteria geschlichen habe, um zu schreiben, weil ich diese gottverlassene Arbeit nirgendwo anders verfassen konnte, habe ich endlich meine Masterarbeit abgeschlossen.

Dip auf alllllle Karotten!

Intensive, süße Erleichterung schießt durch meine Adern. Ich könnte mich auf meinen Stuhl stellen und Licht aus meinen Fingerspitzen schießen. Stattdessen lehne ich mich zurück, wie die reife Absolventin, die ich nun sein werde, und genieße meine Leistung, während ich die anderen in der Cafeteria beobachte. Diese Leute haben mir unwissentlich Gesellschaft geleistet, während ich mich durch diese Arbeit gequält habe. Und ohne Kate hätte ich nie den Mut gehabt, herzukommen und zu arbeiten.

Mit einem Grinsen ziehe ich mein Handy aus der Laptoptasche und tippe eine kurze SMS.

Ich: Ich habe es geschafft. Ich bin fertig.

Kate: Oh, siehst du? Ich habe dir doch gesagt, dass

du schneller zum Höhepunkt kommst, wenn du den größeren Aufsatz auf deinem Vibrator benutzt.

Ich: Ich rede nicht von Selbstbefriedigung, du Perverse.

Kate: Perverse? Du sagst das, als sei es etwas Schlechtes! Ist dir nicht klar, dass es für eine Autorin von erotischen Liebesromanen im Grunde ein Kompliment ist, als pervers bezeichnet zu werden? Eigentlich hast du mich gerade dazu inspiriert, es auf meine Visitenkarten prägen zu lassen.

Ich: Ich spreche von meiner Masterarbeit. Ich bin endlich fertig!

Kate: Heiliger Strohsack …, herzlichen Glückwunsch! Das ist besser als ein Orgasmus!

Ich: Nicht wahr?

Kate: Und lass mich raten, du bist wieder in der Krankenhauscafeteria?

Ich: Es ist mir peinlich, das zuzugeben, aber ja.

Kate: Ich habe dir gesagt, du sollst dich nicht schlecht fühlen, wenn du dort schreibst, wo die Worte fließen. Meine schmutzigen Worte fließen im Warteraum einer Reifenwerkstatt, und deine in einer Krankenhauscafeteria. Wir sind produktive Millennials, Lyns! Das ist mehr, als ich vom Rest unserer Generation sagen kann. Du schuldest mir übrigens noch ein fruchtiges Getränk.

Ich: Genau das habe ich mir auch gedacht! Heute Abend in meiner Tiki-Bar?

Kate: Ich kann heute Abend nicht. Miles hat einen Braten in den Schmortopf getan und ist peinlich stolz darauf.

Ich: Das klingt so häuslich und langweilig. Wie läuft denn eigentlich das Zusammenleben mit deinem Liebhaber? Dein Auszug ist erst eine Woche her, und ich vermisse meine beste Freundin jetzt schon. Meine Tiki-Bar ist auch traurig!

Kate: Ich vermisse dich auch! Aber ich habe jetzt regelmäßig Sex, also muss ich zugeben, dass ich dich nicht so sehr vermisse.

Ich: Du bist ekelhaft. Ich hasse dein Glück.

Kate: Das liegt daran, dass du Sex brauchst! Ruf Dean an und mach ihn zu deinem Wingman heute Abend. Geh aus dem Haus und weg von der Tiki-Bar, um diesen Erfolg zu feiern. Es wird Zeit, dass du mit etwas anderem als einem fruchtigen Getränk und dem Womanizer Pro40 umworben wirst.

Ich: Du bist schrecklich.

Kate: Bis dann, Hure

Ich: Bis dann, Perverse

Ich kann nicht anders, als zu lachen, als ich mein Handy-Display ausschalte. Kate zaubert mir immer ein Lächeln ins Gesicht. Sie ist einfach so unverblümt sie selbst. Es ist unglaublich, wirklich. Sie ist im Grunde stinkreich vom Schreiben erotischer Liebesromane, geht aber immer noch gern in das Tire Depot Customer Comfort Center, um zu schreiben, weil der Kaffee dort kostenlos ist und sie es hasst, für Starbucks zu bezahlen. Aber das ist Kate durch und durch.

Wir lernten uns vor fast zehn Jahren als Erstsemester im Studentenwohnheim der University of Colorado in Boulder kennen. Sie war diese kühne, aufgeschlossene rothaarige Zeichentrickfigur, die umwerfend und furchtlos mit allem war.

Ich war das unbeholfene, wortkarge Kind mit mausgrauen braunen Haaren und einer Neigung zu hängenden Schultern.

Kate und ich waren totale Gegensätze, die sich irgendwie auf Anhieb verstanden und einander ausglichen. Sie sagte mir, wenn ich zu schüchtern war, und ich sagte ihr, wenn sie zu verrückt war. Deshalb war ich auch nicht überrascht, als sie vor ein paar Monaten anfing, sich ins Tire Depot zu schleichen, weil sie behauptete, der Wartebereich heile ihre Schreibblockade.

Ehrlich gesagt ist das nicht das Verrückteste, was ich von ihr gesehen habe. Und es hat sich gelohnt, denn am Ende hat sie mehr getan, als nur ihren Roman zu beenden. Sie verliebte sich in einen heißen Mechaniker namens Miles. Und jetzt leben die beiden Turteltäubchen zusammen in seinem Haus außerhalb von Boulder in einer sexy, reifenliebenden, nach verbranntem Gummi duftenden Sünde.

Das Leben kann manchmal wirklich ungerecht sein.

An meinem Schreibort sind nur die Funken geflogen, als einem älteren Mann die tragbaren Sauerstoffschläuche aus dem Gesicht fielen, während er nach einem Stück Kuchen griff. Ich bückte mich, um sie für ihn aufzuheben, und als ich sie ihm überreichen wollte, berührten sich unsere Finger, und ich spürte einen Luftzug direkt zwischen meinen Beinen. Der Moment war ruiniert, als ich nach unten schaute, um zu sehen, dass ich die Schläuche aus dem Tank gezogen hatte und frischer Sauerstoff direkt an meine besondere Stelle wehte. Das ist nicht ganz dasselbe, als wenn man in den Armen eines heißen und verschwitzten Mechanikers in Ohnmacht fällt, wie es Kate passiert ist.

Wie auch immer, ich verdiene eine Belohnung für meine heutige Leistung. Ich schiebe meinen Computer und meine Lehrbücher zur Seite und greife nach dem schönen Stück französischen Seidenkuchen, das ich genau für diesen Moment aufgehoben habe. Ich schätze diese köstliche Leckerei aus der Cafeteria des Boulder Medical Center sehr. Normalerweise sind sie ausverkauft, bevor ich hierherkomme, aber irgendwie habe ich es heute geschafft, das letzte Stück zu ergattern.

Ich gönne mir selten so viel Zucker. Meine Mutter war ein totaler Gesundheitsfanatiker und erlaubte meiner Schwester und mir nicht, etwas zu essen, das nicht aus unserem Garten stammte. Anscheinend wimmelt es in den Supermärkten nur so von Pestiziden und Keimen, und wir waren damit beschäftigt, die biblische Ernährung Christi zu befolgen.

Erst als ich im Studium mit Kate zusammenwohnte, habe ich mir meinen ersten Oreo-Keks gegönnt und sie seitdem verflucht. In meinem ersten Studienjahr habe ich zehn Kilo zugenommen, und für jemanden, der nur eins zweiundsechzig groß ist, sah das nicht gut aus.

Nach meinem Abschluss fand ich ein Gleichgewicht mit dem Zucker und verlor die zusätzlichen Pfunde. Nun ja ..., zumindest einen Teil davon. Als ich mich entschloss, meinen Job in der Sozialarbeit aufzugeben und wieder zu studieren, um meinen Master in Psychologie zu machen, wurde französischer Seidenkuchen meine neue beste Freundin. Kuchen ist viel erwachsener als Oreos. Kuchen und schön zusammengestellte Charcuterie-Platten. Diese beiden Dinge sind jetzt meine Schwäche und der direkte Grund dafür, dass mein Hintern wackelt, wenn ich jogge.

Meine Gabel durchstößt die Graham-Cracker-Keks-Kruste, als ein Tablett auf meinen Tisch kracht. Meine Augen werden groß. Der Besitzer des Tabletts ist der ewig wütende Arzt, der seit Monaten die Stimmung in der Cafeteria verdirbt. Ich meine ..., ich bin mir ziemlich sicher, dass er Arzt ist. Er hat immer ein Stethoskop um den Hals, trägt blaue OP-Kleidung und einen weißen Kittel. Das ist doch sehr ärztlich, oder? Die Leute springen, wenn er bellt, und das scheint auch arztmäßig zu sein.

Wie auch immer, das ist der heiße, scheinbar dauerhaft mürrische Arzt, der mich von der anderen Seite der Cafeteria anfunkelt. Er ist mir sofort aufgefallen, als ich mein kleines Schreibparadies gefunden habe, denn es ist unmöglich, ein umwerfendes Arschloch wie ihn nicht zu bemerken. Eine Kreuzung aus Chris Hemsworth und Gerard Butler – und ich bin mir ziemlich sicher, dass er den Körper hat, um diesen Vergleich zu bestätigen. Er sollte *wirklich* seine eigene Instagram-Seite haben, wenn er sie nicht schon hat, denn der würde ich verdammt gern folgen!

Er ist der Typ Mann, der selten lächelt. Zuerst dachte ich, das wäre vielleicht etwas voreingenommen von mir, weil er wahrscheinlich einfach viel um die Ohren hat. Soweit ich weiß, könnte er einen todkranken Patienten haben oder auf der Suche nach einem Heilmittel für einen fleischfressenden Virus sein, von dem der Rest der Welt nicht einmal weiß. Ich wollte dem Kerl seine entschieden mürrische Haltung gegenüber der Welt nachsehen, denn …, nun ja, er ist heiß! Heiße Typen bekommen Freifahrtscheine – das wird zwar nicht an der Uni gelehrt, aber das sollte es.

Doch dann schien sich seine Wut auf mich zu richten. Ich könnte schwören, dass er immer die ganze Cafeteria absucht, und wenn sich unsere Blicke treffen, verwandelt sich sein Resting Dick Face in eine mörderische Miene. Es ist unheimlich! Ich habe immer darauf gewartet, dass er sich mir nähert, weil ich dachte, dass das vielleicht eine Art perverses Vorspiel ist, aber er hat mich immer nur aus der Ferne beobachtet, wie ein Tiger, der sich an seine Beute heranpirscht. Es ist nervtötend.

Und verdammt, ich muss zugeben …, irgendwie heiß! Mein Womanizer Pro40 wurde durch diese Augenfick-Sessions gut eingesetzt.

Der wütende Arzt lässt seinen riesigen Körper auf den Sitz mir gegenüber sinken, wobei er finster auf das Essen auf seinem Tablett blickt. Ein trauriges, fest in Plastik eingewickeltes Sub-Sandwich stützt einen fleckigen Apfel. Nicht einmal seine Wasserflasche beschlägt mit Kondenswasser … Sie muss warm sein.

Armer gemeiner, aber köstlicher Arzt mit traurigem Essen.

Verärgert reißt er die Verpackung ab und öffnet eine Packung Miracel Whip.

Ich rümpfe die Nase.

Welches Tier isst Miracel Whip lieber als Mayonnaise?

Zögernd lasse ich meine Gabel los, die in meinem Kuchenstück steckt, und reibe mir mit den verschwitzten Handflächen über die mit Jeans bekleideten Schenkel, während er kunstvoll Miracel Whip auf seinem Sandwich verteilt und dann Senf darauf schmiert. Ich kann meinen Blick nicht von dem Spektakel abwenden, denn erstens ist er nur einen Meter von mir entfernt, und zweitens bin ich zum ersten Mal so nah an ihm dran, und ich muss den Anblick betrachten.

Sein Auftreten ist aus dieser Nähe sicherlich einschüchternder. Er vibriert fast vor Aufregung. Ich frage mich, ob die schwachen Falten um seine Augen bedeuten, dass er älter ist als ich? Ergibt Sinn, wenn er Arzt ist. Ich bin siebenundzwanzig, also ist er vielleicht um die fünfunddreißig, was ihn noch heißer macht, denn ich hatte schon immer eine Schwäche für ältere Männer.

Aufgrund seiner Körpersprache sollte ich mir jedoch keine Hoffnungen machen, dass es sich um eine Art Meet Cute in der Krankenhauscafeteria handelt. Er hat den Ausdruck eines Hais, der Blut riecht.

Ich schlucke den Kloß in meinem Hals herunter. Was würde Kate in dieser Situation tun? Vielleicht den Hai ködern?

„Hallöchen." Meine dumme Stimme bricht wie die eines dreizehnjährigen Jungen. Ich räuspere mich und versuche es noch einmal. „Ich meine, hallo."

Ein Grunzen vibriert aus der Brust des Arztes, als er sein Sandwich zum Mund führt und einen aggressiven Bissen nimmt, bevor er seine Aufmerksamkeit schließlich auf mich richtet.

Sein Blick begegnet dem meinen, und seine glühenden, dunkel-grünbraunen Augen überwältigen mich. Umrahmt von langen, dunklen Wimpern, scheinen sie im Widerspruch zu seiner cremefarbenen Haut und seinem sandbraunen Haar zu stehen. Seine kantige Kieferpartie ist mit hellbraunen Stoppeln übersät, und seine Lippen sind voll, aber nicht zu groß. Einfach … perfekt – auch wenn sie in einem mürrischen Gesichtsausdruck stecken.

Normal atmen. Einfach langsam ein- und mit halber Geschwindigkeit wieder ausatmen.

Offen gesagt, seine ganze Präsenz überwältigt mich. Es ist, als säße man bei einem Actionfilm in der ersten Reihe und könnte die ganze filmische Pracht nicht genießen, weil alles zu schnell geht.

Der heiße Arzt starrt mich an, während er sein Essen kaut, und das ist … wirklich seltsam. Ich richte den Blick auf meinen Kuchen und ziehe die Gabel heraus, nur um die Zinken durch die Sahnehaube zu ziehen. Ich brauche etwas, worauf ich mich konzentrieren kann, außer ihn beim Kauen zu beobachten.

„Wie läuft Ihr Tag?", versuche ich es erneut, erfüllt von Nervosität.

Sein Blick ist von mir zu meinem Kuchen gewandert.

Er nimmt einen weiteren Bissen und grunzt wieder.

Ist er stumm? Oder ist er nur so höflich, dass er sich weigert, mit vollem Mund zu sprechen?

Ich lecke die Schlagsahne von meiner Gabel und stütze meine Ellbogen diesmal etwas entschlossener auf den Tisch. „Ich heiße Lynsey … und Sie?"

Ich setze ein falsches Lächeln auf, als er den Kopf schief legt, einen weiteren Bissen nimmt und mich ansieht, als hätte ich gerade sein ganzes Dorf ermordet. Mein Blick fällt beiläufig auf seine Hände.

Kein Ring.

Was zum Teufel ist mit diesem Kerl los? Er ist Single. Er ist Arzt. Er ist heiß. Weshalb ist er so sauer?

„Sie sind doch Arzt hier, oder?", lautet mein nächster Versuch, die Stille zu überbrücken. Mein Blick fällt auf das Namensschild, das an einem Clip an der Brusttasche seines Kittels hängt. Darauf steht „Dr. Richardson" mit einer ganzen Reihe von Buchstaben hinter seinem Namen. Ich habe keine Ahnung, was sie bedeuten, aber sie sind wahrscheinlich wichtig.

Er starrt mich weiter an wie immer, obwohl es jetzt noch unangenehmer ist, weil er mir so verdammt nahe ist.

Auf jeden Fall kein Vorspiel.

Ich rutsche auf meinem Sitz hin und her. Obwohl ich monatelang auf diesen Stühlen gesessen habe, ist das Plastik erst in dieser Sekunde unangenehm hart geworden. Ich könnte mich wundscheuern.

Kann ein harter Blick von einem heißen Kerl ein Wundscheuern verursachen?

Welches Problem hat der Kerl? Ich bin ein netter Mensch, nicht dass er es wüsste. Er hat mir nicht einmal die Chance gegeben, es zu zeigen. Die Art, wie er mich ansieht, erinnert mich an all die Freunde, die meine Schwester in unser Haus geschmuggelt hat, wenn sie eigentlich auf mich aufpassen sollte. Sie sahen meine Anwesenheit an, als würde ich ihnen den ganzen verdammten Tag verderben.

Eine Wärmewelle durchflutet meinen Körper. Es ist, als befände ich mich in einem Verhörraum, in dem ich befragt werde, mit einem heißen Licht über mir, das mich zum Schwitzen bringt. Nur dass mir niemand Fragen stellt.

Warum spricht er immer noch nicht? Das ist seltsam! Und unhöflich. Ja. Sehr, sehr unhöflich. Und verdammt, ich saß zuerst hier. Wenn eine Person beschließt, in den Raum einer anderen Person einzudringen, ist das Mindeste, was diese Person tun kann, zu sprechen.

Mir reißt der Geduldsfaden, und mein Ton ist weit weniger freundlich. „Ich dachte nur, da Sie sich ohne zu fragen an meinen Tisch gesetzt haben, wären Sie höflich genug, sich vorzustellen."

„Ihr Tisch?", grunzt er. Seine Baritonstimme jagt mir einen Schauder über den Rücken, als er endlich sein Schweigen bricht.

Er legt sein Sandwich ab und greift nach seiner Wasserflasche. Ich kann nicht anders, als auf seinen Adamsapfel zu starren, während das Wasser mit jedem Schluck seinen kräftigen Hals hinuntergleitet. Er ertappt mich beim Starren, also schiebe ich mir schnell einen Bissen Kuchen in den Mund.

„Ich war zuerst hier", murmle ich um den Kuchen herum und

zeige zum Beweis mit der Gabel auf meine Studienarbeiten, die auf dem Tisch verstreut liegen.

„Sie sind immer hier, soweit ich das beurteilen kann", schnaubt er, stellt seine Wasserflasche ab und greift nach seinem Apfel. Er lehnt sich in seinem Stuhl zurück und reibt ihn auf seiner Brust, bevor er hineinbeißt. „Sie sind immer hier und essen immer Kuchen."

„Ich esse *nicht* immer Kuchen!", rufe ich abwehrend um eine weitere Gabel voll Kuchen herum. *Mein Gott ..., wie ist der denn in meinen Mund gekommen?*

Der Arzt lacht, aber es erreicht nicht seine granitharten Gesichtszüge. Nicht einmal seine Mundwinkel zucken ... Tatsächlich war es nicht einmal wirklich ein Lachen. Es war ein weiteres Grunzen.

„Ähm, okay", antworte ich dumm und wische mir die Krümel von den Lippen. Was kann ich jetzt noch tun? „Es tut mir leid, aber habe ich Sie irgendwie beleidigt?"

Sein Blick fällt auf mein Stück Kuchen. „Das kann man wohl sagen."

Ich schaue auf mein halb aufgegessenes Dessert. Was könnte diesen Kerl so in Rage bringen, dass er mich mitten in einer Krankenhauscafeteria konfrontiert? Ich schaue mich verschwörerisch im Raum um, lehne mich über den Tisch und frage mit gesenkter Stimme: „Wollen Sie meinen Kuchen oder so?"

Er wirft den Kopf in den Nacken und stößt ein echtes Lachen aus – ein tiefer, voller Laut, der den Bereich zwischen meinen Beinen zu einem wirklich unpassenden Zeitpunkt vibrieren lässt. Dann hält er abrupt inne und fixiert mich mit ernstem Blick. „Nein, ich will Ihren Kuchen nicht, *Lynsey.*"

Ich lehne mich zurück und rolle mit den Augen. „Okay, ich verstehe ..., das war eine dumme Antwort. Ich bin ein bisschen mit meiner Arbeit beschäftigt, also könnten Sie vielleicht etwas nachsichtig mit mir sein und sich Ihr schallendes Gelächter für einen anderen Tischgenossen aufheben."

Es ist unmöglich, meinen gereizten Tonfall zu verbergen. Dieser Kerl stört meine fröhliche Stimmung nach Abschluss meiner Masterarbeit und bringt mich an einen Ort, den ich nicht schätze.

Warum ist er überhaupt so mürrisch? Wir leben in Boulder! Die Menschen hier sind immer glücklich. Die Legalisierung von Marihuana hat das im Grunde garantiert.

Jeglicher Humor verschwindet aus seinem Gesicht, als er seine stürmischen Augen zusammenkneift. „Woran genau haben Sie gearbeitet?"

Mein Gesicht erhitzt sich unter seinem Blick, denn – verdammt, er ist sexy. Aber ich richte meine Wirbelsäule auf und tue so, als hätte er mich nicht beeinflusst, indem ich das Kinn vorstrecke. „Nicht dass es Sie etwas angehen würde, aber ich habe gerade meine Masterarbeit beendet."

„Masterarbeit?", blafft er mit ungläubigem Ton. „Eine Masterarbeit über was genau? Münchhausen-Syndrom?"

Ich runzle die Stirn. „Münchhausen-Syndrom? Nein … wie kommen Sie …"

„Was machen Sie hier wirklich?", unterbricht er mich, wobei er seine Oberlippe vor Abscheu verzieht. „Haben Sie eine Art *Grey's Anatomy*-Fetisch?"

„Wovon reden Sie?" Meine Verwirrung geht in Frustration über.

Er zuckt mit den Schultern und mustert meinen Körper auf eine Art und Weise, die mich entblößt, als würde er zusätzlichen Kuchen- und Käseplattenpfunde sehen. Seine Stimme ist klar, als er antwortet: „Man nennt es Münchhausen-Syndrom, wenn man eine Krankheit vortäuscht, damit man einen Vorwand hat, ins Krankenhaus zu kommen."

„Ich weiß, was das Münchhausen-Syndrom ist", schnauze ich, verärgert darüber, dass er meinen Fragen ausweicht. „Ich frage, warum Sie davon ausgehen, meine Masterarbeit sei über …" Meine Stimme stockt, als es mir dämmert. „Sie glauben, *ich* habe das Münchhausen-Syndrom?"

Er hebt die Augenbrauen und antwortet monoton: „Ich müsste eine Untersuchung durchführen, um das zu bestätigen, aber es wäre meine erste Vermutung, ja."

„Nur weil ich in der Krankenhauscafeteria rumhänge?"

Er nickt.

Die Genervtheit steigt schnell und stark in meinem Bauch an. Was für ein Arschloch.

Ich war glücklich, dachte an tropische Cocktails und daran, heute Abend auszugehen und zu feiern, als er auftauchte und alles mit seiner Arschlochattraktivität ruinierte.

„Woher wissen Sie, dass meine Mutter nicht unheilbar krank ist und ich sie jeden Tag besuche?"

„Weil ich mich umgehört habe", erwidert er, wobei sich eine dicke Ader in seinem Hals vorwölbt. „Niemand weiß, warum Sie jeden Tag herkommen, und seit Monaten tauchen Sie hier ohne Grund auf. Ich habe beschlossen, die Wahrheit herauszufinden, um uns alle vor einer peinlichen Szene mit dem Sicherheitsdienst zu bewahren."

„Sicherheitsdienst?", schreie ich. Meine Gabel landet klappernd auf dem Tisch. „Warum redet jemand vom Sicherheitsdienst? Ich bin eine zahlende Kundin."

„Weil niemand zum Spaß in einer Krankenhauscafeteria abhängt", knurrt er und hat die Stimme zu einem bedrohlichen Tonfall gesenkt, während er sich über den Tisch lehnt. „Ich frage mich langsam, ob Sie nicht stattdessen eine psychologische Beurteilung brauchen."

Wut durchfährt mich wie eine scharfe Peitsche. „Sie können mich mal!"

Seine Augen funkeln vor Belustigung. „Ganz ruhig, wenn Sie jetzt einen Ausbruch haben, muss ich vielleicht sogar den Krankenhauspsychologen anrufen."

Panik vibriert in meinen Gliedern. „Das kann doch nicht Ihr Ernst sein."

Wie demütigend wäre es für mich, an meiner Psychologiearbeit zu arbeiten und dann von einem Arzt tatsächlich ein psychologisches Gutachten über mich erstellen zu lassen? Bei dem Gedanken an diese demütigende Szene schießt mein Blutdruck in die Höhe.

Ich wende den Blick ab und atme tief durch, denn das Letzte, was ich brauche, ist eine Panikattacke vor diesem Arschloch. Als ich mich wieder beruhigt habe, kneife ich die Augen zusammen. „Ich war hier und habe mich um meinen eigenen Kram gekümmert."

„Seit drei Monaten hängen Sie in einer Krankenhauscafeteria herum. Ist Ihnen nicht klar, wie verkorkst das ist? Die Leute kommen hierher, weil sie krank sind oder weil jemand, der ihnen nahe steht, krank ist. Sie kommen nicht hierher, weil sie den Kuchen mögen", sagt er, während sein Blick auf meinen Lippen verweilt, wo sicherlich noch mehr Krümel zu finden sind.

Ich wische mir mit dem Handrücken über das Gesicht und erhebe mich von meinem Stuhl.

„Ich habe an meiner Masterarbeit gearbeitet!", schreie ich fast und lasse mich auf meinen Platz zurückfallen, als ich merke, dass wir jetzt die Aufmerksamkeit der Cafeteria-Gäste erregen. Ich breite meine Hände auf dem Tisch aus und senke die Stimme. „Ich hatte Mühe, von zu Hause aus zu arbeiten, und kam eines Tages mit meiner Mutter zu ihrer ersten Darmspiegelung hierher, nicht dass es Sie etwas anginge, aber da entdeckte ich, dass mir die Atmosphäre der Cafeteria gefiel." In meinem Hals bildet sich ein Kloß, der die Worte nicht durchlässt und höllisch wehtut.

Er mustert mich ein weiteres Mal. „Sie mögen die Atmosphäre von untröstlichen Familien, die sich mit Situationen auseinandersetzen, in denen es um Leben und Tod geht?"

„Nicht alles, was in einem Krankenhaus passiert, dreht sich um Leben oder Tod. Soweit ich weiß, werden hier auch Brustvergrößerungen vorgenommen." Bei diesen Worten richten sich seine Augen sofort auf meine Brust, und ich wünschte, ich könnte sie zurücknehmen, denn jetzt denkt das Arschloch ganz sicher darüber nach, wie gut meine B-Körbchen eine Vergrößerung vertragen könnten.

Mit einem frustrierten Knurren stehe ich auf, klappe meinen Laptop zu und stopfe ihn zusammen mit meinen Büchern in meinen Rucksack. Ich schnappe mir meine Jeansjacke von der Stuhllehne und drehe mich zu ihm um. „Und soweit ich weiß, ist dies ein öffentlicher Ort, also breche ich keine Regeln."

Er starrt mich mit Verachtung an, während er seine muskulösen Arme vor der Brust verschränkt. Ich hasse es, dass meine verräterischen Augen sie anvisieren. Ich schaue wieder dorthin, wo ich sollte, und unsere Blicke treffen sich.

Er antwortet mit zusammengebissenen Zähnen: „Sie verstoßen vielleicht nicht gegen die Regeln des Krankenhauses, aber Sie verstoßen definitiv gegen die gesellschaftlich akzeptierten."

„Heuchler!", knurre ich, während ich mir die Tasche über die Schulter werfe und mein Haar unter dem Gurt hervorziehe. „Und fürs Protokoll, ich mag den Kuchen hier wirklich sehr. Der französische Seidenkuchen ist köstlich!"

Auf das, was dann passiert, bin ich nicht stolz. Wenn ich mir diese Szene später noch einmal durch den Kopf gehen lasse, werde ich mich fragen, ob ich vielleicht doch eine psychologische Untersuchung gebraucht hätte.

Mit einer schnellen Bewegung greife ich eine Handvoll dessen, was von meinem Kuchen übrig ist, wie einen Softball. Ich beuge mich so vor, dass ich dem heißen Arzt gegenüberstehe, und stopfe mir die ganze Handvoll in den Mund. Aber natürlich ist mein Mund nicht groß genug, und es ist Kuchen, kein Apfel, sodass der meiste Inhalt zwischen meinen Fingern hervorquillt. Das meiste fällt auf den Tisch, aber ein großer Klumpen Schokoladenmousse landet im Schritt dieses offensichtlich sehr gut bestückten Arztes.

Triumph durchströmt mich. Seltsamerweise pocht es auch zwischen meinen Oberschenkeln.

Das ist echt verkorkst. Ich blicke in seine absolut tödlichen Augen, als ich einen großen Krümel Kuchen von einem

Mundwinkel lecke und mit vollem Mund murmle: „Sie sind ein riesiges ... Arschloch!"

Ich gehe weg, wackle mit meinem Kuchenhintern und lasse meine wunderbare Krankenhauscafeteria mit dieser alles andere als originellen Beleidigung zurück.

KAPITEL 2

Gut, dass ich am Stadtrand wohne, denn ich brauche die fünfzehn Minuten Fahrt, um mir dieses Arschloch von Arzt aus dem Kopf zu schlagen.

Ich meine, ernsthaft. Er ist Arzt. Hat er nichts Besseres zu tun, als Leute in der Krankenhauscafeteria zu überwachen?

Und diese ganze Situation ist eine verdammte Schande, denn all diese Köstlichkeiten sind an ihn verschwendet. Warum ist er denn so wütend? Man sollte meinen, dass ein Typ, der aussieht wie ein Hengst, welcher direkt vom Vater von Seabiscuit gezüchtet wurde, ein angenehmes Leben führt.

Ich schüttle diesen peinlichen Vergleich aus meinem Kopf und versuche zu vergessen, welch ein gewaltiger Arsch er war. Richardson war sein Nachname? Wohl eher Dr. Arsch!

Sein Gesichtsausdruck war geradezu mörderisch, als ich mir den Kuchen in den Mund stopfte. Darauf bin ich nicht stolz, aber Kate sagt immer, ich solle meine Fehler selbstbewusst angehen, dann würden sie am nächsten Tag nicht mehr so schlimm erscheinen. Also … *genießen Sie Ihre Schritttorte, Dr. Arsch.*

Die Sonne steht schon tief am Horizont, als ich auf die Straße fahre, die zu meinem Reihenhaus führt. Als ich in meine Einfahrt einbiege, sehe ich meinen Freund Dean, der auf dem Radweg auf der anderen Straßenseite joggt. Ich hupe und winke ihm zu, während ich in meine Garage fahre.

„Was gibt's, Lyns? Hast du deine Arbeit fertig?", ruft Dean, als er die Straße zu mir hinübergeht.

„Ähm …, Dean, es ist November. Ist es nicht an der Zeit, die extrakurzen Shorts einzumotten?", frage ich und deute auf seine blauen Laufshorts, die in der Brise flattern. „Wenn Kate hier wäre …"

„Wage es ja nicht, Kate davon zu erzählen", unterbricht er mich. Sein bärtiger Kiefer wird starr, während er sich mit dem Schweißband an seinem Unterarm die Feuchtigkeit von der Stirn wischt. „Heute ist es für die Jahreszeit ungewöhnlich warm draußen. Und du weißt, dass ich die nur trage, weil sie mir mehr Bewegungsfreiheit geben."

Bei seinem abwehrenden Ton hebe ich kapitulierend die Hände. „Das ist völlig in Ordnung. Ich finde, du hast wirklich schöne Oberschenkel. Du rockst diese Shorties."

Er fixiert mich mit funkelndem Blick. „Man nennt sie Laufshorts. Athleten tragen sie. Und nur weil Kate ausgezogen ist, heißt das nicht, dass du da weitermachen musst, wo sie mit ihrem Sarkasmus aufgehört hat."

Ich beiße mir auf die Lippe, denn ehrlich gesagt, wenn jemand diese kurze Hose tragen kann, dann Dean.

Ein Luftzug weht durch den dünnen Stoff und ich kann nicht verhindern, dass die nächsten Worte aus meinem Mund purzeln. „Sorgt das Schrumpfen auch für eine bessere Beweglichkeit?"

Er schüttelt niedergeschlagen den Kopf. „Du hast zu lange mit Kate gelebt."

„Du sagst das, als sei es etwas Schlechtes", antworte ich mit einem verlegenen Lächeln. Selbst wenn er recht hat, ist es mir eigentlich egal. Das Zusammenleben mit Kate in den letzten Monaten war ein Riesenspaß. Ich hätte sie für immer bei mir behalten, wenn Miles nicht so verdammt verliebt in sie wäre.

Mein Blick richtet sich wieder auf Deans pelzige Beine. „Trägst du Unterwäsche zu diesen Shorties?"

„Hör auf, über meine Shorts zu reden, Lynsey." Er packt mich an den Schultern und lenkt meinen Blick von seinen Schenkeln zu seinem Gesicht. „Sag mir nur …, hast du deine Masterarbeit fertiggestellt?"

Mein Lächeln reicht von einem Ohr zum anderen. „Verdammt richtig, das habe ich."

„Herzlichen Glückwunsch", antwortet er mit einem verzweifelten, aber aufrichtigen Lächeln. Er zieht mich unter seinen verschwitzten Arm und zerzaust mein Haar. „Heißt das, wir feiern heute Abend?"

„Ja", rufe ich und schiebe seinen verschwitzten Körper von mir weg. „Kate kann nicht, aber das ist mir egal. Ich brauche einen Drink nach dem, was gerade passiert ist."

„Was ist gerade passiert?" Er runzelt die Stirn, während er mich mit seiner eins achtzig großen, wohlproportionierten Knackpo-Pracht überragt.

Ich tätschle seine Brust und gebe ihm einen sanften Schubs in Richtung des Radwegs. „Ich erzähle es dir bei einem Drink. Geh und beende deinen Lauf und hole mich um sieben ab, okay?"

„Wir gehen aus?", fragt er überrascht, da er weiß, dass ich lieber zu Hause an meiner Tiki-Bar abhänge.

Ich nicke entschlossen. „Wir gehen aus."

„Okay, dann." Er schenkt mir ein sexy Lächeln und geht rückwärts die Einfahrt hinunter. „Das heißt, du musst mein Wingman sein, weißt du."

„Nur wenn du meiner bist", antworte ich, werfe die Hände in die Luft und wackle mit den Hüften.

Dean sieht zweimal hin. „Ich kann es kaum erwarten, zu hören, was diese Veränderung in dir ausgelöst hat."

„Es ist ein Prachtexemplar", antworte ich mit einem Winken, und er dreht sich um, um über die Straße zu laufen, während ich hineingehe.

Mein Reihenhaus empfängt mich in seiner ganzen bunten, eklektischen Pracht. Ich habe dieses Haus quasi geerbt, als meine Großmutter vor drei Jahren starb und meine Familie feststellte, dass sie ihren Fünfjahresmietvertrag vollständig bezahlt und noch drei Jahre Laufzeit übrig hatte. Meine Eltern überlegten, ob sie das Haus untervermieten sollten, aber als ich beschloss, meinen Master zu machen, wollten sie, dass ich einziehe, damit ich meinen Job in der Klinik für Drogenmissbrauch aufgeben und mich auf mein Studium konzentrieren kann. Sie haben es immer gehasst, dass ich dort gearbeitet habe. Meine Mutter ist nicht gerade die mitfühlendste Person.

Die meisten meiner Einrichtungsgegenstände hier sind von meinen Eltern vererbt worden oder stammen noch vom Studium. Ich habe einige der Möbel meiner Großmutter behalten, weil sie retro sind und ich mir nichts Besseres leisten kann. Ehrlich gesagt, kann ich mir nicht einmal die Miete hier leisten. Ich konnte mir kaum die winzige Wohnung in der Innenstadt leisten, in der ich nach dem Bachelorabschluss wohnte. Aber mit etwas Glück finde ich mit meinem neuen Abschluss einen Job, der es mir ermöglicht zu bleiben, wenn der Mietvertrag meiner Großmutter in ein paar Monaten ausläuft.

Ich gehe nach oben in mein Schlafzimmer und ziehe mich aus, bereit, den Gestank von französischem Seidenkuchen, der Krankenhauscafeteria und Dr. Arsch wegzuwaschen. Ich springe unter die Dusche, lasse das Shampoo einwirken und lache, als ich an den Kuchen denke, der auf seinem Schritt gelandet ist. Wenn ich mir vorstelle, wie er für den Rest des Tages mit einem Fleck auf der Leiste herumläuft, ist es die ganze unangenehme Szene wert. *Vielleicht habe ich doch zu lange mit Kate zusammengelebt.*

Nachdem ich aus der Dusche gekommen bin und mich abtrockne, vibriert eine SMS von Dean auf meinem Handy.

Dean: Was trägst du?

Ich: Ein Handtuch.

Dean: Sexy. Aber ich meine nicht jetzt … ich meine heute Abend.

Ich: Du bist so metro.

Dean: Metro ist das neue macho. Ich stimme gern aufeinander ab, Lynsey. Sag mir einfach, was du anziehst.

Ich: Ich denke an meinen schwarzen Rock und das gepunktete Top.

Dean: Das durchsichtige, das dich aussehen lässt, als hättest du Streusel auf den Titten?

Ich: Ja.

Dean: Verdammt. Du fährst heute Abend die großen Geschütze auf.

Ich: Ich habe dir doch gesagt … Ich muss etwas Dampf ablassen.

Dean: Zur Kenntnis genommen … Bis dann. xx

Etwa eine Stunde später werfe ich einen letzten Blick in den Spiegel und versuche zu entscheiden, ob ich bereit bin. Dean hatte recht, als er sagte, dass ich mich voll ins Zeug lege. Normalerweise würde ich mir nicht so viele Gedanken über mein Outfit machen, aber heute Abend ist es anders. Ich möchte, dass mein Äußeres widerspiegelt, was ich innerlich fühle. Jetzt, da meine Masterarbeit fertig ist, strahle ich Erfolg aus, und das will ich auch zeigen.

Mein schwarzer Bleistiftrock hat eine hohe Taille, ist dehnbar und schmiegt sich an meine Hüften, sodass ich mich wie eine Kardashian fühle. Unter meinem langärmeligen, bunt gepunkteten Top trage ich ein schwarzes Seidentop und habe den Look mit schwarzen Keilstiefeln abgerundet. Mein langes kastanienbraunes Haar liegt in lockeren Wellen, und meine braunen Augen strahlen durch die drei Schichten Mascara, die ich aufgetragen habe.

Ich trage mattroten Lippenstift auf und schaue mich noch einmal im Spiegel an.

Sieht gut aus, Mädchen.

Ich fühle mich tatsächlich hübsch ..., nein, *schön*. Wie eine Frau, die auf dem Weg ist, ihren Master zu bekommen und eine richtige, erwachsene Karriere zu haben. Die Welt gehört mir, endlich.

Heute Abend bin ich nicht die süße beste Freundin, die man leicht übersehen kann. Nach der Art und Weise, wie dieser Idiot sich heute Nachmittag benommen hat, als sei ich nichts weiter als ein Ärgernis, bin ich fest entschlossen, etwas Selbstvertrauen zu entwickeln.

Ich schnappe mir meine Single-Girl-Clutch, die seit Ewigkeiten nicht mehr das Licht der Welt erblickt hat, und mache mich auf den Weg nach unten.

Deans Augen weiten sich, als er sieht, wie ich die Treppe hinuntersteige, und steckt unbeholfen seine Kopie meines Hausschlüssels ein.

„Heilige Scheiße, Lyns. Du siehst heiß aus." Seine Stimme ist heiserer als sonst. Ein kleiner Schauder durchfährt mich, dass einer meiner besten Freunde durch mein Aussehen leicht aus der Fassung gebracht wird.

„Danke!" Meine Absätze klappern die letzten paar Stufen hinunter und über den Kiefernholzboden zum Eingangstisch, wo ich meine größere Tasche, die ich normalerweise mit mir herumtrage, abgestellt habe. Ich mustere ihn von Kopf bis Fuß und bemerke, dass er sein dunkelbraunes Haar wie ein richtiger Geschäftsmann zurückgegelt hat. „Du siehst auch ziemlich gut aus."

Dean trägt ein kunstvolles Hipster-Outfit, sein Hemd ist offensichtlich maßgeschneidert, denn es schmiegt sich perfekt an seinen Bizeps und seine Taille. Zusammen mit seiner dunkel gerahmten Brille, der grauen Bleistiftkrawatte, den geschnürten schwarzen Stiefeln und der umgeschlagenen Jeans ist Deans Stil alles andere als schlicht.

Er stützt sich an der Wand ab, während ich mein Portemonnaie aus meiner Handtasche in meine glitzernde Clutch stecke. Ich schaue auf und sehe, wie Dean meinen ganzen Körper inspiziert.

„Erinnere mich daran, warum wir jemals aufgehört haben, miteinander auszugehen", fragt er mit tiefer, anzüglicher Stimme.

Ich atme aus und schüttle den Kopf mit einem mädchenhaften Kichern. „Weil du nicht gut genug für mich warst."

Dean lehnt sich an die Tür und ahmt die Bewegung eines Messers nach, das seine Brust durchbohrt. „Sag das nicht, Lynsey. Ich bin ein anderer Mensch."

Ich werfe ihm einen amüsierten Blick zu. „Du bist ein Hurenbock aus den Bergen, der mich erst vor zwei Stunden gebeten hat, sein Wingman zu sein."

„Das war, bevor ich wusste, wie heiß du heute Abend aussehen würdest." Sein flirtendes Lächeln hätte Schmetterlinge ausgelöst, wenn ich ihn immer noch auf diese Weise mögen würde. „Du weißt, dass ich sofort wieder zu dir angekrochen komme – sag nur ein Wort."

Er will mich in seine Arme ziehen, aber ich lache und stoße ihn weg. „Erst letzten Sommer hast du Kate deine Liebe gestanden. Und jetzt willst du eine zweite Runde mit mir? Ich bin zwar noch keine Psychologin, aber ich weiß genug, um dir zu sagen, dass du Probleme mit Grenzen hast."

„Das ist eine Lüge!", argumentiert er, greift in meine Tasche und holt einen Kaugummi heraus.

Ich reiße ihm meine Handtasche aus der Hand. „Siehst du? Grenzprobleme! Du kannst nicht einfach mit einer Frau befreundet sein, ohne zu versuchen, mit ihr zu schlafen. Die Tatsache, dass du und ich nie Sex hatten, ist der einzige Grund, warum unsere Freundschaft intakt geblieben ist."

„Es ist Kaugummi, nicht dein Höschen." Er steckt sich den Kaugummi in den Mund und kaut übertrieben mit einem Grunzen.

Bei diesem Grunzen muss ich an meine kurze, im Grunde nicht existierende Affäre mit Dean denken und an Dr. Arsch, der auch ein großer Fan von Grunzen ist. Mein Blut kocht wieder, denn ich kann nur an sein erniedrigendes Gesicht denken, als er mich ansah.

Was. Für. Ein. Arsch.

Und ganz ehrlich? Ich wette, wenn ich wie Kate aussähe, wäre er höflicher gewesen. Sie ist witzig und wirkt wie einer der Jungs, sieht aber aus wie ein verdammter Filmstar, also ist es unmöglich, sich nicht in sie zu verlieben. Sogar Dean hätte es geschafft, die Situation zu entschärfen. Dieser Hurenbock hat die Fähigkeit, mit einem asexuellen Stein zu flirten!

Die Bezeichnung asexuell war für diese Analogie wahrscheinlich unnötig.

Aber ich? Was soll ich tun? Ich stopfe mir eine Handvoll Kuchen ins Gesicht wie ein preisgekröntes Rindvieh. Vielleicht ist das der Grund, warum ich auf die Dreißig zusteuere und nur mit einer Handvoll Jungs geschlafen habe.

Der letzte war Barry, der Apotheker, der bei jedem Höhepunkt aussah, als hätte man auf ihn geschossen.

Ich erschaudere.

Kein Wunder, dass ich seit Monaten keinen Sex mehr hatte. Wenn meine jüngste Erfahrung Barry ist, dann *ist die Nacht dunkel und voller Schrecken.*

Ich drehe mich auf dem Absatz um und setze ein entschlossenes Lächeln auf. „Bist du startklar, Wingman?"

Er seufzt schwer, als er mich noch einmal eindringlich mustert. „Ich stehe dir zu Diensten."

Dreißig Minuten später sitzen wir in der Bitter Bar, einem meiner Lieblingslokale in der Innenstadt von Boulder. Es ist eine loungige Hipster-Szene mit roter Stimmungsbeleuchtung und rustikalen Holzakzenten. Dean und ich haben zwei freie Hocker am Ende der Bar ergattert. Wir essen von einer Schüssel Popcorn, während wir auf Drink Nummer zwei warten, als ich zum Ende meiner Cafeteria-Geschichte komme.

„Er hat mir im Grunde vorgeworfen, ich hätte das

Münchhausen-Syndrom!", rufe ich aus, als der Barkeeper unsere frischen Drinks vor uns abstellt.

„Hier ist Ihr IPA, Sir. Und hier ist Ihr Birds and Bees-Cocktail, Ma'am." Der Barkeeper mit dem gezwirbelten Schnurrbart dreht sich auf dem Absatz um und geht, ohne zurückzublicken.

Ich verziehe das Gesicht. „Wann bin ich von Miss zu Ma'am geworden?" Ich lasse das Popcorn in meiner Hand fallen und nehme einen schmollenden Schluck von meinem Cocktail. Das Verhalten des Barkeepers trübt ernsthaft die Sexgöttin-Stimmung, mit der ich hergekommen bin. „Bin ich jetzt eine Ma'am?"

Dean rollt mit den Augen. „Beende deine Geschichte."

„Ich habe vergessen, wo ich war … Das passiert alten Leuten", grummle ich.

„Lynsey, du bist siebenundzwanzig. Du bist nicht alt. Was ist passiert, nachdem er gesagt hat, du würdest eine gesellschaftlich akzeptierte Regel brechen?"

Ich seufze schwer. „Das war's dann auch schon. Ich bin rausgestürmt und habe mich nicht mehr umgesehen. Kannst du glauben, dass er das gesagt hat? Zwischen dir, mir und Kate, wer ist der gesellschaftlich Verantwortungsvollste?"

„Du", antwortet Dean sofort.

„Genau!", rufe ich aus und nehme noch einen Schluck. „Ich bin immer verantwortungsbewusst. Ich tue eine kleine, seltsame Sache, wie zum Beispiel ein paar Monate lang in einer Krankenhauscafeteria an meiner Masterarbeit zu schreiben, was übrigens kein Verbrechen ist, und schon fliegt es mir um die Ohren." Meine Worte reißen die Wunde wieder auf.

„Totaler Blödsinn", bestätigt Dean.

„Kate hat sich in eine Reifenwerkstatt geschlichen, um zu arbeiten, und sie hat einen heißen Mechaniker bekommen. Das Leben kann so ungerecht sein."

„Ich weiß", antwortet Dean und trinkt ebenfalls.

„Ich verstehe nicht einmal, warum es ihn interessiert hat, dass ich da war. Man sollte meinen, dass ein Arzt etwas Besseres mit seiner Zeit anzufangen wüsste. Und ich könnte schwören, dass er meinen Kuchen wollte. Du hättest sehen sollen, wie er ihn angeschaut hat.“

„Kein Mann regt sich wegen Kuchen so auf.“ Dean greift mit einem sündhaften Funkeln in den Augen nach dem Popcorn. „Bist du sicher, dass er nicht etwas anderes wollte?“

Ich zucke mit den Schultern, meine Sicht ist durch die Wirkung des Alkohols leicht benebelt. „Er hat mehr auf den Kuchen als auf mich gestarrt.“

„Blödsinn.“ Er dreht meinen Hocker so, dass meine gekreuzten Beine zwischen seinen ausgestreckten sind. „Lynsey, du bist wunderschön. Ich sage dir schon seit Jahren, dass du das heiße Mädchen von nebenan bist. Warum verhältst du dich gerade so?“

„Ich habe einen Kuchenhintern.“ Meine Stimme zittert.

„Du hast keinen Kuchenhintern!“ Deans Stimme erhebt sich wütend. „Ich weiß nicht einmal, was ein Kuchenhintern ist. Aber es ist ganz sicher nicht das, was du hast. Du hast einen sexy Hintern, Lynsey … Ich sage dir, als du heute Abend die Treppe runterkamst, habe ich einen kleinen Ständer bekommen.“

Meine Augen leuchten, und ich kann das Grinsen nicht verbergen, das meine Mundwinkel umspielt, als ich unverhohlen auf seine Leiste schaue. „Wirklich?“

Er zuckt mit den Schultern. „Ich bin ein Schwein, was soll ich sagen?“

„Oh, Dean. Du bist schon wieder so charmant.“ Ich drehe mich, lege meinen Kopf auf seine Schulter und seufze schwer. „Ich wünschte, ich könnte charmant sein. Vielleicht wären Dr. Arsch und ich dann zusammen in der Kiste gelandet, anstatt dass er mit einer psychologischen Untersuchung gedroht hätte.“

„Nun, mach dir keine Sorgen. Du bist mit deiner Masterarbeit fertig und brauchst nie wieder dorthin zurückzukehren.“

„Darauf stoßen wir an!“ Ich richte mich auf und stoße mit ihm an.

Wir trinken.

„Jetzt muss ich mich nur noch darauf konzentrieren, nach dem Abschluss nächsten Monat einen Job zu finden, damit ich nicht umziehen muss.“

„Umziehen?“, fragt Dean und zieht verwirrt die Stirn in Falten. „Wovon redest du?“

„Der Mietvertrag meiner Oma läuft in drei Monaten aus. Wenn ich nicht einen wirklich guten Job finde, kann ich nicht bleiben.“

„Machst du Witze?“, schnauzt Dean, nimmt seine Brille ab und kneift sich frustriert in den Nasenrücken.

„Warum bist du so wütend?“, frage ich und beobachte, wie sich sein ganzer Körper versteift.

Er sieht mich mit seinen Schokoladenaugen an. „Ich hatte keine Ahnung, dass du dir das Reihenhaus nicht leisten kannst. Warum hast du nicht mit mir geredet?“

„Mit dir über was reden?“

„Deine Finanzen! Ich hätte das, was du an Miete hättest zahlen müssen, investieren können, und du hättest einen Gewinn erzielen und ein paar Monate mehr herausholen können. Vielleicht sogar ein Jahr.“

Ich lache über diese Vorstellung. Dean ist ein autodidaktischer Selfmade-Börsenmakler. Er hat von seinem Großvater eine Menge Geld geerbt, und anstatt einen Teil davon in eine Hochschulausbildung zu investieren, kaufte er sich einen Haufen Bücher und lernte alles, was er über den Kauf und Verkauf an der Börse lernen konnte. Er riskierte alles an der Börse, und es zahlte sich aus. Er hat vergessen, wie es ist, pleite zu sein.

„Dean ..., erstens reden wir beide nicht wirklich über Geld. Und zweitens habe ich nicht die Art von Geld, mit der du zu arbeiten gewohnt bist. Ich habe praktisch kein Geld. Ich habe seit drei Jahren keinen Job mehr, wie könnte ich also Geld für die Miete haben?“

„Nun, ich hätte dir trotzdem helfen können“, knurrt er. „Ich kann nicht glauben, dass du vielleicht umziehen musst.“

Ich zucke mit den Schultern und streiche ihm beruhigend über den Rücken. „Es ist in Ordnung, Dean. Ich bin nicht verärgert. Wenn ich umziehen muss, muss ich umziehen. Ich liebe das Haus meiner Großmutter, aber ich wusste, dass es wahrscheinlich nur vorübergehend ist."

Dean blickt finster in sein Bier und setzt seine Brille wieder auf. „Erst zieht Kate um, und jetzt du."

„Oh", gurre ich und beuge mich vor, um meine Fingerspitze in das Grübchen auf seiner Wange zu drücken. „Hängt da jemand an seinen beiden Nicht-Freundinnen?"

Er schüttelt den Kopf, und ein Grinsen umspielt seine Mundwinkel. „Ich hänge nicht an euch. Ehrlich gesagt, bin ich froh, wenn ich dich los bin. Ich habe es satt, dein Handwerker zu sein, besonders wenn ich dir immer wieder sage, dass ich nicht geschickt bin."

„Ich liebe dich auch." Ich lächle ihn an, und er unterdrückt sein zurückkehrendes Grinsen. „Lass uns eine Charcuterie-Platte bestellen. Ich glaube, du hast Hunger."

„Nimm die mit der Feigenmarmelade", schmollt Dean und versucht, die Aufmerksamkeit des Barkeepers zu erregen, der sich gerade mit einer vollbusigen Blondine unterhält. Selbst mit Streuseltitten bin ich für den Hipster-Barkeeper unsichtbar.

Aus den Augenwinkeln sehe ich, dass Dean seinen Blick von mir auf etwas hinter mir richtet.

„Oh, Scheiße", murmelt er leise, während er zur Tür starrt.

„Was ist es?"

„Scheeeeiße", zischt er und nimmt schnell noch einen Schluck von seinem Bier, während er die Krawatte um seinen Hals zurechtrückt.

„Wen siehst du?" Ich schaue über meine Schulter.

„Sieh nicht hin, sonst ist es offensichtlich", knurrt Dean, packt mich an den Armen und wirbelt mich auf meinem Stuhl herum, sodass ich ihn anschaue. „Mein größter Kunde ist gerade zur Tür hereingekommen."

„Oh, also jemand Reiches", sage ich wissend.

Dean arbeitet meist nur mit seinen eigenen Investitionen, aber nachdem die Nachricht von seinen Rain-Man-Fähigkeiten bekannt wurde, heuerten ihn einige der größeren Geschäftsleute in Boulder an, um unabhängig für sie zu arbeiten. Ich habe ihn nur zweimal mit Kunden gesehen, und ich hasse es absolut. Er verwandelt sich in einen roboterhaften Arschkriecher, und Kate und ich ziehen ihn gnadenlos dafür auf.

„Bitte, sei brav, Lynsey. Bitte, bitte, bitte." Dean lehnt sich dicht zu mir und flüstert mir ins Ohr: „Das ist Max Fletcher. Ihm gehört etwa die Hälfte von Boulder und er ist über hundert Millionen wert. Dabei ist er noch nicht einmal vierzig!"

„Hundert Millionen?", flüstere ich. Die Zahl ist noch höher, als ich sie mir vorgestellt habe. „Ist seine Scheiße vierzehnkarätiges Gold oder so?"

„Schhh." Deans Augen weiten sich bei der Lautstärke meiner Stimme.

„Ich frage mich, ob seine Boxershorts mit Diamanten besetzt sind." Ich kichere angesichts des Wissens, dass der Alkohol mich mehr wie Kate denken lässt.

„Hör auf zu lachen, Lynsey!" In Panik schnappt Dean sich eine Handvoll Popcorn und stopft es mir in den Mund, bevor er aufsteht.

„Mr. Fletcher, schön, Sie zu sehen", sagt er in diesem schrecklich hochmütigen Ton, den er anschlägt, wenn er jemandem Honig ums Maul schmiert.

Ich versuche, den Popcorn-Knebel zu kauen, den Dean mir gerade in den Mund gestopft hat, aber ein Korn landet in der falschen Röhre. Ich huste über der Bar – die Hände weit gespreizt, in Vorbereitung auf den bevorstehenden Tod. Dean klopft mir geistesabwesend auf den Rücken, denn seien wir ehrlich, ich huste, also atme ich auch, aber sein Tätscheln hilft nicht. Ich schlage mir auf die Brust, um zu verhindern, dass ich ersticke, während ich nach meinem Getränk greife, das bedauerlicherweise leer ist.

Ich greife nach Deans Fassbier, aber sobald die goldene Flüssigkeit auf meine Zunge trifft, muss ich wegen des schrecklichen

Geschmacks würgen. *Heilige Scheiße! Kate hat recht, IPA-Bier schmeckt wie Gift!* Mein Gesicht verzieht sich vor Ekel, als ich die Flüssigkeit in meine Kehle zwinge und einen kräftigen Atemzug reiner Luft einnehme. Mit einem jämmerlichen Wimmern wedle ich mit den Händen vor meinem Gesicht und suche nach einer Cocktailserviette. Mr. Schnurrbart Barkeeper ist immer noch in die Blondine vertieft, sodass ich gezwungen bin, den Handrücken zu benutzen, um mir den Sabber vom Kinn zu wischen.

Als ich mich endlich wieder einigermaßen gefangen habe, drehe ich mich um und sehe Dean finster an. „Dein Bier schmeckt wie der Arsch eines Stinktiers."

Dean gibt ein schmerzhaft falsches Lachen von sich, während er seinen Kunden ansieht und mit den Augen rollt. „Verzeihen Sie meiner Freundin. Sie weiß die Köstlichkeiten eines guten IPAs nicht zu schätzen. Ich versuche ihr zu erklären, dass Hopfen ein gewöhnungsbedürftiger Geschmack ist, aber Sie wissen ja, wie das ist." Er schüttelt den Kopf und lächelt selbstironisch, während er meinen Stuhl dreht, um ihn dem Mann zuzuwenden, mit dem er gerade spricht. „Mr. Fletcher, das ist meine gute Freundin, Lynsey Jones. Lynsey ..., das ist Mr. Fletcher."

„Nennen Sie mich Max", sagt der Mann mit einem freundlichen Lächeln, als er mir die Hand schüttelt. Er ist ein großer, schlanker Mann mit blondem Haar und freundlichen blauen Augen. Er sieht aus wie eine Ken-Puppe, komplett braungebrannt und mit dem Körper eines Schwimmers. Besorgnis flattert über sein Gesicht. „Geht es Ihnen gut? Es klang, als würden Sie sterben."

Mein Lächeln ist reumütig. „Es stand einen Moment lang auf der Kippe."

Dean bellt ein weiteres gezwungenes Lachen, und ich sehe ihn mit gerunzelter Stirn an. Er lacht so sehr, dass seine Backenzähne zu sehen sind.

„Das ist mein Freund Josh", sagt Max und lenkt meine Aufmerksamkeit auf den riesigen Mann, der in meinem peripheren Blickfeld steht.

Als ich mich ihm zuwende, verzieht sich mein Gesicht zu einem seltsamen, schmerzhaft höhnischen Grinsen, zum Teil, weil ich mich immer noch nicht von meiner Begegnung mit dem Tod erholt habe, vor allem aber, weil ich in die stürmischen Augen von Dr. Arsch blicke.

Stichwort für die bedrohliche Musik aus Der weiße Hai.

Max lässt meine Hand los, und bevor ich sie zurückziehen kann, wird sie von dem wütenden Arzt ergriffen, der offenbar Josh heißt? Dieser Name ist zu menschlich, um zu jemandem wie ihm zu gehören. Er würde besser zu einem Rettungsschwimmer passen, der in seiner Freizeit gern surft. Nicht zu einem arroganten Arschloch, das herumläuft und sich über Leute ärgert, die Kuchen essen.

Seine große Hand lässt meine winzig aussehen. Seine warme Handfläche und seine langen Finger jagen mir einen nervösen Schauder über den Rücken, der bis in die Zehen reicht. Als mein Blick zu seinem Gesicht zurückkehrt, mustert er mich von Kopf bis Fuß.

Vielleicht erkennt er mich nicht.

Aber in dem Moment, als er den Mund aufmacht, wird mir klar, dass ich völlig falschliege.

„Ich nehme an, Sie haben eine Menge Erfahrung mit dem Kosten von Stinktierärschen?" Joshs tiefe Stimme grollt wie Donner.

Dean und Max lachen über den Versuch des Idioten, einen Witz zu reißen, während ich ihn mit zusammengekniffenen Augen ansehe. „Wenn man einen Arsch probiert, hat man sie alle probiert", schnauze ich.

Moment mal! Was zum Teufel habe ich gerade gesagt?

Ich blinzle schnell und stottere: „Ich meine, ich habe nicht gesagt, dass ich Ärsche probiere …"

„Ich verstehe", unterbricht Josh kühl, sein Gesicht zeigt keinerlei Belustigung. „Sie sind Expertin für Arschverkostung."

„Ich bin keine Expertin für Arschverkostung!", stottere ich, während mein Gesicht vor Verlegenheit heiß wird. „So etwas gibt es gar nicht."

„Wenn es so etwas gäbe, wären Sie wohl außergewöhnlich gut darin.“ In den Augen des heißen Arztes, der in seiner ganzen einschüchternden, lächerlich perfekt proportionierten Pracht über mir aufragt, tanzt Heiterkeit.

Flirtet er … mit mir?, frage ich mich kurz, während ich ihn anstarre und widerwillig zugebe, dass er ohne Kittel noch viel besser aussieht.

Das Leben ist heute ein echt grausames Miststück.

„Warum zum Teufel glauben Sie, dass ich besonders gut im Arschverkosten bin?“ Ich stehe auf, um ein wenig Druck auszuüben. Leider befinde ich mich trotz meiner Absätze nur auf Augenhöhe mit seiner Brust.

Dummer, riesiger Arschlocharzt mit wirklich langen, hübschen Fingern.

„Entschuldigung“, wirft Max ein, als der Trottel und ich einander mörderisch anstarren, „aber kennt ihr beide euch?“

Ich knirsche mit den Zähnen. „Das kann man wohl sagen.“

Der Arzt lacht. „Nach dem heutigen Tag weiß ich genug.“

„Ach du meine Güte.“ Angesichts seines selbstgerechten Verhaltens, nachdem er erst vor sechzig Sekunden hier hereingekommen ist, lecke ich mir über die Lippen. „Wollen Sie mir jetzt auch noch sagen, dass ich nicht in einer öffentlichen Bar sitzen darf?“

Er zieht herausfordernd eine Braue hoch. „Es kommt darauf an, ob Sie ein gutes oder böses Mädchen sein werden.“

Die Art und Weise, wie er mir in die Augen schaut, als er *böses Mädchen* sagt, lässt mich erneut erschaudern. Ich schwöre, ich möchte mich dafür versohlen, dass ich in seiner Gegenwart so schwach bin.

Mich selbst versohlen? Was zum Teufel ist los mit mir? Habe ich einen Schlaganfall?

Ich öffne den Mund, um etwas zu sagen, entscheide mich aber dagegen, weil dieser Typ nicht wissen muss, dass er eine Wirkung auf mich hat. Das ist genau das, was er will. Er will, dass ich eine

Szene mache und wieder die Fassung verliere. *Denn ich war total cool, bevor er mit seiner ganzen unerwünschten Attraktivität hier reinkam.*

So ein Mist. Er hält immer noch meine Hand.

Mit finsterer Miene versuche ich, sie aus seinem Griff zu reißen. Er hält sie daraufhin fester, und seine Augen tanzen vor Vergnügen wie der selbstgefällige Dr. Arsch, der er ist.

Ich stoße einen Laut aus und versuche erneut, meine Hand zu befreien. Er zieht mich dicht an sich heran, und ich stolpere vorwärts, wobei meine freie Hand auf seinem Brustkorb landet, um zu verhindern, dass ich gegen seinen Körper pralle. Seine Brust ist steinhart unter der schwarzen Anzugjacke, und bei seinem hellblauen Hemd ist ein Knopf offen, sodass glatte und wahrscheinlich muskulöse Haut zum Vorschein kommt. Sein würziges Aftershave steigt mir in die Nase, und ich bin entnervt, als meine Beine zittern.

Sein Blick wandert zu meinem Dekolleté, und wortlos streicht er mir eine Haarsträhne aus dem Gesicht, während ich den Atem anhalte und seinen nächsten Schritt abwarte.

Ich zerfließe fast in eine Pfütze aus schwärmendem Mädchenbrei, bis mir klar wird, dass der Arsch gerade ein Popcornstückchen aus meinem Haar gezupft und es mit so viel Verachtung auf den Boden der Bar geworfen hat, wie er es tun würde, wenn er ein Staubkorn auf seinem makellosen Kaminsims zu Hause finden würde.

Seine Stimme ist neckend, als er fragt: „Ich hoffe, Sie haben sich das nicht für später aufgehoben."

Schließlich lässt er mich los.

Max sagt: „Verzeihen Sie meinem Freund Josh hier. Ich fürchte, er hat einen chronischen Fall von Arschlocheritis. Aber zum Glück ist er Arzt und arbeitet an einem Heilmittel."

Dr. Arsch, alias *Josh,* zwingt sich zu einem Lächeln, starrt mich jedoch weiter an, als Dean näher kommt und ihm den Rücken zuwendet, damit er flüstern kann: „Ist das der Typ aus der Cafeteria?"

Ich nicke mit zusammengebissenen Zähnen, während ich den fraglichen Menschen anfunkle.

„Wir müssen gehen", sage ich scharf.

Bevor ich mich noch mehr zum Narren mache, als ich es ohnehin schon getan habe. Warum muss dieser Mann mir heute alle guten Gefühle verderben?

Dean atmet aus und scheint nach seinen Worten zu ringen. „Scheiße, ich, ähm …"

Max unterbricht Deans Gestammel. „Nun, Dean, es scheint, die beiden haben einiges nachzuholen. Warum lässt du dich von mir nicht auf einen Drink einladen? Ich möchte ein paar Geschäftsideen mit dir besprechen, und mit Whiskey macht das Reden über Geschäfte immer mehr Spaß."

Max packt Dean an den Schultern und führt ihn ein paar Plätze weiter die Bar entlang. Dean wirft mir einen entschuldigenden Blick zu, schafft es aber, *„Es tut mir leid"* mit dem Mund zu formen, bevor er mich allein zurücklässt.

Mit einem schweren Seufzer lasse ich mich auf meinen Hocker fallen und suche nach dem Barkeeper. Ich brauche den dritten Drink mehr als meinen nächsten Atemzug. Schockierenderweise nimmt Dr. Arsch den leeren Stuhl von Dean ein.

„Ich dachte schon, ich müsste bei Ihnen das Heimlich-Manöver durchführen, als wir ankamen. Oder sollen wir Du sagen?" Seine Stimme ist noch genauso pompös und arrogant wie in der Cafeteria. Er beugt sich vor und flüstert mir ins Ohr: „Dann wurde mir klar, wer du bist, und ich dachte, du tust wahrscheinlich nur so."

Meine Zähne knirschen, als ich sie zusammenbeiße und geradeaus starre. „Du kennst mich überhaupt nicht."

Er dreht sich auf seinem Hocker um und sieht mich direkt an. „Ich weiß, dass du Krankenhauscafeterias magst und anscheinend gern Arschlöcher kostest. Das reicht aus, um eine allgemeine Einschätzung vorzunehmen."

Meine Augen werden groß. „Gott, du wirkst so von dir eingenommen! Ich kann nicht sagen, ob es an dir liegt oder an dem schrecklichen Bier, das mir den Magen umdreht …, aber wenn ich raten müsste, würde ich sagen, du bist es."

Die Augen des Arztes leuchten vor Belustigung. „Schon wieder täuschst du eine Krankheit vor."

„Halt die Klappe", rufe ich und klatsche auf den Bartresen, um die Aufmerksamkeit des Barkeepers zu erregen. Er sieht endlich auf und beginnt entschuldigend, sich von der Blondine zu lösen.

„Was kann ich Ihnen bringen?", fragt er, sichtlich verärgert über meine Unverschämtheit, ihn zu unterbrechen.

„Noch einen Birds and Bees, bitte."

Dr. Arsch gluckst leise neben mir. „Ich nehme einen Whiskey. Pur. Und schreiben Sie ihren Drink auf meine Rechnung. Ich fühle mich heute Abend großzügig."

Ich drehe mich zu ihm um. „Ich brauche deine Großzügigkeit nicht, Kumpel. Ich arbeite sogar daran, zu vergessen, dass wir uns je getroffen haben."

Er hat Schwierigkeiten, seine Freude zu verbergen. „Jetzt auch noch Amnesie? Welche Krankheit kommt als Nächstes?"

Ein leises Knurren bahnt sich seinen Weg durch meine Kehle. „Was ist eigentlich dein Problem? Suchst du dir Leute, die du quälen kannst, nur weil es dir Spaß macht? Musst du nicht irgendeinen Patienten umbringen oder so?"

Plötzlich verschwindet seine amüsierte Miene, und seine Augen werden zu schmalen Schlitzen. Die Stimmung kippt, und ich könnte fast schwören, dass die Lichter noch rötlicher werden. Ich öffne den Mund, um mich zu entschuldigen, aber der Barkeeper erscheint und stellt unsere Drinks vor uns ab. Ohne ein Wort zu sagen, ergreift Josh das Glas und kippt sich die gesamte bernsteinfarbene Flüssigkeit in einem Zug hinter die Binde.

Er bittet den Barkeeper um einen Zweiten. Er umklammert sein leeres Glas fester, die Muskeln in seinem kantigen Kiefer zucken, während er dem Barkeeper dabei zusieht, wie er sein Glas wieder auffüllt. Sobald er fertig ist, steht Josh auf und geht weg, ohne mir oder dem Barkeeper auch nur einen Blick zuzuwerfen.

Heilige Scheiße, was ist gerade passiert?

In der einen Minute geht er mit voller Wucht auf mich los, mit einem Hauch von flirtendem Amüsement in seinem Tonfall, und in der nächsten schaltet er komplett ab und wird stumm? War mein Witz wirklich so furchtbar?

Warum versuche ich überhaupt herauszufinden, was ich bei einem Mann falsch gemacht habe, der so eindeutig sozial gestört ist?

Andererseits bin ich kein schlechter Mensch, auch wenn der Kerl das von mir denkt. Tatsächlich bin ich normalerweise ziemlich nett, wenn ich nicht gerade wie ein bockiges Kleinkind behandelt werde, dem der Hintern versohlt werden muss.

Und schon wieder das Hinternversohlen! Gott, ich muss flachgelegt werden!

Mit einem schweren Seufzer suche ich in meiner Handtasche nach meinem Handy.

Dieser Abend wird genauso katastrophal wie der Tag. Ich rufe die Uber-App auf, damit ich nach Hause fahren und mich in meinem Bett einrollen kann.

Dean brüllt: „Lynsey, was machst du da?"

Ich stoße ein entrüstetes Grunzen aus. „Ich rufe einen Uber."

„Du kannst nicht gehen! Wir feiern!" Er lässt sich auf den leeren Hocker fallen.

„Nein, tun wir nicht. Du schmierst jemandem Honig ums Maul, und ich werde von Dr. Arsch fertiggemacht", argumentiere ich und versuche, Deans Griff um meinen Arm abzuschütteln. Das Arschloch sollte sich schämen, mich im Stich zu lassen. „Ich will einfach nur nach Hause."

„Nein, Lyns", stöhnt Dean mit großen, flehenden dunklen Augen. „Du kannst noch nicht gehen. Max will mit mir über eine lokale Bäckerei sprechen, in die ich seiner Meinung nach mit ihm investieren sollte. Er meint, wir könnten sie als Franchise betreiben und landesweit expandieren. Das ist genau die Art von Investition, die ich gesucht habe, und Max ist die Art von Partner, die ich dafür brauche. Bitte geh nicht. Setz dich zu uns und trink etwas mit uns … Ich glaube, du verstehst Josh falsch. Max sagt, sie kennen sich seit ihrer Kindheit, und Max würde nie mit einem Arschloch befreundet sein."

Ich werfe Dean einen ungläubigen Blick zu.

Er schiebt seine Unterlippe auf eine flirtende Art und Weise vor, die mich überhaupt nicht beeindruckt. „Ich brauche nur eine Stunde."

„Eine Stunde?", stöhne ich und presse mir eine Hand auf die Stirn. „Meine Schultern sind schon ganz wund von der Anspannung, die dieses Arschloch auf mich ausübt. Er hat es auf mich abgesehen, und ich will nicht eine Stunde lang mit ihm zusammensitzen."

„Er hat es nicht auf dich abgesehen. Ich sage es dir, Lynsey. Ich glaube, er mag dich." Dean wackelt spielerisch mit den Augenbrauen. „Aber viel wichtiger ist, dass Max ein Mann ist, mit dem man nur schwer ein persönliches Gespräch führen kann, und er scheint sehr gesprächsbereit zu sein."

„Im Ernst, Dean. Geh und rede mit ihm. Du brauchst mich dafür nicht."

„Doch, tue ich. Das ist dein großer Abend, und du hast dich nicht herausgeputzt, um jetzt nach Hause zu gehen." Er fixiert mich mit einem flehenden Blick. „Ich kaufe dir eine riesige Charcuterie-Platte und alle deine Getränke. Und sobald wir hier fertig sind, bin ich für den Rest des Abends dein Wingman."

Ich starre auf seinen entschuldigenden, hoffnungsvollen Ausdruck. Er wirkt so verzweifelt.

Verdammt, ich habe ein ernsthaftes Budget, und zu Charcuterie kann ich einfach nicht nein sagen. „Versprichst du, dass es nur eine Stunde dauert?"

„Eine kleine Stunde!" Er zwinkert mir flirtend zu.

Das werde ich so was von bereuen.

KAPITEL 3

Zweieinhalb Stunden später habe ich ordentlich einen im Tee. Oder im Kaffee? Was hat das mit diesem Sprichwort überhaupt zu tun? Bezieht es sich darauf, ob man reinen Alkohol trinkt? Ob man zwischendurch etwas anderes trinkt? Ob man das Gefühl hat, zu viel Koffein in sich zu haben? Wenn ich das wüsste!

Ich weiß nur, dass ich beschwipst bin und ein lustiges Spiel spiele, bei dem ich mit dem hübschen Käse auf der Charcuterie-Platte eine süße kleine Hütte mit Zahnstochern als Befestigungsmittel baue. Es ist wie ein Lebkuchenhaus, aber mit Wurst und Käse.

Die Inspiration kommt mir, als ich eine Reihe grüner Oliven auf einen Zahnstocher aufspieße und versuche, sie als Schornstein auf das Dach meines Fleischhauses zu stecken. Leider hält das Dach dem Gewicht nicht stand, und meine gesamte Kreation zerbröselt zusammen mit meinen Hoffnungen, dass dieser Abend nicht zu einem großen Haufen Scheiße wird.

Ich werfe einen Blick über den Tisch und sehe, wie Josh meine Kunst angrinst wie der große, böse Wolf, der die Häuser der drei kleinen Schweinchen weggeblasen hat. Mit seinen zusammengekniffenen Augen sieht er irgendwie wie ein Wolf aus – ein großer, böser Wolf, von dem ich mich fressen lassen würde. Die. Ganze. Nacht.

Großer Gott ..., ich brauche wirklich eine psychologische Beurteilung.

Was ist mit diesem Kerl los? Seit wann ist ein Mann mit mürrischer Miene etwas, das mich anzieht? Das muss die beschwipste Lynsey sein, die da spricht. Die nüchterne Lynsey denkt nicht solche Gedanken über Dr. Arsch.

Apropos der gute Doktor ..., dieser Mistkerl hat mich den ganzen verdammten Abend über ignoriert. Er hat kein einziges Wort an mich gerichtet, seit ich mich ihm gegenüber gesetzt habe. Und je mehr ich trinke, desto mehr geht mir sein grüblerisches Schweigen auf die Nerven.

„Es tut mir so leid, Lynsey. Ich darf doch Du sagen?", sagt Max wie aus dem Nichts, woraufhin ich den Blick von Josh losreiße. „Ich habe den ganzen Abend mit Dean über Geschäfte geredet und hatte keine Zeit, nach dir zu fragen."

Ich blinzle und versuche, mich auf seine Worte zu konzentrieren, nicht auf Dr. Arschs heißen Blick. „Entschuldigung, was?"

„Erzähl mir von dir." Er lächelt höflich. „Bist du aus Boulder?"

„Das bin ich." Ich nicke langsam.

„Oh, auf welche High-School bist du gegangen?"

Ich lächle unbeholfen. „Ich hatte das Glück, auf eine katholische Schule zu gehen."

Max nickt wissend, und es entsteht eine peinliche Stille. Dean legt einen Arm über die Rückenlehne der Sitzecke hinter mir und bietet an: „Lynsey hat heute ihre Masterarbeit abgeschlossen. Deshalb sind wir hier, um zu feiern."

„Beeindruckend", antwortet Max aufrichtig, aber ich werde abgelenkt, als ich bemerke, wie Josh Dean finster anschaut. „Was ist das Thema deiner Masterarbeit?"

Die Aufmerksamkeit lässt mich auf meinem Platz zusammenschrumpfen. Seit einer Stunde lebe ich in meiner Käsehüttenwelt, und nach all den Birds and Bees, die ich konsumiert habe, fällt es mir schwer, verantwortungsbewussten Erwachsenen Fragen zu beantworten. Außerdem bohrt sich Joshs schwerer Blick jetzt in mich hinein, was mich noch mehr verwirrt.

Ich schlucke und bemühe mich um eine nüchterne Stimme. „Der medizinische Nutzen der Gruppentherapie für chronisch und psychisch kranke Kinder."

Max' Gesichtsausdruck wird düster, und er blickt kurz zu Josh hinüber. „Das ist ein … interessantes Thema. Bist du Medizinstudentin?"

„Großer Gott, nein", antworte ich schnell und richte mich dann auf, um etwas professioneller zu antworten. „Ich werde meinen Master in Kinderpsychologie machen, vorausgesetzt, meine Arbeit ist nicht völlig mies und ich falle durch. Ich möchte mich mehr auf die emotionale Betreuung von Kindern konzentrieren als auf die medizinische. Ich bin ein inhaltlicher Mensch, nicht technisch …, wenn du weißt, was ich meine."

Dean legt einen Arm um meine Schultern und drückt mich. „Lynsey ist einfach nur bescheiden. Sie ist brillant, und sie wird eine großartige Beraterin sein."

„Willst du deine eigene Praxis eröffnen?", fragt Max mit hochgezogenen Augenbrauen.

Ich zucke mit den Schultern. „Irgendwann, ja. Ich habe ein paar große Ideen für die Zukunft, aber zuerst möchte ich einen Job finden, bei dem ich mehr praktische Erfahrungen mit Kindern sammeln kann. Ich muss wissen, wie es ist, mit Kindern zu arbeiten, bevor ich mich kopfüber in meine Träume stürze."

„Es ist gut, Träume zu haben. Gib dich niemals zufrieden", antwortet Max und nimmt einen Schluck von seinem Whiskey, bevor er hinzufügt: „Hast du selbst Kinder?"

„Schön wär's!" Ich lache und erschaudere dann darüber, wie eifrig ich klingen muss. „Tut mir leid …, ich *liebe* Kinder. Meine Schwester hat zwei kleine Mädchen, und ich liebe es, Zeit mit meinen Nichten zu verbringen. Ehrlich gesagt, verbringe ich gern Zeit mit allen Kindern. Ich gehöre zu den Verrückten, die jemandem am Flughafen anbieten, sein Kind zu halten, wenn er allein ist und mit dem Baby und seinem Gepäck zu kämpfen hat. Das sieht man wirklich oft. Einmal durfte ich das Baby einer Frau im Flugzeug während der gesamten Reise halten, während die Mutter ein Nickerchen machte. Das war magisch. Der kleine Kerl hat mich geliebt." Ich schließe für eine kurze Sekunde die Augen und denke an diesen wunderbaren Flug zurück.

Als ich sie wieder öffne, blickt Josh mich voller Verachtung an.

Habe ich eine Art beleidigenden Witz gemacht, ohne es zu merken?

Ich tue mein Bestes, ihn zu ignorieren, während ich meinen Gedankengang zu Ende führe. „Aber leider habe ich keine Kinder. Oder einen Ehemann. Oder einen Freund, was das betrifft. Ich glaube, man braucht eines von beiden, um das andere zu bekommen."

Max lacht. „Das ist nicht immer der Fall."

Ich lächle, dankbar darüber, dass *er* sich wenigstens nicht von meiner Liebe zu Kindern angegriffen fühlt. „Nun, ich bin mir sicher, dass eine Karriere in der Arbeit mit Kindern mich sehr erfüllen wird."

Josh stößt ein trockenes Lachen aus, und die Aufmerksamkeit aller richtet sich auf ihn.

„Ist das, was ich gerade gesagt habe, irgendwie komisch?" Ich lege meine Hände auf den Tisch, um mich selbst daran zu hindern, ihm den selbstgefälligen Ausdruck aus dem Gesicht zu schlagen.

Er sieht mich einen Moment lang an, während alle Anzeichen von Humor aus seinen Zügen weichen. „Daran ist überhaupt nichts lustig. Eigentlich ist es traurig."

„Traurig?" Ich zucke zurück. „Was könnte denn traurig sein, wenn man mit Kindern arbeitet?"

„Es ist nur so, dass …" Er leckt sich die Lippen, stützt die Ellbogen auf den Tisch und sieht mich mit herablassender Miene an. „Normalerweise haben Leute, die von Kindern besessen sind, nicht genügend Erfahrung mit ihnen. Ich hoffe also aufrichtig, dass du weißt, worauf du dich mit dieser Spezialität einlässt."

Er schnappt sich sein Glas und trinkt den Rest seines Whiskeys in einem Zug aus, während ich ihn mit offenem Mund anstarre.

Für wen hält sich der Kerl eigentlich?

Mein Tonfall ist schneidend. „Ich habe für meine Masterarbeit viel recherchiert und einige praktische Erfahrungen mit meinem Studium gemacht, also denke ich, dass ich genau weiß, worauf ich mich einlasse."

„Das sagen sie alle." Ein Muskel in seinem Kiefer zuckt, als er sich umdreht, um die Kellnerin, die an unserem Tisch vorbeikommt, heranzuwinken. „Noch einen Whiskey, bitte."

Der Trottel hat anscheinend Manieren für *sie*. Schade, dass er mir nicht die gleiche Höflichkeit entgegenbringen kann.

Ich wedle mit meinem leeren Glas. „Für mich noch einen Birds and Bees, bitte. Diesmal einen Doppelten."

„Vielleicht solltest du ein Wasser trinken", flüstert Dean, und ich werfe ihm einen vorwurfsvollen Blick zu.

„Ich nehme noch einen Birds and Bees", wiederhole ich meine Bitte mit zusammengekniffenen Augen. „Wir feiern doch, schon vergessen?" Den letzten Satz sage ich mit zusammengebissenen Zähnen.

Dean grummelt vor sich hin: „Es ist dein Kater."

Ich ziehe die Stirn in Falten und ignoriere Joshs Blick, während ich der Kellnerin zur Bestätigung zunicke. Nachdem sie Max' und Deans Bestellungen aufgenommen hat, zieht sie sich an die Bar zurück.

Nach einem Moment der Bäckereigespräche zwischen Dean und Max steht Josh plötzlich wortlos auf und schreitet zur Bar, wo die Kellnerin immer noch steht. Er flüstert ihr etwas ins Ohr, woraufhin sie ihm ein kokettes Lächeln schenkt, ihr Haar über die Schulter wirft und sich auf die Lippe beißt. Sie schaut kurz zu unserem Tisch und nickt dann.

„Was zum Teufel sollte das denn?", murmle ich neugierig und unterbreche damit das Gespräch zwischen Max und Dean.

„Wie bitte, Lynsey?", fragt Max höflich.

Ich schlucke schwer. „Nichts."

Josh kehrt einen Moment später zurück und sieht besonders arrogant aus, als er sich neben seinen Kumpel setzt, der sich davon nicht beirren lässt.

Junge, Max ist ein Quasselstrippe. Ich hatte einen Schnauzer namens Max, als ich ein Kind war … und selbst der hat nicht annähernd so viel geredet. Oder gebellt. Ehrlich gesagt, der menschliche Max verblasst im Vergleich zum hundischen Max.

Max und Dean sind in ein Gespräch vertieft, als die Kellnerin mit unseren Getränken zurückkommt. Oder sollte ich sagen, den Getränken der Männer. Ich bekomme ein großes Glas mit Eiswasser vorgesetzt.

„Ich habe das nicht bestellt." Ich sehe sie stirnrunzelnd an. „Ich habe einen Birds and Bees bestellt."

Sie lächelt unbeholfen und schaut zu Josh hinüber. „Mir wurde gesagt, Sie wollten Ihre Bestellung ändern."

„Von wem?"

Sie sieht wieder zu Josh.

„Dieser Typ?" Ich zeige auf ihn.

Sie nickt.

„Dieser Kerl kennt mich nicht einmal", rufe ich aus, während ich ihn angesichts seiner Dreistigkeit mit meinem Blick erdolche.

„Ich weiß, dass du genug hattest." Josh nippt an seinem eigenen Glas Alkohol.

Ich sehe Dean hilfesuchend an, aber er ist damit beschäftigt, Max etwas auf seinem Handy zu zeigen und scheint nicht einmal zu bemerken, was vor sich geht.

„Woher willst du wissen, dass ich genug hatte?", zische ich.

„Ich bin Arzt, schon vergessen?" Er zwinkert mir zu, und meine Hand ballt sich zu einer Faust, weil ich ihn am liebsten schlagen würde. Josh schaut stirnrunzelnd auf meine Hand hinunter. „Lust auf Kuchen?"

„Ich gehe." Ich stehe auf und streiche meinen Rock über meine Hüften.

Deans Aufmerksamkeit richtet sich auf mich. „Nur eine Sekunde, Lynsey. Ich muss Max diesen Artikel zeigen."

Ich zücke mein Handy und bestelle in Rekordzeit einen Uber. *Könnte eine betrunkene Person das tun?*

Wahrscheinlich.

Trotzdem trete ich vom Tisch weg. „Ich schaffe es schon, nach Hause zu kommen, Dean. Du bleibst."

„Dann lass mich dich wenigstens sicher in den Uber bringen."

„Ich komme klar."

In diesem Moment steht Josh auf. „Ich gehe auch. Ich bringe sie zum Uber."

Meine Augen werden groß. „Ernsthaft?"

Dean blickt zwischen mir und Josh hin und her und wirft dann einen bedauernden Blick auf Max, bevor er sich mit flehenden Augen an mich wendet.

Und genau das ist der Grund, warum es mit Dean und mir als Paar nicht geklappt hat. Er ist der Typ mit dem glänzenden neuen Spielzeug. Er sieht nur das glänzende neue Spielzeug im Moment und nicht das Gesamtbild dessen, was dieses Spielzeug anderen Menschen antun wird.

Diese Analogie ergibt keinen Sinn.

Vielleicht bin ich betrunken.

Keine Szene machen.

Ich bin schon so lange mit Dr. Arsch ausgekommen, dass mich ein paar Minuten mehr nicht umbringen werden.

Mein Telefon piept mit der Benachrichtigung, dass der Uber angekommen ist, und Josh bedeutet mir, vorauszugehen. Verärgert steuere ich auf die Tür zu und spüre Joshs heißen Blick auf meinem Rücken, als ich hinausgehe.

„Wir können genauso gut gemeinsam fahren", bietet er an.

„Ernsthaft?", erwidere ich ungläubig.

Er funkelt mich an. „Ich meine die meisten Dinge in meinem Leben ernst, also kannst du aufhören, diese nervige Ein-Wort-Frage zu stellen."

In diesem Moment fährt der winzige Toyota Corolla vor. „Hast du die Clown-Auto-Option gewählt?", grummelt Josh, als er an mir vorbeigeht, um die Tür zu öffnen.

Ich halte inne und staune über seine willkürliche Zurschaustellung von Manieren, bevor ich antworte: „Nicht jeder von uns verdient das Gehalt eines Arztes. Beschwerst du dich ernsthaft über eine kostenlose Fahrt? Ich habe dich nicht gebeten, bei mir einzusteigen."

Er hebt die Augenbrauen. „Ich beschwere mich über fehlende Beinfreiheit."

„Dann setz dich vorn zum Fahrer", schnauze ich und lasse mich auf den Rücksitz gleiten. Mein Versuch, die Tür zu schließen, wird von Joshs großer Männerhand vereitelt.

Er faltet sich neben mir zusammen, und ich muss zugeben, dass er sich wirklich unwohl zu fühlen scheint. Seine Beine sind so weit gespreizt, dass sich unsere Knie berühren. Zu lässig für meinen Geschmack, legt er einen Arm hinter mich, als er es sich bequem macht. Die Bewegung gibt mir das Gefühl, ihm zu nahe zu sein, seinem Geruch … und einfach … seiner Gegenwart.

Wird es hier drinnen heiß?

„Wir machen zwei Stopps." Josh reißt mir mein Handy aus der Hand, bevor ich auch nur blinzeln kann.

„Bemächtige dich einfach meines Eigentums, ja sicher", murmle ich. Sein Gesicht leuchtet in der Dunkelheit durch meinen Bildschirm, während er seine Adresse in die App eingibt.

Er runzelt die Stirn und beendet seine Arbeit, bevor er es mir zurückgibt, während der Fahrer den Parkplatz verlässt.

Es herrscht vielleicht zehn Sekunden lang dunkle, glückselige Stille, bevor Josh murmelt: „Ausgerechnet einen Master in Psychologie."

Ich schließe die Augen und kneife mir in den Nasenrücken. „Nicht das schon wieder."

„Du willst mir also sagen, dass du all die Wochen in der Krankenhauscafeteria an deiner kleinen Masterarbeit gearbeitet hast?", fragt er in einem so herablassenden Ton, dass ich ihn am liebsten erwürgen würde.

Ich schürze die Lippen. „Wenn ich diese überflüssige Frage beantworte, drohst du dann wieder damit, mich in die Psychiatrie einzuweisen?"

Als ich mich zu ihm umdrehe, sehe ich, wie sein Blick über meine Beine wandert, als würde er mich untersuchen. „Ich versuche noch, mich zu entscheiden."

Ich fixiere ihn mit einem Blick. „Ja, ich habe an meiner Masterarbeit gearbeitet. Ich weiß nicht, warum die Krankenhauscafeteria mir geholfen hat, mich zu konzentrieren, aber es hat funktioniert, und ich wollte sie so verzweifelt beenden, dass ich einfach immer wieder zurückkam. Wie gesagt, ich wusste nicht, dass es gegen die Vorschriften verstößt. Ich dachte, es sei ein normaler Warteraum."

Er seufzt schwer und blickt mich an. „Ich nehme an, es verstößt nicht gegen irgendwelche Regeln."

Meine Oberlippe kräuselt sich. „Du hast also nur beschlossen, mich heute zu konfrontieren …, um dein eigenes perverses Vergnügen zu befriedigen?"

Er ignoriert meine Frage. „Bist du sicher, dass du weißt, worauf du hinarbeitest?"

„In Bezug auf was?"

„In Bezug auf dein gewünschtes Fachgebiet in der Psychologie. Hast du eine Vorstellung davon, wie es ist, mit kranken Kindern zu arbeiten? Dir ist doch klar, dass ein Psychologe genau das tut, oder? Er arbeitet mit kranken Kindern? Das ist etwas ganz anderes als deine verwöhnten kleinen Nichten."

Seine Stimme ist hart, aber seine Augen verraten ihn mit einem Hauch von Emotion, der mich verwirrt. „Zunächst einmal sind meine Nichten *nicht* verwöhnt. Du weißt nichts über sie. Und zweitens habe ich im Rahmen meines Studiums Praktika gemacht. Also ja, ich habe eine ungefähre Vorstellung davon. Und ich weiß, es wird nicht einfach sein, aber es wird sich lohnen, ihnen zu helfen. Kinder sind den Erwachsenen in so vielen Dingen überlegen. Sie haben eine größere Lernfähigkeit. Sie sind aufgeschlossener, weniger zynisch …"

„… bedürftiger, viel Arbeit, schwer zu handhaben", beendet er meinen Satz, als spräche er über das Wetter. „Sie sind es nicht wert."

„Sie sind was nicht wert?", fauche ich, da ich seinen Tonfall hasse.

„Sie sind das Risiko nicht wert."

Mein Gesicht verzieht sich vor Verwirrung. „Was soll *das* denn heißen?"

„Das spielt keine Rolle", schnaubt er und schaut aus dem Fenster, sein kantiges Kinn von den Straßenlaternen umrissen. „Ich ziehe erwachsene Patienten den pädiatrischen Patienten jederzeit vor."

„Und jungen, wissbegierigen Menschen deine schillernde, funkelnde, fröhliche Persönlichkeit vorenthalten?", frage ich mit übertrieben freundlicher Stimme.

Er wirft mir einen warnenden Blick zu, und seine Augen verweilen auf meinen Lippen, als er antwortet: „Wer sagt das Wort fröhlich, wenn es sich nicht um den Weihnachtsmann handelt?"

„Eine Masterstudentin mit nicht saisonalen Vokabelkenntnissen", schnauze ich. „Und jemand, der Emotionen außerhalb der Arschlocheritis kennt."

„Ich bin lieber ein Arsch als naiv. Deshalb finde ich, dass Menschen, die Kinder haben wollen, einer psychologischen Untersuchung unterzogen werden sollten. Sofort." Seine Augen leuchten mit einem Hauch von Humor. „Ein weiterer Grund, warum du dich einer psychologischen Untersuchung unterziehen solltest. Siehst du den gemeinsamen Nenner heute?"

Ich recke mein Kinn vor. „Siehst du, wie groß dein Arsch geworden ist?"

Joshs Gesicht erhellt sich augenblicklich. „Was?"

Meine Wangen werden heiß. „Ich meine …"

Er versucht, sein Lachen zu unterdrücken, was ihm nicht gelingt. „Hast du auf meinen Arsch geschaut?"

„Ich schaue nicht auf deinen Arsch!" Und natürlich geht mein Blick direkt nach unten, aber ich lenke meine Aufmerksamkeit auf die Windschutzscheibe des Fahrzeugs, bevor er mich erwischt.

„Es sieht so aus, als würdest du auf meinen Arsch starren", murmelt er selbstgefällig.

„Nimmst du dich immer so wichtig?" Ich verschränke die Arme und konzentriere mich auf das Fenster. „Großer Gott, du bist das Letzte! Du könntest eigentlich heiß sein, wenn jemand über deine schreckliche Arroganz hinwegsehen könnte."

Im Auto herrscht Stille, und ich werfe einen Blick auf ihn. Seine volle Aufmerksamkeit gilt jetzt mir.

Seine Augenbrauen heben sich, als sich unsere Blicke treffen. „Hast du gesagt, ich bin heiß?"

Meine Lippen werden schmal. „Ich sagte, du *könntest* heiß sein."

Er schüttelt süffisant den Kopf. „Erst bemerkst du meinen Arsch, und jetzt bemerkst du auch noch, wie heiß ich bin. Das ist eine seltsame Art des Flirtens. Manche würden es sogar als unheimlich bezeichnen."

„Du willst über unheimliches Flirten reden?" Ich verschränke die Arme vor meinen Streuseltitten und versuche, die Tatsache zu ignorieren, dass er mich total abcheckt. Dummerweise, idiotischerweise gefällt mir das, obwohl ich eindeutig beschlossen habe, ihn auf ewig zu hassen. „Du bist derjenige, der mich seit Wochen in der Cafeteria beobachtet. Klingt sehr nach Stalking."

„Stalking?", schnaubt er.

„Vielleicht hätte ich den Sicherheitsdienst rufen sollen, als du mich heute angesprochen hast." Ich lehne mich mit einer frischen

Verteidigung zu ihm, von der ich nicht glauben kann, dass sie mir nicht schon früher eingefallen ist. „Ich hätte ihnen sagen können, dass mich ein unheimlicher alter Mann seit Wochen wie ein Stück Fleisch von der anderen Seite der Cafeteria aus anstarrt und ich mir Sorgen um meine Sicherheit mache."

Seine Augen werden schmal mit sündhaften Versprechen. „Schmeichle dir nicht selbst, Schätzchen."

„Nenn mich nicht Schätzchen. Das ist herablassend."

Er ignoriert meine Antwort. „Du bist ein sehr gereizter Mensch, weißt du das?"

„Ich bin nur bei Leuten gereizt, die auch mir gegenüber gereizt sind."

„Oh, du hast noch nicht einmal angefangen, mich gereizt zu sehen, *Schätzchen*."

„Hör auf, mich so zu nennen! Und oh, mein Gott, machst du Witze? Du warst in der Cafeteria gereizt zu mir, und dann heute Abend in der Bar. Wir sind uns völlig fremd, und du warst ein launischer, unhöflicher, kontrollierender Trottel! Und dann änderst du meine Getränkebestellung ohne meine Erlaubnis, also füge ich chauvinistisch zu der langen Liste deiner glühenden Attribute hinzu."

Als ich fertig bin, atme ich angestrengt und merke, wie mich dieses Gespräch ernüchtert hat. Mein Schwung ist weg. Meine heiße Ausstrahlung von vorhin ist weg. Alles, was heute gut hätte sein können, ist jetzt wegen dieses Kerls weg.

Warum dauert es so lange, nach Hause zu kommen?

Josh schüttelt den Kopf. „Natürlich muss ich ein Chauvinist sein, wenn ich mich so um dein Wohlbefinden sorge, dass ich dir ein Wasser bestelle. Mir war nicht klar, dass dich Flüssigkeitszufuhr so tief beleidigen würde. Zu welchem marginalisierten Teil der Gesellschaft gehörst du, dass du dich von H_2O beleidigt fühlst?"

„Dem Teil, der selbst entscheiden kann, wann er Wasser braucht, verdammt noch mal!"

Josh rollt mit den Augen und schließt den Raum zwischen

uns. „Nun, dein Gewinner von Mann ist dir sicherlich nicht zu Hilfe geeilt. Ist das wirklich die Art von Mann, die dich anmacht? Er ist ein Vollidiot erster Güte und du könntest es besser haben."

Mir fällt die Kinnlade herunter, als das Auto vor der Adresse hält, die Josh in die App eingegeben hat. Er öffnet die Tür, um auszusteigen, und ich folge ihm, denn ich will ihm nicht das letzte Wort überlassen. Ich knalle die Tür hinter mir zu, während die Wut in meinen Adern brodelt. „Dean ist kein Vollidiot, und er ist nicht mein Mann. Er ist nur ein Freund. Und er ist ein guter Freund. Du kennst ihn doch gar nicht! Warum urteilst du so über Leute, die du gar nicht kennst?"

Josh tritt an mich heran, seine große Gestalt ist über mich gebeugt, während hinter ihm ein Heiligenschein von der gelben Straßenlaterne leuchtet. „Er sieht dich nicht wie *nur einen Freund* an."

„Er ist ein Flirt!", rufe ich aus und meine Augen weiten sich, als ich aufschaue und merke, dass Josh das zu stören scheint. „Bist du … eifersüchtig?" Bei diesem Gedanken schießt ein Schwall von Erregung durch meine Adern.

„Benimm dich nicht wie ein Kind", knurrt er und sieht mich mit zusammengekniffenen Augen an. „Mir ist nur aufgefallen, dass er dich mit einem völlig Fremden in einen Uber steigen ließ." Josh deutet in Richtung des Corolla, der gerade weggefahren ist. „Wenn du *mir* gehörtest, würde ich dich nachts nie aus den Augen lassen."

Seine Worte sind ein harter Schlag für meine Libido, die seit einem Jahr ruht. Ich presse eine Hand gegen meinen Oberschenkel, erschrocken über die seltsame Reaktion, die seine Worte auslösen.

Was ist hier los? Warum erregen mich die Worte *mir gehören*?

Ich sollte seinen Tonfall hassen. Ich sollte ihn hassen. Er ist arrogant, er hat mich beschuldigt, verrückt zu sein, und jetzt habe ich durch ihn meinen Uber verloren. FeministInnen auf der ganzen Welt würden über die unwillkürliche Reaktion meines Körpers auf seine besitzergreifenden Worte weinen.

Ich schiebe die Erregung in die dunklen Ecken meines Körpers. „Ich könnte nie dir gehören."

Ich beiße mir auf die Lippe, in der Hoffnung, dass er nicht bemerkt hat, wie meine Stimme am Ende ganz atemlos wurde, aber der sündhafte Schimmer in seinen Augen zeigt, dass er mich durchschaut hat.

Das war's, ich bin Masochistin! Kate wird mich als Inspiration für ihren nächsten BDSM-Liebesroman verwenden, weil ihre beste Freundin es offenbar mag, von heißen Arschlöchern beleidigt zu werden.

Ich sollte sofort einen anderen Uber rufen. Ich sollte zu Fuß nach Hause gehen, nur um dem berauschenden Duft dieses Mannes zu entkommen, der meinen ganzen Masterabschluss-in-Psychologie-Verstand vernebelt.

Stattdessen stemme ich die Hände in die Hüften. „Ich möchte zu Protokoll geben, dass du derjenige bist, der überhaupt erst verlangt hat, mit mir zu fahren. Und wenn du denkst, dass ich so eine Spinnerin bin, warum wolltest du dann einen Uber mit mir teilen? Es ist ja nicht so, dass du dir deinen eigenen nicht leisten kannst. Und … für jemanden, der mich des Münchhausen-Syndroms bezichtigt hat, scheinst du sehr um mein Wohlergehen besorgt zu sein."

„Du machst mich verdammt schwindelig", knurrt Josh und fährt sich mit den Händen durch die Haare, die er so zerzaust, dass ich mir vorstelle, wie ich mit meinen Händen hindurchfahre, wenn ich seinen Kopf zwischen meinen Schenkeln habe.

Ich bin ein Ungeheuer!

„Redest du immer so im Kreis?" Er stößt einen schweren Seufzer aus, der von Frustration herrühren muss.

Ich trete noch näher heran, wie ein Geisteskranker, dem man einen Vorgeschmack auf die Freiheit gibt. „Sprichst du immer Frauen an öffentlichen Orten an und denkst, dass du von ihnen flachgelegt wirst, wenn du dich wie ein Arschloch verhältst?"

Josh starrt mich finster an, während er langsam seine

Unterlippe zwischen die Zähne zieht. „Was muss ich tun, damit deine roten Lippen verdammt noch mal aufhören zu reden?"

„Vielleicht solltest du mich küssen", schnauze ich, als mich ein Adrenalinstoß durchströmt.

Habe ich …

Habe ich gerade …

Habe ich diesem Arschloch gerade gesagt, er soll mich küssen?

Josh ruckt mit dem Kopf zurück, und sein mürrisches Verhalten wird durch Verwirrung ersetzt. „Dich küssen?"

Ich ziehe meine Unterlippe in den Mund und kaue nervös darauf herum. Ernsthaft, woher kam diese Antwort? Ich fühle mich nicht so betrunken. Nicht mehr. Will ich nur unbedingt berührt werden? Geküsst werden?

Wenn ja, ist meine Libido eindeutig wahnhaft, denn warum sollte sie denken, dass es eine gute Idee sei, ein totales Arschloch wie ihn anzumachen? Und mal ehrlich, was hat dieser Mann an sich, das mich dazu bringt, verrückte Dinge zu sagen und zu tun? Zum Beispiel eine Handvoll Kuchen vor ihm zu essen oder ihm zu sagen, dass er mich mitten auf der Straße küssen soll?

So oder so habe ich die Streitereien statt. Ich habe es satt, dass er mich erniedrigt und so tut, als hätte er die ganze Kontrolle. Er ist der heißeste, nervigste Mann, den ich je getroffen habe, und ich werde den Spieß umdrehen.

Ich neige mein Kinn und kneife die Augen zusammen. „Soweit ich weiß, setzt Küssen das Reden normalerweise außer Kraft."

Meine Antwort führt dazu, dass sich sein verwirrter Gesichtsausdruck in echtes Interesse verwandelt, als ich nicht zurückweiche. Er unterdrückt ein Lächeln, aber ich sehe ein Grübchen auf seiner linken Wange aufblitzen, als er näherkommt und mich mit glühenden Augen ansieht. „Ich könnte viel mehr tun, als dich zu küssen."

Ich schlucke den Kloß in meiner Kehle hinunter. „Beweise es."

Er lächelt, wobei sein Blick von meinen Augen zu meinen

Lippen und wieder zurück schweift. „Bist du sicher, dass du weißt, was du da verlangst?"

Ich nicke und drücke meine glitzernde Single Girl Clutch, als würde sie mir besondere Kräfte verleihen. „Hör einfach zum ersten Mal heute auf, ein Arschloch zu sein und setze deinen Mund für nützliche Dinge ein …"

„So viel Gerede", knurrt er, und plötzlich prallen unsere Körper aufeinander. Ich atme tief ein, als er mein Gesicht packt und seinen Mund grob auf meinen presst.

Meine Augen weiten sich.

Ich hätte nicht gedacht, dass er es tatsächlich tun würde. Ich dachte, er würde etwas Beleidigendes sagen und mich wegschicken.

Aber das hat er nicht getan.

Seine Lippen sind hart und unnachgiebig, als er seine Zunge in meinen Mund schiebt. Er schmeckt nach rauchigem Alkohol. Er ist so berauschend, dass mein Körper ihm reflexartig erliegt und darum bettelt, von seiner starken Männlichkeit durchtränkt zu werden.

Joshs Hände verlassen mein Gesicht, eine landet auf meinem Rücken und zieht mich an sich heran, während die andere in mein Haar gleitet. Er packt die Wurzeln meiner langen Wellen und zieht meinen Kopf zurück, wodurch sich unser Kuss noch weiter vertieft. Er ist total beherrschend und verwandelt die Feministen beschämende Glut, die vorher gebrannt hat, in ausgewachsene Flammen. Meine Zunge duelliert sich mit seiner, meine Hände umklammern das Revers seines Jacketts, während ich mich verzweifelt festhalte.

Gott, es ist zu lange her, dass ich einen Mann gekostet habe. Und ehrlich gesagt habe ich noch nie einen gekostet, der mich befürchten lässt, ich könnte ertrinken, wenn wir aufhören. Ich genieße es, mich ihm zu unterwerfen, etwas, wovon ich nicht einmal wusste, dass ich mich danach sehne. Ich will seine Hände überall auf mir, die mich drücken, mich packen, mich in seinen formbaren Brei der Lust verwandeln.

Gott, das ist so seltsam.

In der einen Minute möchte ich ihn auf den Mond schießen, und in der nächsten möchte ich, dass er mich mitten auf der Straße nimmt. Wie kann das Küssen eines Fremden einen solchen Wahnsinn auslösen?

Es sollte sich komisch anfühlen, einen Fremden zu küssen.

Besonders einen Arsch wie ihn.

Na ja … nicht diese Art von Arsch. Obwohl es zugegebenermaßen auch seltsam ist, einen echten Arsch zu küssen. Oder den Schwanz. Ich frage mich manchmal, warum Schwanzlutschen überhaupt eine Sache ist. Wer ist eigentlich auf die Idee gekommen, dass Geschlechtsteile und Münder eine gute Kombination sind? Ich meine … sie ist … nicht falsch. Aber seltsam, oder?

Und so merkwürdig es auch ist, den Mann zu küssen, den ich noch vor zwei Sekunden gehasst habe, dieser Moment gibt mir recht. Josh hasst mich eindeutig nicht, sonst würde er mich nicht küssen wie ein Mann, der seit Wochen nichts gegessen hat.

Er lockert seinen Griff um mein Haar und umfasst meine Wange, während er den Kuss weicher macht und seine Zunge zärtlich in meinem Mund bewegt. Meine Hände umfassen seine Taille, und ich schnappe nach Luft, als seine harte Länge gegen meinen Bauch drückt. Ich unterbreche unseren Kuss und lasse meinen Blick zur Bestätigung nach unten wandern.

Joshs Atem ist heiß und angestrengt, während er mit einem Daumen über meine Unterlippe fährt. „Du starrst ihn schon den ganzen Tag an. Du kannst nicht wirklich überrascht sein."

„Halt die Klappe", murmle ich und starre auf die Stelle, auf die ich heute so elegant Kuchen habe fallen lassen. Ich streichle ihn, weil ich offensichtlich eine Verrückte bin, die mitten auf der Straße Schwänze streichelt.

Ein ganz normaler Freitagabend für die gute alte Lynsey Jones!

Er stöhnt und drückt seine Stirn an meine. „Wir müssen das drinnen machen, es sei denn, du willst, dass ich dich draußen vor all meinen Nachbarn ficke."

Er atmet schwer gegen meine Wange.

„Endlich sind wir uns mal einig." Ich stoße einen leisen Schrei der Überraschung aus, als er sich umdreht und mich zu seiner Haustür zerrt.

„Immer so vorlaut", murmelt er, als er die Tür öffnet, ein paar Lichter anknipst und zurücktritt, um mich hereinzulassen. Ich versuche gar nicht erst, mein zufriedenes Grinsen zu verbergen. Ich liebe es, dass ich ihm unter die Haut gehe.

Ich mache einen Schritt ins Haus und stolpere an der Schwelle, wobei ich fast hinfalle, bevor Josh seine Arme um meine Taille schlingt, um mich am Stürzen zu hindern.

„Verdammt, geht es dir gut?", blafft er, fast aufgeregt über meine mangelnde Koordination.

„Mir geht's gut." Ich richte mich auf und streiche mir die Haare aus dem Gesicht. „Ich bin nur ein kleiner Tollpatsch. Ich hoffe, du hast keine akrobatischen Einlagen von mir im Schlafzimmer erwartet." Ich lache unbeholfen, und mein Gesicht verzieht sich, als ich den kargen Raum bemerke. „Bist du gerade erst eingezogen?"

„Nein", antwortet er mit flacher Stimme.

Ich bewege mich auf den traurig aussehenden weißen Plastikstuhl zu, der vor einem steinernen Kamin steht, und lege meine Tasche darauf. „Der sterile Wartezimmerstuhl ist also ein dekoratives Statement?"

Josh kneift die Augen zusammen, als er die Schlüssel auf einen kleinen Tisch im Eingangsbereich legt. „Immer noch das Gerede? Ich dachte, wir hätten schon andere Pläne."

Ich reibe meine Lippen aneinander und spüre, wie mir bei dem raubtierhaften Blick, mit dem er auf mich zumarschiert, Hitze durch die Adern schießt. Sein Gesichtsausdruck erinnert mich an die Tage, an denen er mich in der Cafeteria angefunkelt hat.

Gott, war das ein Vorspiel, und ich war zu dumm, um es zu merken?

Er verringert den Abstand zwischen uns, um mich an der Taille zu packen. Sein Mund kollidiert mit meinem, und wir sind ein Wirrwarr aus Lippen und Händen, den ganzen Weg durch sein Wohnzimmer, einen dunklen Flur hinunter und in das Schlafzimmer am Ende, wobei ich wie immer stolpere und dankbar bin, dass er mich festhält, damit ich nicht irgendwo auf der Nase lande.

Er knipst das Licht an. Ein großes, herrliches Bett und ein trauriger kleiner Nachttisch stehen an der gegenüberliegenden Wand. Auch hier gibt es nicht viel Dekoration. Vielleicht ist er ein Workaholic und schläft oft im Krankenhaus? Er verbringt jedenfalls genügend Zeit in der Cafeteria.

„Zieh dich aus", fordert Josh mit tiefer und knurrender Stimme.

Meine Nippel verhärten sich unter meinem trägerlosen BH.

„Ein wenig herrisch?" Ich stemme die Hände in die Hüften, als ich vor seinem Bett stehe.

Er verschränkt die Arme vor der Brust und beobachtet mich, als wüsste er, dass es nur eine Frage der Zeit ist, bis ich nachgebe.

Verdammt, er hat recht.

Mit zitternden Fingern entledige ich mich meiner Schuhe und ziehe mich bis auf meinen BH und mein Höschen aus. Ich zögere, mehr zu tun, weil er jeden Quadratzentimeter meines Körpers inspiziert, als sei ich bereits nackt.

„Mein Gott." Er tritt vor und fährt mit den Fingern meine nackten Arme rauf und runter. „Du bist wunderschön."

Ich runzle die Stirn.

Das scheint ein Kompliment zu sein. Ich habe Josh nicht für den Typ gehalten, der Komplimente macht.

„Ich hätte dich eher für einen Dirty-Talk-Typ gehalten. Oder bellst du nur und beißt nicht?"

Er sieht mir in die Augen, bevor er einen Schritt zurücktritt und mir einen amüsierten Blick zuwirft.

„Und schon wieder dieser Mund." Er knöpft sein Hemd auf. „Immer am Reden."

„Was willst du dagegen tun? Mir wieder sagen, dass ich wunderschön bin?"

Er öffnet den letzten Knopf seines Hemdes, zieht es aus, und
... heilige Mutter der Attraktivität.

Brustmuskeln ..., jap.

Bauchmuskeln ..., jap.

Adonis V ..., jap.

Schlüsselbeine, von denen ich bis zu diesem Moment nicht
einmal wusste, dass sie heiß sind ..., jap.

Und seine Schultern sehen einfach zum Anbeißen aus. Sie sind
breit und gottgleich, und er sollte einfach nur Rettungsschwimmer
sein, denn es wäre ein Verbrechen, diesen Körper mit dem Kittel
zu bedecken, den er trägt. Auf der Innenseite seines Bizeps sticht
mir ein Tattoo ins Auge, aber seine Stimme lenkt mich ab, bevor
ich sehen kann, was es ist.

„Für diesen Sarkasmus wirst du bezahlen." Er kommt näher,
um in seiner ganzen statuenhaften Pracht über mir aufzuragen. Er
ist ein Riese, jetzt, da ich keine Absätze mehr trage. Er ist ein halb
nackter, köstlich riechender Riese, und *warum ist ein halb nackter
Mann in einer Anzughose so verdammt heiß?*

Ich neige meine Lippen nach oben, eine stumme Bitte, mich
wieder zu küssen. Er senkt sein Gesicht zu meinem, sein Mund
nur wenige Millimeter entfernt, während ich den Atem anhalte
und auf den Kontakt warte.

„Ich beiße, Schätzchen", sagt er, und plötzlich landet ein Schlag
direkt auf meinem Tanga-bedeckten Hintern. Das Geräusch lässt
mich aufschrecken, und mir fällt die Kinnlade herunter.

„Hast du ... hast du mich gerade versohlt?" Ich versuche, die
Tatsache zu ignorieren, dass meine Arschbacke nicht das Einzige
ist, was kribbelt.

Er senkt seine Lippen auf meine und raubt mir den Atem,
als er die Stelle, auf die er geschlagen hat, ergreift und sie fest zu-
sammendrückt, während er mich heftig küsst. Ich drücke meine
Hände gegen seine wohlgeformte Brust, während mein Körper
damit kämpft, gleichzeitig beleidigt und erregt zu sein. Meine

Stimme ist rau und atemlos, als ich mich schließlich zurückziehe und krächze: „Mach's noch mal."

„Was hast du gesagt?", fragt Josh mit neugierig hochgezogenen Augenbrauen.

Ich blinzle und versuche herauszufinden, woher das kam. „Mach es ... noch mal." Ich schlucke den Kloß in meinem Hals hinunter

Heiliger Strohsack, ich könnte tatsächlich auf Hinternversohlen stehen.

Josh zögert einen Moment, offensichtlich wieder einmal überrascht von meinen Worten. Ich bin auch überrascht, um ehrlich zu sein. Erst mache ich ihn auf der Straße an, und jetzt bitte ich ihn ...

... mich zu versohlen? Wer bin ich im Moment?

Josh drückt meinen Hintern in seinen großen, warmen Händen. „Sag mir, was ich tun soll. Ich will hören, wie du es sagst."

Ich räuspere mich und hebe mein Kinn, während ich langsam antworte: „Ich möchte, dass du mir noch einmal den Hintern versohlst."

Ein leises Stöhnen dröhnt in seiner Brust, als er seine Stirn gegen meine drückt und seine Lippen auf meinen Kiefer, meinen Hals und meine Schulter presst. Er knabbert dort einen Moment lang, bevor er murmelt: „Verdammt, du bringst mich noch um."

Ohne ein weiteres Wort dreht er mich um und drückt mich nach unten, sodass ich über sein Bett gebeugt bin und meine Hände fest auf der Matratze liegen. Er packt meine Hüften und zieht mich zurück an seinen Unterleib. Er reibt seine Erektion an meiner Ritze, während seine Hände meinen Rücken hinaufgleiten, um meinen BH zu öffnen.

Die Luft trifft auf meine Nippel und ich halte den Atem an, als Joshs große Hände meine Rippen hinauf und über meine Brüste gleiten, während seine Daumen über meine verhärteten Knospen hin und her fahren. Er zieht mich hoch, sodass seine Brust gegen meinen Rücken gepresst ist, während er meine B-Körbchen knetet und meine Nippel kneift. Mein Körper hebt sich vor Verlangen.

Seine Lippen streifen meinen Nacken, während er flüstert: „Ich schätze, der Witz über die Brustvergrößerung, den du vorhin gemacht hast, war nicht aus eigener Erfahrung?"

Mir fällt die Kinnlade herunter. „Was zum Teufel soll das denn bedeuten?"

Ich drehe mich um, um ihn wegzuschieben, aber sein Griff wird fester, als er mir ins Ohr flüstert: „Ich habe nicht gesagt, dass du sie brauchst, Schätzchen."

Er beißt in mein Ohrläppchen und drückt mich blitzschnell wieder nach unten. Seine Hände fahren gierig über meinen Hintern, er drückt und streichelt ihn, als würde er ihn vorbereiten. „Du hast gesagt, du magst es, wenn ich dir den Hintern versohle?", fragt er, während er mir einen Kuss auf den Rücken gibt.

Nässe sammelt sich zwischen meinen Beinen, während die Erinnerungen an seinen letzten Schlag durch meinen ganzen Körper schwingen.

„Ich glaube schon", krächze ich schamlos.

Ich kann praktisch das Lächeln auf seinen Lippen hören, während er weiterhin meine Pobacken streichelt. „Ich werde dafür sorgen, dass es dir gefällt."

Er löst sich von mir, und ich atme scharf ein, als er meinen Tanga nimmt und den Stoff von meiner Mitte wegzieht.

Seine Finger streichen sanft an meinem Schlitz entlang, was mich zusammenzucken lässt, und seine Stimme ist tief, als er sagt: „Du bist schon verdammt feucht für mich, dabei habe ich dich kaum berührt." Er umspielt meine Klitoris, was Stromstöße durch meinen ganzen Körper schickt. „Sag mir, was du willst, Lynsey."

Ich beiße mir auf die Lippe und schaue über meine Schulter. Er steht nur mit seiner Hose bekleidet da und hat eine deutlich sichtbare Erektion. Seine Augen sind dunkel vor Verlangen, während er auf meine Antwort wartet.

Ich stähle mich, atme tief ein und sage fest: „Ich will, dass du mir den Hintern versohlst, Josh."

Er lächelt, und ohne Vorwarnung landet seine Hand mit einem

überraschend harten Schlag auf meiner Pobacke. Dieser Klaps ist heftiger und weniger spielerisch als der vorherige und …

Heilige Scheiße, ich werde sterben.

Ich drücke meine Stirn gegen seine graue Bettdecke und umklammere den Stoff, als würde ich durch einen einzigen Schlag mit einem Orgasmus zusammenbrechen. Ich stöhne in die Matratze, schließe die Augen und drücke mich dann wieder ihm entgegen, um mich in seiner Wärme, seinem Druck, seiner Berührung zu sonnen. Ich will diesen Mann überall haben. Ich bin so kurz davor.

Er schiebt mein Höschen zur Seite und taucht einen Finger tief in mein Inneres, meine Stimme heiser, als ich aufschreie.

„Du bist feucht und so eng", knurrt er und lässt seine Lippen auf meine heiße Pobacke sinken, die er gerade versohlt hat. Seine Zunge streicht über meine empfindliche Haut, während er murmelt: „Verdammt perfekt."

Ich reibe mich an ihm, während seine Finger in mich hinein- und hinausgleiten, und ich bin dem Höhepunkt so nahe, dass es verrückt ist.

Hat mich jemals ein Mann so schnell so heiß gemacht?

Verdammt. Nein.

Sogar mein Vibrator braucht länger.

„Willst du mehr?", fragt er wissend und umkreist meine Klitoris, was mir einen Schrei entlockt.

„Ja", stöhne ich sofort. „Gott, ja. Ich will, dass du mich immer wieder versohlst."

Die Wärme seines Körpers weicht, als er mir den Slip auszieht und mir auf die Knöchel tippt, damit ich ihn abstreife. „Noch fünfmal, dann muss ich in dir sein."

Das verruchte Versprechen hinter seinen Worten klingt fast besser als weiter versohlt zu werden.

Fast.

Er streichelt meinen Hintern und knetet die Haut fest mit seinen großen Händen. Sein tiefes Grunzen treibt mich noch höher.

Als er seine Hand zurückzieht, halte ich den Atem an und

schreie auf, als sein Schlag genau auf meiner anderen Pobacke landet und das stärkste Feuer in mir entfacht, das ich je erlebt habe. Er schlägt wieder in schneller Folge zu, abwechselnd auf jede Seite. Der fünfte und letzte Hieb trifft meine Mitte und löst einen Stromstoß aus, der bis in meine Finger und Zehen dringt, während meine Beine mit meiner Erlösung nachgeben.

Er richtet mich auf, dreht mich um und setzt mich auf das Bett, während sich mein vernebelter Blick von meinem Höhepunkt erholt und sich auf Josh konzentriert, der sich seiner Hose und seiner schwarzen Boxershorts entledigt. Wenn ich ihn doch nur etwas länger darin hätte sehen können, bevor er sie weggeworfen hat.

Doch dann erblicke ich den wahren Star des Abends.

Seinen Schwanz.

Wer hätte gedacht, dass Dr. Arsch einen ebenso großen Schwanz wie Arsch hat?

Ich habe es vielleicht schon zuvor in seinem Kittel geahnt, aber in natura, aufgerichtet und in seiner ganzen harten Pracht zum Bauch hinaufgewölbt, ist das eine unglaubliche Sache.

Er geht zu seinem Nachttisch, öffnet die Schublade und wühlt ein paar Sekunden darin herum, bevor er leise flucht. „Scheiße", ruft er und knallt die Schublade zu.

„Wir werden Sex haben, richtig?", frage ich nervös, da ich noch lange nicht bereit bin, die Welle der Lust zu beenden, auf der ich mich befinde.

Er sieht mich mit gequälter Miene an. „Ich habe keine Kondome."

„Was?", schreie ich, den Mund weit offen. „Wie kannst du *keine* Kondome haben?"

„In der Schublade sind keine", blafft er, und sein Bizeps ist angespannt, während er sich mit beiden Händen in den Nacken greift. „Hier bewahre ich sie auf."

„Mit wie vielen Frauen schläfst du, dass du nicht mal merkst, wenn dir die Kondome ausgehen?" Ich stehe auf und stemme die Hände in die Hüften.

„Ich verstehe nicht, warum dich das etwas angeht“, schnauzt er. „Es ist nicht so, als wäre das unsere verdammte Hochzeitsnacht.“

„Oh, mein Gott“, stöhne ich und schiebe ihn vom Nachttisch weg, um selbst zu suchen. „Glaub mir, Josh, als ich mich heute Abend herausgeputzt habe, warst du der letzte Mann auf der Welt, mit dem zu schlafen ich erwartet hätte. Du bist Arzt. Bekommst du die nicht umsonst oder so?“ Meine Hände erstarren, als in meinem Kopf eine Glühbirne aufleuchtet. „Meine Single Girl Clutch!“

„Deine was?“

„Meine Single Girl Clutch“, rufe ich und drehe mich auf dem Absatz um, um etwas zum Überziehen zu suchen, damit ich mich durch die riesigen Wohnzimmerfenster nicht vor seinen Nachbarn entblöße.

Ich hebe sein Hemd vom Boden auf, werfe es mir über und verknackse mir fast den Knöchel, als ich den Flur hinuntereile, wo ich meine Clutch liegen gelassen habe. Als ich zurückkomme, sitzt Josh auf der Bettkante und fährt sich frustriert mit der Hand durch die Haare. Er beobachtet mich neugierig, als ich in der Seitentasche krame und fast aufschreie, als meine Hände einen vertrauten viereckigen Gegenstand berühren.

Ich lächle siegessicher, als ich es ihm vor die Nase halte. Er schaut stirnrunzelnd auf die Packung. „Mercedes Lee Loveletter?“

Ich rolle mit den Augen. „Das ist das Pseudonym meiner Freundin. Sie ist Autorin von erotischen Liebesromanen und verteilt diese bei Buchsignierungen.“

„Was für ein Autor verteilt Kondome?“ Er starrt mich mit zweifelnden Augen an.

„Die sexy Art!“, erwidere ich und drücke es ihm in die Hand.

Er nimmt es mit einem ungläubigen Gesichtsausdruck entgegen. „Im Ernst, was erwartet sie, was bei einer Buchsignierung passiert, bei der man Kondome braucht?“

„Würdest du aufhören, das zu rationalisieren und das verdammte Ding überrollen?“

Meine Worte spornen ihn zum Handeln an, und noch ehe

ich Luft holen kann, ist das Kondom übergestreift und wir liegen in seinem Bett. Josh ist auf mir drauf, hält meine Hände fest und küsst mich leidenschaftlich.

Ich kann kaum glauben, dass ich diesen Kerl nicht einmal wirklich mag.

Ich schlinge meine Beine um ihn und murmle zwischen den Küssen: „Das Küssen ist wirklich heiß, aber ich bin bereit, dass wir die verdammte Sache tun."

Sein Atem strömt über meine Lippen, während er auf meinen Mund starrt. „Ach ja?"

„Ja. Wir sind in deinem Bett. Wir sind nackt. Ich glaube, wir sind uns hier zum ersten Mal heute einig, also sollten wir zusammenarbeiten, ja?"

Seine Mundwinkel verziehen sich zu einem Lächeln, während seine Augen dunkler werden. „Sag mir genau, was du willst, Lynsey."

Der Klang seiner Stimme, die meinen Namen mit so viel verruchter Verheißung ausspricht, jagt einen Ruck durch meinen Körper und lässt ihn wie Schmetterlinge flattern. Nur dass dieser Typ mir keine Schmetterlinge beschert. Er beschert mir nervige Fliegen. Gibt es so etwas? Ich schüttle meine lahmen Gedanken ab und konzentriere mich auf das, was er mich gerade gefragt hat. „Du willst, dass ich dir sage, was ich will … sexuell?"

Er stupst seine Nase gegen meinen Kiefer und streicht mit seiner Zunge über meinen Hals, bevor er murmelt: „Sag mir, wie sehr du meinen Schwanz in dir haben willst."

„Oh, mein Gott", stöhne ich und drehe beschämt den Kopf weg, während sich auf meinem Körper eine nervöse Gänsehaut bildet.

Er zieht sich zurück und starrt auf mich herab. „Du hast mir vorhin gesagt, dass du willst, dass ich dir den Hintern versohle, aber mir zu sagen, dass du meinen Schwanz willst, ist zu viel?"

Ich beiße mir auf die Lippe und blinzle. „Ich glaube, ich hatte einen Aussetzer, als das passiert ist."

„Schätzchen, mein Schwanz brennt darauf, in dir zu sein. Sag es einfach, und ich verspreche, dass wir uns beide gut fühlen werden.“ Er sieht mich mit sensiblen Augen an, die ebenso entwaffnend wie ermutigend sind. Mein Bauch macht einen kleinen Purzelbaum.

Oh, er *ist* ein Mensch. Wie süß. Ich lecke mir die Lippen und hebe meinen Kopf vom Kissen, um seinen Mund mit meinem zu erobern. Ich beiße auf seine pralle Unterlippe, bevor ich flüstere: „Dr. Josh Richardson, ich will deinen großen Schwanz in mir haben, und zwar sofort.“

Er zieht den Kopf zurück und lacht.

„Ich kann nicht glauben, dass du lachst!“, rufe ich und wünschte, ich könnte ihm in die Eier treten …, wenn nur meine Knie nicht gerade um seine Hüften geschlungen wären.

„Es tut mir leid …, du hast mich nur … überrascht, das ist alles.“ Er sagt die Worte einfach, aber sein Gesicht zeigt Verwirrung.

„Du solltest sowieso der Dirty Talker sein. Warum lässt du mich die ganze schwere Arbeit machen?“

Er zuckt mit den Schultern. „Dieser große Schwanz ist eigentlich ziemlich schwer.“

„Heiliger Strohsack, du bist so ein eingebildeter Ar…“

Mein Redeschwall wird unterbrochen, als Josh in mich eindringt. So tief, dass ich in seine Schulter beiße, um nicht zu schreien.

„Fuuuck“, knurrt Josh in meinen Hals, sein Körper hart und steif auf mir, während meine Hitze ihn wie ein Schraubstock umklammert. „Verdammte Scheiße.“

„Oh, mein Gott“, stöhne ich und spanne meine Beine an, auf der Suche nach Erlösung von der plötzlichen und überwältigenden Invasion.

Ich wusste, dass es eng sein würde. Es ist so lange her, dass ich Sex hatte, und Barry der Apotheker war nicht gerade gut bestückt. Aber dieses gedehnte, köstliche, an der Grenze zwischen Schmerz und Lust schwankende Gefühl ist überraschend. Eine willkommene Überraschung.

Josh bewegt seine Hüften langsam und bedächtig, während wir uns aufeinander einstellen. Unsere Körper glänzen vor Schweiß, während wir synchron schaukeln, unsere Atemzüge werden mit jedem Keuchen heißer und heißer.

„Verdammt, du fühlst dich gut an", stöhnt er, blickt nach unten und beobachtet, wie er sich in mir bewegt. „So feucht ..., so eng." Er senkt den Kopf und saugt an meinem Nippel, seine Zähne kratzen an dem empfindlichen Fleisch, bevor er sich dem anderen widmet.

In diesem Moment trifft sein Schwanz die Stelle, die ich so lange schüren will, bis ich Feuer fange und von innen heraus brenne. „Genau da. Hör nicht auf!"

„Nicht einmal annähernd", grunzt er. Er starrt mich hungrig an, stößt noch tiefer und beobachtet, wie ich mich mit überwältigendem Vergnügen zu ihm krümme.

Es ist eine seltsame Sache, einen One-Night-Stand mit einem Fremden zu haben. Man kennt sich gerade mal ein paar Stunden, und dann beschließt man, sich auf etwas einzulassen, bei dem man so verletzlich und entblößt ist. So ... nackt. Bis zu diesem Moment hätte ich gedacht, dass ich Sex mit jemandem, in den ich verliebt bin, bevorzugen würde, aber wenn ich in Joshs köstlich verruchte grün-braune Augen schaue, ist da eine Freiheit, die ich im Schlafzimmer nie genossen habe. In der Anonymität liegt die Macht. In diesem Moment kann ich sein, wer immer ich will. Und ich verheimliche nichts vor diesem Kerl.

Zwei Stellungen und drei Orgasmen später, zwei von mir und einer von Josh, ist er von mir heruntergefallen und hat das Kondom in ein Taschentuch geworfen. Wir starren an die Decke, das einzige Geräusch stammt von unseren keuchenden Atemzügen.

„Ich brauche eine Mitgliedschaft im verdammten Fitnessstudio", schnaube ich, kaum in der Lage, meine Muskeln zu bewegen.

Josh grunzt. „Ich habe eine, und trotzdem bin ich fertig."

Ich drehe mich zu ihm um, während ihm der Mund offensteht und sich seine wohlgeformte Brust hebt und senkt. „Das war echt sportlicher Scheiß."

„Danke?"

„Oh, das ist ein Kompliment. Wahrscheinlich das einzige, das du je von mir hören wirst."

Er lächelt. Kaum merklich. „Nun, ich habe es genossen, dich zu versohlen. Es fühlte sich wie eine gute Rache an, nachdem du heute Kuchen auf meinen Schwanz hast fallen lassen."

Ich kichere müde. „Das tut mir leid. Da hatte ich auch einen Aussetzer."

„Das war es wert", sagt er seufzend. „Denn du hast wirklich einen verdammt exquisiten Hintern."

Ich prüfe seinen Gesichtsausdruck. Macht er Witze?

Seine Augen sind geschlossen, und ein süßes, postkoitales Lächeln umspielt sein Gesicht.

Das scheint kein Witz zu sein.

Ich schüttle kichernd den Kopf. „Wer benutzt das Wort exquisit nach dem Sex?"

Er stößt ein Lachen aus. „Ich schätze, ich tue das."

Bilder von ihm, wie er mir den Hintern versohlt, gehen mir durch den Kopf. „Gott, meine Freundin Kate wird mich diese Nacht nie vergessen lassen."

„Ist das die Sexschreiberin?"

„Autorin erotischer Liebesromane", erwidere ich mit defensivem Tonfall.

„Verstanden."

Wir beide werden für einen Moment still, unsere Atmung beruhigt sich, als eine entspannende Erschöpfung einsetzt.

„Ich werde gehen", sage ich und schaue Josh an, der langsam und träge blinzelt. Mann, sein Kiefer ist sexy.

Sein Mundwinkel zuckt. „Wie auch immer."

Ein weiterer Moment vergeht, und ich schwöre, dass ich tausend Pfund zunehme, weil ich mich nicht einmal ansatzweise aus diesem bequemen Bett erheben kann. „Jeden Moment werde ich aufstehen."

Er dreht den Kopf, um mich anzusehen, aber seine Augen

schließen sich, als er murmelt: „Ich kann dir einen Uber rufen, wenn du so weit bist."

Ich lasse meine Augen für eine Sekunde zufallen. „In einer Minute."

Ein nerviges Klingeln weckt mich aus meinem Schlummer, und ich versuche, die Augen zu öffnen, aber meine Wimperntusche hat meine Wimpern irgendwie zusammengeschmolzen. Ich krame nach meinem Telefon und sehe kurz MOM auf der Anrufer-ID. Ich wische nach rechts und krächze: „Hallo?"

„Hallo?", ahmt Mom nach.

„Mama ..., was?"

„Was?"

„Du hast mich angerufen", blaffe ich abwehrend. Ich schwöre, wir sind im nächsten Jahrhundert, bevor meine Mutter lernt, ihr verdammtes Smartphone zu benutzen.

„Wer ist da?", fragt sie mit einer Verwirrung in der Stimme, die irgendwie komisch klingt.

„Mom, wen versuchst du anzurufen?", brumme ich genervt und versuche immer noch, meine Wimpern zu öffnen.

„Ich versuche, meinen Sohn anzurufen!", faucht die Stimme zurück. „Also, wer zum Teufel ist da?"

Meine Wimpern reißen auseinander, als ich die Augen weit öffne.

Scheiße. Das ist nicht meine Mutter.

Ich nehme das Telefon von meinem Ohr und starre es entsetzt an.

Nicht mein Telefon.

Ich sehe mich um.

Nicht mein Bett.

Ich blicke auf den leeren Raum neben mir und höre das leise Rauschen einer Dusche aus dem Badezimmer.

Nicht mein Haus!

„Ähm …“, murmle ich ins Telefon, weil die Frau wissen will, mit wem sie spricht. „Ich bin die Putzfrau.“

„Putzfrau?“, gibt sie zurück. „Lana?“

„Wer ist Lana?“ Ich schlage mir an die Stirn, als mein Gehirn einen Kurzschluss erleidet.

„Die Putzfrau meines Sohnes“, sagt die Frau mit Nachdruck.

„Oh … Lana!“, rufe ich mit einem kräftigen Lachen aus, das wie ein wirklich schlechtes Schauspiel klingt. „Ich bin für sie eingesprungen.“

„Wo ist Lana?“

Ich schlucke. „Bei der Bat Mizwa ihrer … Tochter?“

„Lana ist eine gläubige Katholikin.“

„Ihre Tochter ist es nicht“, sage ich auf der Suche nach einer besseren Lüge, damit ich nicht erklären muss, dass ich der One-Night-Stand ihres Sohnes bin.

„Wer zum Teufel ist da?“, fragt sie ungeduldig.

„Ich muss los!“, rufe ich und lege auf, bevor ich das Telefon auf das Bett werfe. „Heilige Scheiße.“ Ich fasse mir ins Haar. Verdammt. Ich bin immer noch nackt.

Ich schaue auf die Uhr. Es ist fünf Uhr morgens.

Warum ruft die Mutter dieses Mannes ihn um fünf Uhr morgens an?

Probleme mit Grenzen.

Die Dusche läuft noch, also klettere ich aus dem Bett und eile umher, wobei ich auf der Suche nach meiner Kleidung Kissen hochhebe.

„Wo zum Teufel sind meine Kleider?“ Sie sind nirgendwo zu finden. Ich ziehe die Decken vom Bett. Nichts. „Ernsthaft, was zum Teufel!“

Die Dusche wird abgeschaltet, und mein ganzer Körper errötet vor Angst. Ich habe zugelassen, dass dieser Typ, der genauso gut ein völlig Fremder hätte sein können, mich gestern Abend versohlt hat. Und jetzt habe ich wie eine Verrückte um fünf Uhr morgens einen Anruf von seiner Mutter entgegengenommen.

Mein Gott, ist das demütigend.

Ich greife zu meinem Telefon, bestelle einen Uber und könnte vor Erleichterung weinen, als ich sehe, dass er in drei Minuten hier sein wird. Zum Glück gibt es kleine Gefallen.

Ich gebe meine Klamotten auf und eile zum begehbaren Kleiderschrank, wo ich eine graue Jogginghose anziehe, die ich an der Taille achtmal umkremple, und mir ein frisches weißes Hemd überwerfe. Wenn dieses Arschloch meine Klamotten geklaut hat, dann ist es nur fair, auch seine zu stehlen. Ich schnappe mir meine Schuhe und schleiche in Richtung Wohnzimmer.

Als ich die Haustür erreiche, klingelt mein Telefon mit der Benachrichtigung, dass der Uber-Fahrer da ist. Ich öffne sie leise, schleiche auf Zehenspitzen hinaus und werfe einen Blick zurück auf das Haus. Gott sei Dank bin ich mit meiner Masterarbeit fertig. Der Gedanke, nach dieser gemeinsam verbrachten Nacht diesem heißen Arschloch in der Cafeteria zu begegnen, wäre noch unangenehmer, als dass er mein richtiger Arzt ist.

KAPITEL 4

Lynsey

Drei Monate später

„Hier muss ich also herkommen, um meine beste Freundin zu treffen", scherze ich, als ich ins Tire Depot Customer Comfort Center trete, wo meine wilde, rothaarige Freundin an einem der Tische sitzt und auf ihrem Laptop herumtippt, als würde sie das jeden Tag tun. Denn das tut sie.

Kates blaue Augen weiten sich vor Erkenntnis und sie breitet die Arme aus. „Lyns! Willkommen in meinem Büro!"

Ich lache, schüttle den Kopf und lasse mich auf den Hocker neben ihr fallen. „Ich habe gehört, der Kaffee hier ist fantastisch."

Sie wirbelt von ihrem Hocker und geht zum schicken Kaffeeautomaten, wo sie über die Schulter ruft: „Ich hole dir das Mercedes Lee Loveletter Special … einen langen Espresso."

„Danke, den brauche ich", sage ich, als sie mit dem Styroporbecher zurückkommt.

„Sprich mit mir", drängt Kate mit zusammengezogenen Augenbrauen. „Es tut mir leid, dass ich so lange nicht erreichbar war. Dieses Buch macht mich fertig, und ich musste mich einfach zurückziehen, bis ich fertig bin."

„Wie nah bist du dran?", frage ich und meine Stimmung hebt

sich. „Du musst dich beeilen und ‚Ende‘ tippen, damit wir unsere Tradition des Feierns durchführen können. Ich brauche einen großen Abend.“

„Ich sollte bis nächste Woche fertig sein!“ Aufgeregt ergreift sie meinen Arm.

„Gut.“ Ich starre sie mit ernster Miene an. „Dann müssen du, ich und Dean etwas zusammen unternehmen. Ich vermisse dein Gesicht! Und ganz besonders vermisse ich, wie du Dean verspottest, weil er Shirts mit Ankern darauf trägt.“

Kate kichert. „Oder diese caprilangen, dünnen Hosen, die er im Sommer zu Bootsschuhen trägt?“

„Jaaaa.“

„Wie macht er metro so heiß?“

„Ich weiß es nicht“, antworte ich kopfschüttelnd.

Kates Miene wird ein wenig nüchterner. „Hattest du Glück an der Jobfront?“

„Nein.“ Ich stöhne und stütze mein Gesicht in die Hände. „Und nächste Woche ziehe ich zu Mom und Dad, also sind die Dinge so düster, wie sie nur sein können.“

Kate kaut mitfühlend auf ihrer Lippe. „Du weißt, dass es nur vorübergehend ist.“

Mein Mund verzieht sich, als mich die Enttäuschung meines Lebens überspült. „Vorübergehend erbärmlich.“

Sie schlägt mir die Hände vom Kinn. „Du hast deinen Abschluss vor weniger als zwei Monaten gemacht. Sobald du den richtigen Job gefunden hast, kannst du dir eine passende Wohnung suchen.“

„Ich hoffe, du hast recht“, murmle ich, greife nach meinem Espresso und nippe an der heißen Flüssigkeit. „Mann, ich dachte, meine Masterarbeit zu beenden wäre schwer. Wer hätte gedacht, dass es noch schwieriger sein würde, einen Job als pädiatrische Beraterin zu finden? Ich habe meine Möglichkeiten sogar auf Denver ausgeweitet.“

„Du wirst nicht umziehen.“ Kate wirft mir einen strengen Blick zu, offensichtlich nicht einmal daran interessiert, diesen Gedanken zu erwägen.

Ich rolle mit den Augen. „Wenn ich verzweifelt genug bin, werde ich keine Wahl haben. Das ist so frustrierend. Mit meinem Masterabschluss sollte mein Leben als Erwachsene beginnen. Stattdessen stecke ich in der Schwebe und bereite mich darauf vor, zu meinen Eltern zu ziehen. Lass mich all die Schluchzer schluchzen, okay?"

Kate wirft mir einen wenig mitfühlenden Blick zu. „Gut, aber du solltest auch bedenken, dass du gewollt wirst. Man hat dir bereits einige Stellen in der Sozialarbeit angeboten, aber du hast abgelehnt, weil du auf etwas wartest, das mehr auf Kinder ausgerichtet ist."

Ich nicke. „Ich weiß, aber nur, weil ich pädiatrische Erfahrung brauche, um meinen Traum von der eigenen Spezialklinik auch nur annähernd verwirklichen zu können."

„Ich weiß", sagt sie ermutigend. „Du bist nicht erbärmlich. Du bist einfach nur eine Boss Bitch."

Diese Bezeichnung bringt mich zum Lächeln. „Nun, ich denke, diese Boss Bitch muss ihr blödes Tinder-Date heute Abend absagen." Ich stütze mein Kinn auf eine Hand. „Ich fühle mich in letzter Zeit beschissen. Müde, reizbar, aufgedunsen. Wer will schon mit müden, gereizten und aufgedunsenen Leuten abhängen?"

„Sag nicht ab", ruft Kate mit großen, drängenden Augen. „Ein heißes Date ist genau der Schub, den dein Ego braucht. Und dieser Typ sah süß aus!"

Ich schüttle den Kopf. „Wie attraktiv werde ich für ihn sein? Ich könnte genauso gut ein Schild hochhalten, auf dem steht: Arbeitslos, obdachlos, launisch, gestresst und auf der Suche nach mittelmäßigem Mitleidssex." Ich erschaudere bei diesem letzten Teil, als meine Erinnerung mit Bildern vom letzten Mal, als ich Sex hatte, überflutet wird. Irgendwie weiß ich, dass jeder zukünftige Sex nicht annähernd so heiß sein wird wie jene Nacht.

„Hör auf", stöhnt Kate und schüttelt lachend den Kopf. „Du bist kein Material für Mitleidssex. Geh einfach aus und hab ein bisschen Spaß. Steh zu deinem Übergang, denn das ist alles, was es ist, ein Übergang. Dieses Date wird dir helfen, dich von der Jobsuche abzulenken. Außerdem musst du wirklich mal die Spinnweben da unten entfernen. Seit Barry dem Apotheker ist über ein Jahr vergangen, und es würde mich nicht überraschen, wenn deine Untätigkeit der Grund dafür ist, dass du keinen Job findest. Sex stärkt das Selbstvertrauen …, das ist eine simple Wissenschaft.“

Ich zwinge mich zu einem Lachen und versuche, den schuldbewussten Ausdruck auf meinem Gesicht zu verbergen. Ich habe Kate nie von meiner Nacht mit Dr. Arsch erzählt. Ich hätte es vielleicht getan, wenn mein Weggang nicht so episch schrecklich verlaufen wäre. Das ist eine Lüge. Ich hätte es Kate wahrscheinlich immer noch nicht erzählt, weil ich nicht bereit bin, zuzugeben, dass leicht gewalttätiger, streitlustiger, versohlender Sex offenbar meine Vorliebe ist. Das ist etwas, woran sie sich *jahrelang* ergötzen würde, und ich arbeite daran, zu vergessen, dass diese Nacht überhaupt stattgefunden hat.

Wenn jetzt nur meine Träume mit meinem Wunsch zu vergessen zusammenarbeiten würden. Meine Träume waren in den letzten paar Monaten lächerlich stark. So stark, dass ich buchstäblich inmitten eines Orgasmus aufwache.

Ich wusste gar nicht, dass das eine Sache ist.

Ich schätze, ich habe es zu einer Sache gemacht.

Ich spiele diese Nacht oft in meinem Kopf ab, und ich weiß ehrlich gesagt nicht, was über mich gekommen ist. Ich schwanke zwischen erregt und entsetzt. Ich kann mir nicht vorstellen, was Josh denken muss, nachdem ich versohlt wurde und dann abgehauen bin.

Ist das eine Sache?

Ich schätze, ich habe das auch zu einer Sache gemacht.

Ich bin sicher, dass diese Nacht nur noch mehr die Tatsache bestätigt hat, dass Dr. Arsch mich für hundertprozentig verrückt hält, und er schläft wahrscheinlich gut, weil er weiß, dass er noch einmal davongekommen ist.

Ich atme schwer aus und zwinge mich zu einem Lächeln für Kate. „Gut, ich werde mein Tinder-Date nicht absagen. Wie geht's Miles? Glaubst du, er will dir schon einen Antrag machen?"

„Ich habe keine Ahnung, aber er benimmt sich sehr seltsam." Sie wackelt andeutungsweise mit den Augenbrauen.

Wenn man vom Teufel spricht: Da kommt Kates Freund Miles hereinmarschiert. Er ist wahnsinnig groß, hat schwarzes Haar und die blauesten Augen, die ich je bei einer so gebräunten Person gesehen habe. Er ist ein verdammter Traummann. Und er ist total verknallt in seine rothaarige Reifenwerkstattwarteraum-Erotikautorin.

Miles neigt höflich den Kopf zu mir, bevor er sich zu Kate hinunterbeugt und seine Lippen auf die ihren presst. Der Kuss dauert einen Moment an, und ich kann nicht wegsehen. Er zieht sich zurück und starrt sie aus einem Abstand von wenigen Zentimetern an, und die beiden scheinen so verliebt zu sein, dass ich Schmetterlinge im Bauch bekomme, wenn ich sie nur sehe.

Schließlich unterbricht er seine Trance und sieht mich an. „Was gibt's, Lynsey?"

„Nicht viel, Miles. Was ist mit dir?"

„Ich arbeite." Er stützt sich mit den Ellbogen auf dem Tisch ab und lächelt mich mit seinem strahlenden Lächeln an. „Ich versuche, sie dazu zu bringen, gelegentlich eine Pause vom Schreiben einzulegen."

„Viel Glück. Wenn sie im Groove ist, ist sie im Groove."

„Da hast du recht." Miles schenkt ihr ein stolzes Lächeln. „Aber sie ist fast fertig, und ich habe ihr gesagt, dass wir eine Feier bei uns zu Hause veranstalten sollten. Ich kann das alles organisieren. Ich bin ein guter Partyplaner."

„Hat jemand Party gesagt?" Eine andere Männerstimme unterbricht unser Gespräch. Sam kratzt sich an seinem rothaarigen Bart, während er auf uns zugeht.

„Ja!" Ich hüpfe auf und ab. „Miles wird Kates nächste Ende-Party ausrichten, damit wir uns wie in den guten alten Zeiten betrinken können. Ich weiß, dass du hier der Boss bist, aber da du auch Miles' bester Freund bist, kannst du ihn doch für die Party freistellen, oder?"

„Natürlich." Sam stellt sich neben Miles. „Aber ich glaube mich zu erinnern, dass Miles und Kate bei ihrer letzten Ende-Party verschwunden sind, also für wen schmeißen sie die Party wirklich?"

„Gutes Argument." Ich kichere bei dieser Erinnerung. „Party-Sex ist so kitschig."

„Halt die Klappe!", blafft Kate und schlägt mir spielerisch auf die Schulter, während sie Miles mit ihren sexy Rehaugen anblinzelt.

Ich unterbreche ihre kleine Augenfick-Session. „Kate, konzentriere dich darauf, fertig zu werden und gib uns einen Termin, wenn du bereit bist."

„Klingt gut", antwortet Kate mit einem Lächeln.

Ich lächle auch, denn zum ersten Mal in den letzten Wochen hat sich meine Stimmung gehoben. Ich mag zwar keine Karriere oder ein Zuhause haben, aber ich habe ein Tinder-Date und eine epische Party in meiner nahen Zukunft. Es könnte viel schlimmer sein.

KAPITEL 5

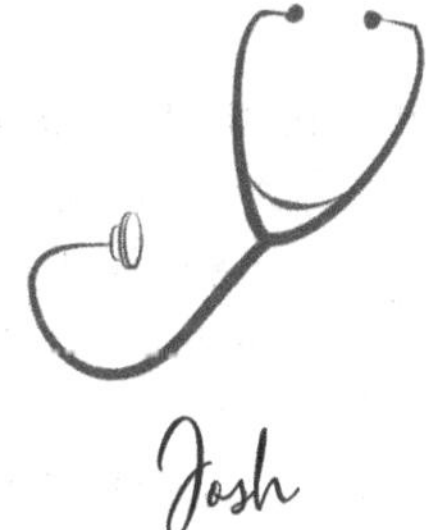

„Neuer Patient, Dr. Richardson!", ruft eine Krankenschwester im Vorbeieilen.

„Einen Moment, bitte", schnauze ich Sheila an, die mir schon den ganzen Abend auf die Nerven geht. Ich schließe die Augen und presse die Lippen zusammen, bevor ich mich zu ihr umdrehe. „Tut mir leid, Sheila. Dieser Frust war nicht für dich bestimmt."

„Keine Sorge, Doc", sagt sie mit einem Lächeln. „Die Notaufnahme ist heute Abend eine absolute Shitshow, ich verstehe das."

Das ist nicht die professionellste Art, es auszudrücken, aber es ist die Wahrheit.

Ich beende die Eingabe der Entlassungsdaten meines letzten Patienten, eines Football-Spielers von der Uni, der mit zwei Stichen am Kopf genäht werden musste. Er hat die ganze Zeit ununterbrochen geweint, und wir mussten ihm Medikamente geben, damit er sich verdammt noch mal beruhigt. Ich hatte schon Kinder mit Knochenbrüchen in der Notaufnahme, die eine höhere Schmerztoleranz hatten als dieser Typ. Aber es ist Zeit, zum nächsten Patienten zu gehen.

Ich schließe die Akte und stehe auf, richte das Stethoskop um meinen Hals und überprüfe meinen Kittel auf Blutspuren. In einer normalen Nacht in der Notaufnahme muss ich mich mindestens dreimal umziehen. Aber der Gedanke, mich für einen Mann umziehen zu müssen, der nur zwei Stiche braucht, würde mich zu Tode ärgern. Das letzte Mal, als ich mich aus einem dummen Grund umziehen musste, war keinerlei Blut im Spiel.

Es war Kuchen.

Ich schüttle den Kopf, als die Erinnerungen an Lynsey wieder hochkommen. Gott, diese Frau war verrückt. Lauerte in einer Krankenhauscafeteria. Sagte lächerliche Dinge, die keinen Sinn ergaben. Flehte mich an, sie zu versohlen. Definitiv kein typischer Tag.

Allerdings muss ich sagen, dass die letzten Monate ohne sie, die wie eine Verrückte in der Cafeteria herumlungerte, ziemlich langweilig waren. Mir war gar nicht bewusst, wie sehr ihre tägliche Anwesenheit meine Gedanken beschäftigte, bis sie weg war. Und weg war sie definitiv.

Am Morgen, nachdem wir miteinander geschlafen hatten, hatte ich um sechs Uhr morgens Schicht in der Notaufnahme. Ich hatte vor, sie nach Hause zu fahren, bevor ich ging, vielleicht sogar ihre Nummer zu bekommen, denn – verrückt oder nicht – der Sex war der beste, den ich je hatte. Ich wollte sehen, ob sie an etwas Zwanglosem interessiert wäre, aber sie lief weg, bevor ich überhaupt die Gelegenheit hatte, mit ihr darüber zu sprechen.

Meine Mutter hatte allerdings einiges zu sagen, als sie mich an jenem Morgen anrief und sich nach der fremden Frau erkundigte, die an mein Telefon gegangen war. Ich hatte keine gute Antwort für sie, denn ehrlich gesagt ist es untypisch für mich, mit fremden Frauen zu schlafen, besonders seit meiner Rückkehr nach Boulder.

Aber irgendetwas daran, Lynsey all die Wochen in der Cafeteria zu beobachten, zog mich zu ihr hin. Es war, als würde ich sie kennen, ohne je mit ihr gesprochen zu haben. Und jetzt, da ich sie ganz genau kenne, kann ich nicht aufhören, an sie zu denken.

Die linke Seite meines Gehirns weiß jedoch, dass ich sie nicht verfolgen sollte. Lynsey und ich sind sehr gegensätzlich. Sie will eine Karriere in der Arbeit mit Kindern, während ich alles tue, um mich von ihnen fernzuhalten.

Ein Schmerz pocht in meiner Brust, denn wenn ich Lynsey vor vier Jahren kennengelernt hätte, könnten die Dinge zwischen uns ganz anders sein. Damals war ich ein besserer Mensch. Leichter. Weniger geplagt. Und es gab eine Zeit, da mochte ich Kinder. Ich habe sie sogar geliebt. Das musste ich, denn ich hatte ihnen meine Karriere gewidmet.

Aber die Dinge ändern sich.

Das Leben passiert.

Deshalb hat Lynsey mir einen großen Gefallen getan, als sie mich an diesem Morgen verließ. Wenn ich nach einer Nacht immer noch an sie denke, kann ich mir vorstellen, wie schlecht es mir nach mehreren Nächten gehen würde. Es ist das Beste, wenn ich mich verdammt weit von ihr entferne. Ich bin nicht an langfristigen Bindungen jeglicher Art interessiert. Ich habe die Erfahrung gemacht, dass man sich an etwas bindet und dann verletzt wird.

Sheila drückt mir die neue Patientenakte in die Hand, und ich erstarre, als mein Blick auf den Namen Lynsey Jones fällt.

Ich runzle die Stirn.

Das kann sie unmöglich sein. Ich habe keine verdammten magischen Kräfte, also konnte ich sie nicht mit meinen eigenen verdammten Gedanken herbeizaubern.

Ich schaue auf das Geburtsdatum, in der Hoffnung, dass es sich um eine ältere Patientin oder ein kleines Kind handelt, aber die Patientin ist siebenundzwanzig. Mir rutscht das Herz in die Hose.

„Scheiße", murmle ich leise, und Sheila sieht mich stirnrunzelnd an. Ich schüttle den Kopf und weigere mich, daraus eine Sache zu machen. Es ist keine Sache, wenn ich es nicht zu einer Sache mache. Ich bin Arzt. Sie ist eine Patientin. Mehr nicht.

Zeit, es hinter mich zu bringen. Das ist mittlerweile mein Motto als Arzt, und ein unvergesslicher One-Night-Stand in meiner Notaufnahme wird daran nichts ändern.

Aus den Notizen der Krankenschwester geht hervor, dass sie

in einem Restaurant war, wo sie eine allergische Reaktion hatte, sich mit einem Steakmesser schnitt und dann ihren Knöchel verstauchte, als sie versuchte, zur Toilette zu laufen, um ihren EpiPen zu benutzen. Die allergische Reaktion ist unter Kontrolle, aber ihr Finger muss wahrscheinlich genäht werden, und ihr Knöchel muss möglicherweise geröntgt werden. Was zur Hölle hat sie nur angestellt, um einen solchen Dominoeffekt epischen Ausmaßes zu verursachen?

Schwer atmend öffne ich die Glasschiebetür zu ihrem Krankenzimmer. Sie liegt auf dem Bett, ihr Arm ist mit der Infusion verbunden und verdeckt ihr Gesicht. Neben ihr sitzt die fröhliche Rothaarige, mit der ich mich nach der Entlassung des schreienden Footballspielers unterhalten habe. Sie sieht mich fasziniert an und ihr breites Lächeln verrät, dass sie entweder kurz vorm Platzen ist oder pinkeln muss.

„Hallo, ich bin Dr. Richardson." Ich drücke mich förmlich aus, denn ich habe keine Ahnung, wer diese Rothaarige für Lynsey ist, und ich möchte unsere Verbindung nicht verraten.

Lynsey rührt sich nicht. Ihr Körper ist sogar so ruhig, dass ich denken würde, sie sei bewusstlos, wenn nicht ihr Herzfrequenzmonitor eine Geschwindigkeit anschlagen würde, die nichts mit ihren Verletzungen und alles mit mir zu tun hat.

Langsam zieht sie ihren Arm herunter und blinzelt mich an. „Ähm …, hallo."

Ich kämpfe damit, mir die Belustigung nicht anmerken zu lassen. Sie ist ein verdammtes Durcheinander. Ihr Make-up ist verschmiert, sie hat dunkle Ringe unter den Augen, ihre Haut ist fleckig, und sie hält sich einen blutigen, mit Mull bedeckten Finger an die Brust. Als ich auf ihren geschwollenen Knöchel blicke, überkommt mich ein wenig Mitleid. Viel schlimmer kann es für sie nicht werden.

Das heißt, bis ich den Raum betreten habe.

Ihre Freundin stupst Lynsey mit dem Ellbogen an, wobei sie versehentlich Lynseys mit Mull umwickelte Hand an ihr Kinn schlägt. Lynsey zuckt zusammen, funkelt sie an und zischt: „Reg dich ab, du Idiotin!"

Der Rotschopf lächelt nervös.

Ich konzentriere mich auf das Krankenblatt und spreche mit meiner professionellsten Arztstimme. „Du hattest eine lange Nacht."

„Ähm … ja", antwortet Lynsey knapp.

„Du hast deinen EpiPen schon benutzt?" Ich werfe einen Blick auf die Tabelle und sehe, dass sie gegen Schalentiere allergisch ist.

„Ja."

„Ist dein Hals geschwollen? Atemprobleme?"

Nach jeder Frage schüttelt sie den Kopf.

„Wie sind deine Schmerzen?" Ich setze mich auf den Untersuchungsstuhl und rolle zur Seite des Bettes neben ihre Freundin.

„Sie sind in Ordnung", sagt sie mit zusammengebissenen Zähnen.

„In Ordnung?", zwitschert ihre Freundin neben mir. „Doktor, sie leidet unter schrecklichen Qualen. Sie braucht Medikamente. Sofort. Das ist doch ein guter medizinischer Ausdruck, oder? Aber im Ernst, sie braucht sie nicht nur für die körperlichen Schmerzen, sondern auch für die emotionalen. Ihr Tinder-Date hat sie in ihrer Not völlig im Stich gelassen, als sie auf einer Trage aus einem überfüllten Restaurant gerollt wurde. Das ist das schrecklichste Date ihrer …"

„Kate!", schnauzt Lynsey, unterbricht ihre Freundin und verzieht vor lauter Verlegenheit das Gesicht. „Würdest du verdammt noch mal die Klappe halten?"

Ihre Freundin schürzt die Lippen und verkneift sich ein Lächeln. „Tut mir leid."

Ich wende mich an Lynseys Freundin. „Kate?"

Kate blinzelt mit großen Rehaugen. „Ja, Doktor?"

Ich runzle die Stirn, da sie ein wenig zu enthusiastisch Doktor sagt. „Könnten Sie mich einen Moment mit der Patientin allein lassen?"

„Alles, was Sie wollen, Doktor." Sie lächelt, erhebt sich von ihrem Platz und geht zurück, während sie uns zugewandt ist, als würde sie die Königin verabschieden. „Ich bin im Wartezimmer, wenn du mich brauchst, Lyns."

Sie geht, und ich drehe mich, um Lynsey mit einem ernsten Blick zu fixieren. „Wie stark sind deine Schmerzen?"

Ihr Kinn zittert. „Ziemlich beschissen."

„Weißt du, wenn du mich wiedersehen wolltest, hättest du einfach in die Cafeteria gehen können." Angesichts ihrer Verletzungen kneife ich die Augen zusammen. „Das ist ziemlich dramatisch, selbst für dich."

„Schön zu sehen, dass dein Narzissmus noch völlig intakt ist, Dr. Arsch", brummt sie leise vor sich hin. „Es wäre eine Schande, wenn du meine Theorie, dass du aus einem Ei geschlüpft bist, widerlegen würdest."

Ich presse meine Lippen aufeinander und versuche, nicht zu lächeln, als ich zu ihrem Knöchel rolle und die Akte neben ihr nacktes Bein lege. Wie sie es schafft, in einem Krankenhauskittel immer noch sexy Beine zu haben, ist mir ein Rätsel. Ich stähle mich und verdränge die Bilder von ihren Beinen, wie sie mich umschlingen, damit ich diese Untersuchung überstehen kann.

Ich betaste ihren Knöchel und schaue sie jedes Mal an, wenn sie zusammenzuckt. „Ich glaube nicht, dass er gebrochen ist, nur verstaucht. Ruhe dich ein paar Tage lang aus und kühle ihn drei- bis viermal täglich. Die Krankenschwester wird dir zeigen, wie du den Knöchel umwickeln kannst, bevor du gehst."

Sie zuckt zusammen, als ich meine Hand auf ihren Fuß lege.

Ich füge hinzu: „Ich werde dir Ibuprofen gegen die Schwellung und ein leichtes Betäubungsmittel gegen die Schmerzen verschreiben. Das wird dir helfen, falls dein Finger genäht werden musst."

Sie nickt schwach, und ich verspüre das seltsame Bedürfnis, sie zu trösten, was ich bei meinen Patienten nicht tue. Tatsächlich habe ich hier den Ruf, eiskalt zu meinen Patienten und dem Personal zu sein, woran sich die Krankenschwestern erst gewöhnen mussten. Aber man kann nicht das Leben haben, das ich gelebt habe, und die Patienten behandeln, die ich behandelt habe, ohne zu lernen, wie man eine verdammte Schutzfestung baut.

„Sobald deine Blutwerte vorliegen, lasse ich dir Schmerzmittel verschreiben." Ich untersuche ihren Finger, schaue in ihr Gesicht und füge hinzu: „Ja, das muss definitiv genäht werden."

Sie kann kaum Augenkontakt mit mir aufnehmen, also beschließe ich, sie zu bedrängen.

„Und wie ist es dir ergangen?"

Sie stößt ein Lachen aus. „Es ging mir schon mal besser."

„Abgesehen von dem unglücklichen Vorfall heute Abend?" Ich wickle ihren Finger wieder ein und ein Anflug von Verärgerung überkommt mich. „Du hattest ein Date?"

Sie zuckt mit den Schultern.

„Und dein Date hat dich so verlassen?"

Sie wirft mir einen bösen Blick zu. „Es war kein gutes Date."

„Das würde ich sagen", schnaube ich.

„Lass den verurteilenden Tonfall, okay?" Sie reißt ihre Hand von meiner los und drückt sie wieder an ihre Brust. „Ich hatte eine harte Nacht, und ich brauche nicht noch mehr von dir."

„Verzeihung." Ich stoße mich von ihrem Bett ab. „Ich schätze, ich weiß nicht, welchen Ton ich gegenüber einer Frau anschlagen soll, die mich gevögelt hat und dann bei Nacht und Nebel verschwunden ist."

Ihr fällt die Kinnlade herunter. „Es war morgens, als ich ging …, okay?"

Ich schüttle den Kopf. „Die Sonne war noch nicht einmal aufgegangen."

„Ich hätte nicht gedacht, dass dich das interessiert!"

„Nein, das tut es nicht." *Das ist eine Lüge. Offensichtlich interessierst du mich. Sonst würde ich nicht drei Monate später immer noch an dich denken. Aber das sollte ich auch nicht.*

„Du verhältst dich wie jemand, den es interessiert", antwortet sie fast verlegen. „Ich will übrigens meine Klamotten zurück. Ich liebe dieses Top."

Ich stoße ein amüsiertes Lachen aus. „Das musst du gerade sagen."

„Was hast du überhaupt damit gemacht? Du bist doch nicht so ein Widerling, oder?"

Ich blinzle sie an, fassungslos, sauer und überraschenderweise auch ein wenig verletzt. „Wenn ein Widerling deine Klamotten wäscht und trocknet – dann bin ich ein Widerling, Lynsey."

Sie runzelt die Stirn. „Wann hättest du Zeit gehabt, meine Kleider zu waschen?"

Ich beuge mich vor und werfe ihr einen finsteren Blick zu. „Ich habe deine Klamotten in die Waschmaschine gesteckt, als ich um vier Uhr morgens laufen gegangen bin. Dann habe ich sie in den Trockner gesteckt, bevor ich unter die Dusche gesprungen bin, um mich für die Arbeit fertig zu machen – alles Tatsachen, die du hättest wissen können, wenn du nicht so ein Feigling gewesen wärst."

Sie hält inne und schaut mich einen Moment lang nervös an, als würde sie mir nicht glauben, was ich da sage. Der Moment wird vereitelt, als die Schwester die Tür zum Zimmer öffnet. „Ihre Blutwerte sind da, Dr. Richardson."

Sie reicht mir die Akte und verlässt eilig den Raum.

Ich lese sie kurz durch. „Alles sieht normal aus. Ich hole deine Schmerzmittel ... "

Ich verstumme, als mein Blick auf einen Bluttest fällt, der zu den Standarduntersuchungen gehört, die wir bei vielen unserer Patienten durchführen, die in die Notaufnahme kommen. Die Ergebnisse sind ... überraschend. Nein. Sie sind verdammt überwältigend.

Mein ganzer Körper spannt sich an, während mein Blutdruck in die Höhe schnellt. Die viszerale Reaktion, die ich auf diese Ergebnisse habe, ist überraschender als die Ergebnisse selbst.

Es kostet mich all meine Kraft, meine übermäßig emotionale

Reaktion in einen anderen Wirbel meines Gehirns zu schieben. Ein Ort, mit dem ich in meiner früheren Position als Arzt sehr vertraut war.

Mein Kiefer ist angespannt, als ich sage: „Es tut mir leid, aber ich habe gerade erfahren, dass du schwanger bist – eine Tatsache, die du mir hättest mitteilen *sollen*, als wir über Schmerzmittel sprachen.“

„Du bist so ein Arschloch“, faucht sie, als hätte ich gerade einen wirklich schrecklichen Witz gemacht.

Ich blicke von der Akte auf und sehe sie stirnrunzelnd an, um ihre Reaktion zu verstehen, denn sie ist völlig verkorkst.

„Es ist nicht klug, deinen Arzt anzulügen, Lynsey“, sage ich mit zusammengebissenen Zähnen.

„Wovon zum Teufel redest du?“, zischt sie und sieht mich mit zusammengekniffenen Augen an.

Ich rümpfe die Nase. „Willst du wirklich so tun, als wüsstest du nichts davon?“

Ihr Gesicht verzieht sich vor Abscheu. „Was zum Teufel ist dein Problem? Hör zu, es tut mir leid, dass ich dich sitzen gelassen habe, ohne mich zu verabschieden oder so, aber das ist eine abartige Rache, selbst für dich. Ist dein Ego wirklich so wertvoll?“

„Ich versuche nicht, dir irgendetwas heimzuzahlen“, knurre ich, trete näher und mir fällt die Kinnlade herunter, als sich ihr Gesicht von sauer zu absolut verängstigt verändert.

Weiß sie es wirklich nicht?

Sie rutscht unbehaglich im Bett herum und ihre nervösen Augen huschen durch den Raum. „Hör zu, ich verstehe, dass die ganze Dr. Arsch-Sache deine Masche ist, und es hilft dir wahrscheinlich, flachgelegt zu werden, weil … nun, es hat ja bei mir funktioniert. Aber ernsthaft, kannst du wenigstens versuchen, jetzt professionell zu sein?“

„Ich meine es ernst, Lynsey. Du bist schwanger.“ Ich bemerke den Testwert und mein Herzschlag erhöht sich, als ich hinzufüge:

„Nach deiner quantitativen HCG-Zahl zu urteilen, bist du schon ziemlich weit fortgeschritten.“

„Was zum Teufel ist ein quantitativer HCG-Wert?“, blafft sie und setzt sich auf, um mich entsetzt anzusehen. „Sag es mir ganz offen, Josh …, bin ich schwanger?“

„Ja.“ Und ein Schauder lässt meinen Körper erbeben.

„Wie?“, ruft sie kopfschüttelnd.

Ich fahre mir mit der Hand durch die Haare und versuche, das Zittern in meinen Fingerspitzen zu stoppen. „Normalerweise durch Sex, es sei denn, du warst bei einem Reproduktionsarzt und hast IVF oder IUI gemacht. In dem Fall fände kein Verkehr statt.“

„Hör auf mit den Worten!“ Sie fällt flach auf den Rücken und starrt an die Decke. „Ich kann nicht glauben …“

„Weißt du, wer der Vater ist?“, frage ich, in der Hoffnung auf eine Antwort, die Sinn ergibt und es mir ermöglicht, wieder in meinen professionellen Arztmodus zu schlüpfen und mich von dieser ganzen beschissenen Szene zu lösen.

Lynseys wässrige braune Augen finden meine. „Sehr witzig.“

Das Herz rutscht mir in die Hose.

Oh Gott. Mir wird schlecht.

Ich reiße mich so gut wie möglich zusammen. „Ich versuche nicht, witzig zu sein.“

Sie starrt mich an und blinzelt langsam, während sie die Neuigkeit weiter verarbeitet. „Ich habe seit dir mit niemandem mehr geschlafen.“

Mein Kopf peitscht hin und her, während mir die Leugnung durch den Kopf schießt. „Mit wem hast du vor mir geschlafen?“

„Du glaubst, ich war in der Nacht, in der wir Sex hatten, schon schwanger?“, ruft sie, und ihr ernster Gesichtsausdruck lässt Panik in mir aufkeimen. „Ich hatte vor dir schon seit Monaten keinen Sex mehr. Also fast ein Jahr. Ich hätte ein Baby im Arm, wenn Barry der Apotheker mich geschwängert hätte.“

„Ich werde einen Ultraschall anordnen.“ Ich stehe auf und gehe durch den Raum. „Es gibt keinen Grund, irgendetwas zu besprechen, bevor wir nicht gesehen haben, was das Ultraschallbild zeigt."

Ich schlucke den Kloß in meinem Hals hinunter und mache auf dem Absatz kehrt, um ohne ein weiteres Wort aus dem Zimmer zu gehen. Als ich die Tür hinter mir schließe, sprinte ich fast zum Computer und tippe die Ultraschallbestellung ein, wobei ich SOFORT in großen, fetten Buchstaben hinzufüge. Ich drehe mich um und atme schwer aus, mein Verstand und mein Körper taumeln.

Es kann nicht mein Kind sein. Das kann es nicht sein. Der Fötus müsste inzwischen über zwölf Wochen alt sein, und sie würde es sicher wissen, wenn sie in der zwölften verdammten Woche wäre.

Mit einem Stirnrunzeln ziehe ich ihre Akte wieder hervor und lese die Notizen der Krankenschwester durch. Ich finde das Kästchen angekreuzt, dass der letzte Menstruationszyklus der Patientin unbekannt ist. Unbekannt? Verdammt noch mal unbekannt? Wie kann sie nicht wissen, wann ihre letzte Periode war?

Ohne nachzudenken, stürze ich zurück in ihr Zimmer und knurre praktisch wie eine Bestie: „Wie kannst du nicht wissen, wann du deine letzte Periode hattest?" Ich zeige zum Beweis auf das Krankenblatt. „In den Notizen der Krankenschwester steht, dass du es nicht weißt."

Lynseys Augen sind voller Tränen. „Meine Periode war schon immer unregelmäßig … und … ich stand in letzter Zeit unter großem Stress. Ich dachte, es sei normal, dass die Periode ausbleibt, wenn man unter großem Stress steht!"

„Scheiße", murmle ich leise und drehe mich um, um den Raum wieder zu verlassen, ohne einen Blick zurückzuwerfen.

Ich lasse mich auf eine Bank in der Nähe fallen und zwinge mich zu atmen. Das passiert nicht. Das kann nicht passieren. Das wird nicht passieren.

Ich setze mich aufrecht hin und lasse meinen Nacken knacken. Ich kann jetzt nicht ausrasten. Ich muss ein verdammter Arzt sein. Ich habe Patienten zu behandeln. Die Menschen sind auf mich angewiesen. Ich kann mich später darum kümmern. Außerdem ist es unmöglich, dass Lynsey mit *meinem* Kind schwanger ist. Wir haben ein Kondom benutzt. Es gibt absolut keine Möglichkeit.

Nun, es gibt eine Möglichkeit, antwortet meine innere Stimme abfällig. Und sie hat recht, denn ich kenne die Statistiken. Kondome sind nicht hundertprozentig wirksam. Und was für ein Kondom war das an diesem Abend? Ich wollte sie so sehr vögeln, dass ich nicht einmal gezögert habe, dieses verdammte Gummi zu benutzen, das sie aus dieser blöden glitzernden Tasche gezogen hat. Wie war der dämliche Name auf dem Ding noch gleich? Love Letter oder so? Verdammt, ich bin ein Idiot.

Steck es weg, Josh. Steck es weg. Du musst jetzt nicht darüber nachdenken. Du hast zu arbeiten.

Und verdammt, vielleicht lügt Lynsey. Vielleicht ist es nicht mein Baby und sie versucht, mich in eine Falle zu locken, weil ich Arzt bin und sie denkt, das würde mich zu einem guten Vater machen. Es ist drei Monate her, seit wir miteinander geschlafen haben. Sicherlich hatte sie seitdem mit jemandem Sex.

Auch wenn ich das nicht über mich behaupten kann.

Egal.

Jetzt arbeiten und später um Lynsey kümmern.

Ich komme aus einem Patientenzimmer und sehe, wie die Ultraschalltechnikerin ihr mobiles Gerät in Lynseys Zimmer rollt. Ich warte etwa drei Minuten, bevor ich mich den beiden anschließe.

Die Technikerin wirft mir einen seltsamen Blick zu. „Doktor?"

Ich räuspere mich und werfe Lynsey einen nervösen Blick zu, während ich mich auf die ihr gegenüberliegende Seite stelle, wo ein potenzieller Vater stehen könnte. „Fahren Sie fort, ich bin nur zum Beobachten hier."

Die Frau blickt finster drein, als sie eine Decke über Lynseys Schoß legt. Sie hebt ihren Kittel bis knapp unter die Brüste und spritzt Ultraschallgel auf ihren Bauch, dann führt sie die Sonde in den Bereich direkt unter ihrem Bauchnabel. Als sie die Sonde auf Lynseys kleinen Bauch drückt, rutscht mir das Herz in die Hose, als ein Fötus auf dem Bildschirm erscheint.

Lynsey schnappt nach Luft.

Ich halte den Atem an.

„Oh, das Baby ist gerade hellwach", sagt die Technikerin fröhlich, während sie die Sonde bewegt und Messungen vornimmt. „Bei diesem Kleinen wird es mir schwerfallen, den Herzschlag zu hören, aber Sie können das Flattern in seiner Brust sehen. Sieht gut und kräftig aus."

Ich lasse mich auf den Hocker fallen und stütze mich mit den Händen auf dem Bett ab, während ich schockiert auf den Bildschirm starre.

Lynseys Stimme krächzt: „Das ist ... ein Baby?"

Die Frau lacht. „Ich weiß, dass sie in diesem Stadium wie winzige Außerirdische aussehen, aber dieser Kleine wird in seinen Kopf hineinwachsen. Machen Sie sich keine Sorgen."

Lynseys Atem geht schnell und schwer, und ihr Bauch bebt, während sie weint. „Ich bin schwanger?"

Die Frau sieht mich mit großen Augen an, bevor sie zu ihr blickt. „Sie wussten es nicht?"

Lynsey schüttelt den Kopf.

„Oh Gott, es tut mir so leid. Ich dachte, Sie wüssten es." Die Technikerin nimmt eine Messung vor und fügt hinzu: „Dieses Baby scheint etwa dreizehn Wochen alt zu sein."

„Dreizehn Wochen?", schluchzt Lynsey und dreht sich um, um mich anzusehen. „Wie? Ich weiß nicht ... Es ist nicht dreizehn Wochen her, dass ..."

„Ich ... du ...", stottere ich, und all die Jahre der Ausbildung, die ich auf dem Gebiet der Medizin genossen habe, scheinen in meinem verwirrten Gehirn zu verschwinden.

Die Stimme der Technikerin unterbricht uns und lenkt unsere Aufmerksamkeit wieder auf sie: „Nun, ein positiver

Schwangerschaftstest kann erst in der vierten oder fünften Woche durchgeführt werden. Lassen Sie mich diese Messungen in mein System eingeben, dann kann ich Ihnen ein Empfängnis- und ein Geburtsdatum nennen."

Mein Mund steht offen, während mein Körper versucht, diese Information zu verarbeiten. Taubheit überkommt mich. Dieses ganze Szenario kommt mir vor, als würde es mir gar nicht passieren. Es fühlt sich an, als sei ich ein Zuschauer, während jemand anderes herausfindet, dass er Vater wird. Nicht ich. Ich hatte nie vor, Kinder zu haben.

Langsam blinzelnd konzentriere ich mich auf die Technikerin, während sie Zahlen auf dem Bildschirm tippt. Ein Schluchzen von Lynsey durchbricht meine Wolke der Verleugnung, und ich sehe, dass sie in völlige Hysterie verfällt. Guter Gott, sie hatte wirklich keine Ahnung.

Ich nehme ihre Hand und weiß, dass ich damit die Grenze zwischen Patient und Arzt überschreite, aber das ist mir scheißegal, denn im Moment ist sie nicht meine Patientin. Sie ist die Frau, die ich in diese Situation gebracht habe.

Ihre Hand umschließt meine fester, während sie ungläubig den Kopf schüttelt. Ich starre auf unsere verschränkten Hände, und ein Zittern durchfährt meinen Körper. Das ist es. Wir machen das jetzt gemeinsam.

„Der zweiundzwanzigste November ist ungefähr der Tag, an dem das Baby gezeugt wurde", sagt die Frau mit einem gezwungenen Lächeln. „Es gibt eine Abweichung von ein oder zwei Tagen, weil Spermien bis zu fünf Tage in der Vagina leben können und eine Eizelle bis zu drei Tage. Es hängt also einfach davon ab, wann diese beiden verrückten Kinder beschließen, sich zu treffen."

„Ich verstehe", sagt Lynsey niedergeschlagen. „Ich bin schwanger. Ich … bin schwanger. Da ist ein Baby in mir."

Die Frau lächelt. „Möchten Sie den Herzschlag hören?"

Wir schauen die Technikerin mit großen Augen an, als sie an einem Knopf ihres Geräts dreht und ein schneller, flatternder

Herzschlag durch den Raum hallt. Wir hören gut dreißig Sekunden lang zu. Ich muss mich selbst daran erinnern, zu atmen.

„Schön und stark. Völlig normal."

„Also ist das Baby … okay?", fragt Lynsey nervös. „Ich habe mir vor ein paar Stunden einen EpiPen gegeben. Ist das schlimm?"

Die Technikerin wendet sich mir zu. „Der Arzt sollte diese Frage besser beantworten." Ihr Blick fällt auf meine Hand, die Lynseys hält, und ich lasse sie schnell los und reibe meine verschwitzten Handflächen an meiner Kittelhose.

Ich räuspere mich und antworte: „EpiPens sind in Ordnung, solange der Nutzen die Risiken überwiegt."

Lynsey starrt mich mit offenem Mund an. „Was zum Teufel soll das bedeuten?"

„Das heißt, es gibt nicht viele Studien, die uns genau sagen, welche Auswirkungen sie haben." Meine Stimme ist flach, und zum ersten Mal hasse ich es wirklich, dass ich diesen Teil von mir nicht abschalten und sie trösten kann.

„Ich könnte also mein Baby verletzt haben?"

„Ich bin sicher, es ist in Ordnung."

„Aber wir wissen es nicht mit Sicherheit?"

„Nicht wirklich, nein."

„Warum gibt es nicht mehr Informationen?", ruft sie und ihre Stimme wird so schrill, dass es mich über den Abgrund stößt.

„Weil, Lynsey, es nicht viele schwangere Frauen gibt, die bereit sind, ihre Föten einem Risiko auszusetzen, indem sie EpiPens im Rahmen von klinischen Studien testen."

Lynsey fängt sofort an zu weinen und bedeckt ihr Gesicht mit den Händen. Ich zucke zusammen bei dem Ton, den ich gerade mit ihr angeschlagen habe.

Die Technikerin senkt den Blick. „Sonst noch etwas, Dr. Richardson?"

Ich schüttle den Kopf. „Nur den vollständigen Bericht, bitte."

Die Technikerin räumt ihre Sachen auf, aber bevor sie geht, legt sie Lynsey die Hand auf die Schulter und reicht ihr ein Foto.

„Das Baby sieht gesund aus. Gute Herzfrequenz, gute Bewegungen. Das ist alles, was zählt. Okay, Liebes?"

Lynsey nickt und umklammert das Foto, während ihr Kinn bebt.

„Danke", krächzt sie, während sie der Frau beim Verlassen des Zimmers zusieht.

Ich beuge mich vor, verdecke mein Gesicht mit den Händen und murmle gegen meine Handflächen: „Wie … wie konnte das passieren? Wir haben ein Kondom benutzt."

„Ich weiß", sagt Lynsey mit zittriger Stimme. „Hat es gut ausgesehen, als du es abgenommen hast?"

„Das Kondom?", frage ich, und sie nickt. „Es sah aus wie ein Kondom voller Sperma, was soll das heißen?"

„Gab es undichte Stellen?", fragt sie mit roten Augen.

„Ich habe es nicht mit einem Mikroskop untersucht." Ich werfe ihr einen finsteren Blick zu. „Welche Marke war es überhaupt? Wo lässt deine Freundin ihre lächerlichen Buchkondome herstellen? In irgendeinem Hinterhofladen in Tijuana?"

„Woher soll ich das wissen?", faucht Lynsey und zuckt zusammen, als ihr Foto knickt. „Warum rufst du nicht Kate aus dem Wartezimmer rein, damit wir eine umfassende Untersuchung einleiten können! Immerhin ist sie die Autorin, die uns das Kondom gegeben hat."

Ich halte inne und versuche, mich zu beruhigen, denn es spielt keine Rolle, woher das Kondom stammt. Ich bin erwachsen und es war meine Entscheidung, es zu benutzen. Lynsey klemmt das Foto unter ihre Hüfte und presst ihre verletzte Hand an die Brust. Verdammt. Ich muss ihren Finger noch nähen.

„Lass mich deine Hand behandeln."

Die Krankenschwester hat alles, was ich brauche, auf einem sterilen Tablett in der Ecke bereitgelegt.

Lynseys Atem stockt, als sie die Augen schließt, und weitere Tränen fließen. „Ich kann nur darüber nachdenken, was in meinem Bauch vor sich geht."

Ich rolle auf die andere Seite ihres Bettes und nehme das Tablett mit. Ich ziehe ein Paar blaue Gummihandschuhe an und beginne, die Wunde zu spülen und zu reinigen. Dann spritze ich Lidocain um den Schnitt herum.

„Kann das Zeug dem Baby schaden?", fragt Lynsey mit kratziger Stimme.

„Nein." Ich halte inne und schaue ihr in die Augen. Sie sind groß und wässrig, und ihr gesamtes Verhalten ist völlig verängstigt.

Gott, bin ich ein Arsch. „Und der EpiPen auch nicht. Es tut mir leid, dass ich dich vorhin erschreckt habe."

Ihr Mundwinkel verzieht sich. „Wenn ich gewusst hätte, dass ich schwanger bin, hätte ich nicht …"

„Doch, hättest du." Ich fixiere sie mit einem ernsten Blick. „Wenn du stirbst, stirbt das Baby. Du hattest keine Wahl, Lynsey."

Ihr Kinn zittert, als sie meine Worte verarbeitet. Ich führe die Stiche durch ihre zarte Haut und tue mein Bestes, um sie so klein und sauber wie möglich zu halten.

„Ich kann nicht einmal spüren, was du mit meiner Hand machst, weil mein Verstand rast. Wie kann es sein, dass dein Verstand nicht rasend schnell ist?" Ihr Blick ist schwer auf mich gerichtet.

„Ich bin gut darin, mich abzuschotten." Eigentlich bin ich zu gut.

Sie leckt sich nachdenklich über die Lippen. „Ich denke ständig darüber nach, was ich in den letzten Monaten getan habe. Ich habe ein paarmal Alkohol getrunken – allerdings nicht so viel, weil ich so gestresst war."

„Mach dir keine Sorgen wegen des Alkohols." Ich unterbreche meine Arbeit und sehe sie an. „Warum warst du gestresst?"

Sie zieht ihre Unterlippe in den Mund. „Nun, ich habe im Dezember meinen Abschluss gemacht und immer noch keinen Job gefunden. Mein Mietvertrag für mein Reihenhaus läuft in ein paar Tagen aus. Da ich nicht genug Geld habe, um ihn zu verlängern, bin ich dabei, nach Leuten zu suchen, die einen Mitbewohner brauchen. Es ist allerdings schwierig, denn auf Craigslist tummeln sich einige Widerlinge."

„Du suchst doch nicht wirklich nach Mitbewohnern auf Craigslist", schnauze ich, und mein Tonfall ist schroff, aber notwendig.

Sie schüttelt den Kopf. „Nicht wirklich, ich habe nur zum Spaß geguckt. Ich bin allerdings auf der Suche nach einem Mitbewohner. Aber da sich keine langfristigen Optionen ergeben haben, werde ich mich meinen anderen Millennials anschließen und zu meinen Eltern ziehen." Ihr Gesicht wird plötzlich blass. „Ich darf gar nicht daran *denken,* wie sie auf diese Situation reagieren werden. Sie sind super konservative Katholiken, also bin ich sicher, dass meine Mutter gleich den Priester anrufen wird, um zu sehen, ob meine Seele gerettet werden kann."

„Scheiße", murmle ich und verdaue ihre Worte, während ich meine Arbeit fortsetze.

„Ja", grunzt sie. „Ich bin ein guter Fang. Kein Wunder, dass mein Tinder-Date mich verlassen hat."

Eine Träne rinnt über ihre Wange.

Ich runzle die Stirn und stelle die einzige Frage, die ich im Moment emotional verkraften kann. „Warum findest du keinen Job? Hast du nicht gerade erst deinen Master-Abschluss in Psychologie gemacht?"

„Ja", krächzt sie und kneift sich mit der freien Hand in den Nasenrücken. „Ich war wohl zu wählerisch. Ich möchte mit Kindern arbeiten, und in Boulder gibt es im Moment nichts für mich, also weite ich meine Suche auf Denver aus. Dort gibt es einige vielversprechende Möglichkeiten."

Ich runzle die Stirn. „Würdest du dorthin ziehen?"

Sie zuckt mit den Schultern. „Wenn ich es mir leisten könnte."

„Ich verstehe." Ich mache einen Knoten beim letzten Stich und schmiere eine antiseptische Creme auf die Wunde, bevor ich sie mit Mull umwickle und diesen mit einem Haken befestige. „Fertig."

Ich wende mich ab, ziehe meine Handschuhe aus und werfe sie

auf das Tablett, während meine Gedanken über all die Elemente, die gerade im Spiel sind, in sich zusammenfallen. Es ist zu viel. Es ist zu viel für mich, um es im Moment zu verdauen. Ich muss mich um andere Patienten kümmern, also kann dieses Problem einfach warten, bis ich Zeit zum Nachdenken habe.

Ich stehe auf und fahre mir mit der Hand durch die Haare. „Wir haben offensichtlich einiges zu besprechen."

Sie stößt ein Lachen aus. „Ach, meinst du wirklich?"

Ich ziehe mein Handy aus der Tasche, mein Kiefermuskel zuckt. „Ich arbeite gerade, also gib mir doch deine Nummer, und ich rufe dich an, um ein Treffen zu vereinbaren, sobald ich mir alles überlegt habe."

„Ein *Treffen?*", fragt sie, nimmt mein Handy und tippt ihre Nummer ein.

„Ja, ein Treffen. Eine Zusammenkunft. Wie auch immer du das nennst."

Zögernd reicht sie es mir. „Josh, du glaubst mir doch, wenn ich dir sage, dass es keinen anderen gegeben hat, oder?"

Ich beobachte ihr Gesicht einen Moment lang, betrachte ihre fleckige Haut, ihre wässrigen braunen Augen und ihr wildes kastanienbraunes Haar. Es gibt vieles, was diese Frau ist, aber eine Lügnerin ist sie nicht. „Ich glaube dir."

Ein wackeliges Lächeln erhellt ihre Miene. „Okay. Aber du solltest wissen, dass ich nicht erwarte …"

„Ich werde deine Akte an die Krankenschwester weitergeben. Sie wird dir einen Termin bei einem Gynäkologen und Anweisungen für die Entlassung geben", unterbreche ich, nicht bereit, auch nur ansatzweise den Ballast auszupacken, den wir haben. „Ich … rufe dich an."

Ich nicke hölzern, bevor ich mich auf dem Absatz umdrehe und gehe. Als ich den Flur hinuntergehe, atme ich schwer aus. Das sah wahrscheinlich ziemlich übel aus. Sie mag mein Haus bei Nacht und Nebel verlassen haben, aber im Moment verhalte ich mich wie ein Mann auf der Flucht.

KAPITEL 6

Ich sitze auf dem Fußboden meines gerade leer geräumten Wohnzimmers, immer noch geschockt, dass mein ganzes Leben in eine winzig kleine Lagerkiste passt, mit der die Umzugsleute gerade vor zwanzig Minuten weggefahren sind. Die Kiste wird in einem Industriegebiet in Boulder aufbewahrt, bis ich herausgefunden habe, was ich mit meinem Leben anfangen will, verdammt noch mal.

Mein Leben in seinem jetzigen Zustand …

Kein Job …, jap.

Kein Platz zum Leben …, jap.

Kein nennenswertes Liebesleben …, großes, fettes Jap.

Und als wäre diese Liste nicht schon prickelnd genug, bin ich jetzt auch noch mit dem Baby eines Fremden schwanger …, jap, jap, jap.

Ich lehne meinen Kopf gegen die Wand und stoße einen tiefen Seufzer aus.

Wie konnte es dazu kommen, dass ich nicht mehr mein bestes Leben als Studentin lebe, mit Freunden abhänge, wild und frei bin, sondern schwanger und arbeitslos bin und bei meinen Eltern wohne? Was zum Teufel habe ich falsch gemacht?

Heiße Tränen rinnen mir übers Gesicht. Tränen sind in den

letzten Tagen mein neuer bester Freund geworden, während ich diese unerwartete Nachricht verarbeite.

So sollte mein Leben nicht verlaufen. Ich habe Pläne, Ziele, eine Karriere zu beginnen. Ich hätte verliebt und verheiratet sein sollen, bevor ich Mutter werde. Und ich hatte sicher nicht vor, ein Baby mit einem Mann zu bekommen, der mich kaum ertragen kann.

Wie zum Teufel soll ich das alles meinen Eltern erzählen?

Sie fragen mich bereits, warum ich nicht mehr wie meine Schwester sein kann, die direkt nach dem College geheiratet und ihnen zwei wunderschöne Enkelkinder geschenkt hat. Ich hingegen habe das College abgeschlossen und unermüdlich in der Sozialarbeit gearbeitet, während ich darüber nachdachte, was ich mit meinem Leben anfangen wollte.

Was macht also ein anständiger Millennial, wenn er nicht weiß, was seine Zukunft bringt? Er geht wieder zur Uni. Denn ein Master-Abschluss im Alter von siebenundzwanzig Jahren wird sicherlich die Antwort auf alle meine Probleme sein.

Töricht.

Ich schniefe und ziehe mein Oberteil hoch, um mir die Nase zu putzen. Meine Haustür öffnet sich und Dean kommt zum Vorschein.

Sein Lächeln verblasst, als sein Blick auf mir ruht. „Warum weinst du?"

Ich zucke mit den Schultern, dann fallen noch mehr Tränen.

Er schreitet auf mich zu und hockt sich neben mich. „Im Ernst, Lynsey. Warum weinst du?"

Ich schüttle den Kopf, denn meine Gefühle sind so stark, dass ich mich im Moment nicht einmal mit Worten verständigen kann.

„Ist es, weil du umziehst?", fragt er, rückt seine dunkel gerahmte Brille zurecht und wirft mir einen ernsten Blick zu.

Mehr Tränen.

„Weil du bei deinen Eltern einziehen musst? Ich habe dir gesagt, dass du bei mir pennen kannst. Das ist albern, Lyns."

Ich schüttle den Kopf und bedecke mein Gesicht mit den

Händen. Es stimmt, Dean hat mir einen Platz angeboten, aber ich habe mir Sorgen gemacht, dass er mit Grenzen zu kämpfen hat, und nachdem er letzten Sommer seine Liebe zu Kate erklärt hat und wir früher miteinander ausgegangen sind, würden viele Grenzen verschwimmen.

Und der Einzug bei meinen Eltern sollte nur vorübergehend sein. Jetzt, da ich schwanger bin, habe ich keine Ahnung, was das alles bedeutet.

„Lynsey, was ist hier los? Du machst mir Angst." Er hebt mein Kinn an und zwingt mich, ihm in die Augen zu sehen. „Bist du krank oder so?"

Ich schnaube und schüttle den Kopf. „Ich bin nicht krank."

„Was ist es dann?" Er wischt meine Tränen mit dem Fingerrücken weg und drückt mir mitfühlend den Arm.

Ich schniefe und wende mein Gesicht ab, um mir die Nase an der Schulter zu putzen, bevor ich herausplatze: „Dean ..., ich bin schwanger."

Seine Hand versteift sich auf mir, als er krächzt: „Du bist was?"

Ich sehe ihn an, seine braunen Augen sind groß und ein wenig unheimlich. „Ich bin schwanger."

Er zuckt weg, als hätte ich ihn verbrannt. „Mit wessen Baby?"

Ich schaue nach unten und schlucke den schmerzhaften Kloß in meinem Hals hinunter. „Erinnerst du dich an den Kerl, der mit deinem Klienten Max an dem Abend in der Bitter Bar war?"

„Du bist schwanger von diesem Arschloch von Arzt?", schnauzt er, und seine tiefe Stimme hebt sich vor Panik. „Der, der in der Cafeteria so gemein zu dir war? Ich dachte, du hasst den Kerl!"

Ich fahre mit den Händen über das Gesicht. „Das stimmt ja auch. Das tue ich. Ich weiß auch nicht. Ich hatte an diesem Abend viel getrunken, und wir haben uns einen Uber geteilt, und ... wir hatten Sex, okay? Du hast schon viel Schlimmeres getan!"

Dean steht auf und fährt sich mit der Hand durch die Haare. „Das war vor etwa drei Monaten, Lynsey. Warum hast du mir nicht gesagt, dass du schwanger bist?"

„Ich habe es erst vor ein paar Tagen erfahren." Ich recke den Hals und schaue zu ihm auf. „Ich hatte all die Wochen keine Ahnung, dass ich schwanger bin."

„Scheiße", sagt Dean und blinzelt seinen Schock weg, während er sich an die Wand lehnt und neben mich rutscht. Er starrt einen Moment lang auf den leeren Raum vor uns, bevor er hinzufügt: „Du bist tatsächlich schwanger."

Ich hole tief Luft. „Ich bin tatsächlich schwanger."

Nach einer kurzen Pause fragt er: „Behältst du es?"

„Ja, ich behalte *es*." Der Gedanke, mein Baby aufzugeben, kam mir gar nicht in den Sinn.

Er nickt nachdenklich. „Also, was ist dein Plan?"

Ich zwinge mich zu einem wackeligen Lächeln. „Nun, im Moment ziehe ich wieder bei meinen Eltern ein, aber sobald ich den Mut habe, ihnen die Neuigkeiten zu erzählen, werden sie mich wahrscheinlich rausschmeißen."

Dean spannt den Kiefer an. „Würden sie das wirklich tun?"

Ich rolle mit den Augen. „Hoffentlich nicht. Sie könnten mich in ein seltsames katholisches Lager für alleinerziehende schwangere Mütter abschieben."

Dean wird blass. „Die gibt es doch nicht wirklich noch, oder?"

Ich zucke hilflos mit den Schultern.

„Der Arzt will also nichts mit dem Baby zu tun haben?" Deans Körper spannt sich an, während er auf meine Antwort wartet. „Weiß er es?"

„Oh, er weiß es." Ich lache erbärmlich. „Er sagte, er würde mich anrufen, aber es sind schon zwei Tage vergangen, und ich habe immer noch nichts von ihm gehört."

Schweigen breitet sich zwischen uns aus, und ich hebe meinen Blick zu ihm.

Wut glüht in Deans Augen. „Ich werde ihn verdammt noch mal umbringen."

Ich habe ihn noch nie so wütend gesehen. „Dean …"

„Vergiss es." Dean macht Anstalten, vom Boden aufzustehen. „Wo ist mein Baseballschläger?"

Ich ziehe ihn wieder neben mich und halte mich an seinem Arm fest. „Entspann dich, okay? Er schien genauso ausgeflippt zu sein wie ich, also gebe ich ihm ein paar Tage Zeit, bevor ich bestätige, dass er ein Versager ist."

Deans Nasenlöcher blähen sich vor kaum unterdrückter Wut auf. „Das ist so beschissen."

Ich nehme mir einen Moment Zeit, um ein- und auszuatmen. „Hör zu, ich weiß nicht einmal, ob ich ihn dabeihaben will. Ich meine, sicher, wir hatten in jener Nacht eine Verbindung, aber er hat deutlich gemacht, dass er nicht auf Kinder steht. Und ich bin mir nicht sicher, ob ich mit so jemandem zusammen sein will."

„Nein, verdammt, das tust du nicht", sagt Dean mit zusammengebissenen Zähnen. „Was sagt Kate zu all dem?"

Ich schlucke den Kloß in meinem Hals hinunter. „Ich habe es ihr noch nicht gesagt."

Deans Augen weiten sich. „Warum zum Teufel nicht? Sie war mit dir im Krankenhaus."

„Ich weiß, aber sie war im Wartezimmer, als ich es erfuhr." Ich stoße einen zittrigen Atemzug aus. „Und es tut mir leid, dass ich sie angelogen habe, aber ich musste erst herausfinden, was *ich* für das Baby empfinde, bevor ich mir von ihr sagen ließ, was ich für es empfinden sollte. Du kennst Kate."

Dean nickt nachdenklich. „Sie ist sehr eigensinnig."

„Genau", antworte ich mit einem Stöhnen. „Und wenn Dr. Arsch nicht anruft und ich das Baby allein aufziehen muss, wird sie *sehr viele* Gefühle haben."

Dean dreht sich zu mir um, sein Kiefer ist angespannt, als er sagt: „Ich denke, du solltest bei mir wohnen, Lynsey."

Ich rolle mit den Augen und stoße ihn mit der Schulter an. „Auf keinen Fall."

Er hebt mein Kinn an, damit ich ihn ansehe. „Ich mache keine Witze. Du bist noch nicht bereit, deinen Eltern mit dieser Nachricht zu begegnen, und Dr. Arsch ist ein verdammtes Arschloch, was bedeutet, dass du jemanden brauchst, der für dich da ist, jetzt mehr denn je."

„Du bist verrückt." Ich schüttle den Kopf über den ernsten Ausdruck in seinen Augen.

„Nein, bin ich nicht", schnauzt Dean und wirft mir einen finsteren Blick zu. „Ich liebe dich, Lyns. Du bist meine beste Freundin, und ich kann dir helfen, das durchzustehen."

„Dean, du willst doch nicht, dass ich bei dir einziehe", rufe ich mit einem ungläubigen Lachen aus. „Ich bin schwanger!"

„Du bist schwanger, nicht krank", erwidert er mit herausforderndem Blick. „Ich kann damit umgehen."

Ein manisches Lachen schallt aus meiner Kehle. „Dean, was weißt du überhaupt über Schwangerschaft?"

„Nicht viel, aber ich habe bewiesen, dass ich gut darin bin, Dinge zu lernen." Er zuckt mit den Schultern, als sei es das lockerste Gespräch der Welt. „Ich könnte sogar mit dir zu diesen Hechelkursen gehen, wenn du willst."

„Du meinst Lamaze?" Ich lache. „Dean, du willst doch nicht, dass all das", ich zeige auf meinen Bauch, „in deine Männerhöhle eindringt. Was wirst du der Parade von Frauen sagen, die bei dir ein- und ausmarschieren?"

Dean lächelt. „Ich werde ihnen sagen: *Sieh an … deine Zukunft.*"

„Sicher. Sie werden einen Blick auf mich werfen und zur Tür rennen."

Dean rollt mit den Augen. „Ich mache mir keine Sorgen, Lynsey."

„Das solltest du aber", sage ich anklagend. „Ich bin aufgewühlt, meine Brüste tun weh und ich habe seit einer Woche nicht mehr gekackt."

„Also, das ist heiß." Dean schenkt mir ein flirtendes Grinsen.

Ich schubse ihn. „Ich meine es ernst. Ich war in den letzten Monaten ein Wrack, und jetzt erfahre ich, dass das daran liegt, dass ein kleiner Mensch in mir heranwächst. Es wird nur noch schlimmer werden."

„Du hast keine besseren Möglichkeiten!" Sein Gesicht wird ernst. „Deine Mutter wird dich zwingen, jeden Sonntag zur Messe zu gehen und nichts anderes zu essen als das, was sie aus ihren gruseligen Hydrokulturen im Keller zieht."

Ich lache, und dann weine ich, weil er recht hat.

Er legt seinen Arm um mich. „Ich kaufe dir Kekse und reibe dir die Füße, wenn sie ganz geschwollen werden. Das ist eine Schwangerschaftssache, richtig?"

„Wenn ich das wüsste", stöhne ich und halte meine nackten Füße hoch, nur darauf wartend, dass sie mich verraten. „Ich habe erst kürzlich gelernt, dass ich keinen kalten Aufschnitt mehr essen kann."

„Keinen Aufschnitt?", fragt Dean neugierig.

„Da ist irgendein komisches Enzym drin. Ich kann es nur essen, wenn ich es in der Mikrowelle warm mache, bis es dampft."

„Ekelhaft."

„Das kannst du laut sagen", antworte ich verärgert. „Aber im Ernst, ich komme schon mit meinen Eltern klar. Sobald ich den Mut habe, es ihnen zu sagen, wird es schon … funktionieren."

„Und du wirst unglücklich sein." Dean drückt mir einen Kuss aufs Haar. „Du kannst in meinem Gästezimmer schlafen, so lange du willst. Du kannst es nicht gebrauchen, dass sie dir wegen deiner Arbeitslosigkeit und deiner seltsamen Baby-Daddy-Situation auf die Pelle rücken."

Meine Schultern zittern vor einem jämmerlichen Lachen. Wenn es überhaupt einen Baby-Daddy gibt.

Dean tätschelt mein Kinn. „Ich sage dir nicht, dass ich dein für immer bin, Lyns. Aber ich sage dir, dass ich gern so lange für dich da bin, wie du mich brauchst."

Ich starre meinen Freund ungläubig an. Wer hätte gedacht, dass tief in dem Hurenbock aus den Bergen ein Herz aus Gold verborgen ist?

Er lächelt und drückt mich an seine Seite. „Denk daran, wenn du heute Abend bei deinen Eltern bist und deine Mutter dich fragt, warum du nicht mehr wie Christine sein kannst, dass du und ich Babybücher lesen und *Nanny 911* schauen könnten.“

Ich stoße ein Lachen aus und suche in Deans Gesicht nach einem Anflug von Unruhe, Stress oder Sorge. Aber es scheint nicht da zu sein. Da ist nur einer meiner liebsten Freunde, der versucht, mir zu geben, was ich brauche.

KAPITEL 7

Ich gehe durch mein leeres Wohnzimmer und lasse zum hundertsten Mal die Nacht Revue passieren, in der Lynsey hier war. In dieser Nacht schliefen wir miteinander und ich zog dieses beschissene Kondom über. In dieser Nacht habe ich sie mit Hingabe gefickt.

Das habe ich davon, dass ich die Kontrolle losgelassen habe.

Wenn ich mich entspanne, passieren schlimme Dinge. Wenn ich mich auf meine Gefühle einlasse und emotional involviert bin, geht alles furchtbar schief.

Und jetzt ist ein Baby im Anmarsch. Mein Baby. Lynseys Baby. Ein Kind. Ein Kind, das ich nie wollte. Ein Kind, von dem ich mir bei meiner Vergangenheit geschworen habe, es nie zu bekommen. Aber jetzt sind wir hier. Jetzt muss ich mit dieser neuen Realität leben und mich für den Rest meines Lebens darum sorgen, ob dieses Baby krank wird oder sich verletzt.

Ich verdränge den Schmerz in meiner Brust bei diesem Gedanken und konzentriere mich auf die bevorstehende Aufgabe. Ich darf mich nicht in das Baby verwickeln lassen. Noch nicht. Ich kann mich nicht einmal damit beschäftigen, wie sehr sich mein Leben durch diesen einen Fehler verändert hat.

Im Moment muss ich mich nur um Lynsey kümmern. Sie ist

wegen mir in dieser Lage, und ich bin für sie verantwortlich. Ja, sie hat mir das beschissene Kondom gegeben, aber ich war derjenige, der es übergezogen hat. Es hätte ein Loch haben oder abgelaufen sein können. Das war meine Verantwortung, also muss ich das in Ordnung bringen. Ich muss alles Mögliche tun, um mich um sie und das Baby zu kümmern.

Ich halte mein Handy hoch und bereite mich auf eine SMS an Lynsey vor. Verdammte Scheiße, es ist achtundvierzig Stunden her, und meine Hände zittern immer noch, wenn ich ihren Namen in meinen Kontakten aufrufe. Verdammt noch mal, ich bin Arzt. Meine Hände sollten so ruhig wie ein Stein sein, selbst unter den schlimmsten Umständen.

Aber es ist etwas anderes, wenn es etwas Persönliches ist. Diesen Fehler habe ich vor Jahren gemacht – einen Fehler, der mich bis heute verfolgt.

Ich stähle mich, um ihr endlich zu schreiben.

Ich: Kannst du dich morgen gegen 14 Uhr mit mir treffen? Wir haben eine Menge zu besprechen.

Lynsey: Okay …, wo? Ich bereite mich gerade darauf vor, zu meinen Eltern zu ziehen.

Ich: Du kannst hierherkommen. Erinnerst du dich an die Adresse?

Lynsey: Ich erinnere mich.

Ich: Wir sehen uns morgen.

Als ich mein Handy sinken lasse, kneife ich mir in die Nase, denn die Situation drückt wie ein Schraubstock auf mich.

Ich kann das tun. Ich kann mich um sie kümmern. Ich kann die Uhr nicht zurückdrehen, aber ich kann zumindest auf diese Frau aufpassen. Und wenn ich mich richtig vorsehe, dann wird es nicht wie beim letzten Mal sein. Ich kann es schaffen.

KAPITEL 8

Lynsey

Am nächsten Tag stehe ich vor Joshs Haus und bin fast überwältigt von der Angst, die mich übermannt, und zwar so sehr, dass mir übel wird. Oder ist das vielleicht wegen des Babys?

Ich habe ehrlich gesagt keine Ahnung. Meine Emotionen sind in letzter Zeit etwas durcheinander.

Der gestrige Abend im Haus meiner Eltern verlief fast genau so, wie Dean es beschrieben hat. Meine Mutter schimpfte mit mir, weil ich keinen Mann in meinem Leben habe, während mein Vater stöhnte, dass ich bei der Jobsuche zu wählerisch sei, und wenn ich mich mit einem Bürojob zufriedengäbe, wäre das Leben für alle viel einfacher.

Man sollte meinen, dass meine Eltern meine Leidenschaft, eine Klinik für Kinder zu eröffnen, respektieren würden, aber sie sehen es nur als Hindernis auf dem Weg zu einem Ehemann und einer bezahlten Arbeit. Ein Teil von mir fragt sich, ob sie nicht vor Freude in die Luft springen, wenn sie erfahren, dass ich schwanger bin, denn dann leiste ich wenigstens einen Beitrag zur Gesellschaft, den sie für sinnvoll halten.

Aber sie werden es nicht tun.

Sie sind viel zu konservativ, um eine außereheliche Schwangerschaft einfach so zu akzeptieren. Und ich bin viel zu verwirrt, um es ihnen überhaupt zu sagen. Vor allem, wenn ich immer noch nicht weiß, welche Pläne der Vater hat.

Ich starre auf Joshs Haus und fürchte mich davor, wie er mich in seiner herablassenden Art ansehen wird. Ich bin mir sicher, dass er mir die Schuld für all das gibt. Schließlich war ich diejenige, die das fragwürdige Kondom besorgt hat. Und wenn ich mehr darüber nachgedacht hätte, wäre mir aufgefallen, dass es mindestens zwei Jahre alt war, weil ich es vor Ewigkeiten bei einer von Kates Buchsignierungen in Florida bekommen habe. Offensichtlich war ich in jener Nacht mit Josh nicht in der richtigen Verfassung. Und jetzt habe ich ein Baby als Beweis dafür.

Ich ziehe mein Handy heraus, um Dean eine SMS zu schreiben.

Ich: Letzte Chance, deine Einladung, meinen schwangeren Arsch in deine Single-Residenz zu lassen, rückgängig zu machen.

Dean: Neues Telefon. Wer ist das?

Ich: Du bist so scheiße.

Dean: Lynsey, hör auf. Ich mache nur Witze.

Ich: Mein ganzes Leben ist ein Witz, deshalb ist es heutzutage schwer zu sagen, was lustig ist und was nicht.

Dean: Dein Leben ist kein Witz. Tatsächlich könnte sich das alles als ziemlich fantastisch herausstellen, wenn wir es zulassen.

Ich: Glaubst du das wirklich?

Dean: Ich weiß es.

Ich: Nun, nach einem Abend mit meinen Eltern habe ich bereits gegoogelt, wie man mit einem Mord davonkommt, wenn also dein Angebot noch gilt, bin ich vielleicht verzweifelt genug, um darauf einzugehen.

Dean: Du bist meine beste Freundin, Lyns. Ich kann dir

helfen, das durchzustehen. Jetzt geh und serviere diesen Baby-Daddy ab und ruf mich an, wenn du bereit bist, deinen Scheiß hierherzubringen.

Mit neuer Entschlossenheit steige ich aus meinem Auto und gehe die fünf Steinstufen zu Joshs Haustür hinauf. Ich habe die Nachbarschaft gar nicht bemerkt, als ich vorher hier war. *Ich schätze, es ist irgendwie schwer, die Sehenswürdigkeiten wahrzunehmen, wenn man einen heißen Arzt mit einem großen Schwanz an seinen Körper presst.*

Es ist eine ruhige Sackgasse mit kleinen, gut gepflegten Häusern. Jedes hat seinen eigenen Charme mit rustikalen Steinakzenten und natürlichen Verkleidungen. So hatte ich mir Dr. Arsch bei unserem Kennenlernen nicht vorgestellt. Ich hätte ihn eher mit einer funkelnagelneuen, überteuerten Eigentumswohnung in den Neubaugebieten von Boulder in Verbindung gebracht. Diese Häuser sehen aus, als seien sie in den Sechzigern gebaut und wirklich schön modernisiert worden.

Joshs Tür wird von zwei Steinsäulen flankiert, und die Fassade besteht halb aus Stein, halb aus Zedernholz. Das ist niedlich. Vielleicht hatte der gute Doktor etwas Zeit, um das Innere zu dekorieren, seit ich das letzte Mal hier war.

Ich läute und halte den Atem an, bis die Tür aufschwingt und Dr. Josh Richardson zum Vorschein kommt. Auch bekannt als der Vater meines Babys.

Als ich ihn vor ein paar Tagen in der Notaufnahme sah, hatte ich nicht wirklich Zeit, seinen Anblick zu genießen. Aber er ist noch genauso heiß, wie ich ihn in Erinnerung habe.

Ich starre auf seine große Gestalt. Er könnte sogar noch heißer sein. Kein Wunder, dass ich schwanger bin. Ein Blick auf ihn und meine Eierstöcke schreien danach, sich mit diesem Mann fortzupflanzen, obwohl ich das bereits getan habe.

Gütiger Gott, was zum Teufel denke ich da? Sprechen da meine Hormone aus mir oder nur mein normales Maß an Verrücktheit?

Wahrscheinlich etwas, das ich eines Tages in einer Therapie herausfinden sollte.

Er steht barfuß und in einer abgewetzten Jeans vor mir. Seine Brust ist mit einem grauen Pullover bedeckt, der an den Ärmeln hochgekrempelt ist und eine teure Uhr und muskulöse, geäderte Unterarme offenbart. Sein sandbraunes Haar ist zerzaust und feucht, als käme er gerade aus der Dusche, und seine Augen sind grüner als in meiner Erinnerung.

„Hi, Lynsey." Joshs Ton ist kalt und geschäftlich.

Dr. Arsch, antworte ich im Geiste, während meine Lippen „Hey, Josh" sagen.

„Komm rein", sagt er und tritt zurück, um mir Platz zu machen.

Ich gehe hinein und werfe einen Blick auf die rustikalen, freiliegenden Balken in der gewölbten Decke. Unter meinen Füßen liegt ein breiter Holzfußboden, der alt zu sein scheint, und interessanterweise sieht das Wohnzimmer nicht viel anders aus als beim letzten Mal, als ich hier war. „Mir gefällt, was du aus dem Haus gemacht hast." Ich ziehe meinen Mantel aus und zeige auf den einsamen weißen Stuhl am Steinkamin.

„Ich bin kein großer Dekorateur." Als er nach meinem Mantel greift, berühren sich unsere Hände, was einen elektrischen Impuls in meinem ganzen Körper auslöst.

Beruhigt euch verdammt noch mal, blöde Schwangerschaftshormone. Wir sollen den Kerl hassen!

Scheinbar unbeeindruckt dreht er sich um, um ihn in den Eingangsschrank zu hängen, während ich nervös an meinem blaugrünen Schlabberpulli zupfe, den ich heute Morgen dreißig Minuten lang in meinem Koffer gesucht habe. Wer hätte gedacht, dass es so schwer sein würde, ein Outfit zu finden, um sich mit seinem One-Night-Stand zu treffen, der zum Baby-Daddy geworden ist?

Ich betrete das Wohnzimmer, und meine Augen weiten sich, als ich den Blick durch die raumhohen Fenster sehe. In der Nacht meines Besuches hatte ich gar nicht bemerkt, dass sein Haus an der

Kante einer Klippe steht und einen weiten Blick auf die Skyline von Boulder und die Front Range bietet. Durch die Fenster sieht man eine große Terrasse auf der Rückseite des Hauses, die mit gemütlichen Möbeln ausgestattet ist, die im Winter abgedeckt werden.

„Du hast draußen mehr Möbel als drinnen", stelle ich dumm fest.

„Das kam mit dem Haus", sagt er direkt hinter mir, was mich zusammenzucken lässt.

Ein leichter Schauder durchfährt mich, als ich einen Hauch seines würzigen Aftershaves rieche. Er hat die Hände in die Taschen gesteckt, und so wie er mich ansieht, fühle ich mich winzig.

„Kann ich vielleicht ein Wasser haben?", krächze ich. Meine Nerven lassen die ganze Spucke in meinem Mund zu Watte werden.

Er runzelt die Stirn, bevor er sich auf dem Absatz umdreht und in die Küche geht, was mir Luft zum Atmen lässt.

Gott, ist das peinlich. Der Drang, wegzugehen, überwältigt mich so sehr, aber ich muss zumindest die Tatsache bestätigen, dass er nichts mit dem Baby zu tun haben will. Ich will das Kind nicht alleine großziehen, nur damit er dann er aus heiterem Himmel auftaucht und mit dem Jungen Fangen spielen will.

Oder Mädchen.

Oh, mein Gott.

Möchte ich einen Jungen oder ein Mädchen? Ich hatte noch nie lange genug einen Freund, um über solche Dinge nachzudenken. Ich habe ihm erst kürzlich den geschlechtsneutralen Begriff Erdnuss gegeben.

Josh kommt zurück und drückt mir eine Flasche Wasser in die Hand. „Willst du dich setzen?", fragt er und deutet auf den Stuhl. „Wie geht es deinem Knöchel?"

Ich entferne mich von ihm und winke ab. „Es ist alles in Ordnung. Die Schwellung ist schon stark zurückgegangen."

„Gut." Er deutet wieder auf den Stuhl, und ich setze mich, weil … nun ja, da ich weiß, wie unbeholfen ich bin, ist Sitzen in der Gegenwart dieses herrischen Mannes wahrscheinlich ratsam. Ich trinke die Hälfte des Wassers und versuche, die Tatsache zu ignorieren, dass er mich wieder beobachtet.

„Wie geht es dir?" Josh geht in dem leeren Raum vor mir auf und ab.

„Gut, denke ich", antworte ich kleinlaut. „Ich meine …, jetzt, wo ich weiß, dass ich schwanger bin, geht es mir gut. Ich kann immer noch nicht glauben, dass ich wie diese Frauen in der Sendung *Ich wusste nicht, dass ich schwanger bin* herumgelaufen bin. Stell dir vor, ich wäre in sechs Monaten in der Notaufnahme aufgetaucht und hätte über Unterleibsschmerzen geklagt, und du hättest gesagt … oh, nur mal so …, du bekommst gerade ein Baby."

Josh wirft mir einen harten Blick zu. „Ich habe den Ausdruck nur mal so nie benutzt."

„Er bedeutet übrigens."

„Ich weiß, was er bedeutet. Ich sage nur, dass ich ihn noch nie benutzt habe."

„Okay, du hast recht", sage ich abwehrend und schüttle den Kopf, weil wir vom Thema abgekommen sind. „Ich will damit nur sagen, dass ich jetzt, da ich weiß, dass ich schwanger bin, verstehe, warum ich mich in den letzten Monaten ein bisschen daneben gefühlt habe."

„Was sind deine Symptome?", fragt er.

„Ich war über Weihnachten krank und dachte, ich hätte eine Grippe, aber im Nachhinein ist mir klar geworden, dass es wohl die Morgenübelkeit war. Das ist jetzt verschwunden."

„Normalerweise schon, wenn man das erste Trimester hinter sich gebracht hat", erwidert er knapp. „Gibt es sonst noch Probleme?"

Ich ziehe die Brauen hoch. „Nur wunde Brüste und einen aufgeblähten Bauch. Schön zu wissen, dass das nicht nur von den zusätzlichen Keksen kommt, die ich gegessen habe."

„Alles normal", sagt er mit einem Nicken. „Also sollten wir zuerst über deine Optionen sprechen."

„Meine … Optionen?", frage ich und hoffe wirklich, dass er nicht das sagen wird, was ich denke, dass er sagen wird.

Er wirft mir einen ernsten Blick zu. „Du musst das Baby nicht behalten. Es gibt Adoption, Abtreibung."

„Ich werde nicht abtreiben", antworte ich mit zusammengebissenen Zähnen, denn ich bin nicht im Entferntesten daran interessiert, mich umstimmen zu lassen. „Nachdem ich gesehen habe, wie sich das Baby diese Woche beim Ultraschall bewegt hat, und nachdem ich das Bild der Erdnuss gesehen habe, könnte ich das nie tun."

Josh nickt, seine Augen werden weicher. „Hast du über Adoption nachgedacht?"

Meine Hand wandert augenblicklich zu meinem Bauch. „Nein."

Josh starrt mich mit einem leeren Gesichtsausdruck an, den ich hasse.

Ich fahre mir mit der Hand durch die Haare. „Hör zu, ich kann damit umgehen. Ich bin keine junge Teenie-Mutter. Ich bin siebenundzwanzig Jahre alt und habe meine Ausbildung abgeschlossen. Ich schaffe das schon. Das Baby und ich kommen zurecht. Und ich erwarte nichts von dir, okay? Ich weiß, dass ich dir in der Notaufnahme mein Herz ausgeschüttet habe, weil mein Leben im Moment so chaotisch ist, aber da hat nur der Schmerz gesprochen. Meine Situation ist vorübergehend, also brauche ich nichts von dir."

„Außer natürlich einen Job und eine Wohnung und wahrscheinlich Geld, von dem du leben kannst, bis das Baby geboren ist."

Mir fällt die Kinnlade herunter. „Wie bitte?"

„Du hast neulich ziemlich deutlich gemacht, dass deine Lage schlimm ist. Und da ich jetzt ein Teil davon bin, werden deine Probleme zu meinen Problemen", sagt er trocken, bleibt vor mir stehen, verschränkt die Arme vor der Brust und schaut auf mich herab wie ein Diktator.

Ich stehe auf und zerdrücke die halb ausgetrunkene Wasserflasche in meiner Hand, während ich ihn mit zusammengekniffenen Augen ansehe. „Ich bin kein Problem, das gelöst werden muss, okay? Ich bin eine Person, die sich in einer Übergangsphase befindet und die Dinge auf die Reihe bekommt."

„So wie es aussieht, nicht sehr gut."

„Fick dich", schnauze ich.

Schließlich bricht seine kalte, berechnende Haltung.

„Was ist dein Problem?" Mein Gefühlsausbruch verwirrt ihn offensichtlich.

„Hör auf, das Wort Problem zu benutzen!", rufe ich wütend aus.

„Hör auf, so zu tun, als sei das Leben bei deinen Eltern für dich eine bevorzugte Option. Der traurige Gesichtsausdruck, den du neulich in der Notaufnahme gezeigt hast, hat sich in meine Netzhaut eingebrannt." Ich will etwas erwidern, aber er unterbricht mich. „Du kannst hier einziehen, bis sich die Dinge geklärt haben."

Ich huste ein schockiertes Lachen. „Bei dir *einziehen?* Ich kenne dich doch gar nicht!"

Er wirft mir einen finsteren Blick zu. „Du kanntest mich genug, um mich zu ficken."

„Oh, mein Gott." Ich knalle die Wasserflasche auf den Stuhl und stürme auf ihn zu, den Finger auf sein Gesicht gerichtet. „Das ist selbst für dich ein Tiefschlag, Dr. Arsch."

Er wird blass, da ihm der Spitzname offensichtlich nicht gefällt. „Ich will damit nur sagen, dass wir die Nacht zusammen verbracht haben. Wir bekommen zusammen ein Baby. Wir sollten das *gemeinsam* angehen. Außerdem bin ich Arzt und kann mich um dich kümmern. Sicherlich ist es besser, wenn du hier einziehst, als wenn du dir irgendwelche Mitbewohner suchst, während du in diesem Zustand bist."

„Du hast doch Medizin studiert, oder?", frage ich und halte meine Augen weit und wild auf seine gerichtet. „Du solltest klug genug sein, um zu erkennen, dass zwangloser Sex und Zusammenleben zwei sehr unterschiedliche Dinge sind."

„Ich wohne kaum hier", schnauzt er. „Meine Arbeitszeiten in der Notaufnahme sind wahnsinnig lang, deshalb schlafe ich meistens in den Bereitschaftszimmern. Deshalb habe ich auch keine Möbel. Wenn ich zu Hause bin, schlafe ich nur, also ist es nicht so, dass wir wirklich zusammenleben würden."

Ich schnaube und verschränke die Arme vor der Brust, wobei mir der Pullover von der Schulter rutscht.

Joshs Blick wandert von meinem Gesicht zu meinem Arm und verfinstert sich unheilvoll. „Woher kommt das?", fragt er und zeigt auf den langen Bluterguss direkt unter meiner Schulter.

Ich ziehe meinen Pullover hoch, um mich zu bedecken. „Ich habe mir den Arm angeschlagen, als ich gestern meine Autotür geschlossen habe."

„Scheiße." Er kommt näher, wobei er sich schneller bewegt, als ich reagieren kann. Er zieht meinen sehr lockeren Pullover weiter herunter, um den Bluterguss zu begutachten. Ein kühler Luftzug trifft auf meine empfindliche Haut.

Meine rechte Titte hängt buchstäblich für alle sichtbar heraus. Und alle ist in diesem Moment Josh.

Mein Gehirn holt mich schließlich ein und ich versuche, meinen Pullover zurechtzuziehen.

„Warum hast du das getan?", zische ich mit heißen Wangen.

„Der Bluterguss sieht furchtbar aus", murrt er, während seine Augen auf meiner Brust haften bleiben. „Die eigentliche Frage ist, warum trägst du keinen BH?"

Meine Nippel sind steinhart von dieser kleinen, ungewollten Aktion. „Ich habe dir doch gesagt, dass meine Brüste im Moment wund und extrem empfindlich sind. Einen BH zu tragen, egal wie lange, ist die reinste Folter."

Nicht so quälend wie ein Moment wie dieser mit ihm, aber durchaus vergleichbar.

Seine Nasenflügel blähen sich auf, als er mir in die Augen schaut, dann blickt er wieder nach unten und betrachtet den Bluterguss, der immer noch an meiner Schulter zu sehen ist. Meine Stimme zittert, als ich sage: „Das ist keine große Sache. Ich bin ein Tollpatsch. Ich kriege ständig solche blauen Flecken."

Sein heißer Atem streicht über meine nackte Haut und mein Körper zittert unter seiner eindringlichen Beobachtung. „Und du verstauchst dir den Knöchel, schneidest dir in den Finger und erleidest im Restaurant einen anaphylaktischen Schock." Er sieht mir herausfordernd in die Augen.

„Das war ein schlechter Abend."

Er wirft mir einen glühenden Blick zu, der meinen Bauch kribbeln lässt. „Und du hältst es wirklich für eine so schlimme Idee, mit einem Mediziner zusammenzuziehen? Ich denke, wir sollten ein paar Tests mit dir machen."

„Das sind dumme Unfälle!", rufe ich aus und ziehe mich von ihm zurück, wobei ich darauf achte, dass mein Pullover wieder an seinem Platz ist. „Kleine Verletzungen."

„Man weiß nie, wann aus einer Kleinigkeit etwas Großes wird", schnauzt er mich mit säuerlichem Tonfall an. „Das passiert in Krankenhäusern ständig."

Ich atme aus und versuche, die Spannung, die der Körper dieses Mannes in diesem Moment ausstrahlt, zu mindern. „Abgesehen davon, mich in Luftpolsterfolie zu wickeln, sehe ich wirklich nicht, was ich gegen meinen Mangel an Koordination tun kann."

Er atmet schwer aus und starrt mich weiterhin mit einem Blick an, der einer Drohung ähnelt. Ich schaue weg und gebe mein Bestes, um den Schwindel zu ignorieren, der mich durchströmt, während er mich anstarrt.

Joshs Stimme ist sanfter, als er fragt: „Willst du wirklich bei deinen Eltern wohnen, während du das alles durchmachst?"

Ich schlucke den Kloß in meinem Hals hinunter. „Ich werde nicht bei meinen Eltern wohnen."

Er hält einen Moment inne. „Hat sich etwas verändert seit dem letzten Mal, als ich dich gesehen habe?"

Ich drehe mich um und sehe ihn an. „Wenn man bedenkt, dass du zwei ganze Tage gebraucht hast, um den Mut aufzubringen, mich anzurufen, ja …, dann kann man sagen, dass sich eine andere Möglichkeit ergeben hat."

„Welche?", fragt er, und sein Kiefer verkrampft sich vor Frustration. „Ein verdammter Craigslist-Psycho?"

„Nein!" Ich lecke mir über die Lippen. „Mein Freund Dean hat gesagt, ich könnte bei ihm einziehen."

„Dean?", wiederholt er, wobei seine Augen vor Überraschung leuchten. „Ist das der Typ, mit dem du an dem Abend in der Bar warst?"

„Ja."

„Der, der dich mit mir gehen ließ?"

„Ja", stoße ich hervor, da ich genau weiß, worauf er hinaus will.

„Weiß er, dass du schwanger bist?"

„Ja." Ich bringe es nicht über mich, Augenkontakt herzustellen. „Er ist … unterstützend."

„Unterstützend?", blafft Josh und senkt den Kopf, um meinen Blick zu erwidern. „Was zum Teufel soll *das* denn heißen?"

Ich kaue nervös auf meiner Lippe. „Er sagte, er würde mir helfen, bis ich mein Leben in den Griff bekommen habe."

Josh tritt zurück und fährt sich mit den Händen durch die Haare. „Und was ist mit dem biologischen Vater des Babys?"

„Ich versuche, nichts zu unterstellen. Hör zu, ich weiß, wie du über Kinder denkst. Ich erinnere mich an alles, was du in jener Nacht im Uber zu mir gesagt hast. Auch das hat sich in meine Netzhaut eingebrannt … oder in meine Ohren … oder was auch immer."

Der Raum verstummt, als sich auf Joshs Gesicht etwas abzeichnet, das ich nicht genau erkennen kann.

Er atmet scharf durch die Nase ein. „Es spielt keine Rolle, was ich gesagt habe. Das ist die Situation, in der wir uns jetzt befinden, und ich bin ein verantwortungsbewusster Erwachsener, der sich um seine Verpflichtungen kümmern wird. Und ich bin viel qualifizierter als Dean."

Ich verschlucke mich an einem Lachen. „Ich werde also ein Baby mit einem Mann großziehen, der zwar verantwortungsbewusst ist, aber keine Kinder mag? Klingt nach einer Menge Spaß."

„Nichts daran ist Spaß", zischt er.

„Ich weiß!", rufe ich zurück und meine Augen brennen vor lauter Tränen. „Deshalb sage ich dir ja auch, dass du dich nicht einmischen musst. Ich habe Familie, ich habe meine Schwester, ich habe Freunde."

„Du hast Daddy Dean", spottet Josh mit dem ausdrucksstärksten Tonfall, den er je hatte.

„Würdest du wohl über dein Problem mit Dean hinwegkommen? Du kennst ihn gerade mal zwei Stunden."

Der Muskel in Joshs Kiefer zuckt vor Erregung. „Ich habe eine gute Menschenkenntnis."

„Ich auch! Und ich denke, ein Freund, der bereit ist, mich bei sich wohnen zu lassen, während ich mit dem Baby eines anderen Mannes schwanger bin, ist ein ziemlich unglaublicher Mensch."

„Mein Gott", knurrt Josh und beginnt, im Zimmer auf und ab zu gehen. „Das war's dann also? Du wirst mit ihm Familie spielen und was? Dem Baby sagen, dass er der Vater ist? So tun, als hätte ich nie existiert?"

Ich fahre mit den Händen über mein Gesicht. „Gott, ist das kompliziert. Und schmerzhaft und unangenehm und so viele Dinge. Die Wahrheit ist, dass ich das alles noch nicht durchdacht habe, aber ich habe etwa sechs Monate Zeit, um es herauszufinden, und ich brauche keinen Arsch, der mir dabei Befehle entgegenblafft." Josh zuckt bei meinem vernichtenden Tonfall zusammen, als ich auf ihn zukomme und die Schultern zurückziehe. „Hör zu, du musst da nicht mitmachen, Josh. Du bist Arzt mit Patienten und einem unglaublich stressigen Job. Dein ganzes Leben muss nicht wegen einer dummen Nacht aus den Fugen geraten."

Er runzelt die Stirn, als er mich spekulativ ansieht, seine Gedanken kreisen eindeutig um das Thema.

„Wir kennen uns kaum. Und du hast deutlich gemacht, dass du keine Kinder willst, und du hältst mich für verrückt, also wirst du auf keinen Fall den Rest deines Lebens mit mir zu tun haben wollen, um dieses Kind gemeinsam zu erziehen." Ich presse die

Lippen zusammen und füge hinzu: „Ich kann das allein regeln. Ich brauche nicht einmal Geld von dir."

Er wirft mir einen ungläubigen Blick zu.

„Ich weiß, dass ich keinen Job habe, aber ich bin keine Idiotin, okay?", sage ich abwehrend. „Ich habe meinen Master gemacht, und meine finanzielle Lage und meine Lebenssituation sind vorübergehend."

Als er nichts sagt, gehe ich zu dem Schrank, in dem er meinen Mantel verstaut hat, und nehme ihn vom Haken. Ich ziehe ihn an und halte an der Tür inne, um hinzuzufügen: „Nimm dir etwas Zeit und denk darüber nach. Ich biete dir einen Ausweg an, und ich habe das Gefühl, dass du ihn nutzen willst."

Er starrt mich mit einem glühenden Blick an, und es ärgert mich, dass ich dabei Schmetterlinge im Bauch bekomme. Als ich heute hier reinkam, dachte ich, ich wolle nichts mit ihm zu tun haben. Ich dachte, wir würden uns verabschieden und ich würde nie wieder einen Gedanken an ihn verschwenden.

Aber jetzt, wo ich ihn barfuß, verwirrt und so ganz und gar menschlich dastehen sehe, kann ich nicht anders, als mich zu fragen: *Was wäre, wenn?* Was wäre, wenn ich Ja gesagt hätte? Was wäre, wenn ich ihn in mein Leben ließe? Was, wenn wir eine Familie sein könnten?

Aber in der Sekunde, als er mich zur Tür hinausgehen lässt, wird mir klar, dass Josh Richardson nicht der Vater dieses Kindes sein will.

KAPITEL 9

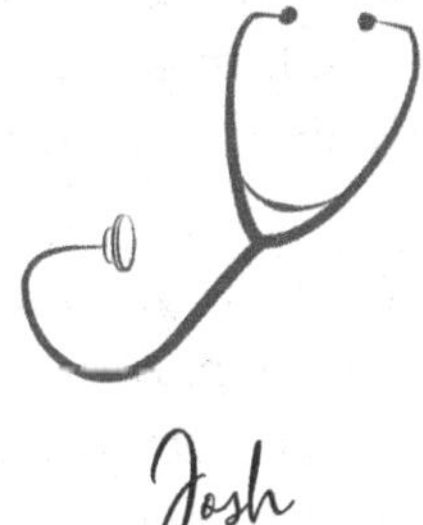

Josh

Josh: Kann ich die Adresse deines derzeitigen Wohnsitzes bekommen?

Lynsey: Ähm …, sicher? Schickst du mir ein paar juristische Dokumente zum Valentinstag oder so?

Ich halte inne.

So ein Mist. Heute ist der verdammte Valentinstag. Ich schätze, das erklärt die Blumen auf der Schwesternstation.

Josh: Adresse, bitte.

Lynsey schickt mir die Adresse, und ich lasse mir bestätigen, dass sie am späten Nachmittag zu Hause sein wird, bevor ich mich in der Umkleidekabine umziehe und mich meines Kittels entledige. Es ist schon drei Tage her, dass Lynsey mein Haus verlassen hat, und ich habe die ganze Woche über Doppelschichten in der Notaufnahme gemacht.

Aber trotz des Wahnsinns, der im Krankenhaus herrschte, verging keine Stunde, in der ich nicht an Lynsey und dieses Baby dachte. Es ist keine Option, nicht am Leben dieses Kindes beteiligt zu sein. Ich mag vielleicht nicht der einfühlsamste Mensch sein, und ich werde vielleicht nie eine Auszeichnung als Vater des Jahres bekommen, aber ich werde nicht abwesend sein.

Ich kümmere mich um meine Verantwortung. Und im Moment bin ich für Lynsey verantwortlich. Das heißt, ich muss alles Nötige tun, um sicherzustellen, dass es ihr gut geht. Dass es dem Baby gut geht. Und sie ist im Moment kein großer Fan von mir, also muss ich das schnell ändern, wenn es eine Chance gibt, sie zu überreden, bei mir einzuziehen.

Ich steige in meinen Geländewagen und benutze mein GPS, um mich zu ihrem Wohnort zu lotsen. Zwanzig Minuten später biege ich in einer Straße mit mehreren Reihenhäusern ab. Irgendetwas sagt mir, dass dies nicht die Wohngegend von Lynseys Eltern ist, was höchstwahrscheinlich bedeutet, dass sie bereits bei Dean eingezogen ist. Grummelnd finde ich das richtige Haus und fahre in die Einfahrt.

„Hast du keinen Job?", frage ich, als Dean die Tür öffnet.

Dean lächelt, rückt seine Brille zurecht und mustert mich von Kopf bis Fuß.

„Ich kann meine Arbeit von überall aus erledigen." Er stützt sich an den Türrahmen und verschränkt die Arme. „Zum Beispiel in einer Krankenhauscafeteria. Das heißt, ich bin sofort für meine Freunde da, wenn ich sie vor Arschlöchern retten muss."

Wie zum Teufel kann Max mit diesem Idioten zusammenarbeiten? „Ist Lynsey hier?"

„Erwartet sie dich?", fragt Dean schnippisch.

„Ich bin hier", sagt Lynsey. Sie taucht hinter Dean auf, bekleidet mit einer Jeans-Latzhose und einem blauen Rollkragenpullover darunter. Sie trägt zwei braune Zöpfe, die über ihren Schultern liegen, und sofort kommt mir die Version eines kleinen Mädchens von Lynsey in den Sinn.

Ein sehnsüchtiges Gefühl steigt in meiner Brust auf.

„Josh …, was ist los?" Ihre Stimme reißt mich aus meinen Gedanken.

Ich presse eine Hand auf mein Brustbein und zwinge die Worte aus meinem Mund. „Ich wollte mit dir ausgehen."

„Wohin?" Sie hakt ihre Daumen in die offenen Seiten der Latzhose ein, und ich schwöre, dass ihr Bauch bereits ein wenig runder ist. „Ich habe dich nicht für den Valentinstag-Typ gehalten."

„Bin ich auch nicht." Ich zucke zusammen, als ich mich wieder auf Lynseys Gesicht konzentriere. „Ich habe etwas vor."

„Welche Art von etwas?"

Ich atme schwer aus und werfe Dean einen genervten Blick zu, der immer noch in der verdammten Tür steht, als wäre er ihr Wachhund oder so. Er versteht den Wink mit dem Zaunpfahl und tritt zurück, um Lynsey und mir endlich etwas Privatsphäre zu geben.

„Etwas, das dazu beitragen kann, eine Person kennenzulernen."

Lynsey runzelt die Stirn, als wüsste sie nicht, wovon ich rede.

„Das war eines deiner Probleme dabei, bei mir einzuziehen. Du kennst mich nicht. Ich versuche, das zu ändern." Ich werfe einen Blick auf meine Uhr. „Kannst du dir nicht einfach ein Paar Schuhe anziehen und deinen Mantel holen? Wir kommen sonst zu spät."

Zum Glück tut sie, worum ich sie bitte, und ich mache mich auf den Weg zu unserem Ziel. Während der Fahrt reiche ich ihr den Zettel, der auf dem Armaturenbrett liegt. „Du kannst das während der Fahrt ausfüllen."

Lynsey starrt auf das Blatt in ihrer Hand. „Ähm, was ist das?"

„Es ist ein Dokument zur Krankengeschichte."

„Das kann ich sehen, Josh. Warum gibst du es mir?"

„Damit wir uns kennenlernen können." Ich schaue zu ihr rüber, da sie so etwas sicher schon einmal gesehen hat. „Meins ist schon ausgefüllt und liegt da oben, wenn du es dir ansehen willst."

„Warum sollte ich deine Krankengeschichte kennen wollen?"

„Wenn man bedenkt, dass der Fötus, den du in dir trägst, die Hälfte meiner DNA hat, dachte ich, dass du vielleicht informiert sein willst." Ganz zu schweigen davon, dass ich ihre

Familiengeschichte kennen muss, damit ich im Falle möglicher Probleme einen Schritt voraus sein kann.

„Würdest du aufhören, es einen *Fötus* zu nennen?", schnauzt Lynsey und berührt kurz ihren Bauch, bevor sie nach meinem Zettel greift. Sie hält inne und betrachtet ihn einen Moment lang. „Dein Großvater hatte Diabetes?"

„Altersdiabetes", erkläre ich.

„Sind alle deine Großeltern noch am Leben?", fragt sie und schaut mich neugierig an. „Wie alt bist du?"

„Ich bin vierunddreißig", antworte ich, als befände ich mich mitten in einem Vorstellungsgespräch, obwohl das in diesem Kontext eine völlig inakzeptable Frage wäre. „Meine Eltern haben mich jung bekommen."

Sie zieht die Augenbrauen zusammen. „Stehst du deiner Familie nahe?"

Ich nicke reflexartig, obwohl sich die Dinge seit meiner Rückkehr nach Boulder vor ein paar Jahren geändert haben. „Meine Eltern leben hier in der Stadt und meine Großeltern auch. Bis auf die Eltern meines Vaters im Moment. Sie überwintern in Arizona." Als ich mir vorstelle, wie ich meinen Eltern von dieser Situation erzähle, beschleicht mich leichtes Unbehagen. Ich verdränge den Gedanken wieder. Ich habe Wochen Zeit, es ihnen zu sagen. Sogar Monate. Es gibt keinen Grund, sie so schnell in diese Situation hineinzuziehen.

Lynsey schweigt eine Weile, während sie diese Information verarbeitet. „Meine Eltern sind auch von hier. Und ich habe eine Großmutter, die noch lebt", sagt sie leise. „Sie lebt auf einem Stück Land außerhalb von Greely."

Ich nicke und werfe einen Blick auf das Papier. „Trag das alles in die Krankengeschichte ein. In der Seitentasche deiner Tür befindet sich ein Klemmbrett."

Fünfzehn Minuten später hat Lynsey ihr Formular fertig, als ich vor einem braunen Backsteingebäude mit einem großen Schild mit der Aufschrift *Frontera Street Wellness Center* vorfahre.

Lynsey schaut stirnrunzelnd zu mir herüber. „Mal im Ernst, was machen wir hier?"

Ohne zu antworten, steige ich aus dem Auto, öffne ihre Tür und führe sie hinein. Wir biegen links in einen Flur ein, und sie bleibt stehen, als ich eine Tür öffne, auf der steht: Eve Gunthrie, Familien- und Ehetherapeutin.

„Du bringst mich zu einer verdammten Therapeutin?", zischt sie mit großen, anklagenden Augen. „Ich dachte, es wäre ein Scherz, dass du mich für verrückt hältst. Wie eine abartige Form des Flirtens, die nur ein echter Sadist hinbekommen würde."

Ihre Hände sind zu kleinen Fäusten geballt.

Ich runzle die Stirn. „Ich bringe nicht *dich* zu einer Therapeutin. Ich bringe *uns* zu einer Therapeutin. Du sagtest, wir würden uns nicht kennen, Lynsey. Diese Frau ist die beste Familien- und Eheberaterin in Boulder. Ich musste einen Gefallen einfordern, um einen Termin zu bekommen. Du solltest ihre Referenzen sehen."

„Ich kenne ihre Referenzen!", ruft sie, wobei ihre Stimme die schrille Lautstärke erreicht, die ich inzwischen schon ein paarmal gehört habe. „Ich habe ihr Buch über getrennte Familien gelesen, und es war wirklich aufschlussreich. Aber ich glaube, du ignorierst die wichtige Tatsache, dass wir beide *nicht* verheiratet sind!"

Ich drehe mich zu ihr um und spüre, wie die Spannung wie Dampf von ihr abstrahlt. „Eine Beziehung zwischen zwei Menschen, die zusammen ein Baby bekommen, ist eine Einheit …, mehr oder weniger. Diese Frau ist ein Profi, und eine gemeinsame Sitzung wird uns bei unserem gegenseitigen Kennenlernen helfen. Ich dachte, mit deinem Hintergrund in Psychologie würdest du das respektieren."

Sie rollt mit den Augen und kneift sich in den Nasenrücken. „Ich kann nicht glauben, dass das deine Vorstellung von Kennenlernen ist."

Scheiße. Ich kann nicht glauben, dass sie nicht darauf steht. Vielleicht habe ich es falsch verstanden.

Plötzlich richten sich ihre Augen auf meine, und sie stößt einen

Finger in meine Brust. „Wir werden mit dieser Frau reden, denn es wäre respektlos, jetzt abzusagen. Aber das Erste, worüber wir reden werden, ist die Tatsache, dass du einen Weckruf über die tatsächliche Funktionsweise von zwischenmenschlichen Beziehungen brauchst.“

Eine Stunde später sitzen wir wieder in meinem Auto, und mir geht alles durch den Kopf, was in so kurzer Zeit besprochen wurde. Die Sitzung begann etwas holprig, als die Beraterin sagte, dass ihre normalen Paare Menschen sind, die mehr als einmal miteinander im Bett waren. Aber als ich ihr unsere Situation und unsere Ziele erklärt habe, hat sie ihr Protokoll angepasst und weitergemacht. Gott sei Dank.

Wir sprachen über unsere Eltern und die Tatsache, dass wir beide Geschwister haben. Lynseys Familie lebt in der Nähe und sie verbringt viel Zeit mit ihren Nichten, während mein jüngerer Bruder an der Westküste lebt und ich selten mit ihm oder seiner Frau spreche.

Ich fühlte mich viel wohler, als wir zu den Karrierezielen und Ambitionen übergingen. Ich bestätigte, dass ich weiterhin in der Notaufnahme arbeiten will, was auch stimmt. Und ich erfuhr mehr über Lynseys Traum, eine eigene Gruppentherapieklinik für Kinder zu eröffnen. Während ich sie über ihren zukünftigen Geschäftsplan reden hörte, wurde mir klar, dass sie äußerst intelligent und motiviert ist.

Schuldgefühle durchströmten mich. Dieses Baby könnte all ihre Pläne durchkreuzen. Ich will nicht, dass das passiert.

Irgendwann fragte mich die Therapeutin, warum ich nie vorhatte, Kinder zu bekommen. Ich schob es auf meine Karriere, die für mich oberste Priorität hatte, sagte aber, dass ich durchaus bereit sei, Verantwortung zu übernehmen, da ich jetzt mit dieser Situation konfrontiert bin. Es war leicht, in der Sitzung nicht zu sehr in die

Tiefe zu gehen, und das ist ein Grund, warum ich Therapie eigentlich nicht mag.

Patienten können lügen. Patienten können etwas verschweigen. Patienten können einen kompletten Schwachsinn auftischen. In der Notaufnahme lügen die Tests nicht. Sicher, ich habe ständig mit Patienten zu tun, die mir weismachen wollen, dass sie keine Partydrogen konsumieren. Aber ich habe einen Bluttest, der die Wahrheit sagt, sodass es in meinen Krankenakten keine Grauzone gibt.

„Wie hat es dir da drinnen gefallen?", frage ich, während ich den Motor starte und mich Lynsey zuwende, während das Auto warmläuft.

Sie starrt nach vorn, lange Wimpern umspielen ihre Wangen mit jedem Blinzeln. „Es war aufschlussreicher, als ich dachte."

Ich nicke. „Wir haben viel übereinander gelernt."

Sie rollt mit den Augen. „Wir haben eine Menge grundlegender Dinge gelernt."

„Warum sagst du das so, als ob es schlecht wäre?" Ich habe mir sehr viel Mühe gegeben, um das hier zusammenzustellen, das Mindeste, was sie tun kann, ist, es zu würdigen.

Lynsey zeigt auf das Gebäude. „Du hast mich quasi zu einem Vorstellungsgespräch mitgenommen, Josh. Ich fühlte mich wie eine Bewerberin, die ein Persönlichkeitsquiz macht, damit du weißt, wie du mit mir umgehen sollst."

„Ich denke, wir sollten das Enneagramm-Persönlichkeitsquiz machen, das sie empfohlen hat." Ich ziehe mein Handy aus der Tasche und schaue mir die Notiz an, die ich gemacht habe, als sie es erwähnte. „Das könnte für uns hilfreich sein."

„Hör auf", stöhnt Lynsey und legt ihre Hand auf meine. Ihre Haut ist weich, und das Verlangen, mehr von ihr zu spüren, leuchtet in mir auf.

Lynseys Augen verengen sich kurz, dann nimmt sie mein Handy. „Ja, das sollten wir tatsächlich tun. Ich glaube, du bist eine

Fünf, und wenn ich recht habe, dann erklärt das wirklich eine Menge seltsamer Dinge über dich."

„Siehst du? Es war eine produktive Sitzung. Es sollte nichts dagegen sprechen, dass du aus Deans Wohnung aus- und bei mir einziehst."

Sie schaltet das Display meines Telefons aus und gibt es mir. „Du denkst, eine einstündige Sitzung reicht aus, damit ich bei dir einziehe? Wie kommst du denn auf die Idee? Ich habe immer noch keinen Job. Ich werde nicht einfach einziehen und bei dir schnorren, wenn du mich kaum kennst."

„Ich habe viel Geld, Jones. Mehr als genug für dich, mich und das Baby. Du müsstest nicht einmal arbeiten, wenn du nicht willst."

„Ich will arbeiten." Sie reibt sich mit den Händen über das Gesicht. „Hast du nicht gehört, was ich da drinnen gesagt habe? Ich konzentriere mich darauf, meine beruflichen Ziele zu erreichen, Josh. Und es ist mir wichtig, selbstständig zu sein und mich verwirklicht zu fühlen. Ich könnte niemals einziehen und den ganzen Tag nur schwanger rumsitzen. Wie langweilig."

Meine Nasenflügel blähen sich auf, als die Sehnsucht in meiner Brust wieder auftaucht. Sie ist süß, wenn sie so leidenschaftlich ist. Und sosehr ich es auch vorzöge, wenn sie jeden Tag sicher und geborgen in meinem Haus wäre, ihr Ehrgeiz ist sexy.

„Also, was ist die Lösung?", frage ich mit heiserer Stimme voller unerwartetem Verlangen, das ich im Moment wirklich nicht brauche.

Sie leckt sich über die Lippen und braucht einen Moment, um sich zu beruhigen, bevor sie antwortet: „Du kannst Teil dieser Schwangerschaftssache sein, während ich bei Dean wohne. Damit kannst du doch kein Problem haben."

Ich spüre, wie der Muskel in meinem Kiefer bei der bloßen Erwähnung seines Namens zuckt. „Ich mag Dean nicht."

Sie blinzelt mich mit ihren großen braunen Augen an, wobei sie in ihrem Outfit wesentlich jünger als siebenundzwanzig aussieht.

„Deine Meinung über Dean ist eigentlich egal, Josh, denn wir beide haben keine Beziehung."

„Aber du trägst mein Kind in dir."

Sie schaut nach vorn und atmet aus. „Ich verstehe schon. Das ist kompliziert. Hör zu …, wir werden … mit einer Freundschaft beginnen, okay? Ich verstehe, dass du in alles involviert sein willst, und das ist in Ordnung. Du kannst zu meinen Terminen kommen."

„Aber sonst nichts." Der Gedanke, sie nur einmal im Monat zu sehen, macht mich fertig.

Ihr Gesicht erweicht sich vor Mitleid. „Was würdest du mehr wollen?"

Mein Kiefer verkrampft sich vor Frustration, denn wäre sie an diesem Morgen nicht aus meinem Haus geflüchtet, könnten wir jetzt ganz anders miteinander umgehen.

Die Wahrheit ist, dass ich nicht mehr offen für die Idee war, mit einer Frau zusammen zu sein, seit ich vor zwei Jahren die Ostküste verlassen habe und nach Boulder zurückgekommen bin. Aber mit Lynsey will ich mehr. Ich fühle mich zu ihr hingezogen, seit ich sie in der Krankenhauscafeteria vor sich hinmurmeln sah. Zuerst hat mich ihre Anwesenheit irritiert, aber als ich sie zur Rede stellte und ihre süße, tapsige Unschuld zum Vorschein kam, war ich hin und weg. Ja, ich war ein Arsch zu ihr …, aber nur, weil ich sie nicht wollen wollte. Dann tauchte sie an jenem Abend in derselben Bar auf, sah verdammt sexy aus und redete über ihren Beruf, als wüsste sie einen Scheißdreck über die Welt, und ich versuchte, sie wegzuschieben.

Aber sie gab nicht nach.

Sie hat mich sogar gebeten, sie zu küssen.

Und noch viel mehr, was ich nie erwartet hätte.

Und jetzt bekommen wir ein gemeinsames Kind, und die Tatsache, dass ich vielleicht mehr von ihr will, als nur die biologische Mutter meines Kindes zu sein, ist verdammt verwirrend.

„Vielleicht können wir uns auch außerhalb der Termine sehen", biete ich an und beobachte ihr Gesicht auf eine Reaktion.

„Wie denn?", fragt sie und wirft mir einen fragenden Blick zu. „Mehr Therapiesitzungen? Definitiv nicht. Ich habe das hier nur gemacht, weil ich diese Ärztin kennenlernen wollte, aber das ist nicht die normale Art, wie Männer und Frauen miteinander umgehen, Josh. Wenn du mit mir abhängen willst, muss es etwas Persönlicheres sein als das, was auch immer das war."

„Zum Beispiel?"

Sie schüttelt den Kopf, als könne sie nicht glauben, dass wir dieses Gespräch führen. „Zum Beispiel ein normaler Ausflug, du Idiot. Denk an Dinge, die du mit einem Date machen würdest."

Ich werfe ihr einen Blick zu. „Ich war immer ein wenig mit meinem Job beschäftigt. Dates waren nie eine Priorität für mich."

Sie runzelt die Stirn, während sie mich von oben bis unten mustert. „Nun, Dates beinhalten normalerweise ein Abendessen und eine Aktivität."

„Eine Aktivität?" Erregung bildet sich im Schritt meiner Jeans, als meine Gedanken an einen sehr schmutzigen Ort wandern, der nackte Aktivitäten beinhaltet.

Gott, sie sieht wirklich sexy aus in dieser Latzhose.

Lynsey zuckt mit den Schultern. „Ich bin dafür offen, wenn du es bist."

„Okay. Abendessen und eine Aktivität", wiederhole ich, dann kommt mir ein Gedanke. „Oh, da war noch etwas, was ich die Ärztin fragen wollte, aber ich habe es vergessen."

„Was?", fragt Lynsey und sieht mich erwartungsvoll an.

Ich antworte trocken: „Ich wollte sie fragen, ob die Tatsache, dass du dich beim Geschlechtsverkehr gern versohlen lässt, etwas ist, worüber ich mir Sorgen machen muss."

„Du Wichser." Sie gibt mir einen Klaps auf den Arm.

„Vorsichtig", schimpfe ich. „Das stimmt so nicht, immerhin bist du schwanger mit meinem Kind."

„Oh mein Gott", stöhnt Lynsey in ihre Hände. „Mir ist gerade klar geworden, dass wir dieses Baby gezeugt haben, während ich dich angefleht habe, mir den Hintern zu versohlen." Ihr Gesicht wird knallrot und plötzlich fängt sie an zu lachen – ein richtiges Lachen aus dem Bauch heraus.

„Ich habe dich nicht die ganze Zeit versohlt." Ich kämpfe gegen das Lächeln an, das sich auf meinem Gesicht ausbreiten will, als ich sehe, wie sie die Kontrolle verliert. Sie sieht wirklich umwerfend aus mit ihren Zöpfen und der Sonne im Rücken, während sie sich ihre Lachtränen wegwischt. Kopfschüttelnd greife ich auf den Rücksitz und hole etwas. „Ich will nicht vergessen, dir das zu geben."

Sie beruhigt sich und starrt auf die weiße Schachtel. „Was ist das?"

Ich zucke abweisend mit den Schultern. „Mach es auf und sieh nach."

Ein zweifelnder Blick macht sich auf ihrem Gesicht breit. „Wenn da eine Peitsche drin ist, steige ich sofort aus diesem Fahrzeug aus."

Ich muss mir auf die Faust beißen, um nicht zu lachen. „Das musst du dir für deine Weihnachtsliste aufheben, Jones."

Sie reißt den Deckel auf und schnappt nach Luft. „Ist das ein französischer Seidenkuchen aus der Cafeteria?"

Ich nicke knapp und lege den Rückwärtsgang ein. „Ich dachte mir, du würdest deine liebste Lebensmittelgruppe vermissen."

Sie blinzelt schnell, und ich schwöre, dass ihr die Tränen in die Augen steigen, bevor sie sich zurücklehnt und mir ein verschämtes Lächeln schenkt. „Ich werde versuchen, ihn diesmal von deinem Schritt fernzuhalten."

Ich warte mit dem Ausparken, damit ich sie mit ernstem Blick fixieren kann. „Wenn du ihn dort fallen lassen willst, dann sieh zu, dass du diesmal auch bereit bist, deine Sauerei wegzumachen."

Sie beißt sich auf die Lippe, und ihr Blick senkt sich auf meinen Mund. In den wenigen Sekunden, die ich gebraucht habe, um diese Antwort zu geben, stieg die Temperatur um zehn Grad an. Wir starren uns einen schweren Moment lang an.

Ich will nicht den verdammten Kuchen in meinem Schoß – ich will sie.

Bevor einer von uns etwas sagen oder tun kann, hupt ein

Auto hinter uns und unterbricht die sexuelle Spannung, die meine Fenster beschlägt, während derjenige darauf wartet, dass ich ausparke.

Ich seufze. „Es ist wahrscheinlich klug, wenn du mit dem Essen wartest, bis ich dich nach Hause gebracht habe."

„Ich glaube, das wäre das Beste." Sie nickt und schaut nach vorn, während ihre Wangen durch eine Hitze gerötet sind, die mich bis ins Innerste durchdringt.

KAPITEL 10

„Hältst du es wirklich für eine gute Idee, Kate auf ihrer Ende-Party zu sagen, dass du schwanger bist?", fragt Dean, während wir nach Norden in Richtung Jamestown fahren.

„Nun, es ihr im Tire Depot Customer Comfort Center zu sagen, erschien mir ein wenig geschmacklos." Ich lehne mich zurück und richte mein schwarzes, wallendes Oberteil, das mir über die Schultern hängt. Ich habe dieses Top extra ausgewählt, um die Aufmerksamkeit von meinem Bauch abzulenken. Ich sehe definitiv noch nicht schwanger aus, aber ich habe jetzt einen Kuchenbauch, der zu meinem Kuchenhintern passt. „Und es ist unmöglich, dass sie nicht merkt, dass ich nur so tue, als würde ich trinken. Sie hat einen verrückten Spinnensinn für so etwas."

„Das ist wahr." Dean nickt. „Und sie kann auch riechen, wann ich kürzlich Sex hatte."

Diese Bemerkung lässt mich meine volle Aufmerksamkeit auf Dean richten. „Wo wir gerade dabei sind …" Ich hebe die Augenbrauen. „Als ich neulich nachts nach Hause kam, hörte ich schrille hohe Töne von oben."

Dean zwinkert mir flirtend zu. „Du warst mit Dr. Arsch beschäftigt, sonst wären das deine Geräusche gewesen, Lyns."

Ich muss lachen, da ich annehme, dass Dean nur flirten will. „Also, wer war das Mädchen?"

„Niemand, den du kennst", antwortet er knapp.

„Du hast also einfach ein beliebiges Mädchen mit nach Hause gebracht?"

„Tu nicht so, als hättest du das nicht auch getan." Er lenkt seine Aufmerksamkeit auf meinen Bauch. „Wenigstens hatte ich den Verstand, das Verfallsdatum auf meinem Kondom zu überprüfen."

„Zu früh", murmle ich und verschränke schmollend die Arme vor der Brust.

Dean lacht. „Hör zu, der Lärm tut mir leid, okay? Aber da du es mir offensichtlich nicht besorgen willst, muss ich es irgendwo herbekommen."

Angesichts dieser offenen Antwort macht sich ein mulmiges Gefühl in meinem Bauch breit. Ich hätte nie erwartet, dass Dean nach meinem Einzug bei ihm zölibatär wird. Aber wenn man bedenkt, dass ich erst seit ein paar Wochen da bin und er bereits ein Mädchen mit nach Hause gebracht hat, frage ich mich, wie lange dieses Arrangement wirklich halten kann.

Der Gedanke, im achten Monat schwanger zu sein und mitten in der Nacht von den leidenschaftlichen Schreien einer fremden Frau geweckt zu werden, erscheint einfach … falsch. Oder im Wohnzimmer zu stillen, wenn Dean von der Arbeit in der Bäckerei zurückkommt. Das ist für mich auf Dauer keine echte Option.

„Also, wirst du sie wiedersehen?", frage ich und beobachte Dean neugierig auf seine Reaktion.

„Nein!" Er lacht, als wäre es die lächerlichste Frage der Welt. „Es war nur eine Nummer, die mir helfen sollte, über meine Besessenheit mit der Besitzerin der Rise and Shine Bakery hinwegzukommen. Verdammt, diese Frau Norah ist alles, woran ich in letzter Zeit denken kann. Du hast sie doch gesehen, oder? Sie ist die umwerfende Blondine, die immer ein Halstuch über den Haaren trägt. Seit ich in der Mittagspause dorthin gehe, haben wir diese seltsame Nicht-Flirt-Sache, und das macht mich wahnsinnig.

Entweder will sie mich oder sie hasst mich, beides könnte für tollen Sex sorgen."

Ich lächle über Deans kleine Schwärmerei. „Was hält dich zurück? Du bist doch sonst immer derjenige, der es angeht, egal was passiert."

„Nun, Rise and Shine ist die Bäckerei, in die ich auf Wunsch von Max investieren soll, um eine Franchise zu erhalten. Ich habe diese Regel, nicht dort zu scheißen, wo ich esse."

Ich rümpfe die Nase. „Das ist ein ekelhafter Ausdruck."

„Wir sind jetzt Mitbewohner. Du wirst dies und noch viel mehr hören. Aber keine Sorge, ich werde mich beruhigen, wenn die Erdnuss geboren ist." Er schenkt mir ein Grinsen, und dann verzieht er das Gesicht, wahrscheinlich, weil ich mich nicht amüsiere. „Es sei denn, du ziehst tatsächlich in Erwägung, mit Dr. Arsch zusammenzuziehen, jetzt, wo ihr beide euch kennenlernt?"

Ich ziehe meine Lippe in den Mund und kaue darauf herum. Seit unserer Therapiesitzung ist eine Woche vergangen, und Josh und ich haben ein paar Abende zusammen verbracht. Er hat mich ein paarmal zum Essen ausgeführt. Und wir waren sogar beim Bowling – wie richtige Menschen. Allerdings wurde er sehr bissig, als ich eine Acht-Pfund-Kugel in die Hand nahm und er mich auf eine Vier-Pfund-Kugel zurückstufte, die meiner Meinung nach für Kinder gedacht war. Ich habe darüber gelacht, aber ich habe das Gefühl, dass Josh paranoid ist, weil er befürchtet, dass ich mich verletzen könnte. Er ist äußerst überfürsorglich.

Das ist wahrscheinlich der Grund, warum er mich jedes Mal bittet, bei ihm einzuziehen, wenn er mich bei Dean absetzt. Jedes. Mal. Es ist seltsam, aber irgendwie auch süß. Es ist ihm sehr ernst damit, dass er auf mich aufpassen will, und ich schätze, das ist beruhigend. Ich schätze die Tatsache, dass er sich für das Leben interessiert, das in mir wächst. Dadurch bin ich bei diesem ganzen Prozess nicht so allein. Und es gibt keine Anzeichen für die ursprüngliche Arschlocheritis, die er bei unserem Kennenlernen hatte. Er ist beileibe nicht Mr. Warm und Kuschelig, aber er nennt mich wenigstens nicht mehr verrückt.

Außerdem hatten wir einige sehr intensive Momente, in denen ich glaube, dass er mich küssen oder verschlingen oder mich nackt in der Öffentlichkeit ausziehen möchte. Und ich ertappe mich dabei, wie ich diese Momente ermutige. Ich weiß nicht, ob es an den Schwangerschaftshormonen liegt oder einfach nur am Josh-Effekt, aber verdammt, sein mürrisches Verhalten beschäftigt mich in letzter Zeit sogar in meinen Träumen. Und es sind keine jugendfreien Träume.

„Josh drängt definitiv immer noch darauf, dass ich einziehe." Ich zucke mit den Schultern. „Ich glaube, das liegt zum Teil daran, dass er einfach nicht will, dass ich bei dir wohne."

„Bei mir?", fragt Dean und schaut mich mit großen, unschuldigen Augen an. „Welches Problem hat er mit mir? Ist er beleidigt, weil ich dir diese Babybücher gekauft und dir eine pränatale Massage gebucht habe? Mann, ich bin so ein Arsch."

Ich werfe ihm einen bösen Blick zu. „Natürlich nicht, aber du könntest etwas netter sein, wenn er mich abholen kommt. Du stehst an der Tür, als wärst du mein Leibwächter oder so."

Dean lächelt, sichtlich erfreut. „Ich bin mir nur nicht sicher, ob er deiner würdig ist, Lyns."

„Mich interessiert eher, ob er dieses Babys, das wir zusammen haben werden, würdig ist." Ich streiche mit den Händen über meine jeansbekleideten Oberschenkel. „Ich bin mir immer noch nicht sicher, ob er über die sexuelle Anziehung hinaus an mir interessiert ist, und ob ich ebenfalls wegen mehr an ihm interessiert bin."

Dean sieht mich einen Moment lang an, bevor er seinen Blick wieder auf die Straße richtet. Er wird still, sein bärtiger Kiefer bewegt sich von einer Seite zur anderen, während er an einem Gedanken kaut. „Wenn du meinen Rat willst ... Die Scheidung meiner Eltern war chaotisch und dramatisch, und es war ihnen scheißegal, dass ich mit zwölf Jahren mittendrin war." Deans Kiefer spannt sich an. „Aber wenn ihr herausfinden wollt, was ihr füreinander empfindet, müsst ihr das tun, bevor das Kind alt genug ist, um zu wissen, wie unglücklich ihr euch gegenseitig macht."

Ich runzle die Stirn über Deans sehr offene Antwort. Normalerweise teilt er nicht viel und zieht es vor, Mr. Spaß statt Mr. Real zu sein. Aber die Scheidung seiner Eltern ist ein wichtiger Grund dafür, dass er nicht gut mit Beziehungen umgehen kann. Ein Psychologe könnte sogar behaupten, dass dies der Grund ist, warum er versucht, nur mit engen Freundinnen auszugehen. Er kann nur versuchen, sich mit Menschen niederzulassen, bei denen er sich sicher fühlt, bevor er die Beziehung sabotiert.

Er hat eine Abneigung gegen feste Bindungen, weshalb er sich mit Kate über ihre Liebesromane mit Happy End streitet. Er sagt, das sei nicht das wahre Leben, und eines Tages müsse sie ein unschönes, trauriges Ende schreiben, weil es für die meisten Menschen so ablaufe.

Doch tief in seinem Inneren hat er ein großes Herz und sorgt sich um seine Freunde. Ich meine, er war ohne Zögern bereit, mich einziehen zu lassen, nachdem er herausgefunden hatte, dass ich schwanger bin. Er könnte definitiv ein Typ sein, der glücklich bis ans Ende seiner Tage ist, wenn er nur wirklich jemanden an sich heranlässt.

Allerdings ist er nicht gerade der begehrteste Junggeselle, wenn eine schwangere Frau unter seinem Dach schläft. Daran hatte ich bis zu diesem Gespräch noch gar nicht gedacht. Deans Leben sollte nicht wegen meiner Situation auf Eis gelegt werden.

Ich werde von meinen Gedanken abgelenkt, als wir vor Miles' Ranchhaus halten, das in eine Klippe am Rande der Stadt gebaut ist. Es ist ein wunderschönes Gebäude, das Miles in den letzten paar Jahren renoviert hat. Ich kann immer noch nicht glauben, wie glücklich Kate mit Miles ist. Ihre Vergangenheit mit Männern war nie so ernst und so schnell. Aber ich schätze, wenn man es weiß, weiß man es eben.

Die Party ist in vollem Gange, als Dean und ich uns auf den

Weg nach drinnen machen. Wir sehen Kates rote Locken in der Küche mit Miles, Miles' kleiner Schwester Maggie und Sam.

Kates Augen werden groß, als sie uns sieht. „Meine besten Freunde sind hier!" Sie eilt herbei und umarmt uns beide, dann packt sie uns an den Handgelenken und zerrt uns den Flur hinunter ins große Schlafzimmer.

„Ekelhaft, ich will nicht in deiner Sexhöhle rumhängen", stöhnt Dean und rümpft die Nase. „Hier riecht es nach Leder und Eiern."

„Halt die Klappe, Dean", schnauzt Kate und streckt die Hände aus, um unsere volle Aufmerksamkeit zu bekommen. „Die Top-Story des heutigen Abends ist, dass Miles' bester Freund Sam Miles' kleine Schwester fickt."

„Igitt!", sage ich, als Dean gleichzeitig jubelt: „Ja!"

„Warum musstest du das so sagen?", frage ich und verziehe das Gesicht vor Abscheu. „Maggie ist in ihren Zwanzigern. Sie ist doch kein Teenager. Hör auf, klein zu sagen."

„Das war mein Elevator Pitch", erwidert Kate und schenkt mir ein böses Lächeln. „Und es ist noch anzüglicher, wenn ich es so sage."

Ich rolle mit den Augen. „Du bist so eine Erotikautorin."

Kate streckt die Zunge heraus. „Also, sie schlafen seit Wochen miteinander, und Miles hat es erst an dem Abend erfahren, als du in der Notaufnahme warst, Lyns. Es ist also noch ziemlich neu, aber Miles hat es akzeptiert, auch wenn ich merke, dass er jedes Mal, wenn Sam den Arm um Maggie legt, den Drang bekämpft, ihn zu schlagen. Aber ... es ist so gut, denn Sam und Maggie sind verliebt, und wir lieben die Liebe, nicht wahr?"

„Genau", antworte ich enthusiastisch

Ein Stöhnen ist alles, was wir von Dean hören.

„Gott, dieser Scheiß ist besser als Fiktion!", quietscht sie aufgeregt und öffnet dann die Schlafzimmertür. „So, jetzt gehen wir uns betrinken!"

Sie zerrt mich in den Flur.

Dean sagt: „Feigling."

Und er hat recht. Kates Schlafzimmer war der perfekte Ort, um ihr zu sagen, dass ich mit dem Baby von Dr. Arsch schwanger bin, den sie an diesem Abend in der Notaufnahme kennengelernt hat. Aber was soll's, ich sage es ihr später. Wenn sie ein paar Drinks intus hat.

Die Party ist laut und ein bisschen verrückt, also kann ich recht gut vortäuschen, als würde ich trinken, aber Kate merkt zweifellos, dass ich nicht so betrunken bin wie sie – was für mich ungewöhnlich ist. Zu einer typischen Lynsey-Partynacht gehören tropische Cocktails mit Regenschirmen und rotgefärbte Lippen von dem Saft, den ich mit reichlich Alkohol mische.

Kates blaue Augen durchbohren mich von der anderen Seite des Raumes, und bevor ich einen Drink finden kann, um einen falschen Schluck zu nehmen, zieht sie mich auf den Couchtisch im Wohnzimmer, der jetzt zu einer behelfsmäßigen Tanzfläche geworden ist.

„Was ist los mit dir?", schreit Kate über die Musik hinweg und führt ihren roten Becher mit Bier an die Lippen, während sie die Hüften schwingt. „Warum hast du keinen Drink in der Hand?"

Ich wackle mit den Hüften und halte meine Hände hoch. „Ich habe sie viel zu schnell getrunken."

„Hast du morgen ein Vorstellungsgespräch?", fragt sie und mustert mich, als wollte sie die Poren in meinem Gesicht zählen.

„Nein." Ich mache eine kleine Drehung auf dem Tisch, um den Eindruck zu erwecken, dass ich Spaß habe.

Als ich mich zu ihr umdrehe, pikst sie mich in die Titte.

„Au!", rufe ich aus und halte mir die Brust.

„Was ist los? Ich weiß, dass etwas los ist."

Ich höre auf zu tanzen und sie tut es auch.

Ihr Gesicht wird ernst, und meins spiegelt es wider.

„Ich muss dir etwas sagen."

„Wenn du mir sagst, dass du nach Denver ziehst, werde ich ausrasten."

„Ich ziehe nicht nach Denver."

„Was dann?"

Ich atme tief ein. Das ist es. Ich springe einfach ins kalte Wasser und sage es ihr. „Ich bin schwanger."

„Sehr witzig!" Kate bricht in Gelächter aus, legt den Arm um mich und wippt mit den Hüften zur Musik. Sie deutet in den Raum. „Und wer, bitte schön, ist dein Baby Daddy?"

Sie schnappt nach Luft. „Ist es Dean? Ist das die zweite Chance für eine Romanze, von der du nie wusstest, dass du sie willst?"

Plötzlich werden Kates Augen groß und ihr fällt die Kinnlade herunter. Sie lässt fast ihr Getränk fallen, aber ich kann es gerade noch rechtzeitig auffangen. Ich drücke ihren roten Becher an meine Brust und drehe mich um, um zu sehen, was sie so schockiert hat. Ich mache mir fast in die Hose, als Josh sich seinen Weg durch die überfüllte Party bahnt.

„Dr. Arsch ist auf meiner Party", sagt Kate und drückt meinen Arm so fest, dass ich zusammenzucke. „Dr. Arsch ist auf meiner Party!"

„Warum flippst du so aus?", frage ich und befreie meine Hand aus ihrem Todesgriff. „Es ist nicht so, als wäre er Sam Heughan."

Kate wendet ihre großen und wilden Augen wieder mir zu. „Du verstehst das nicht, Lynsey. Ich hatte diesen Traum über Dr. Arsch nach dem Abend, an dem ich ihn mit dir in der Notaufnahme getroffen habe. Es war kein Sextraum … nun ja, nicht wirklich. Es war ein Buchtraum. Ich habe mir einen ganzen Plot für einen heißen, schmutzigen Arzt ausgedacht, dessen Herz von einem tragischen Schmerz gebrochen wird. Und sag es Miles ja nicht, aber dieser Mann, der auf uns zukommt, war meine Muse."

Sie dreht sich um, um Josh anzusehen, aber ich nehme ihren Arm und drehe sie zu mir. „Kate."

„Was, Lyns?", antwortet sie mit einem Anflug von Verärgerung darüber, dass ich sie nicht den Mann anstarren lasse, der gerade auf uns zukommt.

Ich packe ihr Kinn. „Dr. Arsch ist der Vater meines Überraschungsbabys."

Kate blinzelt mich an, als Joshs Stimme uns unterbricht. „Solltest du in deinem Zustand wirklich auf Couchtischen tanzen?"

Kates Kinnlade fällt herunter, und ich schlucke den Kloß in meinem Hals hinunter, als wir uns beide gleichzeitig umdrehen, um uns dem bekannten, urteilenden Gesicht von Dr. Arsch zu stellen. Er wirft mir einen missbilligenden Blick zu und hebt eine Hand, um mir herunterzuhelfen. Als ich vor ihm stehe, fällt Joshs Blick auf meine Hand, in der ich immer noch Kates Bier halte.

„Trinkst du etwa?", schnauzt er.

„Das gehört Kate", erwidere ich abwehrend.

Kates Stimme unterbricht unser Starren, als sie neben uns erscheint. „Mein Gott, du bist wirklich schwanger."

Joshs Augenbrauen schnellen in die Höhe. „Wie ich sehe, hast du ihr die frohe Botschaft überbracht."

In diesem Moment fallen Kates Augen zu, und sie fällt rückwärts in die Arme von Miles, der wie in einem kitschigen Liebesroman hinter ihr aufgetaucht ist. Sie ist gerade in Ohnmacht gefallen, wie es nur eine echte Liebesromanautorin kann.

Kate kommt kurz darauf wieder zu sich und schleudert mir in ihrem Schlafzimmer eine Million Fragen entgegen. Dann macht sie mir Vorwürfe, weil ich ihr nicht von meinem One-Night-Stand mit Dr. Arsch erzählt habe und auch nicht, dass Dr. Arsch der heiße Arzt war, der mich all die Wochen in der Cafeteria angestarrt hat. Ich entschuldige mich ausgiebig für meine Lügen und schwöre, dass ich nie wieder Geheimnisse vor ihr haben werde. Heute Abend ist nicht der richtige Zeitpunkt, um ihr vom Hinternversohlen zu erzählen, das in dieser Geschichte vorkommt. Ich muss sie wirklich nicht noch einmal in Ohnmacht fallen sehen.

Bevor wir ihr Zimmer verlassen, fragt sie mich, ob ich glücklich darüber bin, schwanger zu sein, und ich bin überrascht, als ich ihr sage, dass ich es bin. Das alles ist sicherlich nicht so gelaufen, wie ich es geplant hatte, und ich habe noch eine Menge Scheiße mit meinem Leben zu klären. Aber jetzt, in diesem Moment, mit diesem Baby in mir … bin ich glücklich.

Wir machen uns auf den Weg zurück zur Party. Josh unterhält sich mit Miles und Sam in der Küche. Er sieht nicht völlig unglücklich aus, aber er muss spüren, dass ich ihn beobachte, denn er dreht den Kopf und unsere Blicke treffen sich. Die Musik der Party schwillt an, und er lässt sein Kinn sinken und beobachtet mich von der anderen Seite des Raumes, was mich an den Tiger erinnert, der sich in der Krankenhauscafeteria an seine Beute heranpirscht. Damals war ich mir nicht sicher, was dieser Blick zu bedeuten hatte. Jetzt ist es keine Frage, dass das … ein Vorspiel war. Und das hier ist es auch.

Josh löst sich von der Gruppe und hebt sein Bier, um Miles zuzuprosten, bevor er sich auf den Weg zu mir macht. Es ist, als würde das Universum spüren, dass er kommt, weil alle wie von selbst zur Seite gehen, wie Moses und das Rote Meer.

In der letzten Woche war es ziemlich platonisch zwischen uns. Es gab Momente, in denen ich dachte, Josh würde mit mir flirten, aber dann hat er es wieder beendet, indem er sich auf die Schwangerschaft und die Pläne für meine Zukunft konzentrierte und darauf, wo ich wohnen würde.

Aber so wie er mich ansieht und sich auf die Unterlippe beißt, möchte ich vergessen, dass ich mit seinem Baby schwanger bin. Plötzlich möchte ich einfach nur ein Mädchen auf einer Party sein und einen heißen Typen beobachten, der auf mich zukommt.

Meine Augen schweifen über seinen ganzen Körper und betrachten sein Aussehen. Seine dunkle Jeans, sein schwarzes T-Shirt und sein anthrazitfarbener Blazer sitzen perfekt. Sein Haar ist zerzaust und seine grünen Augen heben sich von seinen dunklen Wimpern ab. Er ist erwachsen, mühelos stilvoll und zu hundert Prozent ein Mann.

„Hey." Er lässt eine Hand in seine Jeanstasche gleiten, während er sich mir nähert. Sein Blick wandert an meinem Körper hinunter, bevor er zu meinem Gesicht zurückkehrt.

„Hey", antworte ich, wobei meine Stimme atemloser als

beabsichtigt ist. Ich räuspere mich und streiche mir eine Haarsträhne aus dem Gesicht. „Wie bist du hergekommen?"

„Mit dem Auto." Er nimmt einen Schluck aus seiner Bierflasche, die in seiner Hand ein wenig zu langweilig aussieht.

Ich verschränke lässig die Arme, da ich mich zusammenreißen muss. „Ich meine, woher wusstest du, wo ich bin?"

Er runzelt die Stirn. „Du hast mir eine SMS geschickt."

„Nein, habe ich nicht", erwidere ich. Dann fühle ich in meiner Gesäßtasche nach meinem Handy, das definitiv nicht da ist. Ich werfe einen Blick in die Küche, wo Dean steht und stumm seine Bierflasche hochhält.

„Danke, Dean", grummle ich und schiebe die Hände in meine Gesäßtaschen.

„Dean hat das getan?", fragt Josh und wirft mit zusammengekniffenen Augen einen Blick über seine Schulter, bevor er sich wieder mir zuwendet. „Er dachte wahrscheinlich, ich würde nicht kommen. In deiner SMS stand: Willst du zu einer Liebesroman-Party kommen? Hier ist die Adresse."

„Oh, Mann." Ich zucke zusammen.

Josh schüttelt den Kopf. „Dean scheint seltsamerweise entschlossen zu sein, mich auf Schritt und Tritt auf die Probe zu stellen."

„Er passt nur auf mich auf."

„Das sagst du immer." Joshs Augen glühen vor Neugier. „Ich nehme an, du wolltest nicht, dass ich komme?"

„Ich dachte, du müsstest arbeiten", antworte ich mit einem Schulterzucken. „Und das hier scheint nicht deine Szene zu sein."

Er legt den Kopf schief. „Woher willst du wissen, was meine Szene ist?"

„Du hast recht, ich weiß es nicht. Ein weiterer Grund, warum ich nicht bei dir einziehen sollte."

Er rollt mit den Augen und nimmt noch einen Schluck, wobei sein Adamsapfel seinen kräftigen Hals hinaufgleitet. „Du hast recht, das ist nicht meine Szene."

„Ich wusste es."

„Ich bevorzuge kleinere Gruppen."

Ich nicke. „Das hätte ich mir denken können."

„Deshalb *solltest* du bei mir einziehen." Er tritt näher, seine Augen tanzen vor Heiterkeit. „Du kennst mich besser, als du zugeben willst."

„Das sagst du." Ich drücke eine Hand auf seinen Bauch, um ihn davon abzuhalten, weiter in meinen persönlichen Raum einzudringen.

Sein würziges Aftershave ist berauschend, während meine Hand auf den Linien seiner Bauchmuskeln liegt. Mein Körper will sofort meine Arme in seine Jacke schieben und seine Wärme an mir genießen, unsere Körper aneinanderpressen, sodass er mich vollständig umhüllt.

Scheiß auf diese verdammten Hormone.

Und scheiß auf die Erinnerungen an die Nacht vor Monaten, in der wir Sex hatten, die mir immer noch durch den Kopf gehen, als wäre es erst gestern gewesen.

Er blickt auf meine Hand. „Es gab einmal eine Zeit, da hat dir gefallen, was ich gesagt habe."

„Wann war das?" Ich hebe den Blick zu ihm. „Als du mir gesagt hast, ich sei verrückt? Oder als du mich beschuldigt hast, Amnesie vorzutäuschen?"

Er legt den Kopf schief, und seine Mundwinkel verziehen sich zu einem Grinsen. „Eher, als du nackt auf meinem Bett ausgebreitet lagst."

Meine Wangen erröten, und ich muss meine Schenkel zusammenpressen, um die Begierde zu stillen, die in meinem Inneren anschwillt.

Er beobachtet mich neugierig. „Ist dir heiß, Jones?"

„Heiß?" *Ist mir heiß? Wann hat sich meine Hand zu seinem Brustkorb bewegt?*

Sein Blick schweift über mein Gesicht. „Deine Wangen sind rot."

Ich schlucke und drehe mich weg, um mir Luft zuzufächeln, denn ich hasse es, wie sehr ich es liebe, wie er meinen Nachnamen ausspricht. „Hier sind eine Menge Leute."

Er beugt sich vor, seine bärtige Wange gleitet gegen meine, als sein Atem mein Ohr umschmeichelt: „Deshalb werde ich dir auch nicht verraten, welche anderen Teile deines Körpers ich gern rot sehen möchte."

Ich schließe die Augen, als sich eine Gänsehaut auf meinem ganzen Körper ausbreitet. Meine Nippel werden unter meinem Baumwolltop so hart, dass ich allein durch die Reibung stöhnen könnte.

„Oh, ich habe Neuigkeiten für dich", sagt Josh mit klarer Stimme, zieht sich von mir zurück und lässt mich atemlos zurück.

Meine Augen öffnen sich flatternd. „Neuigkeiten?"

Er nickt und nimmt einen weiteren Schluck von seinem Bier. „Soll ich es dir langsam sagen oder es wie ein Pflaster abreißen?"

„Ähm …, Pflaster, was sonst?", schnauze ich, mehr als neugierig, welche Neuigkeiten er wohl für mich haben könnte.

Er zieht die Augenbrauen hoch, bevor er antwortet: „Ich habe einen Job für dich gefunden."

Mein Kopf zuckt, als ich versuche, meine Erregung abzuschütteln. „Du, was?"

„Erinnerst du dich an die Psychologin, zu der ich dich gezwungen habe, mich zu begleiten?"

„Dr. Eve Gunthrie?"

Er nickt. „Sie hat mich heute angerufen. Sie ist begeistert von deinen Plänen für eine Gruppentherapie-Klinik für Kinder und möchte, dass du bis zur Geburt des Babys bei ihr arbeitest. Sie sagte, es wird nicht viel bezahlt, aber sie wird dir in jeder Weise helfen, weil sie glaubt, dass es einen großen Bedarf für das gibt, wovon du in unserer Sitzung gesprochen hast. Sie sagte, du kannst am Montag anfangen."

„Halt die Klappe!", rufe ich, während meine Gedanken kreisen.

Ein richtiger Job? Mit einer der besten Psychologinnen in

Boulder arbeiten? Tränen füllen meine Augen und laufen mir über die Wangen angesichts der überwältigenden Gefühle, die mich durchströmen. Gefühle, die ich in letzter Zeit überhaupt nicht unter Kontrolle hatte.

Josh runzelt die Stirn. „Was ist los? Ich dachte, das ist es, was du wolltest. Sie sagte, du würdest speziell mit all ihren pädiatrischen Patienten arbeiten."

Ein seltsames Geräusch entweicht meiner Kehle, und ich weiß nicht, ob es die Hormone sind oder nur die süße Erleichterung darüber, dass meine Zukunft nicht mehr so ungewiss ist wie zuvor, aber im nächsten Moment stelle ich mich auf die Zehenspitzen und werfe die Arme um seinen Hals. Meine Lippen prallen auf seine und ich küsse ihn mit all der Freude, Lust und Dankbarkeit, die durch meine Adern fließt.

Josh ist zuerst steif, sein Körper steinhart unter meiner Umarmung, aber schließlich entspannt er sich und legt die Arme um meine Taille, zieht meine Füße vom Boden hoch und erwidert den Kuss, als würde er es wirklich ernst meinen. Unsere Zungen duellieren sich.

Ich will ihn.

Sofort.

KAPITEL 11

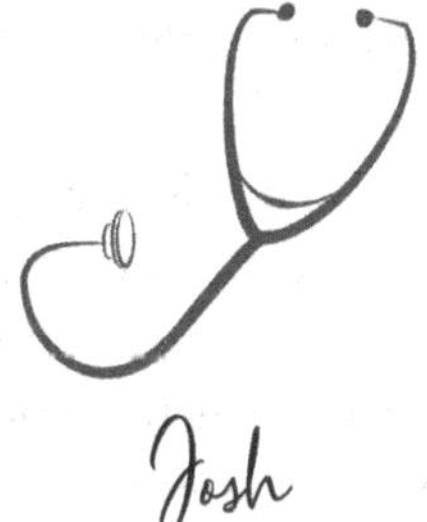

Ich bin mir sicher, dass ich das bereuen werde.

Ich fahre von der Party weg, die voller Leute ist, von denen alle Jahrzehnte jünger zu sein scheinen als ich. Ich habe keine Ahnung, was mich da drinnen überkam. Vielleicht war es die Atmosphäre der Party und die Leute, die sich alle amüsierten. Vielleicht lag es daran, wie sexy Lynsey in ihrer zerrissenen Jeans und mit ihren nackten Schultern aussah.

Trägt sie überhaupt einen BH unter diesem Oberteil? Trägt sie jemals einen?

Scheiße.

Ich habe mich davon mitreißen lassen und habe tatsächlich … mit der Frau geflirtet, die mit meinem Kind schwanger ist. Ich konnte nicht anders. Sie schien so verdammt glücklich und sorglos zu sein. Ich wollte sie auf der Stelle haben.

Ich wollte sie so sehr, dass ich die Tatsache vergaß, dass es kompliziert werden könnte, wenn wir miteinander schlafen. Zudem vergaß ich die Tatsache, dass sie immer noch mit einem anderen Kerl zusammenlebt – einem Kerl, der nicht beteiligt sein muss, wenn es nach mir geht.

Aber verdammt, vielleicht bringt Sex mit ihr sie tatsächlich zur Vernunft. Vielleicht macht ein guter Orgasmus ihren Kopf frei und hilft ihr zu verstehen, dass das Leben mit mir logisch ist. Ich bin jemand, der sich tatsächlich um sie kümmern kann, nicht ein Typ, der ihr Telefon stiehlt, nur um mich zu verarschen.

Ich schaue zu Lynsey auf dem Beifahrersitz meines Wagens hinüber. Sie kaut auf ihrer Lippe, wie sie es immer tut, und es kostet mich all meine Beherrschung, nicht anzuhalten und sie auf dem Rücksitz zu ficken.

Was tut diese Frau mir an? Normalerweise bin ich mit meiner Arbeit und vergangenen Patienten und all den unaufhörlichen Was-wäre-wenn-Fragen beschäftigt, die meine Karriere in meinem Kopf vergraben hat. So viel schwerwiegende Scheiße, dass ich fast nie im Moment lebe. Aber Lynsey bringt mich in den Moment. Sie bringt mich dazu, verrückte Dinge zu tun. In ihrer Nähe bin ich irgendwie anders.

Vielleicht liegt es daran, dass sie keine schwierige Karriere hatte, die ihr den Verstand raubt und sie immer wieder an sich zweifeln lässt. Ich bin mir nur sicher, dass es zu lange her ist, dass ich sie berührt habe. Drei Monate lang habe ich die Nacht, in der wir miteinander geschlafen haben, immer wieder durchgespielt und sie mit jeder anderen Frau verglichen, die ich je hatte – keine kam auch nur annähernd an das heran, was ich mit ihr erlebt habe. Und jetzt sitzt sie hier und presst ihre Schenkel zusammen, weil das Bedürfnis in ihr vermutlich genauso stark ist wie in mir.

Wir erreichen mein Haus, ich parke in der Garage und gehe um das Auto herum, um Lynseys Hand zu ergreifen und sie zur Tür zu ziehen. Ihre Lider sind schwer vor Erregung.

Verdammt, ich könnte sie problemlos auf der Motorhaube meines Autos ausbreiten, denn dieser sexy, rehäugige Blick, den sie mir zuwirft, macht mich wahnsinnig.

Die letzten platonischen Verabredungen waren die schmerzhafteste Art des Edgings, die ich je erlebt habe. Jetzt ist es an der Zeit, dass der Damm bricht.

Meine Lippen treffen auf ihre, als wir durch den Seiteneingang meines Hauses stolpern, uns aus unseren Mänteln befreien und unsere Schuhe auszuziehen, während wir durch den Flur gehen. Sie keucht gegen meine Lippen, während sie mir die Jacke auszieht, und ich fasse ihr an den Hintern, da ich das Gefühl habe, dass ich dieses ganze Wechselspiel in mein Muskelgedächtnis einprägen muss.

Wir landen im Schlafzimmer, und ich werfe mein T-Shirt weg und ziehe Lynseys Oberteil über ihre Schultern herunter. Sie trägt einen BH, der dem sehr ähnlich ist, den sie vor Monaten hier gelassen hat, was mich an den Morgen danach erinnert.

„Mir fehlt eine Jogginghose, weißt du", brumme ich, bevor ich hinter sie greife und ihren BH öffne. „Und ein Hemd."

Sie schnappt nach Luft, als der BH fällt, und ihre rosafarbenen Nippel werden hart. Ihre Pupillen sind geweitet, als sie mich ansieht. „Mir fehlt ein ganzes Outfit. Einschließlich eines Höschens und meines Lieblings-BHs."

Meine Mundwinkel verziehen sich zu einem Lächeln, das ich unterdrücke. „Du hättest die Unterwäsche weglassen und uns beiden die Mühe ersparen sollen."

Sie lächelt, und dann verzieht sie das Gesicht, als ich ihre Brüste sanft in die Hände nehme und voller Hunger ihre Reaktion auf meine Berührung genieße. Ihre Brüste sind größer als in meiner Erinnerung, als ich den Kopf neige, um ihr Dekolleté zu küssen, während ich ihr das Hemd ausziehe und ihre Jeans aufknöpfe. Sie windet sich aus der Hose und unsere Lippen verschmelzen miteinander, während meine Hände von ihren Brüsten zu ihrem prallen Hintern gleiten. Ich ziehe ihren Körper an meine Erektion, um ihr die Wirkung zu zeigen, die sie auf mich hat.

Sie stöhnt vor Verlangen und zieht sich zurück. „Ich möchte, dass du mich noch einmal versohlst." Sie dreht sich in meinen Armen und drückt ihren Hintern gegen meinen Schwanz, während sie die Hände auf das Bett legt und sich mir wie auf einem Tablett anbietet. „Versohle mir den Hintern, genau wie damals."

Meine Hände landen auf ihrem Bauch. Die Vorstellung, dass ihr Bauch mit zunehmender Schwangerschaft anschwillt, bremst mich aus. Sie wird nicht mehr lange so bleiben. Bald wird sie größer sein. Ich werde eine Kugel spüren können, und sie wird noch zerbrechlicher sein.

Schnell lege ich meine Hände auf ihre Hüften, mein Körper spannt sich vor Angst an, als ich antworte: „Ich … glaube nicht, dass ich das tun sollte."

„Was?" Sie blickt über die Schulter, ihr glänzendes kastanienbraunes Haar hängt wie ein Vorhang neben ihr. „Warum nicht?"

Ich ziehe eine Grimasse, als sie nur mit ihrem Tanga bekleidet vor mir steht und ihren wirklich sexy Hintern an meinem steifen Schwanz reibt.

Meine Stimme ist gequält, als ich antworte: „Du bist schwanger. Es fühlt sich falsch an."

Sie stößt ein ungläubiges Lachen aus. „Ist das eine medizinische Meinung?"

Ich fixiere sie mit finsterem Blick, weil sie mich mit etwas Logischem konfrontiert, obwohl nichts von dem, was wir hier tun, logisch ist. „Es ist einfach, was ich fühle."

Ihre Augenbrauen heben sich, als sie merkt, dass ich keine Scherze mache. „Oh mein Gott, ernsthaft? Man sieht ja kaum was. Du glaubst doch nicht ernsthaft, dass das die Erdnuss verletzen könnte!"

Ich zucke zusammen, mein Schwanz fleht mich an, meine Meinung zu ändern, aber mein Kopf lässt mich nicht einen Muskel bewegen. Medizinisch gesehen ist das das Dümmste, was ich je gehört habe, und es ist mir peinlich, so etwas zu denken. Aber egal, ich kann mich nicht dazu durchringen, ihr das anzutun.

Sie dreht sich zu mir um, die Hände in die Hüften gestemmt. „Na, dann kneif mir wenigstens in die Nippel."

Ich schaue stirnrunzelnd auf ihre herrlichen Titten. „Zu viel Stimulation der Brustwarzen kann zu frühen Wehen führen."

„Was?", schnauzt sie, lässt sich auf mein Bett fallen und schiebt sich die Haare aus dem Gesicht. „Das kann doch nicht dein verdammter Ernst sein."

Ich zucke mit den Schultern. „Ich bin Arzt. Das ist ein Fakt, den ich mir tatsächlich gemerkt habe."

Ihre Augen sind groß und grimmig. „Nun, ich will eine zweite Meinung!"

Ich ziehe meine Lippe in den Mund, setze mich neben sie und fahre mir mit einer Hand durch die Haare. „Hör zu, wir können immer noch Sex haben …, nur … sanft."

„Sanft", spottet sie, als wäre das die schlechteste Idee der Welt. „Mein Vibrator ist nicht sanft, und wir haben uns gut verstanden."

„Verdammte Scheiße", stöhne ich, als das Bild von ihr, wie sie mit sich selbst spielt, in meinem Kopf aufblitzt. Verdammt, ich will nichts mehr, als zu sehen, wie sich ihr Arsch unter meiner Hand rot färbt und sie nach mehr schreit. Ich könnte schon bei dem Gedanken daran kommen. Aber ich werde nicht grob zu ihr sein, wenn sie in diesem Zustand ist. Es ist das Risiko nicht wert, aber ich muss das Ruder herumreißen, sonst wird sie abhauen und nie bei mir einziehen wollen.

Ich streiche ihr eine Haarsträhne hinters Ohr. „Jones, ich kann trotzdem dafür sorgen, dass du dich gut fühlst." Meine Stimme ist tief, als ich meine Hand zu ihrer Brust gleiten lasse und sie wie einen zarten Wasserballon in meiner Hand halte. Ihr Kopf fällt in den Nacken, als ich ihr Fleisch drücke und massiere, und ihr Nippel verhärtet sich unter meiner Berührung. Ich fahre mit meinen Fingern um ihre Knospen und beobachte, wie sich ihr Brustkorb vor Verlangen hebt und senkt. „Nur weil ich dich nicht versohle, heißt das nicht, dass ich dich nicht trotzdem zum Schreien bringen kann."

Sie dreht sich zu mir um und schnappt nach Luft. „Oh, mein Gott, ja. Kannst du weiter so mit mir reden?"

Ich muss mir ein siegreiches Lächeln verkneifen, bevor ich antworte: „Ja, verdammt, das kann ich."

Langsam wandert meine Hand ihren Bauch hinunter und gleitet unter ihr Höschen. Ich fahre über ihren glatten Schamhügel und streiche sanft über ihre Klitoris. Sie schnappt nach Luft und legt ihren Kopf auf meine Schulter, während ich mit sanften, langsamen Streicheleinheiten ihre empfindliche Knospe umkreise.

„Magst du es, wenn ich dich fingere, Süße?", murmle ich, beiße in ihre Schulter und ziehe mich zurück, um ihre Antwort zu beobachten.

Sie nickt mit geschlossenen Augen, während sich ihre Zähne in ihre Unterlippe graben. „Ja, das gefällt mir."

Ich gleite mit einem Finger nach unten und stoße hinein, mein Körper spannt sich an, als ich in ihre enge, feuchte Hitze gleite. „Scheiße, du bist ganz feucht für mich."

„Ja."

Ich drücke meinen Finger tiefer und stöhne, als ich in ihr innehalte und mit dem Daumen über ihre Klitoris streiche.

Ihre Stimme ist gehaucht, als sie hinzufügt: „Das war eigentlich ein Nebeneffekt der Schwangerschaft, den ich dir gegenüber nicht erwähnen wollte, weil … na ja … du damals ein ziemlich großer Arsch warst."

„Ach ja?", murmle ich schmunzelnd. „Und jetzt?"

Ihre Miene ist verwirrt. „Jetzt kann ich dir sagen, dass es da unten manchmal wie ein Fluss ist … Ist das normal, meinst du?"

Ich muss den Blick abwenden, um mir das Lachen zu verkneifen, bevor ich antworte: „In diesem Stadium ist das ganz normal … vor allem, wenn du von Gedanken an mich feucht wirst."

„Oh, gut." Sie wackelt mit den Hüften vor Verlangen, und ich gleite rein und raus, füge langsam einen weiteren Finger hinzu. Sie schreit auf, als ich ihren G-Punkt streichle. Ihre Hand bedeckt meine, als sie rückwärts auf das Bett fällt und sich vor Verlangen windet.

Für einen Moment ergreift die Besessenheit Besitz von mir. Ich liebe es, dass sie auf meinem Bett liegt, größtenteils nackt, keuchend, und auf meiner Hand reitet, als gehörte sie ihr. Ich könnte sie stundenlang so beobachten, aber ich will mehr. „Wenn du denkst, dass sich meine Finger gut anfühlen, dann warte, bis du siehst, was ich mit meiner Zunge machen kann."

Ihre Augen öffnen sich, als ich mich zwischen ihren Beinen

auf den Boden setze. Ich ziehe ihr das Höschen aus und spreize ihre Beine weit. Mein Schwanz platzt fast aus der Hose, als ich ihre Muschi betrachte, nackt und glitzernd vor Lust.

„Ich kann es kaum erwarten, dich zu kosten", stöhne ich und lege ihre Beine auf meine Schultern.

Ich presse meine Lippen auf ihre Muschi und sauge. Sie stöhnt schockiert, und ich lasse sie los und streiche mit meiner Zunge über ihre Klitoris, fahre hin und her und auf und ab, immer und immer wieder. Ihre Hände fahren durch mein Haar, kratzen leicht an meiner Kopfhaut und jagen mir Schauder über den Rücken. Ich knabbere und küsse und lecke sie bis zur Raserei. Sie ist so erregt, dass sich ihre Schenkel fest um meinen Kopf legen, sodass ich nur noch meinen eigenen Herzschlag und ihre gedämpften Schreie höre.

Ich bringe meine Hand nach oben, um einen Finger in sie zu schieben und ihren G-Punkt zu erreichen, bevor ich ihre Klitoris umschließe und wieder sauge. Diesmal härter. Sie schreit auf, ihre plötzliche Erlösung überrascht uns beide, als sich ihr Körper wie ein Schraubstock um meine Finger zusammenzieht. Ich genieße das Gefühl, wie sie auf meine Berührung reagiert.

Sobald sie aufgehört hat zu zittern, entspannen sich ihre Beine und fallen von meinen Schultern. Ich stehe auf, um meine Hose auszuziehen, als ihre Augen aufflattern. Ihre Wimpern sind dunkel um ihren schokoladenfarbenen Blick, als sie mich anstarrt, wie ich meinen Schwanz vor ihr umfasse.

Sie beißt sich auf die Lippe, steht auf, packt mich an den Schultern, dreht mich um und drückt mich auf das Bett, sodass ich auf dem Rücken liege.

„Medizinisch gesehen brauchen wir keine Kondome, oder?", fragt sie mit tiefer, heiserer Stimme, die meinen Schwanz vor Verlangen anschwellen lässt. „Ich meine, es ist ja nicht so, dass ich zweimal schwanger werden kann."

„Das wäre eine medizinische Anomalie", antworte ich, und meine Augen streicheln ihren nackten Körper, während sie sich auf mich setzt.

„Und ich denke, man kann davon ausgehen, dass wir beide sauber sind", sagt sie wie eine Feststellung, und ich nicke, als sie ihren feuchten Schlitz über meine Erektion gleiten lässt.

„Blitzsauber", krächze ich, packe ihre Schenkel und atme scharf ein, als sie ihre Finger um meinen Schwanz legt und meine Spitze an ihrem Eingang positioniert.

„Gut, denn das wollte ich schon immer mal ausprobieren." Ihre Augen schließen sich, als sie sich hebt und auf mich sinkt.

„Fuuuuck", knurre ich, als ihre feuchte Hitze mich wie ein Kokon umhüllt.

Meine Hände graben sich in ihre Beine, während mein Körper versucht, sich von der Reizüberflutung zu erholen. Ich habe es noch nie ungeschützt getan. Ich war schon immer ein Freak, was Kondome angeht, sogar als ich noch jünger war. Und ich war noch nie lange genug mit einer Frau zusammen, um über kondomfreien Sex zu sprechen, also ist dies in vielerlei Hinsicht eine neue Erfahrung für mich.

Sie legt sich auf mich, ihre Brüste reizen meinen Oberkörper, während ihr duftendes Haar in mein Gesicht fällt. Ich greife nach oben und streiche die Strähnen zurück, beobachte ihr Gesicht, während sie ihre Hüften an mir reibt.

„Gefällt dir das?", frage ich mit rauer Stimme, während ich meine Hände auf ihre Hüften lege und spüre, wie sie mich reitet. „Nackt zu sein und jeden Zentimeter von mir zu spüren?"

„Ja", keucht sie und presst ihre Hände auf meine Brust, um sich abzustützen, während sie ihre Hüften auf mir kreisen lässt.

„Ich könnte dich stundenlang so ficken." Ich schaue auf ihre hüpfenden Titten hinunter, während ich ihre Pobacken drücke.

Gott, ist sie sexy. Sie ist sexy, und sie ist hier, und sie gehört mir, und ich will sie schreien hören. Ich stelle meine Füße auf das Bett und halte ihre Hüften fest, während ich in sie stoße.

„Oh Gott", schreit sie mit gekrümmtem Rücken und ihrem Kopf an meiner Schulter. „Oh Gott."

Ich stoße schneller zu, genieße die Vibration ihrer Stimme auf meiner Haut. Meine Hüften stoßen immer wieder nach oben, ihre Titten hüpfen immer schneller.

„Ich komme schon wieder", keucht sie, offensichtlich genauso überrascht wie ich von der schnellen Erholung.

„Du musst mich ansehen, wenn du das sagst, Jones", befehle ich und bewege meine Schulter, damit sie aufschauen muss.

Sie hebt den Kopf und blinzelt mich langsam an, wobei ihr Mund mit schweren Atemzügen offensteht.

„Sag es noch einmal." Meine Augen sind zusammengekniffen, während ich weiter in sie stoße. „Sag mir, dass du kommen wirst."

Sie atmet scharf ein und starrt auf mich herab. „Ich werde kommen, Josh."

„Scheiße, ja, das wirst du." Mit einer schnellen Bewegung lege ich meine Arme um ihre Taille und hebe sie hoch, um uns umzudrehen, damit ich oben liege. Ich stoße hart in sie hinein, wobei ich darauf achte, mein ganzes Gewicht von ihrem Körper zu halten, während sie ihre Lust herausschreit.

Ich weiß, dass ich paranoid bin, weil das Baby im Moment die Größe eines Apfels hat und von ihrem Körper gut gepolstert wird, aber sie hat keine Ahnung, wie viel schiefgehen kann. Sie hat keine Ahnung, wie sehr ich sicherstellen will, dass es ihr gut geht. Dass sie gesund ist und alle ihre Bedürfnisse befriedigt werden. Persönlich, körperlich und verdammt, sogar sexuell.

Vor allem sexuell.

„Oh mein Gott", stöhnt sie, ihre Finger sind in meinen Bizeps gegraben, während sich ihre Beine um meine Hüften anspannen. „Ich bin so nah dran, Josh."

Scheiße, ich mag meinen Namen auf ihren Lippen. Hat jemals eine Frau meinen Namen gesagt und so heiß geklungen, während ich in ihr war? Auf keinen Fall, und deshalb wird sich Lynseys Gesicht, wenn sie meinen Namen schreit, für immer in mein Gehirn einbrennen.

Mit heftiger Besessenheit jage ich ihren Orgasmus, will ihn an meinem Schwanz spüren und ihr Gesicht sehen, wenn sie unter mir zusammenbricht. Ich habe unsere erste gemeinsame Nacht nicht ausgekostet. Ich dachte, es würde mehr geben. Ich dachte, wenn ich nur ein Wort sage, würde sie zurückkommen. Aber Lynsey ist eindeutig niemand, den ich vorhersagen kann, und das macht diesen Aufstieg zur Ekstase umso aufregender.

„Komm für mich, Jones", fordere ich mit atemloser Stimme, während meine eigene Erlösung aus mir herauszusprudeln droht. Ich unterbreche meine Stöße und bewege meine Hand zwischen unsere Körper, um ihre Klitoris hart und unnachgiebig zu reiben. „Komm jetzt. Ich muss dich spüren."

Sekunden später schreit sie auf, ihr Brustkorb hebt sich, während sich ihre Beine um meine Hüften zusammenziehen und ihre Finger nach der Bettdecke greifen. Ihr ganzer Körper versteift sich, als sie sich um meinen Schwanz verkrampft und gleichzeitig meine eigene Erlösung aus mir herauszieht.

Ein Schauder läuft mir über den Rücken, als ich jeden Tropfen sexueller Frustration, den ich in den letzten Monaten hatte, tief in ihr ausstoße. Stöhnend lasse ich mich an ihren Hals fallen, atme den Duft ihrer Haare und unseres Schweißes ein, und wir beide zittern vor den Nachwehen der Lustüberflutung.

Sobald sich meine Muskeln erholt haben, rolle ich von ihr herunter, verschränke die Hände hinter dem Kopf und versuche, meinen Herzschlag zu verlangsamen.

„Scheiße", grunze ich wie ein Tier, weil mir nichts Intelligenteres einfällt.

„Das kannst du laut sagen", sagt sie mit heiserer Stimme, als sie sich zu mir umdreht. Ihr Blick wandert von meinem Gesicht zu meinem inneren Bizeps. „Ist dein Tattoo der Schild von Captain America? Was ist das Datum, das darunter steht?"

„Lange, betrunkene Geschichte", antworte ich scharf und schwinge mich aus dem Bett, um einen Waschlappen aus dem Bad zu holen. Einen Moment später komme ich zurück und spreize sanft ihre Knie, um sie zwischen den Beinen zu wischen. Das Bild meiner Erlösung, die aus ihr heraus tropft, reicht aus, um mich wieder hart zu machen. Unsere Blicke treffen sich, während sie fasziniert zusieht.

„Das ist das Heißeste, was ich je gesehen habe", sage ich in einem Moment seltener offener Ehrlichkeit.

„Das ist so ein Höhlenmenschenspruch", antwortet sie lachend. „Warum mögen Männer nur den Gedanken, dass ihr Sperma aus einer Frau herauskommt? So enden im Grunde alle Pornos."

Ich ziehe neugierig die Augenbrauen hoch. „Schaust du viele Pornos, Jones?"

Ihre Wangen laufen rot an. „Nicht viele ... nur die normale Menge."

Ich lege den Kopf schief, als sie sich nervös windet. „Was ist die normale Menge?"

Sie schnaubt. „Was bist du, die Porno-Polizei? Schuldig im Sinne der Anklage, Officer. Verhaften Sie mich lieber!"

Ich grunze und drücke ihr einen festen Kuss auf die Lippen, bevor ich den Waschlappen in den Wäschekorb in meinem Kleiderschrank werfe. Ich kehre ins Bett zurück und ziehe die Decke zurück, bevor ich ihr zu verstehen gebe, dass sie unter die Decke kriechen soll. Sie tut es, und ich rolle mich auf die Seite, um sie anzusehen. „Wenn ich einschlafe, wirst du doch nicht wieder abhauen, oder?"

Sie dreht sich auf die Seite und schaut mich an, ein verschlafenes Lächeln breitet sich auf ihrem postkoitalen Gesicht aus. „Nur, wenn deine Mutter wieder anruft."

Ich stoße einen ungläubigen Laut aus. „Sie war sehr verwirrt von der fremden Frau, die behauptete, meine Putzfrau zu sein."

Sie drückt ihr Gesicht in das Kissen und stöhnt. „Ich habe mich wie eine Verrückte angehört. Ich war so neben der Spur, dass ich nicht einmal gemerkt habe, dass es nicht mein Telefon war." Sie zieht die Lippe in den Mund und kaut nervös darauf herum. „Hast du ihnen von der Erdnuss erzählt?"

Ich schüttle den Kopf. „Nein."

Sie nickt. „Ich habe es meinen Eltern auch nicht gesagt. Ich denke, ich möchte mich in unserer Situation sicherer fühlen, bevor ich Gefühle von außen einbringe. Und glaub mir, meine Eltern werden eine Menge Gefühle haben."

Ich nicke und gähne, bevor ich antworte: „Das klären wir alles, wenn du eingezogen bist."

Ihr Gesicht fällt. „Eingezogen?"

„Ja", antworte ich achselzuckend. „Eingezogen. Warum nicht?"

„Nur weil wir heute Nacht miteinander geschlafen haben, denkst du, ich sollte einfach bei dir einziehen?"

„Irgendwie schon", antworte ich ehrlich.

Sie legt die Stirn in Falten und setzt sich im Bett auf. Sie setzt sich mir gegenüber im Schneidersitz hin, das Laken an die Brust gedrückt. „Hast du mit mir geschlafen, damit ich bei dir einziehe?"

„Was? Nein." *Ich glaube nicht?*

„Warum ändert sich dann durch Sex etwas?"

Mein Kiefer verkrampft sich vor Frustration, als ich mich aufsetze und an das Kopfteil stütze. „Wir haben Zeit miteinander verbracht, also sind wir keine Fremden mehr. Und mir war vom ersten Tag an klar, dass ich mich um dich kümmern will. Du bist meine Verantwortung."

„Igitt …, nenn mich noch einmal deine Verantwortung und ich haue ab, bevor du überhaupt deine verdammte Hose anziehen kannst."

Sie weicht körperlich vor mir zurück, und mein Gesicht wird lang. „Mein Gott, was ist dein Problem?"

„Mein *Problem* ist die Art und Weise, wie du über mich sprichst, als wäre ich eine Art *Problem,* das du lösen musst."

„Das ist nicht wahr."

„So fühlt es sich an." Sie starrt mich so frustriert an, dass sich in meiner Magengrube Panik breit macht. „Josh, ich will nicht hier einziehen, nur weil du dich in irgendeiner Weise verpflichtet fühlst. So verzweifelt bin ich nicht."

„Es geht nicht darum, dass du verzweifelt bist." Ich streiche mir mit der Hand durch die Haare und zerzause sie kurz, bevor ich einen schweren Seufzer ausstoße. Es gibt keine Möglichkeit, sie zum Verstehen zu bringen, ohne ihr mehr zu geben. Das Problem ist, dass ich nicht die Fähigkeit habe, ihr die ganze Geschichte zu erzählen. Ich kann … es einfach nicht. „Hör zu, Jones, ich kann es nicht erklären, aber ich habe diese starke, ja, höchstwahrscheinlich irrationale Angst, dass dir oder dem Baby etwas zustoßen könnte. Ich weiß, dass es sich beschissen anhört, aber es ist real. Sie lastet schwer auf mir, seit ich erfahren habe, dass du schwanger bist."

Lynsey schweigt einen langen Moment lang, ihr Gesicht ist nachdenklich, während sie mich anschaut. „Das klingt nach etwas, worüber du mit einem Therapeuten sprechen solltest."

„Ich dachte, du wärst Therapeutin", antworte ich trocken.

Sie funkelt mich an. „Willst du mir erklären, warum du glaubst, dass mir oder dem Baby etwas zustoßen könnte?"

„Nein", erwidere ich, und die Muskeln in meinem Körper spannen sich an. „Ich will nicht darüber reden. Ich will nur, dass du weißt, dass es mich verdammt stresst, dich nicht hier zu haben. Nicht zu wissen, wie es dir jeden Tag geht. Mich darauf zu beschränken, ab und zu mit dir abzuhängen. Ich muss wissen, dass es dir gut geht."

„Josh", sagt sie leise und streckt eine Hand aus, um mich zu berühren, aber ich weiche zurück.

„Ich brauche keine Psychoanalyse, kein Mitgefühl und auch kein völliges Verständnis. Du musst nur hier wohnen." Ich schlucke den Kloß in meinem Hals hinunter und presse eine Hand auf meine Brust, als dieser vertraute Schmerz zurückkehrt. „Wäre es denn so schlimm, hier zu leben und zusammenzuwohnen? Scheint das nicht das Beste für das Baby zu sein?"

Sie beobachtet mich, aber ich bringe es nicht über mich, ihren Blick zu erwidern. Ich bin zu … entblößt und dumm. Und völlig außer Kontrolle, was kein Gefühl ist, das ich genieße. Tatsächlich ist es eines, das ich mein Leben lang zu vermeiden versuche.

„Okay", sagt sie leise, ihre Stimme kaum zu hören.

Mein Blick wandert zu ihr. „Okay?"

Sie nickt. „Ich werde einziehen."

Ich rutsche zu ihr, bereit für eine sanfte zweite Runde, aber sie legt eine Hand auf meine Brust. „Aber ich habe Bedingungen."

Ich hebe die Augenbrauen und schüttle den Kopf. „Natürlich hast du das."

Sie kaut nervös auf ihrer Lippe und starrt eine Sekunde lang auf meine Brust. „Wir schlafen nicht mehr miteinander."

Mein ganzer Körper rebelliert. „Ernsthaft?"

Sie reibt die Lippen aneinander und nickt entschlossen. „Sex macht die Dinge komplizierter. Wir müssen noch viel übereinander lernen und eine Menge Dinge klären, bevor diese Erdnuss geboren wird. Ich habe kein Problem damit, das unter deinem Dach zu tun, aber das bedeutet keinen Sex."

Verwirrung überkommt mich, als ich über ihre überraschende Antwort nachdenke. Die meisten Frauen in ihrer Situation würden sich eine Beziehung oder eine Bindung wünschen. Vielleicht sogar eine Heirat, damit sie die perfekte Familie bekommen, von der sie als kleines Mädchen immer geträumt haben. Aber nicht Lynsey. Sie will Grenzen und Regeln, und wer weiß, was ihr noch alles einfällt.

Ich atme schwer aus, als ich diese Vorstellung sacken lasse. Ehrlich gesagt ist das wahrscheinlich das beste Szenario für mich. Mit meiner Vergangenheit bin ich nur begrenzt in der Lage, jemandem etwas von mir zu geben. Bei Weitem nicht hundert Prozent. Diese Kein-Sex-Regel wird mich davor bewahren, ihr irgendwann das Herz zu brechen.

Und zumindest wird sie hier unter meinem Dach sein, wo ich auf sie aufpassen, mich um sie kümmern und dafür sorgen kann, dass auch das Baby gut versorgt ist. Das ist vielleicht keine Situation, die ich mir gewünscht hätte, aber jetzt, wo sie da ist, werde ich alles tun, was nötig ist, um sicherzustellen, dass es dem Baby und der Frau gut geht.

Ich entspanne meine Schultern, nehme ihre Hand und schüttle sie ganz platonisch. „Okay. Nur Mitbewohner."

KAPITEL 12

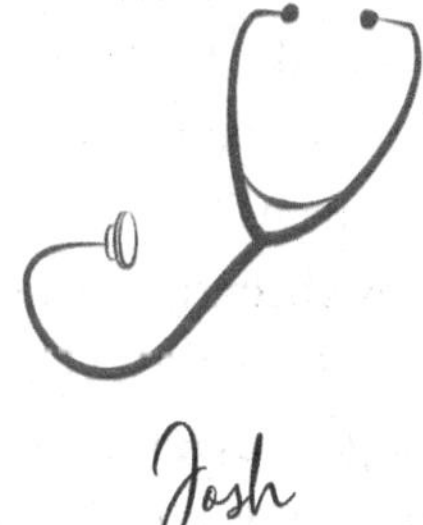

Am nächsten Tag klappt mir die Kinnlade herunter, als ich auf meinen Parkplatz fahre und mir ein riesiger Lagercontainer in der Einfahrt im Weg steht. Lynsey muss mich kommen gesehen haben, denn sie steht mit großen und misstrauischen Augen im Vorgarten, als ich aus meinem Auto steige.

„Ich wusste nicht, dass du bei deinem Einzug einen Lagercontainer brauchst." Ich starre das monströse Ding vor mir an.

„Du bist früh zu Hause", sagt sie und spielt mit den Schnüren an ihrem Kapuzenpulli.

„Was ist hier los?", frage ich, ernsthaft verärgert über das, was hier passiert. „Du hast doch nicht etwa schwer gehoben, oder?"

„Nein, hat sie nicht", sagt Dean beiläufig, als er um den Container herumkommt und sich neben Lynsey stellt.

Mein Kiefer verkrampft sich, als ich ihn sehe, wie er neben ihr steht und sich mit seinem T-Shirt den Schweiß aus dem Gesicht wischt. Er rückt seine Brille zurecht und schenkt mir ein nerviges Lächeln.

„Also was? Dean hier hat einfach alles auf magische Weise bewegt und du hast keinen Finger gerührt?", frage ich, während ich Dean mit zusammengekniffenen Augen ansehe.

„Miles und Sam sind hier", antwortet Lynsey und beißt sich auf die Lippe. „Sie montieren einen Fernseher im Wohnzimmer."

„Sie machen was?" Mir fällt die Kinnlade herunter, als ich hineingehe, um den Schaden zu begutachten.

„Du hast gesagt, sie kann einziehen", schnauzt Dean, stellt sich mir in den Weg und verschränkt die Arme vor der Brust. „Dachtest du, sie würde während ihrer gesamten Schwangerschaft auf diesem lächerlichen Plastikstuhl sitzen?"

„Nein", knurre ich abwehrend, während mein Körper durch seine Nähe angespannt ist. „Ich habe Lynsey gesagt, dass ich etwas kaufen werde. Ich habe sogar gesagt, dass sie es aussuchen darf."

„Ich wollte nicht, dass du das tust", wirft Lynsey ein, die sich zwischen mich und Dean stellt, während wir einander anstarren. „Es gab keinen Grund für dich, etwas zu kaufen, wo ich doch ein ganzes Lager voll mit guten Einrichtungsgegenständen habe."

Dean schnaubt und schüttelt den Kopf. „Welcher Freak hat denn keine Möbel?"

„Der, der einen erwachsenen Job hat", erwidere ich.

Er kneift lächelnd die Augen zusammen. „Und was ich mache, ist nicht erwachsen?"

„Ich weiß immer noch nicht, was zum Teufel du eigentlich machst."

„Frag deinen Kumpel Max. Ich habe ihm eine Menge Geld eingebracht."

Ich verdrehe die Augen und wende meine Aufmerksamkeit Lynsey zu. Ich atme tief durch, um die Nerven zu beruhigen, die von Dean belastet werden. „Wenn du deine Sachen herbringen wolltest, hättest du es mir sagen sollen. Ich hätte dir geholfen."

Sie starrt mich an und spielt mit ihrem Haar. „Ich hatte gehofft, ich könnte mich einrichten, bevor ich am Montag meinen neuen Job antrete. Ich mag es, wenn alles … in Ordnung ist. Und du hast heute gearbeitet, also wollte ich dich nicht stören."

„Es hätte nicht gestört." Ich schüttle den Kopf und schürze

enttäuscht die Lippen, denn nach allem, was wir gestern Abend besprochen haben, hat sie es immer noch nicht begriffen.

Sie lächelt verlegen. „Nun, wir sind fast fertig, warum kommst du nicht rein und schaust es dir an? Das wird eine lustige Überraschung." Sie gibt mir ein Zeichen, ihr zu folgen, und ich folge widerwillig hinter Dean.

Der Typ geht mir verdammt auf die Nerven.

Als ich eintrete, steigt mir der Duft von etwas Gebackenem in die Nase. Als ich die Veränderungen wahrnehme, erkenne ich mein Haus kaum wieder. Nicht nur, weil es voller Scheiß ist, den ich noch nie gesehen habe, sondern weil sich seine Energie von kalt und steril zu warm und einladend gewandelt hat.

Als Erstes betreten wir die Küche, und der Tresen ist übersät mit Utensilien. Die meisten davon habe ich noch nie in meinem Leben gesehen. Das einzige Gerät, das ich brauche, ist eine Kaffeemaschine, aber jetzt stehen neben meiner Keurig so eine Kaffeepresse und ein Rührgerät. In der Nähe befindet sich ein roter KitchenAid-Mixer, ein Ständer voller Utensilien und Handtücher mit Blumendruck, die an allen Edelstahlgeräten hängen.

Ich gehe durch die Küche, vorbei an einem alten hölzernen Esstisch und Stühlen, die im vorderen Raum aufgestellt sind, wo Miles und Sam einen Flachbildschirm an der Steinwand über dem Kamin befestigen. Beide drehen sich um und grüßen mich, aber meine Aufmerksamkeit wird von dem orangefarbenen Schandfleck abgelenkt, der direkt vor dem Fernseher steht.

„Es gehörte meiner Großmutter", sagt Lynsey und stellt sich eilig neben das Sofa. „Ich weiß, es ist irgendwie hässlich, aber es ist auch irgendwie toll, oder? Retro und shabby chic. Und es ist wahnsinnig bequem."

„Und schwerer als ein Elefant", fügt Miles kopfschüttelnd hinzu. „Sam, Dean und ich mussten das Ungetüm zu dritt hier reinbefördern. Du wirst es zusammen mit dem Haus verkaufen müssen, wenn du jemals umziehst."

„Ähm …, danke, dass ihr das gemacht habt", sage ich.

Überall stehen Tische, Lampen und Nippes, die aussehen, als seien sie auf dem Flohmarkt verkauft worden. Ist das eine riesige Tiki-Bar auf der Terrasse?

„Ich wäre hier gewesen, um zu helfen, wenn ich gewusst hätte, dass das alles passiert."

„Ist schon in Ordnung." Sam streicht sich über den Bart und wischt sich den Schweiß von der Stirn. „Es ist ein Samstag und wir hatten nichts Besseres zu tun. Außerdem hat Lynsey uns Backwaren versprochen."

Lynseys Augen leuchten, und sie huscht an mir vorbei, wobei sie fast die Stehlampe umstößt, während sie in die Küche flitzt und mit drei in Folie eingewickelten Tellern zurückkommt. „Das ist das Brownie-Rezept meiner Großmutter. Ihr werdet sie lieben." Sie reicht jedem von ihnen einen eigenen Teller und hält die Hände vor sich, als wäre dies ein ganz normaler Tag.

„Nun, ich nehme an, wir können euch dann allein lassen", sagt Miles und legt einen Arm um Lynsey. „Ich freue mich wirklich sehr für dich, Lyns. Kate sagt, dass sie vorbeikommt, wenn sie von ihren Eltern zurück ist."

Lynsey nickt und umarmt Sam zum Abschied. Die beiden gehen, und Dean verweilt in der Küche, wo er sich ein Bier aus dem Kühlschrank holt, das ich ganz sicher nicht hineingestellt habe.

„Ich gehe schnell auf die Toilette", sagt Lynsey süß und mit hoher, ein wenig unnatürlicher Stimme. „Versucht, einander während meiner Abwesenheit nicht umzubringen."

Sie verschwindet im Flur, und kaum schließt sich die Tür zum Gästebad, nimmt Dean das Bier von den Lippen und sagt: „Wie ich höre, hast du unserer Lyns einen Job besorgt."

Ich runzle die Stirn über seine Wortwahl. „Ich habe ihr keinen Job besorgt. Sie hat sich selbst einen Job besorgt."

Deans Augenbrauen heben sich neugierig. „Wegen eines Treffens, das du arrangiert hast."

Meine Fäuste ballen sich an den Seiten. „Ich habe einen Termin gemacht. Das war's. Es gab nie, nicht ein einziges Mal, einen Hinweis darauf, dass ein Jobangebot überhaupt zur Debatte stand. Ich habe den Anruf bekommen, weil Lynsey sie beeindruckt hat. Mehr nicht."

„Du hast ihr einen Job besorgt, ein Zuhause. Du bist wirklich ein Ritter in glänzender Rüstung – oder besser gesagt im Kittel, da du ja Arzt bist und so." Er nimmt noch einen Schluck. „Aber welcher Arzt kennt sich nicht mit erfolgreichen Verhütungsmethoden aus?"

Ich bewege mich durch den Raum, um mich vor ihn zu stellen. „Hast du ein Problem mit mir, Dean? Denn ich habe dein eingebildetes Grinsen satt, und dass du so tust, als gehöre Lynsey dir."

„Sie gehört mir viel mehr als dir."

„Wie kommst du darauf?"

„Du bist im Moment nur ein zufälliger Samenspender", sagt Dean einfach. „Ihr seid nicht in einer Beziehung, ihr seid nicht einmal Freunde. Und sie hat nicht vor, dich zu ficken, also ist es im Grunde nur eine Frage der Zeit, bis sie deiner überdrüssig wird."

„So wie sie deiner überdrüssig wurde?", frage ich mit drohender Stimme. „Es brauchte nicht viel Überzeugungskraft, damit sie dich für mich fallen ließ. Der Unterschied hier ist, dass sie ein Stück von mir in sich trägt. Und das wird uns für immer verbinden."

Dean kneift die Augen zusammen und stellt sein Bier ab. Er kommt auf mich zu, sodass wir nur noch Zentimeter voneinander entfernt sind. „Lynsey lotet diese Situation aus, weil sie die Art von Mensch ist, die wissen muss, dass sie alles gegeben hat, bevor sie weitermacht. Das ist eines der Dinge, die ich an ihr liebe. Wenn sie merkt, dass ihr Einsatz nicht gut genug ist, wird sie weitermachen, und ich werde für sie da sein, wenn sie das tut. Wie immer."

Er tritt zurück, entlässt mich aus seiner eindringlichen Betrachtung und verlässt ohne ein weiteres Wort mein Haus. Schade, dass es nicht das letzte Mal gewesen sein wird.

KAPITEL 13

„Wollen Sie das Geschlecht herausfinden?", fragt die Radiologietechnologin, als ich mit meinem achtzehnwöchigen schwangeren Bauch auf dem Untersuchungstisch liege.

„Warum haben wir das nicht besprochen?", frage ich.

Josh sitzt in seinem blauen Kittel neben mir. Er hat seine Schicht in der Notaufnahme unterbrochen, um bei der Anatomieuntersuchung dabei zu sein.

„Wir haben eine Menge anderer Dinge besprochen." Josh wirft mir einen spitzen Blick zu, dann wendet er sich der Technologin zu. „Lynsey liebt ihren neuen Job. Ihre Lieblingsfarbe ist lila. Sie lebt für tropische Drinks. Natürlich derzeit alkoholfrei." Die Technologin lächelt, als wären wir ein bezauberndes Pärchen und hat offensichtlich keine Ahnung, dass wir keine Beziehung haben, und Josh ist in diesem Moment ein totaler Klugscheißer. „Sie ist besessen davon, Charcuterie-Platten zu machen und französischen Seidenkuchen zu essen, aber nur den, den es in der Krankenhauscafeteria gibt. Und Oreos sind im Grunde eine Lebensmittelgruppe."

Ich schlage ihm auf den Arm, der in letzter Zeit irgendwie zu meinem Sandsack geworden ist. „Ich finde es höchst beleidigend, dass die meisten Dinge, die du gerade aufgezählt hast, mit Essen zu tun haben."

Er presst die Lippen aufeinander. „Du redest viel über Essen.“

„Nur weil du nicht respektierst, dass Charcuterie eine ganze Mahlzeit sein kann!“

Er rollt mit den Augen, und ich balle meine Hände zu frustrierten Fäusten. Unter einem Dach zu leben, obwohl ich ein separates Schlafzimmer und ein Bad auf dem Flur neben Joshs Zimmer habe, ist wirklich interessant. Und auch ich habe viel über den Mann gelernt, dessen Baby ich in mir trage.

Josh hat zum Beispiel einen extrem trockenen Sinn für Humor. Er sagt Dinge, die scherzhaft gemeint sind, aber er lächelt nicht, während er sie sagt, sodass die Leute den Humor oft völlig übersehen.

Ich übersehe ihn nicht.

Vor allem, weil vieles, was er sagt, auf meine Kosten geht. Er macht sich gern darüber lustig, wie oft ich mich jeden Tag vor der Arbeit umziehe, und schimpft dann mit mir, weil ich nur in BH und Unterhose zwischen Schlafzimmer und Bad hin und her laufe. Ich erkläre ihm, dass ich sein Zimmer genommen hätte und er mich nicht in meiner Unterwäsche herumlaufen sehen müsste, wenn das Hauptbad so toll wäre wie das Gästebad. Aber da ich das Gästezimmer und das Bad wollte und es schwierig ist, Kleidung zu finden, die mir nicht den Hintern hinunterrutscht, wenn ich auf den Boden muss, um mit Dr. Gunthries jungen Patienten zu arbeiten, muss er sich damit abfinden und versuchen, in die andere Richtung zu schauen. Obwohl sein Wegschauen nur dazu geführt hat, dass wir beide auf dem Flur zusammengestoßen sind, als ich fast nackt war … zweimal.

Zum Glück sind Joshs Sticheleien nicht so gemein, wie ich früher dachte. Ich glaube sogar, dass er damit zeigt, dass er sich mit jemandem wohlfühlt. Und ich fühle mich auch immer wohler mit ihm.

„Ich glaube, ich will mich überraschen lassen“, platze ich heraus und drehe mich um, um Joshs Reaktion abzuschätzen.

Er zuckt mit den Schultern und scheint an dieser Entscheidung überhaupt nicht interessiert zu sein. „Ist mir recht.“

Ich drehe mich um und nicke der Technologin bestätigend zu. „Es soll eine Überraschung sein."

„Okay", sagt sie und fährt mit ihrer Sonde noch einmal um meinen Bauch herum. „Dann sieht alles andere gut aus. Die Maße des Babys sind genau richtig für einen Geburtstermin am vierzehnten August. Der Arzt wird gleich kommen, um mit Ihnen beiden zu sprechen. Sie können sich anziehen, während ich Ihre Fotos ausdrucke."

Ich seufze und betrachte den kleinen Bauch, den ich im Moment habe, während die Technikerin das Ultraschallgel wegwischt. In einem der Babybücher habe ich gelesen, dass es bei der ersten Schwangerschaft eine Weile dauert, bis der Bauch sichtbar wird, und bei mir war das der Fall. Als mein Bauch sichtbar wurde, wurde er wirklich sichtbar. In einem Wimpernschlag wurde aus einem Kuchenbauch ein Babybauch.

Das macht mich unruhig, weil wir es unseren Eltern immer noch nicht gesagt haben. Josh scheint ganz entspannt zu sein, was seine Eltern betrifft. Er tut so, als wäre es für ihn in Ordnung, sie bei der Geburt zu überraschen, während ich Albträume habe, wie ich meiner Mutter im Supermarkt begegne und sie mir wie damals im Studium vorwirft, dass ich wieder fett geworden sei.

Die Technikerin übergibt mir die Fotos und verlässt den Raum. Mit meinem Herz im Hals betrachte ich sie und bin immer noch erstaunt über das Wunder, das in meinem Körper heranwächst. Josh hilft mir vom Tisch, seine Augen meiden die Bilder, die ich auf den Stuhl lege, bevor ich in die angeschlossene Toilette schlüpfe, um mich anzuziehen. Als ich wieder auftauche, starrt er auf sein Handy, nicht auf die Fotos, und ich versuche, mich davon nicht stören zu lassen.

„Wir müssen es unseren Eltern sagen", sage ich, als ich zurück zum Untersuchungstisch gehe. Ich hüpfe auf den Tisch und sehe Josh auf dem Stuhl neben mir an.

Er atmet tief ein und sieht auf. „Warum?"

„Weil das Spiel vorbei ist!" Ich zeige auf meinen Bauch. „Schau mich doch an. Wir können das nicht mehr verbergen."

Er wirft mir einen skeptischen Blick zu. „Du hast deinen Eltern noch nicht einmal gesagt, dass du bei Dean ausgezogen bist."

Ich schnaube über diese Antwort. „Wie wäre das denn gelaufen? Hey Mom und Dad, ich ziehe mit einem Mann zusammen, den ihr nicht kennt und mit dem ich nicht zusammen bin, nur …, weil halt."

Josh zuckt mit den Schultern.

„Warum sträubst du dich so dagegen, es deinen Eltern zu sagen? Ich dachte, du hast gesagt, sie wären cool."

„Cool im Vergleich zu deinen, die so religiös sind", antwortet er, lehnt sich im Stuhl zurück und streckt die Beine aus. „Aber du kennst meine Mutter nicht. Sie wird dich ständig fragen, welche Farbe deine Pipi hat und welche Farben du dir für das Kinderzimmer wünschst. Sie wird dich zwingen, mit ihr shoppen zu gehen."

„Ach ja … das Kinderzimmer." Mir fällt die Kinnlade runter. „Wir haben noch nicht einmal darüber gesprochen, wo die kleine Erdnuss schlafen wird."

Josh schüttelt beschwichtigend den Kopf. „Mein Büro, das direkt neben deinem Schlafzimmer liegt, ist praktisch leer. Wir können es in ein Babyzimmer umwandeln, wenn wir so weit sind. Aber ich glaube wirklich nicht, dass wir uns jetzt schon Sorgen machen müssen."

Ich nicke und akzeptiere langsam seine Worte. In seinem Haus ist definitiv Platz für uns alle drei, und das Büro wäre sehr praktisch. Aber ich weiß immer noch nicht, wie lange ich tatsächlich dort bleiben werde. Können wir wirklich zusammenleben und gemeinsam ein Baby großziehen, ohne wirklich zusammen zu *sein*?

Allerdings sollte man wissen, dass das Wohnen dort kein Elend ist. Als ich die ersten paar Male dort war, ist mir nie aufgefallen, wie wunderschön das Haus eigentlich ist. Josh sagte, es sei eines der von seinem Freund Max umgebauten Häuser. Max weiß offensichtlich, was er tut, denn das Haus von Josh ist zehnmal luxuriöser als meine alte Bude.

Das Schlafzimmer, in das ich gezogen bin, hat einen begehbaren Kleiderschrank und viel Tageslicht. Das Gästebad auf der anderen Seite des Flurs ist im Grunde mein eigenes. Es ist unglaublich, denn es hat eine riesige Badewanne, die auf einem Bett aus grauen Steinen steht und mit einer Wasserfalldusche versehen ist. Es ist, als würde man einen Wellnessbereich betreten. Joshs Hauptbad ist ebenfalls wunderschön, mit einem riesigen Waschbecken, einem Waschtisch und einer großen Dusche mit einer riesigen Steinbank und zwei Duschköpfen.

Der Umzug mit all meinen beschissenen Möbeln war wahrscheinlich eine blöde Idee, aber wenn ich nicht in der tollen Badewanne leben wollte, musste es getan werden. Vor allem, weil ich nicht wollte, dass Josh neue Möbel kauft, wenn er mich schon dort wohnen lässt. Ich will dem Mann am Ende dieses seltsamen Arrangements nicht mein Leben schulden.

Zum Glück läuft es bisher ganz gut. Josh arbeitet zwar sehr viel, aber er schaut den ganzen Tag über regelmäßig nach mir. Und ich bin so begeistert von meinem neuen Job. Ich genieße es, jemanden zu haben, mit dem ich jeden Tag darüber reden kann.

Plötzlich kommt die Ärztin herein, und Josh und ich richten unsere Aufmerksamkeit auf sie. Dr. Lizzy ist eine kleine, quirlige Blondine mit lockigem Haar und einer ständig rauen Stimme, bei der man ihr am liebsten ein Hustenbonbon geben würde. Sie wurde mir von einem von Joshs Kollegen aus der Notaufnahme empfohlen, und ich habe sie bei meinen regelmäßigen Untersuchungen sehr gemocht. Sie scheint mit der Tatsache, dass Josh und ich kein Paar sind, völlig einverstanden zu sein.

„Alles sieht perfekt aus, Leute!", sagt sie, blickt auf ihr Tablet und geht die Fotos durch. „Das Wachstum des Babys ist genau richtig. Die Herzkammern sehen gut aus. Die Flüssigkeit ist genau richtig. Im Ernst, das ist alles, was wir sehen wollen."

„Wie wäre es mit weiteren Untersuchungen und vielleicht einer

Fruchtwasseruntersuchung?“, fragt Josh, dessen seine Stimme tief und bestimmend ist.

Dr. Lizzy runzelt die Stirn, als sie mich anschaut. „Das ist sicherlich eine Möglichkeit, aber Lynsey ist jung und gesund. Die Scans sehen gut aus. Für euch würde ich das nicht empfehlen, da ihr kein hohes Risiko habt.“

„Ich will nur sichergehen, dass wir nichts übersehen“, antwortet Josh streng.

Angst überkommt mich, denn ich hatte keine Ahnung, dass Josh so etwas fragen würde.

Sie nickt. „Ich verstehe das, aber wie du sicher weißt, birgt eine Fruchtwasseruntersuchung Risiken. Eine Infektion oder Frühwehen sind die größten.“

„Frühwehen?“, rufe ich aus, setze mich nach vorn und sehe Josh nervös an. „Auf keinen Fall. Dann mache ich das nicht.“

Josh zuckt zusammen, als meine großen Augen die seinen treffen. „Ich informiere mich nur, Lynsey.“

„Nun, es ist mein Körper, und ich setze das Baby nicht aufs Spiel, weil du wegen jeder Kleinigkeit paranoid bist.“ Ein Kloß bildet sich in meiner Kehle.

Dr. Lizzy räuspert sich und unterbricht meinen starren Blick auf Josh. „Dr. Richardson, ich verstehe, dass Sie mit Ihrem medizinischen Hintergrund denken, dass mehr Informationen besser sind als weniger. Aber aufgrund des Ultraschalls glaube ich wirklich, dass Sie sich keine Sorgen machen müssen.“

Joshs Kiefer verkrampft sich, als er nickt und seine Aufmerksamkeit auf sie richtet. „Sie sind hier die Expertin, also überlasse ich Ihnen das Feld.“

Dr. Lizzy lächelt anerkennend und wendet sich mir zu. „Nun, wie fühlen Sie sich, Lynsey? Haben Sie noch Fragen?“

„Ich glaube, ich fühle mich gut“, krächze ich, und der Kloß in meinem Hals löst sich, nachdem Josh sich zurückgezogen hat. „Ich bin nur ein bisschen ausgeflippt wegen der Bombe, die er gerade abgeworfen hat.“

Sie lächelt mich an. „Männer können manchmal etwas überfürsorglich sein.“

„Das können Sie laut sagen.“ Ich reibe meine Lippen aneinander und erinnere mich daran, wie Josh sich ständig über jede kleine Beule und jeden Kratzer an meinem Körper aufregt. Sogar in der Nacht, als wir Sex hatten, schien er Angst zu haben, dass ein Klaps auf meinen Hintern meinen Bauch verletzen könnte. Ich kann ihn nicht ewig so ertragen.

Ich räuspere mich und werfe der Ärztin einen ernsten Blick zu. „Können Sie mir sagen, wie … zerbrechlich ich genau bin? Ich bin nämlich ein ziemlicher Tollpatsch, und Josh meint, wenn ich bestimmte Dinge tue, könnte ich dem Baby wehtun oder Wehen auslösen. Ist es wirklich so einfach?“

Dr. Lizzy nickt nachdenklich. „Nun, Stöße auf Ihren Bauch wollen Sie auf jeden Fall vermeiden. Aber das Baby ist da drinnen mit seinem eigenen Wasserbett sehr gut isoliert.“ Sie lacht. „Es müsste also schon ein ziemlich großes Ereignis eintreten, um sich wirklich Sorgen zu machen.“

Ich lecke mir über die Lippen und nicke. „Und … andere Teile meines Körpers sind weniger riskant.“

Sie legt den Kopf schief. „Was meinen Sie genau?“

Mein Gesicht erhitzt sich sofort, und es ist, als würden sich Joshs Augen in mich hineinbrennen. Aber scheiß drauf, das ist meine Ärztin, und ich habe Fragen. „Zum Beispiel …, wenn ich meinen Vibrator benutze.“ Ich stoße die Worte hervor und erschaudere wegen des komischen hohen Tons meiner Stimme.

Die Ärztin lächelt wissend. „Sexuelles Spielzeug ist während der Schwangerschaft völlig in Ordnung. Ihre Plazenta befindet sich an einer guten Stelle, sodass das Erreichen des Höhepunkts kein Problem darstellen sollte. Es ist sogar gut. Studien zufolge wird beim Orgasmus Oxytocin freigesetzt, und Oxytocin lindert Schmerzen oder Beschwerden, die viele Frauen aufgrund des normalen schwangerschaftsbedingten Wachstums haben.“

„Das ist sehr gut zu wissen.“ Ich nicke und lächle, als hätte sie mir gerade ein paar gesunde Lebensmittel empfohlen. Ein weiterer Gedanke kommt mir in den Sinn. „Was ist mit Stimulation der Brustwarzen?" Josh bricht neben uns in einen heftigen Hustenanfall aus, aber ich verliere den Blickkontakt mit der Ärztin nicht. „Stimmt es, dass das Wehen auslösen kann?"

Dr. Lizzy lächelt wie ein Profi. „Es ist bekannt, dass die Stimulation der Brustwarzen die Wehen fördert, aber Sie müssten jede Brust fünfzehn Minuten lang konstant stimulieren, um auch nur ein Flattern in der Gebärmutter auszulösen."

Ich wusste, dass Josh nur Scheiße erzählt.

Dr. Lizzy setzt ihr iPad ab und wirft einen Blick auf Josh, bevor sie ein wenig näher an mich herantritt. Ihre Stimme ist leise, als sie sagt: „Jede Art von Sex ist während der Schwangerschaft in Ordnung, Lynsey. Und nur damit Sie es wissen, regelmäßiger Geschlechtsverkehr senkt nachweislich das Risiko einer Präeklampsie, denn das Protein im Sperma hilft, das Immunsystem des Körpers zu regulieren. Und *Orgasmen* helfen, den Beckenboden zu stärken, was Ihren Körper auf die Geburt vorbereiten kann.

Ganz zu schweigen von den positiven emotionalen Auswirkungen einer regelmäßigen Stimulation. Die Schwangerschaftshormone wirken sich verheerend auf unsere psychische Gesundheit aus. Je mehr gute Gefühle Sie haben, desto weniger Stresshormone werden Ihrem Baby zugeführt. Also … eine Win-Win-Situation!"

„Win-Win", wiederhole ich mit einem gezwungenen Lächeln, während mein Gesicht vor Entsetzen erstarrt.

Ich weiß nicht, ob ich *so* viele Informationen haben wollte. Jetzt ist es so, als müsste ich mir einen Hengst suchen, den ich reiten kann, während ich meinen Körper darauf vorbereite, eine Wassermelone zu gebären.

„Das sind eine Menge Informationen", füge ich hinzu und räuspere mich, weil meine Hormone wieder einmal ihr hässliches Haupt erheben.

Dr. Lizzy lächelt. „Denken Sie einfach daran, dass Sie keine zarte Blume sind, die in einem Glasgefäß gehalten werden muss.

Haben Sie etwas Spaß und hören Sie auf Ihren Körper. Wenn Sie sich unwohl fühlen, wird es dem Baby auch so gehen. Wenn Sie sich gut fühlen, geht es dem Baby auch gut. Und der zusätzliche Blutfluss, der in Ihrer Leistengegend pulsiert, sollte Ihnen ein *sehr gutes* Gefühl geben."

Sie kichert und lächelt dann strahlend, als wäre das eine ganz normale Unterhaltung, dann steht sie auf, um uns beiden die Hand zu schütteln. Als sie den Raum verlässt, kann ich Josh kaum ansehen, weil ich das Gefühl habe, dass er in meinem Gesicht nur eine Sache sehen wird ...

SEX.

Sex, Sex, Sex.

Und wir haben keinen Sex. Wir bekommen ein Baby.

Die Ironie ist mir nicht entgangen.

Das bedeutet also, dass ich dieses pulsierende Gefühl in den Leisten ignorieren werde, auf das sie mich so unverhohlen hingewiesen hat. „Ich, ähm ...., treffe mich mit Kate in der Cafeteria zum Mittagessen", murmle ich, während ich meine Handtasche vom Haken nehme.

Joshs Stimme ist rau, als er antwortet: „Ich muss zurück in die Notaufnahme."

„Ich ... wir sehen uns zu Hause", murmle ich und flüchte aus der Tür, wobei ich meinen Glückssternen danke, dass ich auf dem Weg nach draußen nicht stolpere.

♥〜〜〜

Kate winkt, als sich unsere Blicke treffen. Ich sitze an meinem Lieblingstisch in der Krankenhauscafeteria und stürze mich schon auf mein Essen, weil ich gerade Stress habe und wie ein Scheunendrescher esse. Ich lächle sie an, als sie ihr Tablett herüberträgt.

„Ich verstehe total den Reiz!", quietscht sie und schaut sich freudig um. Sie stellt ihr Tablett mir gegenüber ab. „Die haben hier Tacos! Bei Tire Depot gibt es nie Tacos."

Ich murmle um einen Bissen französischen Seidenkuchen herum. „Du solltest es in die Vorschlagsbox stecken."

„Glaub mir, das habe ich getan", erwidert sie und wirft ihr lockiges rotes Haar über die Schulter. „Man sollte meinen, wenn man einen der Top-Mechaniker bumst, dann zählt deine Meinung dort."

„Das Leben ist manchmal so ungerecht."

Kate lächelt, als ihr Blick auf meinen Bauch fällt. „Gott, sieh dich an! Es fühlt sich so echt an, jetzt, wo man es sehen kann. Bevor du rund wurdest, dachte ich immer, du würdest in Gelächter ausbrechen und mir erzählen, dass dein Einzug bei Dr. McArsch Baby Daddy ein aufwendiger Streich war."

Ich schnaube. „Meinen gesamten Lagercontainer bei ihm zu entleeren, wäre in der Tat sehr aufwendig gewesen."

„Nun, wir sind unserem Sinn für Humor sehr verpflichtet." Sie lächelt und neigt dann den Kopf, um mir ins Gesicht zu sehen. „Wie läuft es mit meinem kleinen Patenkind? Du hattest heute eine Ultraschalluntersuchung, richtig?"

Ich nicke und krame das Schwarz-Weiß-Foto von meiner kleinen Erdnuss hervor. Ich schiebe es zu Kate rüber, und ihre Augen weiten sich, als sie jedes kleine Detail begutachtete. „Die Erdnuss sieht toll aus. Gesund. Normal. Genau auf dem richtigen Weg. Oh, und wir lassen uns das Geschlecht nicht sagen."

„Was?", ruft Kate aus und verzieht entsetzt das Gesicht. „Lynsey, ich bin nicht geduldig genug für Überraschungen. Du hättest mich konsultieren sollen! Ich hätte dich davon überzeugt, dass du dumm bist und dass das Baby dir den Verstand raubt!"

Ich lache über ihre trockene Aussage und nehme das Foto zurück, um es sicher zu verstauen. „Nun, das könnte stimmen, denn ich habe der Ärztin gerade vor Joshs Augen eine Reihe von peinlichen Fragen gestellt."

Kates Augenbrauen heben sich aufgeregt. „Oh, das klingt pikant. Wie läuft es denn mit dem guten Doktor? Ihr lebt jetzt schon seit ein paar Wochen zusammen. Ihr lebt in heimlicher Sünde mit einem Kind der Liebe, von dem eure Familien noch nichts wissen."

Ich werfe ihr einen Blick zu. „Ich denke, es muss Liebe geben, damit man es ein Kind der Liebe nennen kann. Und mit Josh und mir läuft es gut. Er arbeitet viel, aber wenn er zu Hause ist, sind wir normale, zusammen lebende Erwachsene. Ein eigenes Schlafzimmer und ein eigenes Bad zu haben, beseitigt eine Menge Probleme. Und ich glaube, er hat es endlich aufgegeben, dass ich meine Schuhe in den Schrank im Eingangsbereich stelle."

„Kerle sind manchmal so begriffsstutzig."

„Ganz genau."

„Wie kann man sich merken, welche Schuhe man hat, wenn sie nicht überall im Haus verstreut ausgestellt sind?"

„Genau!", sage ich. „Er ist sehr ruhig und methodisch in seinen täglichen Abläufen. Es ist irgendwie faszinierend, weil er so tief in seinem eigenen Kopf ist, dass er gar nicht merkt, dass ich ihn beobachte. Aber er verlässt wirklich nie das Haus, ohne nach mir zu sehen. Ich habe ihn sogar schon dabei erwischt, wie er meine Schlafzimmertür geöffnet hat, um einen Blick auf mich zu werfen, während ich eigentlich schlafen sollte."

„Ist das nicht irgendwie unheimlich?", fragt Kate mit einem unterdrückten Kichern.

„Vielleicht?" Ich zucke mit den Schultern. „Aber auch … irgendwie süß?"

Kate lächelt sanft. „Ja. Irgendwie süß. Das ist ein Riesenunterschied zu dem Dr. Arsch, der er vor Monaten in dieser Cafeteria zu dir war. Also, wenn mit euch alles in Ordnung ist, wann habt ihr vor, es den Eltern zu sagen?"

Ich verdrehe die Augen und stoße einen tiefen Seufzer aus. „Das ist eine Diskussion, die wir immer noch haben. Ich will es jetzt tun. Er will es niemals tun."

„Niemals ist keine Option", sagt Kate. „Ich glaube, die gute alte Sue und Darren werden es merken, wenn du mit einem Baby im Schlepptau zum Weihnachtsgottesdienst kommst."

„Genau." Ich stöhne und stütze meinen Kopf in die Hände. „Ich werde ihn zwingen müssen, es seinen Eltern zu sagen, denn wenn meine das herausfinden, werden sie verlangen, ihn und seine Familie kennenzulernen.“

„Das werden sie auf jeden Fall tun.“ Kate nickt zustimmend. „Aber wie könntest du ihn zwingen? Dr. Arsch scheint nicht gerade ein Mann zu sein, dem man befehlen kann, was er tun soll.“

Ich schiebe die Unterlippe vor. „Er befiehlt auf jeden Fall gern.“

Kate nickt, ihre Augen werden schmal, während sie sich mit einem Finger auf die Lippen tippt. „Du brauchst einen Plan.“

„Einen Plan?“

„Ja …, so etwas wie … einen Ersatzplan, falls er es ihnen in ein oder zwei Wochen nicht sagt. Etwas, das er nicht kommen sehen wird.“ Ein böses Grinsen breitet sich auf Kates Gesicht aus.

„Ich kenne diesen Blick.“ Meine Augen weiten sich, und ein Hauch von Sorge durchfährt meinen Bauch. „Das ist dein Blick, wenn du Buchideen hast.“

„Aber das ist keine Fiktion, Lyns.“ Sie beißt sich auf die Lippe und wackelt mit den Augenbrauen. „Hier geht es um reale Ideen.“

KAPITEL 14

Wenn ich an einem Samstagmorgen nach einer Nachtschicht in der Notaufnahme nach Hause fahre, bin ich fast immer schlecht gelaunt. Freitagabende bedeuten, dass Idioten unterwegs sind und sich betrinken. Kiffer sind unterwegs und kiffen. Und es scheint, dass der Rest der Welt beschließt, dass sie am Wochenende vergessen, dass sie ein Gehirn haben, und sie gehen völlig rücksichtslos mit ihren Körpern um, in der Annahme, dass jemand da sein wird, um sie wieder zusammenzusetzen.

Heute Nacht kam ein Mann zu mir, weil sein Genitalpiercing am Genitalpiercing seiner Partnerin hängen geblieben war, und als er sich losmachte, gab es sichtbare Risse.

Bei diesem Gedanken schaudert es mich und ich muss plötzlich an die verrückten sexuellen Fragen denken, die Lynsey der Gynäkologin letzte Woche gestellt hat.

Verdammt noch mal, hätte sie den Termin noch unangenehmer gestalten können? Das nächste Mal, wenn wir einen Termin haben, werde ich anbieten, den Raum zu verlassen, bevor die Ärztin Lynsey persönliche Fragen stellt. Es war eine verdammte Folter. Und die Art und Weise, wie die Ärztin immer wieder davon sprach, wie gut Sex während einer Schwangerschaft sein kann, machte die Tatsache, dass Lynsey und ich *keinen* Sex haben, nur noch schmerzhafter.

Ich denke bereits regelmäßig an den Sex mit Lynsey. Ich musste wirklich nicht daran erinnert werden, dass sie in ihrer Leistengegend sehr empfindlich ist. Ich runzle die Stirn.

Je länger Lynsey bei mir lebt, desto schwieriger wird es werden.

Zusammenzuwohnen ist eine praktische Sache, und ich hatte erwartet, dass es sich eher wie eine unpersönliche WG anfühlen würde.

Vor einem Monat ist sie nun eingezogen, und anstatt sie zu meiden und in den Bereitschaftszimmern zu schlafen, wie ich es geplant hatte, komme ich tatsächlich öfter nach Hause und übernehme weniger Schichten als sonst.

Es ist schwer zuzugeben, aber ich bin gern mit ihr zu Hause. Ich behalte sie gern im Auge, und ich schätze ihre Anwesenheit in meinem Haus. Ich mag sogar ihre eklektische Mischung aus Secondhand-Möbeln, die überall verstreut sind.

Ich mag es *nicht*, dass ihre Schuhe überall herumliegen. Sie sind eine ernste Gefahr und etwas, worüber sie jeden Moment stolpern könnte. Die Ärztin hat sehr deutlich gemacht, dass sie auf ihren Bauch achten soll, also verstehe ich nicht, warum wir diese Diskussion immer wieder führen müssen.

Aber alles andere? Es macht mir nichts aus. Es ist schön, den Geruch von Essen einzuatmen, wenn ich nach Hause komme, und ihre große Sammlung von Charcuterie-Platten, auf denen sie immer etwas arrangiert. Ich mag sogar die Country-Musik, die im Badezimmer spielt, wenn sie ein Bad nimmt. Ich habe mich an das Brummen der Waschmaschine gewöhnt, obwohl sie einmal versucht hat, meine blauen Kittel zu waschen, und die Wäsche rosa gefärbt hat, weil sie nicht gemerkt hat, dass ihr neues rotes Handtuch mit in der Wäsche gelandet war. Die rosa Kittel ließen mich aussehen, als würde ich mich auf eine verdammte Schicht in der Gynäkologie vorbereiten.

Abgesehen davon geht es im Haus ziemlich entspannt zu. Ich sitze sogar oft auf ihrer hässlichen Couch. Das liegt wahrscheinlich daran, dass ich mich noch nie wirklich wie zu Hause gefühlt habe.

Selbst als ich in Baltimore lebte, hatte ich eine Eigentumswohnung, die ich komplett möbliert gekauft hatte, aber nichts fühlte sich jemals gemütlich an.

Ich schüttle den Kopf und verdränge die Erinnerungen an die Ostküste, als ich neben Lynseys Auto in die Garage fahre. Das Ding ist immer ein Durcheinander von Büchern, Spielzeug und Akten, die sie von ihrer Arbeit mit nach Hause bringt. Sie und Dr. Gunthrie scheinen sich wirklich gut zu verstehen, und ich bin froh, dass es so gut klappt. Es hellt ihre Stimmung ungemein auf, und sie weiß es zu schätzen, dass sie zu den Haushaltskosten beitragen kann. Es macht nichts, dass ich den Scheck, den sie mir letzte Woche gegeben hat, noch nicht eingelöst habe und wahrscheinlich auch nie einlösen werde.

Als ich durch den Seiteneingang des Hauses gehe, dröhnt die Musik von Enya in meinen Ohren. Ich lege meine Schlüssel auf den Tresen und gehe ins Wohnzimmer. Auf dem Fernseher läuft eine Art Fitnessvideo. Als ich den Raum betrete, fällt mir die Kinnlade herunter, als ich sehe, was sich auf dem Boden vor der Couch abspielt.

Lynsey liegt auf einer Yogamatte, auf dem Rücken, die Haare um sie herum ausgebreitet, die Beine nach oben gestreckt, während sie ihre Zehen festhält, sich weit spreizt und in langsamen Bewegungen hin und her wippt. Die Stellung ist erotisch, egal, was sie anhat. Aber die Tatsache, dass sie nur mit einem blaugrünen Tanga und einem schwarzen Sport-BH bekleidet ist, löst ernsthaft unanständige Gedanken aus.

Ich starre länger, als es angemessen ist, bevor ich mich aus meiner Benommenheit löse. „Was machst du da?"

Lynsey erstarrt, und ihr fällt die Kinnlade herunter, als sie mich ansieht.

„Was machst du denn zu Hause?", fragt sie mit schriller und panischer Stimme.

„Ähm …, ich wohne hier."

Sie lässt ihre Beine los und setzt sich auf die Knie, sodass ich einen freien Blick auf ihre üppigen Brüste habe, die fast aus dem BH herausquellen.

Sie räuspert sich und streicht sich die Haare hinter die Ohren. „Samstags bist du normalerweise nicht zu Hause."

Ich runzle die Stirn über diese Antwort. „Tut mir leid, dass ich deine Pläne durchkreuze, aber du hast meine Frage immer noch nicht beantwortet ... Was genau machst du da?"

Sie lächelt nervös, während sie ihre Brüste wieder in ihren BH zurückschiebt. „Das ist Schwangerschaftsyoga. Das eben war die Happy-Baby-Pose."

„Happy Baby?" Ich schüttle den Kopf, während mein Blick über sie gleitet und an ihrer nackten Haut innehält. „Muss man die Happy-Baby-Pose in Unterwäsche machen?"

Sie beißt sich auf die Lippen und setzt sich in den Schneidersitz. „Nein ..., ich ... ich gewöhne mich nur an meinen sich verändernden Körper."

Ich blinzle sie an.

„In einem der Babybücher stand, dass man mit freiem Bauch herumlaufen soll, um sich mit dem wachsenden Baby besser verbunden zu fühlen. Es hieß sogar, ich solle laut mit der Erdnuss sprechen, weil sie jetzt Geräusche hören kann."

„Okay." Ich zucke leicht zusammen bei der Vorstellung, dass sie sich so sehr auf die Verbindung konzentriert. Wenn sie diese Art von Engagement von mir erwartet, wird sie schwer enttäuscht sein. Ich wende meinen Blick von ihr ab, als ich bemerke, dass die Couch gut drei Meter von ihrem üblichen Platz entfernt ist.

„Hast du das Sofa selbst umgestellt?", frage ich wenig begeistert.

Sie steht auf und zuckt mit den Schultern. „Es rutscht auf dem Hartholz wirklich leicht."

Ich schüttle den Kopf, als mir Wut durch die Adern schießt. „Trotzdem hätte ich es für dich weggeräumt, wenn du darum gebeten hättest."

Sie stemmt die Hände in die nackten Hüften, und meine Augen sind praktisch gezwungen, sich nicht auf ihre Kurven zu konzentrieren.

„Du musst mir nicht bei jeder Kleinigkeit helfen. Dr. Lizzy hat gesagt, ich sei kein zartes Pflänzchen, Josh."

Ich atme schwer aus und versuche, meine Frustration zu zügeln. Meine Wut lässt sich leicht von ihrem fast nackten Körper ablenken, der weich und üppig vor mir steht. Ihr Bauch ist rund und makellos … ihre Hüften sind breit und betteln darum, von meinen Händen gepackt zu werden. Und ihre Brüste scheinen sich mit jedem Atemzug zu heben, was die Tatsache, dass ich seit mehreren Wochen keinen Sex mehr hatte, schmerzhaft deutlich macht.

„Gut." Ich fahre mir mit der Hand durch die Haare. Meine Wut richtet sich im Moment sowieso nicht nur auf die Möbel. „Bewege, was du willst. Aber zieh dir bitte ein paar verdammte Klamotten an. Ich habe Nachbarn."

„Josh …"

„Es war eine lange Nacht. Ich gehe ins Bett", knurre ich und drehe mich auf dem Absatz um. Ich lasse Lynsey im Wohnzimmer zurück – größtenteils nackt und immer noch so atemberaubend wie an dem Tag, an dem ich sie kennengelernt habe.

Acht Stunden später wache ich mit einem heftigen Ständer auf. Ich spreche hier von stahlhart. Ich nehme eine eiskalte Dusche und versuche, die sexuelle Frustration, die meinen Körper durchströmt, wegzuwaschen. Es ist auch Frustration im Allgemeinen. Egal, wie sehr ich versuche, Lynsey zu kontrollieren, das Mädchen kämpft einfach weiter gegen mich an und macht die Dinge schwieriger, als sie sein müssten. Es ist ärgerlich.

Bekleidet mit einer Jogginghose und einem weißen T-Shirt gehe ich in die Küche, um mir ein Glas Wasser zu holen. Draußen ist es dunkel, und das einzige Licht sind eine Lampe und der Fernseher im Wohnzimmer.

Lynseys Zehen ragen über die Armlehne, während ich ein paar lange Schlucke aus meinem Glas nehme. Mein Kiefer verkrampft sich vor Anspannung, da ich mich wahrscheinlich bei ihr entschuldigen muss, weil ich sie angeschnauzt habe. Ihre Ärztin hat ihr die Erlaubnis gegeben, sich mehr zu bewegen, und das muss ich respektieren.

Langsam begebe ich mich ins Wohnzimmer. Sie schaut lange genug von ihrem Telefon auf, um mich zu bemerken und lässt ihre Füße vom Sofa gleiten, damit ich mich setzen kann. Sobald ich sitze, greife ich ihre Beine und lege sie auf meinen Schoß, damit sie ihre Position wieder einnehmen kann.

„Es tut mir leid wegen vorhin", stoße ich hervor und betrachte ihr kariertes Pyjama-Set, bei dem die unteren Knöpfe geöffnet sind und ihren Bauch zu offenbaren. „Ich war müde von meiner Schicht, und du hast es nicht verdient, gescholten zu werden."

Sie wischt weiter auf ihrem Handy herum. „Es ist in Ordnung."

Ich atme schwer aus. Toll, sie bestraft mich mit schlechter Laune. „Hast du denn nie einen schlechten Tag bei der Arbeit?"

„Nein", sagt sie, noch immer mit ihrem Handy beschäftigt. „Ich liebe meinen Job …, im Gegensatz zu dir."

Bei dieser Bemerkung runzle ich die Stirn. Ich habe ihr nie gesagt, dass ich meinen Job nicht mag. Ich meine, es ist eigentlich unmöglich, ihn zu mögen. Beschissene Arbeitszeiten, beschissene Patienten, überlastete Krankenpfleger und nicht genügend Personal, um alles richtig zu machen. Aber das alles weiß sie nicht.

„Wie kommst du darauf, dass ich meinen Job nicht mag?", frage ich und ziehe die Stirn in Falten, als ich ihr Gesicht durch den Bildschirm leuchten sehe.

Völlig desinteressiert gleitet ihr Blick zu mir. „Weil du die ganze Zeit unglücklich bist."

„Ich bin nicht unglücklich", schnauze ich.

„Du bist nicht gerade fröhlich." Ihre Augenbrauen heben sich, sie zuckt mit den Schultern und wischt weiter.

„Nicht jeder Mensch ist dazu bestimmt, fröhlich zu sein." Warum ist sie so verdammt interessiert an dem, was gerade auf ihrem Handy ist?

„Wie lange bist du schon Arzt in der Notaufnahme?", fragt sie, ohne mir in die Augen zu sehen.

Ich runzle die Stirn und frage mich, ob sie mich überprüft hat, um zu sehen, wo ich vorher gearbeitet habe. „Lange genug", antworte ich unverbindlich.

„Zu lange", erwidert sie und nimmt ihr Telefon in die andere Hand. „Jeder, der jeden Tag auf dem Weg zur Arbeit so aussieht wie du, ist im Trott, und du, Dr. Arsch … bist im Trott."

„Ich habe dir gesagt, dass ich diesen Spitznamen hasse."

Sie zuckt mit den Schultern. „Du hast ihn heute irgendwie verdient."

„Wenn du dich schon mit mir streiten willst, könntest du mich wenigstens ansehen, Jones." Ich schnappe mir ihr Telefon.

„Hey!", ruft sie, setzt sich auf und greift danach.

Mir gefriert das Blut in den Adern, als ich ihren Bildschirm sehe.

„Du wischst auf Tinder?", knurre ich, und meine Hand zerbricht fast das Telefon in Stücke, während ich auf das Bild irgendeines Idioten starre.

„Ich wische nur nach links!", ruft sie, wobei ihre Wangen vor Verlegenheit glühen. „Ich bin süchtig danach! Es gibt so viele Menschen, die nach Liebe suchen."

„Tinder ist nicht der Ort, an dem man die *Liebe* findet", zische ich, und mein ganzer Körper spannt sich an.

Scheiße. Wir haben noch nicht mal darüber gesprochen, ob sie sich noch mit anderen Leuten trifft.

„Tinder ist der Ort, an dem man Geschlechtskrankheiten findet!" Meine Stimme wird lauter, und ich schiebe ihre Beine von mir weg, um aufzustehen und durch den Raum zu gehen. „Und ich bin wohl ein Idiot, weil ich dachte, du seist schlau genug, die Finger davon zu lassen, während du mit dem Kind eines anderen Mannes schwanger bist."

Sie seufzt und steht auf, wobei ihr kleiner Bauch heraushängt, als sie sich zum Kampf aufstellt. „Ich wische nur zum Spaß."

„Für mich ist das verdammt noch mal kein Spaß!", brülle ich. Ein weißglühendes Brandeisen versengt meine Sinne bei dem Gedanken, dass sie in diesem Zustand mit jemand anderem ausgeht. „Hast du wirklich so wenig Respekt vor mir oder dem Baby, dass du dich mit irgendwelchen Typen von Tinder in Gefahr begibst?"

„Ich hätte niemals bei einem von ihnen nach rechts gewischt. Und ich liebe dieses Baby!", ruft sie mit brüchiger Stimme und Tränen in den Augen. „Und ich respektiere dich, Josh, aber wir sind nicht in einer Beziehung. Ich habe Bedürfnisse, und wenn das Wischen nach links oder das Anschauen von Pornos oder das Benutzen meines Vibrators in der Badewanne das sind, was ich brauche, um diese Bedürfnisse zu befriedigen, dann werde ich das tun, und du kannst kein verdammtes Wort darüber sagen."

Sie schnaubt leise, und mir fällt die Kinnlade herunter. Ich öffne den Mund, um zu widersprechen, aber ich weiß nicht einmal, was ich dazu sagen soll, denn sie hat recht. Obwohl ich mir wünschte, dass sie es nicht hätte.

Sie tritt in meinen Raum und stößt ihren Finger fest in meine Brust. „Und fürs Protokoll, du bist nicht der einzige Alpha in diesem Haus."

Sie stürmt in den Flur, und ich sitze fassungslos auf dem Sofa. Was zum Teufel ist gerade passiert?

KAPITEL 15

Lynsey

Ich: Wo bist du?

Josh: Ich warte auf die MRT-Ergebnisse für meinen letzten Patienten.

Ich: Wann kommst du nach Hause?

Josh: Ich weiß es nicht. Warum?

Ich: Ich habe Abendessen gemacht, und es wird kalt.

Josh: Okay …, ich komme nach Hause, so schnell ich kann.

Ich: Ich schätze, das muss reichen.

Mein Blick schweift manisch durch das Haus und ich gehe meine gedankliche Checkliste mit allem durch, was zu tun ist.

Auf der Terrasse brennt ein Feuer …, jap.

Gläser mit Wein eingeschenkt und bereit …, jap.

Gedeckter Tisch …, jap.

Mariniertes Hähnchen im Ofen …, jap.

Die Beilagen auf den Warmhalteplatten, bereit zum Servieren …, jap.

Das war's. Meine gesamte Checkliste ist abgearbeitet, und ich bin bereit für die Aktivitäten des heutigen Abends.

Josh wird mich umbringen.

Aber nicht, nachdem ich ihn zuerst umgebracht habe, weil er zu spät kommt. Er sollte eine gute Stunde zu Hause sein, bevor jemand kommt. Eine Stunde! Genug Zeit für mich, ihm meinen Plan mitzuteilen, aber nicht genug Zeit für ihn, zu entkommen.

Er verdient es wirklich. Seit unserem Streit vor einer Woche ist er ein mürrischer, miserabler Idiot. Nachdem ich mich beruhigt hatte, entschuldigte ich mich für meine Aktivitäten auf Tinder. Auch wenn ich nicht vorhatte, mich mit jemandem zu verabreden, habe ich mir endlich eingestanden, wie ich mich fühlen würde, wenn er dasselbe tun würde. *Und es gefiel mir wirklich nicht, an ihn und andere Frauen zu denken.*

Also löschte ich die App auf meinem Handy und sagte ihm, dass ich nicht vorhabe, mich zu verabreden, bis das Baby auf der Welt ist. Leider schien es ihn nicht mehr zu interessieren, denn Dr. Arsch hatte offiziell wieder Bereitschaft.

Deshalb mache ich das hier. Sein Verhalten in letzter Zeit war die einzige Bestätigung, die ich brauchte. Er hatte es nicht eilig, es seinen Eltern zu sagen, und da ich in der zwanzigsten Woche schwanger und auf dem besten Weg zu Umstandskleidung bin, wird Kates verrückter Plan umgesetzt, es beiden Elternpaaren gleichzeitig zu sagen.

Abreißen wie ein Pflaster.

Und ich hoffe, dass Joshs vernünftigere Eltern mich vor meinen verrückten beschützen.

Der Coup war leichter zu bewerkstelligen als gedacht. Ich musste mich nur in Joshs Zimmer schleichen, während er schlief, seiner Mutter eine Einladung zum Abendessen schicken und die SMS löschen, sobald sie bestätigt hatte. Josh hat keine Ahnung und wird aufgrund seiner Verspätung völlig überrumpelt sein, wenn er zu dieser Überraschung, ich bin schwanger von einem One-Night-Stand Dinnerparty auftaucht.

Es klingelt an der Tür, und ich erstarre, als mein Blick auf die Uhr fällt. Sie sind zwanzig Minuten zu früh! Welche Monster kommen zwanzig Minuten zu früh zu einer Dinnerparty? Ich fahre mir schnell durch die Haare und hoffe, dass meine Locken nach den letzten zwei Stunden Küchenarbeit nicht völlig ausgefallen sind. Warum ich ausgerechnet heute Abend ein neues Rezept ausprobieren wollte, werde ich nie erfahren. Ich schlüpfe in meine schwarzen Pumps und schreite zur Haustür. Als ich sie öffne, erschaudere ich innerlich, als ich feststelle, dass nicht meine Eltern auf der anderen Seite sind.

„Hiiii", rufe ich etwas zu enthusiastisch. „Sie müssen Joshs Eltern sein – Harvey und Lana?"

„Oh, sind Sie der Caterer, der diese tollen Krabbenkuchen macht?", fragt Joshs Mutter mit einem Blick auf die Schürze, die ich ganz vergessen habe.

Sie tritt ein, und Joshs Vater stürmt hinter ihr herein, wobei er etwas vom Verkehr murmelt, während er seine Mütze und Handschuhe auszieht. Als sie mir den Rücken zuwenden, werfe ich die Schürze ab und streiche mein schlichtes schwarzes Kleid mit quadratischem Ausschnitt glatt, das ich für schön und stilvoll gehalten habe. Ich berühre die Perlen um meinen Hals, die mir meine Großmutter hinterlassen hat, und schicke ein stilles Gebet zu Oma hinauf, damit sie mir heute Abend Kraft gibt.

Lana dreht sich um und betrachtet sich im Flur im Spiegel, wobei sie schnell ihren silbernen Bob glatt streicht.

Ich nutze den Moment, um auf ihre Frage von vorhin zu antworten. „Ähm, ich habe eigentlich noch nie Krabbenkuchen gemacht. Ich mag tatsächlich keine Meeresfrüchte."

„Welcher Caterer mag denn keine Meeresfrüchte?", sagt sie mit einem überheblichen Lachen.

„Die Art, die stirbt, wenn sie aus Versehen Schalentiere isst." Ich zwinge mich zu einem unbeholfenen Lachen.

„Oh", antwortet sie und mustert mich von Kopf bis Fuß. „Sie

sind sehr hübsch für eine Köchin. Und dünn. Diese Kombination sieht man nicht oft.“

Ich erröte von ihren Komplimenten. „Danke, aber ich bin nicht wirklich …“

„Was in Gottes Namen ist da drinnen passiert?“ Joshs Vater starrt auf das Wohnzimmer, als sei es eine Art Wissenschaftsprojekt, das explodiert ist. Er ist ein großer, gebieterischer Mann, der seinem Sohn sehr ähnlich ist. „Hat Josh ernsthaft einen Fernseher an eine originale Steinwand aus den Dreißigern montiert? Was zum Teufel ist mit dem Jungen los?“

Er stapft hinüber, um die Arbeit zu inspizieren. Ich erschaudere. Ich habe gar nicht daran gedacht, dass die Steinwand etwas Besonderes ist. Ich dachte, ein Wohnzimmer braucht einen Fernseher. Ich bin wie Joey von *Friends* – ich verstehe nicht, wo man Möbel aufstellen soll, wenn sie nicht alle auf einen Fernseher gerichtet sind. Und da eine ganze Wand aus raumhohen Fenstern besteht … war die Auswahl ziemlich gering.

„Ich fürchte, ich kann Ihnen keine Fragen über das Mauerwerk beantworten, aber warum nehmen Sie nicht beide ein Glas Wein und gehen auf die Terrasse?“ Ich deute auf den Tresen, wo ich bereits gefüllte Gläser habe. „Es ist ein schöner Abend, und der Kamin ist angezündet. Draußen gibt es Charcuterie.“

Lana zieht anerkennend die Augenbrauen hoch, als sie zum Tresen schlendert. Sie zwinkert mir zu. „Sie sind gut.“

Ich erzwinge ein Lächeln. „Josh sollte jeden Moment nach Hause kommen.“ Mein Gesicht wird lang, weil meine Stimme so dumm und roboterhaft klingt. Sie werden mich für eine Spinnerin halten.

„Bei unserem Joshy kann ein Moment auch eine Stunde sein. Er konzentriert sich auf eine Sache und nur auf eine Sache – seinen Job“, schimpft seine Mutter und nimmt zwei Gläser Rotwein vom Tresen. „Aber wenn es Wein gibt, ist alles in Ordnung.“ Sie macht sich auf den Weg ins Wohnzimmer. „Hör auf, dich über das Mauerwerk aufzuregen und trink etwas, Harv.“

Ich atme schwer aus und ignoriere sein Murren, während ich zum Ofen laufe, um mein Essen zu überprüfen. Das Hähnchen sieht gut aus. Es braucht noch zehn Minuten, dann kann ich es herausnehmen und abdecken, damit es schön saftig ist.

Plötzlich klingelt es wieder an der Tür. Ich erschaudere. Es müssen meine Eltern sein, und ich weiß nicht, wie lange ich diese Scharade noch ohne Josh aufrechterhalten kann.

Ich öffne die Tür. Das rote Haar meiner Mutter glänzt im Licht der Treppe, und ihr Blick fällt sofort auf meinen Bauch. „Oh, Lynsey." Sie schüttelt den Kopf. „Du isst doch nicht schon wieder Oreos, oder?"

Ich beiße mir auf die Zunge und lasse sie eintreten. Meine Mutter geht durch den Raum und schaut sich jedes Detail voller Neugier an. „Wenn du dir mit deinem neuen Job ein solches Haus leisten kannst, warum kannst du dir dann keine neuen Möbel leisten?"

Ich zwinge mich zu einem knappen Lächeln. „Ich erkläre dir das alles beim Abendessen, Mom."

Mein Vater umarmt mich kurz, bevor er in die Küche geht, um die Geräte zu inspizieren. Dann geht er zum Wohnzimmer und zeigt auf die Wand. „Ist das Originalstein?"

Ich presse meine Lippen zusammen. „Ich glaube schon."

Was zum Teufel ist so besonders an dem ursprünglichen Mauerwerk?

Sein Kopf ruckt zurück. „Ich hoffe, der Vorbesitzer war der Idiot, der den Fernseher dort angebracht hat, und nicht du. Sonst wird dein Vermieter ausrasten."

Ich erschaudere und fahre dann fast aus der Haut, als ich mich umdrehe. Josh steht in der Tür und beobachtet uns. Ich senke den Blick und bin überrascht, dass er nicht seinen normalen Kittel trägt, mit dem er normalerweise von der Arbeit nach Hause kommt.

Heute Abend hat er eine Jeans und ein Hemd an. Er muss sich umgezogen haben, weil er gespürt hat, dass etwas los ist.

Er blickt meine Eltern und dann mich an. „Die Einfahrt ist blockiert."

„Oh, ich fürchte, ich habe dort geparkt", brüllt mein Vater und wirft Josh seine Schlüssel zu, als wäre er vom Parkservice. „Tut mir leid, Kumpel. Park ihn ruhig um."

„Was ist hier los, Jones?", fragt Josh misstrauisch, während sein Blick von meinen Eltern zu den Fenstern im Wohnzimmer wandert, die deutlich zeigen, dass seine Eltern dort draußen sitzen, Wein schlürfen und von der Charcuterie-Platte essen, als wäre es ein ganz normaler Donnerstagabend.

Ich greife nach Joshs Arm. „Mom, Dad? Das ist Josh Richardson. Entschuldigt mich … Dr. Josh Richardson."

Meiner Mutter läuft bei der Erwähnung des Wortes Doktor praktisch das Wasser im Mund zusammen. „Ist das dein Freund, Schatz?", fragt sie, streicht ihr kurzes Haar glatt und klimpert mit den Wimpern.

„Nein. Hört mal, könnt ihr euch vielleicht … an den Esstisch setzen? Ich möchte euch etwas sagen."

„Wie geheimnisvoll", sagt meine Mutter und dreht sich um, um meinem Vater an den Tisch zu folgen.

„Was zum Teufel ist hier los?", zischt Josh, als seine Eltern ihm durch das Fenster zuwinken.

„Was meinst du?", frage ich lächelnd und bedeute ihnen, hineinzukommen.

„Warum sind unsere Eltern hier?" Joshs Augen sind praktisch tödlich auf meine gerichtet.

Mein Gesicht verzieht sich zu einem zuckersüßen Lächeln. „Weil wir Neuigkeiten haben, Joshy." Ich beiße mir auf die Lippe und kichere leise, als ich den Spitznamen seiner Mutter für ihn benutze.

„Joshy!", ruft seine Mutter wie aufs Stichwort. Sie zieht ihn in eine Umarmung. „Wie nett von dir, dass du uns zum Essen eingeladen und sogar einen Caterer engagiert hast. Ich war völlig schockiert, dass dein Haus so … nun ja … eingerichtet ist." Sie rümpft die Nase, als sie sich umschaut. „Nicht mein Geschmack, aber wenn es dich glücklich macht."

Josh setzt ein hölzernes Lächeln auf, als sein Vater zu ihm kommt und ihm kräftig auf den Rücken klopft. „Nachdem du Löcher in das Mauerwerk gebohrt hast, kannst du dich von der historischen Heimförderung verabschieden. Gott, ich hätte dich nicht für so einen Idioten gehalten."

Josh starrt mich mit Laseraugen an. „Ja, ich bin ein großer, dummer Idiot, Dad."

Zusammenzuckend drehe ich mich auf dem Absatz um und nehme eine Flasche Wein vom Tresen. Ich verziehe das Gesicht.

Das ist ein wirklich schlechter Start.

„Harv, ich erinnere dich immer wieder daran, dass Josh Arzt und kein Bauunternehmer ist", sagt seine Mutter lächelnd. „Sei nicht so streng mit ihm. Er hat kleine Kinder vor Krebs gerettet, während du alberne Häuser gebaut hast. Was denkst du, wessen Arbeit ist sinnvoller?"

Ich runzle die Stirn, als ich mich zu Josh umdrehe, der den Blickkontakt mit mir meidet. *Kinder vor Krebs gerettet? Was?*

Harvey murrt. „Ich meinte nicht wirklich Idiot …, ich meinte ja nur. Gott, war das dumm!" Er lacht schallend und schüttelt den Kopf.

Ich blinzle, denn ich habe keine Ahnung, wovon sie reden, und jetzt ist wirklich nicht die Zeit dafür, also mache ich eine Geste zum Tisch. „Harvey, Lana? Das sind meine Eltern, Darren und Sue Jones. Mom, Dad, das sind die Eltern von Josh, Lana und Harvey Richardson. Warum setzten Sie sich nicht zu ihnen an den Tisch? Ich bringe den Wein", erkläre ich wie ein überspieltes Kind.

Josh packt mich sanft am Arm und dreht mich zu sich. „Das ist nicht lustig, Lynsey. Was ist dein Plan hier?"

„Das soll auch nicht lustig sein." Ich fixiere Josh mit einem selbstbewussten Blick, dem ich nicht mehr ganz traue. „Und ehrlich gesagt bist du derjenige, der mich auf die Idee gebracht hat."

„Welche Idee?", zischt er.

Ich zucke mit den Schultern. „Die Sache mit dem Abreißen des Pflasters. Wir reißen es auf einen Schlag ab, und dann ist das Geheimnis gelüftet und wir können alle mit unserem Leben weitermachen, okay?"

„Du hast keine Ahnung, was du getan hast." Josh schnaubt durch die Nase, bevor er zu den Weingläsern geht, die ich eingeschenkt habe, und sich selbst eins nimmt. „Du kannst dich nicht einmal durch die Sache durchtrinken."

Ich ziehe eine Grimasse und schiebe ihn an den Tisch. Er nimmt den Platz am Kopfende ein und ich setze mich ihm gegenüber. Ich lächle Joshs Eltern zu meiner Linken höflich an und schenke meinen Eltern zu meiner Rechten ein wackeliges Lächeln.

Genau wie ein Pflaster, Lyns!

Ich öffne den Mund, um etwas zu sagen, aber meine Mutter unterbricht mich.

„Seid ihr beide verlobt?", fragt sie mit großen, hungrigen Augen angesichts der Aussicht, dass ich mit einem Arzt verlobt sein könnte, ganz zu schweigen von der Tatsache, dass sie den Mann noch nie getroffen hat.

„Oh, mein Gott, Sie sind nicht der Caterer", ruft Joshs Mutter und schlägt sich die Hände an die Wangen. „Ich bin so eine Idiotin ... sind Sie Joshs Frau? Seid ihr beide durchgebrannt?" Lanas Stimme erreicht einen hohen Ton, während sie bei dem Gedanken daran begeistert aussieht. „Ich hatte schon aufgegeben, dass Josh jemals wieder glücklich sein würde, also würde diese Nachricht einfach ..."

„Ihr seid besser nicht durchgebrannt", sagt meine Mutter mit rauer und verärgerter Stimme. „Eine Ehe ist nicht einmal echt, wenn sie nicht in der katholischen Kirche stattfindet."

„Wie bitte?", ruft Joshs Mutter aus und drückt schockiert eine Hand auf die Brust.

„Nun, das ist unser Glaube", sagt meine Mutter und hält die Hand meines offensichtlich unbehaglichen Vaters. „Sie können gern Ihren Glauben haben, aber wenn es nicht in einer Kirche passiert ist, dann ist es in den Augen Gottes auch nicht passiert."

Lana lacht. „So sieht mein Gott das nicht."

Meine Mutter kneift die Augen zusammen. „Und wer ist *Ihr* Gott?"

Ein langsames Lächeln breitet sich auf Lanas Gesicht aus. „Derselbe wie Ihrer, nur etwas weniger homophob und selbstgerecht."

Meine Mutter schnappt nach Luft, und ich schlage meine Hände auf den Tisch, um sie aufzuhalten. „Wir sind nicht verheiratet. Wir sind nicht verlobt. Wir sind nicht einmal in einer Beziehung!" Das enorm falsche Lächeln in meinem Gesicht ist so breit, als würde ich für die Rolle des Jokers vorsprechen, denn ich bin mir sicher, dass sie jetzt meine Backenzähne sehen können.

Josh sieht mich erwartungsvoll an, sein Rotweinglas ist vor den Lippen erstarrt, während er sich über mein Unbehagen fast zu amüsieren scheint.

Ich atme tief ein und sage so ruhig wie möglich: „Wir bekommen ein Baby."

Der Tisch wird ganz still.

Die Stille geht weiter und weiter. *Moment – bin ich mitten in einem schrecklichen Albtraum? Vielleicht wache ich gleich auf.*

Die Realität holt mich wieder ein, als meine Mutter laut weint.

„Na, na, Sue", sagt mein Vater und legt einen Arm um ihre Schultern. „Es ist alles gut."

„Ich schätze, du bist nicht nur bei Hausrenovierungen ein Idiot." Harvey lacht, während er einen Schluck von seinem Wein nimmt. Lana stößt ihn mit dem Ellbogen in die Rippen. „Das war nur ein Scherz."

Lana schaut mich mit großen Augen an, während sie zu Boden blickt. „Wie … weit bist du? Darf ich Du sagen?"

Ich berühre meinen Bauch, nicke und antworte: „In der zwanzigsten Woche."

Sie lächelt. „Weißt du, ob es ein Junge oder ein Mädchen ist?"

Der Kopf meiner Mutter hebt sich von der Schulter meines Vaters, während sie auf meine Antwort wartet.

Ich lächle und sehe Josh an. „Wir haben beschlossen, dass wir uns überraschen lassen wollen.“

„Als hättest du nicht schon genügend Überraschungen!“, weint meine Mutter, bevor sie schluchzt. „Ehrlich, Lynsey … wie konntest du vor der Ehe mit jemandem schlafen?“

Ich schließe die Augen und schüttle den Kopf. „Mom, ich bin siebenundzwanzig. Du kannst doch nicht wirklich überrascht sein.“

„Das kann ich wirklich!“ Sie sieht meinen Vater an. „Kannst du glauben, was unsere Tochter da draußen macht, Darren? Deshalb hätten wir sie bei uns einziehen lassen sollen, als sie wieder zur Uni ging. Sie hatte es zu leicht in Moms Haus. Kein Sinn für Verantwortung. Kein Sinn für Moral.“

„Ist schon gut“, sagt mein Vater und reibt sanft ihren Arm.

„Nun, ich für meinen Teil halte dieses Baby für ein Wunder“, sagt Lana und lenkt damit die Aufmerksamkeit aller von der Hysterie meiner Mutter ab. Sie sieht Josh an, und ihre Augen füllen sich mit Tränen. „Nach dem, was in Baltimore passiert ist …, hätte ich nie erwartet, dass du Vater wirst.“

Ich sehe Josh stirnrunzelnd an. „Baltimore?“

Joshs Gesicht wird blass, jeglicher Humor verschwindet aus seinem Gesicht und wird durch Wut ersetzt. „Das reicht, Mutter.“

Sie dreht sich wieder zu mir um, ihre Augen glänzen vor Tränen. „Es ist ein Wunder. Du bist ein Wunder.“

„Ich bin kein …“

„Natürlich ist es ein Wunder. Jedes Baby ist ein Geschenk Gottes“, weint meine Mutter, zieht ein Taschentuch aus ihrem Ärmel und tupft sich die Nase ab. „Aber Lynsey, wenn du nicht in diesen Mann verliebt bist, warum lebst du dann mit ihm zusammen?“

Lanas Augen weiten sich, sie wusste offensichtlich nicht, dass ich hier wohne. Ich schaue zu Josh hinüber, der so aussieht, als wäre er zufrieden damit, mich dieses Verhör allein durchstehen zu lassen. Ich räuspere mich. „Nun, wie du weißt, lief der Mietvertrag für Omas Reihenhaus aus, und ich hatte immer noch keinen Job gefunden, und na ja …, Josh hat irgendwie darauf bestanden, dass ich einziehe, weil es einfach Sinn ergab."

„Josh hat darauf bestanden?", wiederholt Lana und bekommt wieder diesen hoffnungsvollen Ton in ihrer Stimme.

„Aber ich habe jetzt einen Job", sage ich schnell. Ich muss für seine Eltern wie eine Goldgräberin aussehen. „Und ich habe meinen Master in Psychologie, ich habe also Karriereziele und die feste Absicht, hier rauszukommen und mir bald eine eigene Wohnung zu suchen."

Joshs Gesicht verhärtet sich, er kneift die Augen zusammen und sagt mit zusammengebissenen Zähnen: „Darüber müssen wir natürlich reden."

Ich runzle die Stirn und nicke. „Ja, sicher."

Lana starrt verwirrt zwischen uns hin und her, als plötzlich der Rauchmelder losgeht.

„Mein Huhn!", schreie ich und schieße vom Tisch hoch, wobei ich den Stuhl hinter mir umkippe, während ich wie wild in die Küche renne.

„Nein, nein, nein, nein!" Ich öffne den Backofen, und schwarzer, übel riechender Rauch quillt heraus. Ich greife nach einem Topflappen, um den Bräter herauszuziehen, und stoße mir dabei versehentlich den oberen Teil meiner Hand am oberen Brenner des Ofens. „Scheiße!", rufe ich aus, lasse das Huhn fallen und reiße meine verbrannte Hand zurück.

Plötzlich legen sich zwei Arme um mich.

Josh dreht mich zu sich und hält mich fest, während er knurrt: „Verdammte Scheiße, Lynsey." Er hält meine Hand hoch, um sie zu untersuchen, und sein Gesicht ist von absoluter Panik durchdrungen. „Was glaubst du, was du da tust?"

„Ich habe versucht, das Abendessen zu retten", krächze ich, und ein Kloß bildet sich in meinem Hals, während ich angesichts der roten Blase zusammenzucke, die sich auf meinem Handrücken bildet.

„Ich muss das behandeln." Er ergreift meine gute Hand und zerrt mich mit Lichtgeschwindigkeit den Flur hinunter. „Mutter, kümmere dich bitte um das Chaos."

„Okay, Joshy", ruft sie zurück.

Er führt mich durch sein Schlafzimmer und in sein Hauptbad, bevor er die Tür hinter uns zuschlägt. Seine Hände liegen auf meiner Taille, als er mich auf den Waschtisch hebt. Er kramt in seinem Wäscheschrank und holt einen Erste-Hilfe-Kasten heraus. Ohne ein Wort kramt er darin herum, bis er findet, was er braucht, und die Wut, die von ihm ausgeht, ist stärker als die Verbrennung an meiner Hand.

„Josh", sage ich leise, während er einen feuchten Wattebausch auf meine Hand tupft, was mich zusammenzucken lässt.

Er blickt auf, sein Gesicht zuckt.

„Was?", blafft er mit zusammengebissenen Zähnen zurück.

Mein Kinn bebt. „Warum bist du so wütend?"

„Weil, Jones …, das eine verdammte Verbrennung zweiten Grades ist. Das könnte sich infizieren oder eine Narbe hinterlassen. Das ist nichts, was man auf die leichte Schulter nehmen sollte."

Ich nicke und schniefe, meine Augen brennen vor Tränen, weil die Verletzung schmerzt und dieser Abend ein totaler Reinfall war. „Warum bist du wirklich wütend?"

Er sieht mir direkt in die Augen, so intensiv, dass ich nicht wegsehen kann. Seine Stimme ist rau, als er antwortet: „Das war viel zu viel."

„Was war zu viel?", frage ich.

„Zu viel Stress. Zu viele Gefühle. Zu viel Arbeit." Sein Kiefermuskel zuckt vor Wut, während seine Beine gegen meine drücken, die vom Waschtisch baumeln. „Du hast mir versprochen, dass du auf dich aufpassen würdest."

Ich schnaube. „Ich passe auf mich auf, Josh."

„Indem du den ganzen Nachmittag in der Küche herumrennst? Indem du unsere Eltern zur gleichen Zeit bei uns zu Hause begrüßt, um eine Bombe auf sie zu werfen und uns zu zwingen, ihre verrückten Reaktionen durchzustehen? Das ist nicht auf sich selbst aufpassen, Jones. Das ist das *Gegenteil* davon, auf sich selbst aufzupassen.“

Ich öffne den Mund und stottere: „Ich … ich dachte …“

„Was?“

Ich zucke mit den Schultern. „Ich dachte nur, das wäre die einzige Möglichkeit, es deinen Eltern zu sagen. Ich will nicht dein kleines schmutziges Geheimnis sein.“

Sein ganzes Gesicht zuckt bei meinen Worten, er schüttelt den Kopf und fasst mein Kinn, um mich mit einem ernsten Blick zu fixieren. „Du bist nicht einmal annähernd ein kleines schmutziges Geheimnis, Lynsey.“

Er atmet durch die Nase aus, lässt mein Gesicht los und wendet sich wieder meiner Hand zu, um etwas Salbe auf die Wunde zu schmieren, die den Schmerz sofort lindert. „Es ist lächerlich, dass du das überhaupt denkst. Und es ist lächerlich, dass du mir nicht von diesem ausgeklügelten Plan heute Abend erzählt hast.“

„Ich wollte ja, aber du hast dich verspätet“, antworte ich leise, wobei ich niedergeschlagen die Unterlippe vorschiebe.

Er klebt einen Verband auf die Brandwunde. „Ich wäre nicht zu spät gekommen, wenn ich das gewusst hätte.“

Ich lache und starre traurig auf meine Hand, während ich antworte: „Oh, ich bin sicher, du hättest gern deine Notfallpatienten zurückgelassen, um bei meinen lächerlichen Eskapaden dabei zu sein.“

„Ich hätte es getan.“ Er sieht in meine Augen und fixiert mich mit einer solchen Schärfe, dass es mir den Atem raubt. „Ich hätte sie für dich verlassen.“

Ich blinzle ihn an, der Schock sickert mir bis ins Mark. Da ist nicht nur Überfürsorglichkeit oder Wut oder Frustration in seinem Gesicht. Hinter seinem üblichen grimmigen Schutzschild verbirgt sich totales Entsetzen.

Entsetzen um mich.

Das ist genug, um mir Tränen in die Augen zu treiben.

Ich ziehe meine Hand aus seinem Griff und versuche verzweifelt, diese Angst zu vertreiben. Ich nehme sein Gesicht in die Hände, da er mich hören soll, als ich sage: „Josh, mir geht es gut.“

Er schüttelt den Kopf, als könne er die Worte nicht hören, also halte ich ihn fest und sage sie noch einmal. „Josh, es geht mir gut.“

Er schließt für einen langen Moment die Augen, und als er sie öffnet, erschrecke ich fast, als ihre roten Ränder glitzern und sein ganzer Körper in meinen Händen buchstäblich zittert. Mein Herz setzt einen Schlag aus.

„Josh?“, stoße ich mit besorgter Stimme hervor, als er etwas in sich zeigt, das ich noch nie zuvor gesehen habe.

Verletzlichkeit.

Ehe ich mich versehe, prallen unsere Lippen in einer harten, schnellen und unnachgiebigen Umarmung aufeinander, und es ist, als würde ein tonnenschwerer Laster gegen eine mit Kissen bedeckte Steinwand prallen.

Wir umklammern das Gesicht des anderen wie Rettungsringe, während sich unsere Münder auf einer Ebene verbinden, die so viel tiefer ist, als ich sie je erlebt habe. Er küsst. Ich küsse. Und unsere Körper quellen über vor Verlangen, denn alles, was wir je gefühlt haben … jede Emotion, jeder Gedanke, jede körperliche Empfindung ergießt sich in diese Umarmung und in den anderen.

Ich habe keine verdammte Ahnung, wer mit dem Kuss angefangen hat. Das ist nicht das, was wir sein sollten. Aber im Moment ist es das, was wir sein müssen. Und jetzt, wo es angefangen hat, will ich nicht, dass es aufhört.

Meine Beine spreizen sich, ich ziehe ihn näher an mich heran, berühre ihn, fühle ihn, brauche ihn überall. Er stößt seinen Unterleib in meine Mitte, und ich presse meine Schenkel um ihn, will mehr und weniger. Weniger Kleidung, weniger Grenzen, weniger Regeln. Ich will nichts zwischen uns. Keine Geheimnisse, keine Grenzen, keine Sorgen … nur Haut an Haut. So, wie wir das Leben in mir erschaffen haben.

Er greift mit einer Hand in mein Haar und packt es an den

Wurzeln, zieht meinen Kopf nach hinten und vertieft unseren Kuss. Es ist eine Beanspruchung, genau wie bei unserem ersten Treffen. Er ist unerbittlich und voller Druck. Seine Zunge taucht ein und bettelt darum, dass meine sich ihm hingibt, und das tue ich. Ich tue es, weil es sich ganz natürlich anfühlt, ihm auf diese Weise zu gehören. Dass er meinen Körper so in Besitz nimmt. Ich sehne mich danach.

Sein Mund wandert zu meinem Hals, sein Atem ist heiß auf meiner Haut, während ich nach seiner Jeans greife, wobei meine Hände zittern, als ich versuche, sie aufzuknöpfen, ohne meine Wunde zu verletzen. Schließlich schiebe ich sie von seinem Hintern und nehme seinen Schwanz in die Hand, drücke seine seidige Härte, während er laut an meinem Hals stöhnt. Seine Hand gleitet zwischen meine Beine, und seine Finger schlüpfen in den Schritt meines Slips. Mit einem Grunzen zerrt er so stark daran, dass er reißt und meine feuchte Mitte der kühlen Luft aussetzt. Sein Finger reizt meine Öffnung und ich öffne den Mund, um zu schreien, als es plötzlich an der Tür klopft.

„Joshy, ist deine kleine Freundin okay?" Lanas Stimme hallt von den gefliesten Wänden wider, und wir erstarren beide mit offenem Mund, während sich unsere schweren Atemzüge miteinander vermischen. Als Josh nicht antwortet, klopft sie erneut. „Joshy?"

Josh drückt seine Stirn an meine und schließt die Augen, während ich seinen Schwanz langsam loslasse und er seine Hand von meiner Klitoris wegzieht und meinen Oberschenkel ergreift.

Er räuspert sich und ruft zurück: „Ja, Mutter, es geht ihr gut. Wir sind bald wieder draußen."

„Oh, gut", gurrt sie. Sie könnte ihre Lippen buchstäblich an die Tür pressen. „Sue hat mir etwas Aloe Vera von einer ihrer Hydrokulturpflanzen mitgegeben, die du vielleicht probieren möchtest."

Josh atmet durch die Nase aus, in dem Versuch, seine Atmung zu beruhigen, bevor er antwortet: „Vielleicht später, Mom."

„O-Okay", stottert sie und tippt dann mit den Fingernägeln

leicht auf die Türklinke, bevor sie hinzufügt: „Ich schiebe es einfach unter die Tür, falls Lynsey das bei Verbrennungen zu benutzen pflegt." Ein kleiner grüner Stiel in einer durchsichtigen Sandwichtüte taucht plötzlich unter der Tür auf. „Sag Bescheid, wenn du noch etwas brauchst, okay?"

„Okay." Joshs Kiefer zuckt vor Anspannung.

Als sich Lanas Schritte zurückziehen, kann ich mir das Lachen nicht verkneifen, das in meiner Kehle aufsteigt.

„Verdammte Scheiße", sagt Josh, schüttelt den Kopf und zieht sich von mir zurück.

„Diese Hydrokulturpflanzen können ein echter Schwanzblocker sein", glückse ich und halte mir den Mund zu, um meine Belustigung zu verbergen.

Josh entspannt sich schließlich, sein Mundwinkel verzieht sich zu einem kleinen Lächeln, als er zurücktritt und sich an die gegenüberliegende Wand lehnt. Er beißt sich auf die Lippe, als hätte er Schmerzen, steckt sich wieder in seine Jeans und macht sich daran, sein Äußeres in Ordnung zu bringen.

Mein Kleid ist ganz nach oben gerutscht, und mein Slip hängt am seidenen Faden, also presse ich vorsichtig meine Schenkel zusammen und versuche, meinen Rock herunterzuziehen, wobei ich meine Röte ignoriere.

Josh presst eine Hand auf seine Brust. „Es tut mir leid, Jones. Ich hätte nicht …"

„Ich weiß", beende ich seinen Gedanken und zucke leicht zusammen bei dem Gefühl der Ablehnung, das von ihm ausgeht.

Er schaut mich einen Moment lang misstrauisch an, als wüsste er nicht, was ich denke. Ich weiß nicht einmal, was ich denke. Körperlich will ich ihn. Das ist keine Frage. Ich will beenden, was wir angefangen haben, und vielleicht nie wieder aufhören. Aber ich kann sehen, wie sich eine Mauer in seinem Gesicht aufbaut, und die Verletzlichkeit, die er noch vor wenigen Augenblicken gezeigt hat, ist völlig verschwunden, und ich weiß nicht, wie das meine Gefühle verändert.

Josh atmet aus und lässt seine Hände in die Taschen gleiten. „Es tut mir leid, dass ich vorhin bei dir durchgedreht bin. Zu hören, wie deine Mutter …, zu sehen, wie du verletzt wirst …, ich war genau dort und habe nichts davon verhindert."

„Du hättest es nicht verhindern können", antworte ich beschwichtigend und schaue auf meine verbundene Wunde. Ich schenke ihm ein beruhigendes Lächeln. „Es tut mir leid, dass ich dachte, der heutige Abend könnte etwas anderes als ein Reinfall werden."

Er nickt einen Moment lang nachdenklich. „Wenigstens haben wir den Job erledigt."

Ich stoße ein ungläubiges Lachen aus. „Ich musste nur ein kleines Feuer löschen", antworte ich – und damit meine ich nicht das Hähnchen.

Joshs Augen mustern mich einen Moment lang, als wüsste er genau, wovon ich spreche, doch dann setzt er die Maske wieder auf und stößt sich von der Wand ab. „Ich lasse dir etwas Privatsphäre."

Er geht aus dem Bad und hält an der Tür inne, als wolle er noch mehr sagen, hat es sich aber dann anders überlegt. Sobald er weg ist, rutsche ich vom Waschtisch und drehe mich um, um mich im Spiegel zu betrachten.

Was zum Teufel ist jetzt mein nächster Schritt?

KAPITEL 16

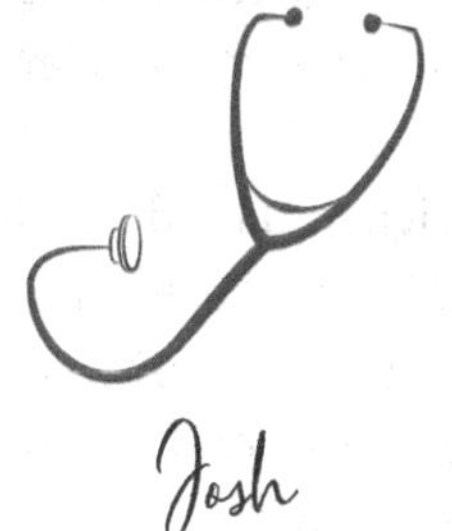

Als ich aus dem Bad komme, ist die Küche bereits aufgeräumt und unsere Eltern ziehen ihre Mäntel an, um zu gehen. Das ist ein willkommener Anblick, denn nach all den Ereignissen des heutigen Abends kann ich es nicht einmal ertragen, ein ganzes Abendessen lang durchzuhalten.

Meine Mutter umarmt mich und zittert in meinen Armen, während sie ihre Tränen zurückhält. Als wir uns voneinander lösen, berührt sie meine Wange. „Ich glaube, das wird wunderbar für dich, Joshy.“

Ich antworte mit finsterer Miene, da ich mich weigere, auf ihre Hoffnungen und Träume für mich einzugehen. Wenn sie glaubt, dass dieses Baby und Lynsey alles ändern werden, wird sie enttäuscht sein. Ich schüttle die Hand meines Vaters und warte auf seinen Kommentar, denn er war schon immer dafür bekannt, mich zu verarschen, und heute Abend war es nicht anders.

„Du bist kein Idiot, weil du im Moment lebst, Josh“, sagt er, klopft mir auf die Schulter und zieht mich zu einer seltenen Umarmung heran. „Aber du bist ein Idiot, wenn du dieses Mädchen nicht richtig behandelst, hörst du?“ Er fixiert mich mit einem ernsten Blick, der mir eine Schwere auf die Schultern drückt, die ich nicht mehr gespürt habe, seit ich Lynsey kenne.

In diesem Moment kommt sie aus dem Bad. Ich räuspere mich und begleite meine Eltern nach draußen, um ihr etwas Privatsphäre mit ihren Eltern zu geben. Sie wurden von der Nachricht eindeutig härter getroffen als meine, und ich will nicht, dass sie sich von meinen und ihren Eltern zugleich unter Druck gesetzt fühlt.

Als ich mich verabschiede und wieder die Treppe hinaufgehe, kommt Lynseys Mutter heraus.

Sie sagt: „Bist du sicher, dass du nicht mit uns nach Hause kommen willst, Lynsey? Ich denke, Pater Tom könnte morgen früh vorbeikommen und ein gutes Gespräch mit dir führen."

Lynsey steht an der Tür und schenkt mir ein wackeliges Lächeln. „Ich bin sicher, Mom."

Darren gesellt sich zu Sue auf die Treppe und reicht mir die Hand. „Denk einfach daran, dass Jesus zusieht."

„Ja", ruft Sue und wirft mir einen drohenden Blick zu. „Lynsey hat mir ihr getrenntes Schlafzimmer gezeigt, aber du solltest trotzdem wissen, dass es eine Sünde ist, ein uneheliches Kind zu bekommen."

„Mom!", schreit Lynsey, woraufhin Sue sofort den Mund schließt.

Sie machen sich auf den Weg zum Auto, und ich folge Lynsey ins Haus. Ich schließe die Haustür und bleibe stehen, als sie um den Esstisch herumwuselt und die Platzdeckchen zurechtrückt, die eigentlich nicht zurechtgerückt werden müssen. Ich lege den Kopf schief und nehme ihr Aussehen in Augenschein. Sie trägt immer noch ihr schwarzes Kleid, aber ihre Schuhe fehlen, und ihr Haar ist zerzaust. Wahrscheinlich von mir vorhin im Bad.

Mein Gott, was war das? Bilder von ihren Lippen auf meinen überfluten meine Gedanken. Ich bin da drinnen völlig durchgedreht – geistig und körperlich. Vor allem körperlich.

Mein Schwanz wird immer dicker in meiner Jeans, als ich mich daran erinnere, wie nah wir daran waren, uns wieder zu verbinden. Einander noch einmal vollständig zu spüren. Aber sie hat recht, die Situation ist kompliziert. Sie hier unter meinem Dach zu haben und meine Hände von ihr zu lassen, ist schwieriger als erwartet.

Aber ich will sie nirgendwo anders haben. Ich will sie hier.

Plötzlich erinnere ich mich an etwas, das sie heute Abend am Tisch gesagt hat. Langsam begebe ich mich ins Esszimmer und frage: „Was soll das damit, dir eine eigene Wohnung zu suchen? Ich dachte, das hätten wir schon besprochen."

Lynsey unterbricht ihr sinnloses Herumgewusel und sieht mich von der anderen Seite des Tisches an. „Wir haben nie gesagt, dass ich hier für immer einziehen würde."

„Du bist seit einem Monat hier, Jones", antworte ich steif und lehne mich vor, um meine Hände auf dem Tisch auszubreiten. „Wir haben noch einen langen Weg vor uns mit dieser Schwangerschaft. Ich dachte, du würdest wenigstens bis nach der Geburt bleiben."

„Und was dann?", faucht sie und legt die Finger um die Lehne des Holzstuhls vor ihr. „Ziehe ich aus, wenn das Baby einen Monat alt ist? Ein Jahr alt? Wenn die Erdnuss in den Kindergarten kommt?"

„Warum müssen wir das jetzt herausfinden?" Ich stehe auf und schiebe meine Hände in die Taschen, während sich in meiner Brust eine Enge bildet.

Sie verschränkt die Arme und sieht mich finster an. „Vielleicht, weil mir heute Abend klar geworden ist, dass es noch viel gibt, was ich nicht über dich weiß."

„Was zum Beispiel?", frage ich verärgert, da ich dachte, wir hätten das hinter uns gelassen. Ich habe mir große Mühe gegeben, mich ihr zu öffnen, nur damit sie sich in meiner Nähe sicher fühlen kann. Was will sie denn noch, verdammt?

„Was zum Teufel ist in Baltimore passiert?", fragt sie mit grimmigem Blick, als sie um den Tisch herum auf mich zukommt – barfuß, schwanger und herzzerreißend schön.

Meine Schultern verkrampfen sich bei ihrem plötzlichen Themenwechsel. „Nichts", brumme ich und mache auf dem Absatz kehrt, um in die Küche zu marschieren und ein Glas Wasser zu holen.

Ihre Füße stampfen auf dem Holzboden hinter mir. „Es hat sich nicht nach nichts angehört."

Ich hole ein Glas aus dem Schrank und drücke es an den Wasserspender des Kühlschranks. „Das geht dich nichts an, Lynsey. Das gehört der Vergangenheit an."

„Josh", fleht sie und ergreift meinen Arm, um meine Aufmerksamkeit auf sie zu lenken. „Deine Mutter hat mich angesehen, als wäre ich eine Art göttlicher Engel, der ihren Sohn von den Toten zurückgeholt hat. Was zum Teufel ist in Baltimore passiert, dass sie sich so verhält? Was hast du überhaupt in Baltimore gemacht?"

„Nichts", erwidere ich, entziehe mich ihrer Berührung und lehne an den Küchentisch. „Es war nur Arbeit, okay? Ich habe gearbeitet."

Sie ruckt überrascht mit dem Kopf zurück. „Ich wusste nicht, dass du jemals woanders als hier in Boulder gearbeitet hast. Wie lange warst du in Baltimore?"

„Eine Weile." Ich schließe die Augen und trinke einen großen Schluck von meinem Wasser, bevor ich hinzufüge: „Ich habe an der John Hopkins Medizin studiert und bin dann dort geblieben."

Sie verschränkt die Arme vor der Brust und sieht mich stirnrunzelnd an. „Warst du dort auch in der Notaufnahme?"

Ich seufze schwer, mehr als genervt von den ständigen Fragen. „Nein."

„Was hast du gemacht?", fragt sie mit erwartungsvollem Blick. „Josh, was hast du in Baltimore gemacht?"

Ich schlucke den Kloß in meinem Hals hinunter, während ich mich darauf vorbereite, die Bombe platzen zu lassen. „Ich war pädiatrischer Onkologe."

Ihr fällt die Kinnlade herunter, während sie schnell blinzelt. „Warte ..., was?"

Ich lehne mich gegen den Tresen. „Nach dem Studium habe

ich ein Praktikum in der John Hopkins Kinderklinik gemacht. Ich habe dort mein Praktikum und meine Facharztausbildung absolviert und war Oberarzt, bevor ich vor ein paar Jahren nach Boulder zurückkam."

„Du hast Kinder behandelt?", fragt sie und verzieht das Gesicht.

„Ja." Ich seufze schwer.

Sie schüttelt ungläubig den Kopf. „Aber du hasst Kinder."

Ich schließe die Augen und kneife mir in den Nasenrücken. „Ich will mich nicht auf all das einlassen, Jones."

„Tja, verdammt schade." Sie stellt sich direkt vor mich. Ihre braunen Augen sind feurig, als sie fragt: „Wie hast du dich auf Kinderheilkunde spezialisieren können, wenn du mir klargemacht hast, dass du keine Kinder magst?"

„Ich war nicht immer so", knurre ich und zucke dann zusammen, weil ich zu viel gesagt habe.

„Ist deine Erfahrung in Baltimore der Grund, warum du mir an dem Abend unseres Kennenlernens so viel über Kinder erzählt hast? Dass die Leute verrückt seien, wenn sie Kinder wollen?", fragt sie, leckt sich über die Lippen und streicht sich die Haare aus dem Gesicht. „Hast du Angst, du könntest ein krebskrankes Kind bekommen?"

„Nein", stoße ich mit zusammengebissenen Zähnen hervor.

Sie bleibt standhaft und weigert sich, die Sache auf sich beruhen zu lassen. „Was ist es dann, Josh? Hast du selbst ein Kind verloren oder so?"

„Nein", schnauze ich und tue alles, was ich kann, um mein Temperament zu zügeln.

„Hast du zu viel Liebeskummer erlebt und verdrängst nun alle positiven Gefühle, die du gegenüber Kindern haben könntest?"

„Würdest du aufhören?" Ich halte mein Glas so fest, dass es zerbrechen könnte. Ich stelle es auf dem Tresen ab und drehe mich zu ihr um, um sie mit finsterem Blick zu fixieren. „Ich brauche keine Psychoanalyse von dir, Jones. Ich bin nicht einer deiner verdammten Patienten."

„Nun, du hast es eindeutig mit etwas Großem zu tun", sagt sie, die Hände in die Hüften gestemmt. „Etwas, worüber ich Bescheid wissen sollte, wenn man bedenkt, dass wir zusammen ein Baby bekommen."

„Ich habe mit gar nichts zu tun." Ich gehe an ihr vorbei, um die Küche zu verlassen. „Außer vielleicht mit einer sexuellen Frustration, wie ich sie noch nie erlebt habe."

„Oh, und ich nehme an, das ist meine Schuld?" Sie folgt mir in den Flur.

Ich bleibe stehen und drehe mich auf dem Absatz um, um mich ihr zuzuwenden. Sie steht direkt hinter mir und scheint von meiner Kehrtwende überrascht zu sein. Ich beuge mich so, dass ich auf Augenhöhe bin, als ich sage: „Wenn man bedenkt, dass ich vor weniger als fünfzehn Minuten so kurz davor war, dir das Hirn rauszuficken, und ich mir zu neunundneunzig Prozent sicher bin, dass du unter diesem Kleid kein Höschen trägst ... Ja, Jones. Ich gebe dir die Schuld für diese blauen Eier."

Sie stößt einen entrüsteten Laut aus und mustert meinen Körper flüchtig, bevor sie ihr Kinn vorstreckt. „Nun, ich war nicht diejenige, die dich zuerst geküsst hat."

Sie stellt sich auf die Zehenspitzen, um Kontrolle zurückzubekommen.

Ich schüttle wissend den Kopf und trete näher an sie heran, sodass wir nur noch Zentimeter voneinander entfernt sind. „Ich habe diesen Kuss auch nicht angefangen. Und glaub mir, du wolltest mich genauso sehr, wie ich dich wollte, gib es zu."

„Was du nicht sagst!", ruft sie aus und streckt mir ihre Titten entgegen. „Ich bin schwanger und verdammt geil. Mein Vibrator hat Überstunden gemacht, ich wäre dumm, wenn ich nicht ..."

„Ach, scheiß drauf", unterbreche ich sie und schließe die letzten Zentimeter zwischen uns, um meine Lippen auf ihre zu pressen.

Sie schreit in meinen Mund, aber ihr Schock verwandelt sich in etwas anderes, als sie stöhnt und ihre Hände um meinen Hals legt.

Ich verschlinge ihre Lippen und streichle ihren Hintern, schiebe ihren Rock hoch, damit ich sie hochheben kann. Ich stöhne, als ihr Körper mit meinem verschmilzt. Ich habe das gebraucht. Ich habe mich danach gesehnt. Seit Wochen will ich sie wieder in meinen Armen halten. Ich genieße ihr Gewicht, während ich mich umdrehe und durch den Flur in Richtung meines Zimmers gehe. Genug geredet, genug geteilt, genug verhört. Genug von dem, was auch immer dieser beschissene Abend war. Ich will sie, und sie will mich. Das ist die einzige universelle Wahrheit, die im Moment zählt.

Ich stoße die Tür auf, gehe an meinem Bett vorbei ins Bad. Lynsey löst ihre Lippen von meinen und fragt atemlos: „Was machst du da?"

„Ich werde dich in meinem Badezimmer ficken", erkläre ich, meine Stimme rau vor Verlangen.

„Warum?"

Ich neige meinen Kopf zu ihrem Mund und beiße in ihre Unterlippe, bevor ich knurre: „Weil ich gern Dinge zu Ende bringe, die ich angefangen habe."

Ich setze sie auf den Waschtisch, wo sie vorher war. Ich trete zurück und ziehe mich aus, wobei meine Augen ihre nicht verlassen, während ich mich meines Hemdes, meiner Jeans und meiner Boxershorts entledige. Schamlos starrt sie auf meinen Schwanz, der hart ist, seit ich heute Abend dieses Badezimmer verlassen habe. Ich bewege mich auf sie zu, meine nackte Spitze gleitet an ihrem Rock hoch, während ich hinter sie greife und den Reißverschluss ihres Kleides öffne. Ihre weiche Haut ist unter meinen Fingerspitzen.

Sie zieht ihre Arme aus dem Oberteil, sodass der Stoff sich um ihren Bauch legt, und ich nutze die Gelegenheit, um den Brüsten zu huldigen, die mich im letzten Monat gequält haben. Ich ziehe ihr den BH aus und stürze mich auf ihre Nippel, sauge an den harten Knospen und lasse meine Zunge darüber gleiten. Nach Lynseys sehr spitzem Gespräch mit Dr. Lizzy – *kein Wortspiel beabsichtigt* – mache ich mir keine Sorgen mehr, sanft zu sein. In diesem Moment will ich sie schreien hören.

Als ich mit meinen Zähnen auf ihre zarte Haut treffe, schreit

Lynsey auf und lässt sich gegen den großen Spiegel fallen, während ihre Finger durch mein Haar gleiten. Gott, ich liebe ihre Hände in meinem Haar. Es elektrisiert mich auf die lüsternste Weise und lässt alle Adern in meinem Schwanz vor Verlangen pochen.

Ich helfe ihr vom Waschtisch und ziehe ihr das Kleid aus. Ich drehe sie um, beuge sie vor und unsere Blicke treffen sich im Spiegel, während ich meinen Schwanz an ihrem Schlitz positioniere.

„Du willst mich, Jones?" Meine Augen durchbohren sie wie tödliche Waffen, als ich die Spitze hineinschiebe.

„Ja, Josh." Ihre Stimme ist atemlos, während sie ihre Hände auf dem Granit ausbreitet.

„Sag mir, wie sehr du mich willst", verlange ich, da ich das Verlangen in ihrer Stimme wieder hören muss.

„Gott, ich will dich so sehr", schreit sie, beißt sich auf die Lippe und macht mich mit ihrem sexy Gesichtsausdruck noch mehr an.

„Weißt du, wie sehr ich dich ficken wollte, seit du mein Haus betreten hast?", frage ich, drücke nur einen weiteren Zentimeter in sie hinein und genieße es, wie ihr Mund sich in einem stummen Schrei der Qual öffnet. „Dich in BH und Unterwäsche herumtänzeln zu sehen, wie du Yoga machst und dreimal am Tag dein Arbeitsoutfit wechselst? Verdammt noch mal, du machst mich verrückt."

„Ja", schreit sie, als ich ihr einen weiteren Zentimeter gebe. „Josh, bitte. Bitte fick mich."

„Wolltest du die ganze Zeit, dass ich dich ficke, Lynsey?", frage ich und beobachte ihr Gesicht, als sie nickt. „Bist du halb nackt herumgelaufen, nur um mich zu quälen?"

„Ja", sagt sie mit angestrengter und rauer Stimme. „Ich will dich ficken, seit ich dir gesagt habe, dass ich dich nicht ficken will."

„Warum verweigerst du uns das, Jones?", frage ich und dringe noch etwas tiefer ein, habe die Hände in ihre Hüften gegraben, während ich mich davon abhalte, vollständig in sie zu stoßen. „Warum verweigerst du uns, was sich so verdammt gut anfühlt?"

„Ich weiß nicht", stöhnt sie, den Kopf nach hinten geneigt,

während sie sich gegen mich presst und mich gierig ganz in sich aufnimmt, während sie hinzufügt: „Aber nicht mehr."

„Verdammt richtig", knurre ich und gebe ihr einen leichten Klaps auf den Hintern, während ich mein Tempo erhöhe und wild in sie stoße, so tief, wie ihr Körper es zulässt.

Ihre Laute hallen von den gefliesten Wänden wider, während wir den Durst stillen, der sich seit Wochen in uns aufgestaut hat.

Sie kann ihren Hormonen die Schuld geben.

Ich kann ihr die Schuld geben.

Ihr die Schuld daran geben, dass sie so verdammt sexy und so perfekt für meinen Schwanz ist.

Gott, sie fühlt sich gut an. Das hier fühlt sich gut an. Zu sehen, wie sie mich im Spiegel beobachtet, während ich in rascher Folge in sie eindringe und wieder aus ihr herauskomme. Gott sei Dank haben wir die Erlaubnis, ein wenig grob zu spielen, denn als ich ihren Hintern versohle, bettelt sie um mehr, weil sie offensichtlich das Hinnehmen genauso liebt wie ich das Geben.

„Hör nicht auf", ruft sie keuchend und schreiend, wobei ihre Atmung so laut wie meine ist, während ich mit meinem Schwanz ihren G-Punkt streichle. „Ich bin so nah dran!"

„Ich auch", knurre ich und beiße mir auf die Lippe, um zu warten, bis sie bereit ist, bis ihr Höhepunkt mich fertig macht.

Ich greife um sie herum und reibe ihre Klitoris mit harten Kreisbewegungen, und innerhalb von Sekunden schreit sie meinen Namen und lässt ihr Gesicht auf die kalte Oberfläche fallen. Ihr Höhepunkt drückt meinen Schwanz zusammen, während ich mich in ihr entleere und dann innehalte, um mich von den Nachwehen ihres Orgasmus melken zu lassen.

Nach ein paar Minuten ziehe ich mich sanft aus ihr heraus und genieße den Anblick ihres nackten und sexuell ausgelaugten Körpers, der über meinem Waschtisch drapiert ist. Ich konzentriere mich auf sie, steige in die Dusche und drehe das Wasser auf. Sobald es heiß ist, ziehe ich sie langsam vom Tresen und führe sie unter die Dusche.

Ihre Augen sind halb geschlossen, als sie unter die Wasserfalldusche tritt. Ich mache ihr die Haare nass und wasche sie. Ich achte besonders darauf, ihren Babybauch auszusparen, während ich die anderen Teile ihres Körpers mit meinen seifigen Händen abschrubbe, und tue dann dasselbe mit mir selbst, während sie ihr Make-up mit einem Waschlappen abwischt.

Als wir hinausgehen, lässt sie sich von mir ein Handtuch umlegen und zu meinem Bett führen. Sie hält inne, als ich die Decke zurückziehe. „Ich kann in meinem Bett schlafen."

Ich runzle die Stirn und starre in ihre großen braunen Augen, die von Schminkresten umrandet sind. „Du schläfst hier", erkläre ich, und zum Glück widerspricht sie nicht.

Sie lässt ihr Handtuch fallen und schlüpft nackt unter die Decke, während ich dasselbe tue. Sie wendet sich von mir ab, während ich auf dem Rücken liege und an die Decke starre. Wir sind beide still, während meine Gedanken zu den Ereignissen des Abends wandern. In kurzer Zeit ist viel passiert, was in letzter Zeit irgendwie zur Geschichte unseres Lebens geworden ist. Ich weiß nicht, was sie denkt oder was das alles bedeutet, aber ich bin zu müde, um mich darum zu scheren.

KAPITEL 17

Josh lächelt nie richtig.

Ich stütze mich auf meinen Ellbogen, während sich Joshs Brust in einem gleichmäßigen Rhythmus hebt und senkt. Die frühe Morgensonne strömt durch seine riesigen Schlafzimmerfenster, die keine Jalousien haben, weil die Natur das Einzige ist, was hineinsehen kann. Ich hoffe, die Natur hat die Show gestern Abend genossen, denn das habe ich ganz sicher.

Joshs sandbraunes Haar steht in alle Richtungen ab, während sein Mund offen steht und ein leises Schnarchen von sich gibt. Trotz des Schnarchmakels ist er mit Abstand der heißeste Mann, mit dem ich je zusammen war. Auch wenn er nie lächelt. Er grinst, und seine Mundwinkel zucken ein wenig, aber ein richtiges Lächeln scheint es bei ihm nicht zu geben. Ich frage mich, ob er schon immer so war, oder ob es etwas ist, das von der jahrelangen Behandlung kranker Menschen herrührt.

Kranker Kinder.

Bei diesem Gedanken legt sich eine Schwere in meinen Bauch. Wie konnte er mir gegenüber so etwas nicht erwähnen? Er hat den Großteil seines Erwachsenenlebens in Baltimore als Kinderonkologe verbracht, und diese Tatsache ist einfach nie zur Sprache gekommen? Das ist unmöglich. Irgendetwas Wichtiges muss dort passiert sein, damit er diesen Teil seiner Vergangenheit absichtlich verschweigt. Der Wechsel von einem pädiatrischen Onkologen zu einem Arzt in der Notaufnahme einer Kleinstadt ist doch sicher eine Degradierung, oder?

Ich will unbedingt die ganze Geschichte wissen, aber eine Lektion, die ich nach dem letzten Abend gelernt habe, ist, dass es nicht gut ausgehen wird, wenn man Josh zu etwas zwingt, wie etwa seinen Eltern zu sagen, dass wir ein Baby bekommen.

Gott, das war das reinste Chaos. Was habe ich mir nur dabei gedacht, ihm unsere Eltern vor die Nase zu setzen? Ich hätte nicht zulassen dürfen, dass Kate mich in eine ihrer Liebesroman-Verwicklungen reinzieht. Das Mädchen hat ein gutes Herz, aber sie hat oft Schwierigkeiten, die Fiktion von der Realität zu unterscheiden.

Ich muss die Dinge mit Josh anders angehen. Von nun an werde ich nichts mehr erzwingen. Ich werde die Dinge natürlicher laufen lassen. Er kann teilen, wenn er will, und wir werden zu dem, was wir werden. Ich bin erst in der zwanzigsten Woche, wir haben also noch viel Zeit. Was auch immer zwischen uns ist, und mit welcher Vergangenheit Josh sich zwangsläufig auseinandersetzen muss, wird sich sicher klären, lange bevor das Baby geboren wird.

Und wenn ich ehrlich bin, hoffe ich, dass es mehr als nur eine gemeinsame Elternschaft zwischen uns beiden geben wird. Ich möchte herausfinden, was aus uns werden könnte, und sehen, ob der Mann, der sich gestern Abend im Badezimmer für mich geöffnet hat, die ganze Zeit existieren kann. Wenn ja, könnte diese Sache zwischen uns vielleicht besser funktionieren, als sich einer von uns beiden je vorgestellt hat?

Josh rührt sich neben mir, seine wohlgeformte Brust, seine Bauchmuskeln und sein Adonis V kommen voll zur Geltung, als das Laken bis zu seinem Unterleib rutscht. Seine Hände ruhen neben ihm, aber sein Handgelenk ist auf eine seltsame Weise abgeknickt, die schrecklich unbequem aussieht. Ich greife danach, um es in eine bequemere Position auf seinen Bauchmuskeln zu bringen, aber seine Stimme unterbricht meine wenig heimlichen Bewegungen.

„Warum legst du meine Hand anders?", brummt er mit vom Schlaf tiefer Stimme.

Ich rümpfe die Nase und ziehe meine Hand zurück. „Dein Handgelenk sah verrenkt aus. Bist du hypermobil?" Ich blinzle ihn neugierig an.

Seine grünen Augen flattern auf, seine dunklen Wimpern umrahmen seinen Blick auf eine Weise, die ihn zum Glühen bringt. „Das ist die erste Frage aus deinem Mund, nach allem, was letzte Nacht passiert ist?"

Ich zucke mit den Schultern und schenke ihm ein kleines Lächeln. „Mein Verstand weiß, dass der Winter kommt, also dachte ich, ich fange mit den einfachen Dingen an."

Er schnaubt, streckt die Arme über den Kopf und gähnt. „Wie lange bist du schon wach?"

„Gerade lang genug, um die Sommersprossen auf deinen Brustmuskeln zu zählen. Ich wollte bei deinen Bauchmuskeln weitermachen, aber du hast meine Konzentration unterbrochen."

Er fixiert mich mit einem Blick. „Gott, du bist ein Freak."

„Auch egal." Ich werfe mein Haar über eine Schulter. „Du bist derjenige, der immer noch mein Outfit von der ersten Nacht hat, in der wir miteinander geschlafen haben. Es hängt in deinem Schrank, sauber und gebügelt. Wer ist jetzt der Freak?"

Josh zieht die Stirn in Falten. „Hast du in meinem Zimmer herumgeschnüffelt, während ich geschlafen habe?"

„Nein", sage ich abwehrend. „Ich habe mir ein T-Shirt aus deinem Schrank geholt."

Er blickt auf das T-Shirt der Colorado Rockies, das ich zusammengefaltet in einem der Regale gefunden habe. „War dein eigener Kleiderschrank eine zu beschwerliche Reise für dich?"

„Ja", antworte ich und hebe mein Kinn an. „Außerdem konnte ich durch den Griff nach einem deiner Oberteile herausfinden, was für ein Perverser du bist, weil du meine Klamotten die ganze

Zeit, die ich bei dir lebe, dort aufgehängt hast. Gott, was machst du damit? Stellst du dir mich darin vor und holst dir einen runter?"

Seine Augenbrauen heben sich, als er sich weigert, zu lächeln. „Normalerweise stelle ich sie mir auf meinem Boden vor und mich in dir vergraben, wenn ich mir einen runterhole."

Bei seiner offenen Antwort erröten meine Wangen, und ich ziehe meine Lippe in den Mund und kaue nervös darauf herum.

Er hält meinem Blick stand und stützt eine Hand unter seinen Kopf. „Was stellst du dir vor, wenn du den kleinen Vibrator benutzt, den du gestern Abend erwähnt hast?"

„Das sage ich dir nicht!", keuche ich und schaue weg, unfähig, das Lächeln zu unterdrücken, das sich auf meinem Gesicht ausbreitet. „Offensichtlich gibt es eine Menge Typen, die viel heißer und viel weniger verrückt sind als du."

„Offensichtlich", wiederholt er.

Ich stoße einen Seufzer aus und drehe mich um, um das prächtige Geschöpf vor mir zu betrachten. Warum muss sich das mit ihm so gut anfühlen? Wenn es das nicht täte, wäre es viel einfacher zu sagen, dass das nie wieder passieren wird, und fröhlich weiterzuziehen.

„Was machen wir jetzt mit uns, Josh?", frage ich und stöhne, während ich ihn anstarre. „Es gibt hier eindeutig eine Anziehungskraft, die uns beide unglücklich macht."

„Ich bin im Moment nicht unglücklich", antwortet er mit seiner tiefen, sexy Stimme, die in meinem Bauch eine Flut von Schmetterlingen auslöst.

„Du bist nicht unglücklich, weil wir letzte Nacht Sex hatten." Offensichtlich.

Josh schenkt mir ein träges halbes Grinsen. Vielleicht ein viertel Lächeln. „Ich erinnere mich."

Ich nehme meine Lippe zwischen die Zähne und fasse den Mut, ihm die Idee zu unterbreiten, auf der ich den ganzen Morgen herumgekaut habe, während er schlief. „Was würdest du sagen, wenn ich dir sage, dass wir weiter Sex haben sollten?"

Josh runzelt die Stirn, als er sich auf die Seite dreht, um meine Haltung zu spiegeln. „Und was weiter?"

„Nichts weiter", antworte ich schnell und spüre bereits, dass er sich zurückziehen will. „Es wäre einfach nur Sex."

Er kneift die Augen zusammen. „Wäre das wirklich in Ordnung für dich?"

„Ähm, ja, denn der Sex ist wirklich gut, soweit ich das beurteilen kann", zwitschere ich, um die Stimmung aufzulockern.

Er leckt sich über die Lippen und beobachtet mich vorsichtig. „Aber was wäre, wenn … du beschließt, dass du mehr willst?"

„Willst *du* mehr?", gebe ich zurück.

„Zu mehr bin ich eigentlich nicht fähig, Lynsey." Seine Lippen werden schmal, als er in den Abstand zwischen uns starrt. „Nach Baltimore und allem, was ich durchgemacht habe, ist das alles, was ich je sein werde."

Ich warte, neugierig, ob er irgendwelche Hinweise darauf gibt, was dort passiert sein könnte.

Meine Stimme ist sanft, als ich frage: „Bist du sicher, dass du nicht über Baltimore sprechen willst?"

Er schüttelt den Kopf und sieht zu mir auf, sein Kiefer ist angespannt, was mich daran erinnert, wie gut er sich abgrenzen kann. „Die Wahrheit ist, dass ich es nicht in mir habe, einer Frau mehr zu geben. Ich gebe zu, als wir uns das erste Mal trafen, wollte ich dich wiedersehen. Aber nicht unbedingt, um eine Beziehung mit dir einzugehen. Nur um …"

„Mich zu ficken", beende ich seinen Satz und ignoriere den Schmerz, der sich in meinem Bauch über dieses unverblümte Eingeständnis regt.

Er blinzelt langsam. „Ich klinge wie ein Arsch, wenn du es so ausdrückst."

„Dein Spitzname ist nicht umsonst Dr. Arsch", antworte ich mit einem Lächeln, das er nicht erwidert. „Hör zu, Josh, es ist in Ordnung. Wenn du ein Arsch bist, dann bin ich es auch, denn Sex ist auch alles, woran ich interessiert bin." Ich beuge mich vor und bedränge ihn mit einem ernsten Blick, der in seinen Augen hoffentlich glaubwürdig ist. „Ich habe Pläne für meine Zukunft, und will meine eigene Klinik eröffnen. Jetzt eine Beziehung anzufangen, wo ich doch schon an ein Baby denken muss, würde all diese Pläne ernsthaft durchkreuzen.“

Josh starrt mich an, ein Hoffnungsschimmer in seinen Augen, der vorher nicht da war. „Meinst du das wirklich?“

„Ja“, antworte ich mit einem spielerischen Schubs. „Und ich habe Dr. Lizzy all diese Fragen zum Thema Sex gestellt, denn mit diesen Schwangerschaftshormonen ist nicht zu spaßen. Ich bin geil, und ich bin emotional und denke ständig an Sex. Mein Vibrator ist zwar wasserdicht, aber ich glaube nicht, dass er für so viel Gebrauch gemacht ist.“

Josh kneift anklagend die Augen zusammen, seine Lippen tanzen vor Heiterkeit. „Ich wusste doch, dass ich etwas vibrieren höre, wenn du ein Bad nimmst.“

Mir fällt die Kinnlade runter. „Igitt, hast du an der Tür gelauscht?“

„Nein“, antwortet er abwehrend. „Na ja …, ein paarmal schon. Manchmal habe ich Angst, dass du fällst, also drücke ich mein Ohr an die Tür, um sicherzugehen, dass ich Bewegungen höre.“

Ich stoße ein ungläubiges Lachen aus. „Du bist wahnsinnig.“

„Ich weiß“, antwortet er leise, wobei er ein wenig traurig aussieht.

Ein paar Sekunden vergehen, aber schließlich sage ich: „Du solltest wirklich mit jemandem über deine Ängste sprechen, Josh. Ich kenne ein paar gute Therapeuten, zu denen du wahrscheinlich sehr leicht Zugang finden könntest.“

Er wirft mir einen amüsierten Blick zu. „Übertreibe es nicht, Jones.“

Ich halte die Hände in die Höhe. „Okay, okay. Ich höre mit der Psychoanalyse auf, wenn du meinen Womanizer Pro40 für eine Weile in den Ruhestand schickst.“

Seine Mundwinkel ziehen sich nach oben. „Du bist ja so großzügig.“

„Sie haben ja keine Ahnung, Dr. Arsch“, sage ich schroff.

„Ich werde dir Dr. Arsch zeigen.“ Er stürzt sich auf mich, seine Lippen berühren kurz meine, bevor er an meinem Hals hinuntergleitet und seine morgendlichen Stoppeln grob an meiner empfindlichen Haut reiben.

Ich protestiere lautstark, als er beißt und knabbert und meine Haut mit exquisiter Folter bearbeitet, während er mich auf den Rücken legt und zwischen meine Beine sinkt. Er wandert mit seinen Küssen über meine Schulter und meine linke Brust und hält inne, um fest durch das T-Shirt zu saugen, das ich trage, bevor er sich mit seinen Küssen einen Weg zur anderen Brust bahnt und dort dasselbe tut.

Ich stöhne auf und drücke mein Becken nach oben, da ich mich danach sehne, ihn wieder in mir zu spüren. „Ich nehme an, das war ein Ja, und wir machen das?“, frage ich atemlos und höre, wie Josh seine Zustimmung in mein Dekolleté murmelt. „Nur Sex?“

„Nur Sex und irgendwann ein Baby“, antwortet er, während sein Kopf an meinem Bauch vorbei und zwischen meine Beine wandert, zu der Stelle, die mit Sicherheit die Aufmerksamkeit von etwas anderem als dem Womanizer Pro 40 verdient.

KAPITEL 18

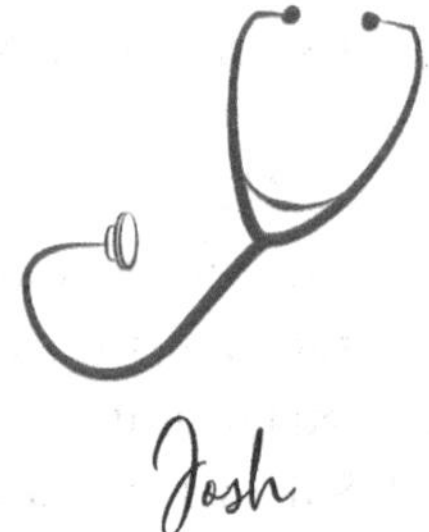

„Ich kann nicht glauben, dass du ein Kind bekommst", sagt Max, dessen Gesichtsausdruck eine Mischung aus Schock und möglicher Heiterkeit über seinem Glas Whiskey zeigt, bevor er einen stärkenden Schluck nimmt. „Ausgerechnet du. Ich meine …, ich kann mir kaum vorstellen, dass du lange genug aus deiner Roboterhülle ausbrichst, um tatsächlich Sex mit einer Frau zu haben, geschweige denn Sex ohne Kondom."

„Wir haben ein Kondom benutzt", brumme ich und schaue mich in der Bar um, um sicherzustellen, dass niemand in Hörweite ist.

Max und ich sind mitten am Tag in der Corner Bar und sitzen wie zwei Städter an der Theke. Ich habe zwei Wochen lang nachts gearbeitet, und an meinem ersten freien Tag war elf Uhr morgens die einzige Zeit, die Max für ein Treffen zur Verfügung hatte. Und dem einzigen Freund, den ich noch habe, zu sagen, dass ich bald Vater werde, schien mir eine Neuigkeit zu sein, die man am besten persönlich erzählt. Bei einem Whiskey. Morgens.

„Das Kondom ist also geplatzt?", fragt er und schüttelt immer noch den Kopf, während er die Atombombe an Informationen verarbeitet, die ich gerade auf ihn abgeworfen habe.

„Es war abgelaufen", antworte ich achselzuckend.

„Scheiße." Max fährt sich mit der Hand durch sein blondes Haar. „Und sie wohnt jetzt bei dir?"

„Ja."

„Und ihr schlaft miteinander?"

„Ja, wir schlafen miteinander", antworte ich und denke sofort an die vielen Gelegenheiten, bei denen Lynsey und ich in den letzten zwei Wochen Sex hatten.

Scheiße, war das gut.

Mehr als gut.

Was beeindruckend ist, denn da ich nachts arbeite, haben wir nur kleine Zeitfenster am Morgen, in denen wir uns tatsächlich sehen können.

Aber wir haben diese Zeit sehr gut genutzt. So gut, dass wir nicht einmal Höflichkeiten austauschen, bevor sie sich auf mich stürzt, sobald ich zur Tür hereinkomme. Um ehrlich zu sein, verdienen wir eine Art Medaille, denn im Laufe von zwei Wochen haben wir in der Küche, im Wohnzimmer, in der Waschküche und sogar auf dem Esszimmertisch gefickt.

Und dann war da noch der Vorfall neulich, als ich nach Hause kam und sie in meiner Dusche fand …, wie sie sich selbst berührte. Ich war nicht erfreut.

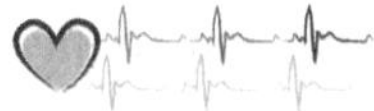

Es war kurz nach sieben Uhr morgens, als ich nach einer besonders zermürbenden Nacht in der Notaufnahme nach Hause kam.

Meistens schlafe ich nach einer schwierigen Schicht in einem der Bereitschaftszimmer, weil ich zu erschöpft bin, um nach Hause zu fahren. Aber ich musste nach Hause fahren. Ich sehnte mich danach. Ich wollte in meinem eigenen Haus sein, in meinem eigenen Bett, oder auf Lynseys beschissenem Sofa sitzen, ihre Reste essen und über ihre blöden Schuhe stolpern. Und der Sex, zu dem ich nach Hause komme, macht diesen Drang noch viel attraktiver.

Nachdem ich das Haus betreten hatte, sah ich mich um und

war überrascht, dass Lynsey nicht wie üblich in ihrer Unterwäsche Kaffee kochte. Ich zog die Augenbrauen zusammen, als ich durch den Flur ging und das Geräusch der laufenden Dusche in meinem Hauptbad lauter wurde. Wegen unserer unterschiedlichen Schichten haben Lynsey und ich seit dem Familienessen nicht mehr im selben Zimmer übernachtet.

Warum hat sie beschlossen, meine Dusche zu benutzen, um sich für die Arbeit fertig zu machen, und nicht ihre eigene?

Als ich näher kam, war ein leises Summen über dem laufenden Wasser zu hören. Mein Kiefer verkrampfte sich, als ich durch mein Schlafzimmer ging, um die Ecke bog und einen Blick in das Badezimmer warf.

Durch das beschlagene Glas saß Lynsey mit geschlossenen Augen und weit gespreizten Beinen auf der Bank in meiner Dusche, während sie gegen die Bewegungen des Vibrators stöhnte, der sich an ihrer Klitoris zu schaffen machte.

Ich hielt inne und betrachtete den Anblick mehrere Minuten lang, während ihr schweres Atmen von den Fliesenwänden widerhallte. Mein Schwanz wurde in meiner Hose dicker.

Ich war zu gleichen Teilen gereizt und verdammt erregt.

„Was glaubst du, was du da tust, Jones?", fragte ich mit fester Stimme, als ich ins Bad ging, nur wenige Meter von der Duschtür entfernt.

Ihre Augen weiteten sich, und sie zog sofort den Vibrator zwischen ihren Schenkeln hervor.

„Du bist spät dran", krächzte sie mit vor Verlangen heiserer Stimme.

Ich ließ mein Kinn sinken und warf ihr einen finsteren Blick zu. „Du bist beschäftigt."

Sie zog die Unterlippe in den Mund und schloss die Beine. „Ich wollte dich hier überraschen, wenn du nach Hause kommst, und dich das hier an mir benutzen lassen." Sie hielt mir den Vibrator vor die Nase, als wäre es ein Friedensangebot. Ihr Gesicht wurde schuldbewusst, als sie hinzufügte: „Aber du hast zu lange gebraucht und ..., nun ja ...“

„Du hast dich entschieden, ohne mich anzufangen“, beendete ich ihren Gedanken, meine Augen zusammengekniffen. „Ich dachte, wir hätten vor ein paar Tagen über Exklusivität gesprochen.“

Ich zog mir das Hemd über den Kopf und ließ es auf den Boden fallen.

„Das haben wir“, antwortete sie, und ihre Augen streichelten meine Brust, Bauchmuskeln und Leisten, während ich mich über meiner Hose rieb. Sie räusperte sich und fügte hinzu: „Ich habe dir doch gesagt, dass ich nach der Tinder-Schlacht von 2020 nicht im Traum daran denken würde, dass wir nicht exklusiv sind, wenn wir miteinander schlafen.“

Ich neigte den Kopf und starrte sie durch den Dampf an, der am Glas heruntertropfte, während ich meine Hose fallen ließ und sie zur Seite warf. Sie stand auf und drückte ihre Hand an das Glas, während sie mit offenem Mund auf meinen Schwanz starrte.

„Exklusivität bedeutet, dass alle deine Orgasmen mir gehören, Jones“, stieß ich mit tiefer und bestimmender Stimme hervor.

Sie leckte sich über die Lippen und schaute mit Augen voller Verlangen zu mir auf. „Ich wusste nicht, dass das auch für batteriebetriebene Geräte gilt.“

„Dazu gehört auch deine Hand“, sagte ich streng, zog die Tür auf und trat in die Dusche. „Und deine verdammten Träume.“

Ich umfasste meinen Schwanz und starrte auf ihren üppigen, nackten Körper, der nur wenige Zentimeter von mir entfernt war. Ihre Wangen erröteten vor Erregung und ihre rosafarbenen Nippel waren hart von der kühlen Luft. „Wenn du hier mit mir lebst und mit mir schläfst, bedeutet das, dass all dein Vergnügen von mir kommt.“

Sie lächelte und hob ihr Kinn an, um Augenkontakt herzustellen. „Sind wir nicht ein bisschen narzisstisch?“

Ich schüttelte langsam den Kopf. „Ich bin kein Narzisst. Ich bin Jonesist. Und ich werde derjenige sein, der dir all dein Vergnügen bereitet. Verstanden?“

Sie nickte.

„Jetzt setz dich auf die Bank und spreize deine Beine, damit ich dir zeigen kann, wie unzureichend dein Scheißspielzeug wirklich ist.“

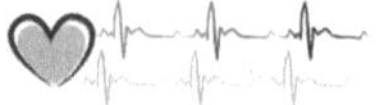

Max' Stimme unterbricht meine Reise in die Vergangenheit. „Ihr habt also ständig Sex, seid aber nicht in einer Beziehung?“

„Richtig.“ Ich nehme einen langen Schluck und halte den Alkohol in meinem Mund, um ihn brennen zu lassen, bevor ich ihn herunterschlucke, denn – verdammte Scheiße – jetzt, wo wir über Sex reden, will ich nur noch nach Hause und Sex haben.

Max dreht sich auf seinem Hocker um, stützt sich mit dem Ellbogen auf die Theke und starrt mit offenem Mund. „Wie kannst du mit einer Frau leben und schlafen, die dein Kind austrägt, ohne eine Beziehung mit ihr zu haben? Das klingt nach einer Beziehung.“

„Ist es nicht“, antworte ich achselzuckend. „Wir schotten uns ab.“

„Nicht sie.“ Max schüttelt wissend den Kopf. „Sie wird es nicht mehr lange so haben wollen.“

Bei seinem Tonfall runzle ich die Stirn. Ich meine, ich habe es verstanden. Ehrlich gesagt war ich anfangs skeptisch. Deshalb habe ich sie die ganze letzte Woche immer wieder gefragt, ob sie das wirklich will, und sie hat es mir unnachgiebig bestätigt, meistens kurz bevor sie meinen Schwanz in den Mund genommen hat.

Aber sie scheint gut damit klarzukommen. Sie scheint sich sogar wohler zu fühlen als je zuvor, und ich auch. Sogar die Krankenschwestern haben mich diese Woche komisch angeschaut, weil meine Stimmung besser war. Regelmäßiger Sex ist ein Gewinn für uns beide.

„Du verstehst das nicht, Max. Wir sind uns früher an die Gurgel gegangen und kommen jetzt viel besser miteinander aus. Und Lynsey beharrt darauf, dass sie keine ernsthafte Beziehung will, weil das ihrer Karriere in die Quere kommen würde.“

Er lacht ungläubig. „Und ein Baby wird das nicht?"

Ich fixiere ihn mit einem Blick. „Bei dem Baby hat sie nicht wirklich eine Wahl, Max. Aber sie hat eine Wahl bei mir."

„Na, das funktioniert ja gut für dich." Er nimmt sein Glas in die Hand. „Du warst noch nie ein Beziehungstyp, und das war schon lange vor den Ereignissen in Baltimore so."

Bei seiner spitzen Bemerkung beiße ich die Zähne zusammen. Ich hasse es, wie alles immer wieder auf Baltimore zurückkommt. Meine Eltern und Max sind die einzigen, die die Details jener dunklen Tage kennen, und meistens wünsche ich mir, ich hätte es ihnen nie erzählt.

Aber Max hat recht, was meinen Mangel an Beziehungen angeht. Ich habe nie Interesse an Frauen gehabt, das über eine körperliche Verbindung hinausgeht. Als Junge konzentrierte ich mich auf die Schule, denn ich wusste immer, dass ich Arzt werden wollte, und nichts sollte mich daran hindern.

Bis vor ein paar Jahren.

Max lenkt meine Gedanken ab, als er fragt: „Glaubst du, dass Lynsey und dieses Baby dich vielleicht … ich weiß nicht … heilen könnten?"

„Mich heilen?", blaffe ich mit angespannten Schultern. „Bin ich krank?"

„Du weißt, was ich meine", antwortet er mit vorsichtiger Miene. „Nach allem, was mit Julian passiert ist, denkst du nicht, dass das vielleicht deine …"

„Zweite Chance ist?", schnauze ich mit vor Wut rauer Stimme, als ich seinen Satz beende. „Erwähne nicht Julians Namen, okay? Er ist nicht mehr da. Und es war meine Schuld, und es war nicht einmal mein Kind, das ich versaut habe. Also, nein, dieses Baby ist nicht meine zweite Chance. Die beiden Situationen haben nichts miteinander zu tun. Meine Situation mit Lynsey ist genau das …, eine Situation, um die ich mich kümmern werde."

Mit Traurigkeit in seinen Augen schüttelt er den Kopf. „Es ist mehr als eine Situation, Josh."

„Hör auf, okay? Ich brauche das nicht von dir." Ich krame mein Portemonnaie hervor, um etwas Geld auf die Theke zu werfen. „Du bist der einzige Freund, mit dem ich rede, verdammt. Lass mich das nicht bereuen, Mann."

Er hebt die Hände und schenkt mir ein Lächeln, das ich ihm am liebsten aus dem Gesicht schlagen würde. „Es tut mir leid, okay? Ich bin für dich da, Josh. Wie immer du mich brauchst."

Ich kneife mir in den Nasenrücken. „Ich brauche dich als die Art von Freund, die mich betrunken macht und mir sagt, dass alles gut wird."

Seine Lippen verziehen sich zu einem breiten Lächeln. „Gut, dass das meine Spezialität ist."

Es ist nach fünf, als der Uber mich vor meinem Haus absetzt. Max und ich haben den ganzen Nachmittag Billard gespielt und unser Eigengewicht in Whisky getrunken, also war es keine gute Idee, nach Hause zu fahren.

Der Tag gestaltete sich halbwegs angenehm, nachdem wir den schweren Scheiß hinter uns gebracht hatten. Ich hatte keine Ahnung, wie sehr ich es brauchte, mit einem Freund auszugehen.

Als ich zur Tür hereinkomme, empfängt mich der verlockende Duft des Abendessens. In der Küche öffne ich den Ofen, um einen Blick hineinzuwerfen. Eine Backform mit Lasagne kocht darin vor sich hin. Auf der Uhr ticken fünfzig Minuten herunter.

Timer sind gut, Jones. Timer bedeuten keine Brände, keine verbrannten Hände und keine Unfälle, bei denen ich meinen verdammten Verstand verliere.

Ich gehe durch den Flur und folge der Country-Musik, die aus dem Gästebad ertönt. Ich halte inne und drücke mein Ohr an die Tür, um sicherzugehen, dass ich Bewegung höre.

„Fick mich tief und hart. Ich will, dass du meinen

Gebärmutterhals mit diesem großen, dicken Schwanz berührst, der mich so verdammt feucht macht."

Mein Blutdruck schießt in die Höhe. Ich stoße die Tür auf, das Herz schlägt mir bis zum Hals. Aber als meine glasigen Augen sich fokussieren, ist die einzige Person dort Lynsey – in der Wanne, bedeckt mit Blasen, bis auf ihre beiden Hände, die aus dem Wasser ragen und ein Taschenbuch halten.

„Mein Gott!", schreit sie, lässt das Buch fast ins Wasser fallen und fängt es auf, bevor es ganz untergeht. „Du hast mich zu Tode erschreckt, Josh."

Ich schaue mich im Bad um, da ich mich vergewissern will, dass niemand bei ihr ist. Ich schreite zum Tresen und schalte ihren Bluetooth-Lautsprecher aus, stoppe die Musik und versuche, mein Herz neu zu starten. „Mit wem zur Hölle sprichst du hier drin?" Das Bild von Lynsey, die mit einem anderen Kerl schmutzig redet – einem Kerl, den ich mir nur ungern als Dean vorstelle – tut sein Bestes, um mich zu ernüchtern.

„Ich habe mit der Erdnuss gesprochen", erwidert sie und dreht sich, um das Buch auf dem runden Holzschemel neben der Badewanne abzulegen. Sie schiebt einige lose Haarsträhnen zurück, die aus ihrem unordentlichen Dutt gefallen sind, und fixiert mich mit einem wütenden Blick. „Kannst du mir sagen, warum du hier hereinplatzt und mich so erschreckst, dass ich fast in die Wanne gepinkelt hätte?"

Ich stehe unbeholfen vor ihr. „Ich, ähm …, dachte, dass jemand hier drin ist."

Sie runzelt die Stirn. „Du dachtest, ich würde hier drin jemanden bitten, meinen Gebärmutterhals zu berühren?"

Bei der Erinnerung schrecke ich zurück. „Es klang schlimm auf der anderen Seite der Tür, okay?"

Sie rollt mit den Augen und stützt sich mit den Armen auf dem Wannenrand ab, sodass das Wasser in den Abfluss darunter tropft. „In meinem Schwangerschaftsbuch steht, dass die Erdnuss jetzt hören kann, also ist es eine gute Idee, mit dem Kleinen zu sprechen, damit er sich an den Klang meiner Stimme gewöhnt. Ich habe die ganze Woche über laut gesprochen. Es ist eine verbindende Erfahrung.“

Ich schließe die Augen und streiche mir mit der Hand durch die Haare. „Und du dachtest, einen erotischen Roman von“, ich beuge mich vor und hebe das feuchte Taschenbuch auf, „Mercedes Lee Loveletter zu lesen, wäre eine gute Wahl?“

„Das ist Kates Pseudonym“, sagt sie stolz und spritzt vor Aufregung Wasser über den Rand. „Und das Baby kann sowieso nicht verstehen, was ich sage, also ist es wirklich egal, was ich lese, solange ich nur meine Stimme benutze.“

Ich schüttle den Kopf und schlage das Buch auf. Meine Augen weiten sich, als ich einen kleinen Auszug lese. „Das ist das Buch deiner Freundin Kate?“

Ein schmutziges Lächeln breitet sich auf ihrem Gesicht aus. „Das war ein New York Times-Bestseller.“

Ich ziehe die Augenbrauen hoch und drehe das Buch, um die Rückseite zu lesen.

„Das ist perverser Scheiß“, sage ich, setze mich auf den Hocker und blättere die Seiten durch. „Stehst du auf so was?“

Lynsey kichert. „Vielleicht.“

Ich fixiere sie. „Könntest du diesen Gedanken näher erläutern?“

Sie beißt sich auf die Lippe, und allein dieser kleine Akt weckt in mir den Drang, sie aus der Wanne zu ziehen und auf dem Waschtisch zu ficken. Aber ich schüttle diese Gedanken ab und konzentriere mich auf ihre Lippen, während sie spricht.

„Nun, natürlich mag ich es, wenn du mir den Hintern versohlst, und ein wenig grobes Spiel ist irgendwie aufregend. Aber alles, was mit Anal Plugs zu tun hat …, da bin ich raus.“ Sie rümpft die Nase und erschaudert. „Obwohl ich nichts dagegen hätte, ab und zu gefesselt zu werden.“

Mein Mund öffnet sich, als ich sie anstarre. „Woher weiß ich, ob da die echte Lynsey spricht oder die Schwangerschaftshormone?“

Sie zuckt ein wenig mit den Schultern. „Ich schätze, du musst hierbleiben, um es herauszufinden."

Bei dieser Bemerkung runzle ich die Stirn, denn im Hinterkopf habe ich Angst, dass dieses Arrangement nicht ewig halten kann. Sie wird nicht glücklich sein, wenn sie nur einen Teil von mir hat. Irgendwann wird sie mehr wollen, und wenn sie merkt, dass ich nicht in der Lage bin, ihr mehr zu geben, wird sie gehen.

Sie reißt mir das Buch aus der Hand und wirft es quer durch den Raum, um ihre Aufmerksamkeit auf mich zu richten. „Warum setzt du dich nicht zu mir in die Wanne und wir spielen unsere eigene erotische Szene nach?"

Sie wackelt spielerisch mit den Augenbrauen, und alle Gedanken an die Zukunft verschwinden, als mein Schwanz in meiner Jeans steif wird. Ohne Zögern stehe ich auf und ziehe mein Hemd aus. Ihr Gesichtsausdruck erregt mich noch mehr, als sie mich dabei beobachtet, wie ich mich hingebungsvoll ausziehe. Ich steige in die Wanne und lasse mich auf der gegenüberliegenden Seite nieder. Das Wasser schwappt über den Rand und in das Steinbett darunter, als ich mich aufsetze.

„Verdammt, das fühlt sich gut an", stöhne ich, lehne meinen Kopf nach hinten auf den Sims und strecke meine Beine um Lynseys Hintern aus. „Ich habe diese Wanne noch nie benutzt."

„Willst du mich verarschen?", ruft sie, wobei ihre braunen Augen vor Schreck geweitet sind. „Das ist mein Lieblingszimmer im Haus. Diese Duschdüsen an der Decke sind echt der Hammer."

Meine Lippen zucken. „Hammer? Bist du jetzt Rapper?"

Sie zuckt mit den Schultern. „Ich will damit nur sagen, dass es hier viel schöner ist als in meiner alten Bude."

„Das ist alles Max' Werk", antworte ich mit einem Seufzer. „Er hat einen Bauunternehmer und einen Innenarchitekten, mit denen er eng zusammenarbeitet. Sie renovieren alte Häuser in ganz Boulder und verkaufen sie mit großem Gewinn. Als ich vor zwei Jahren zurückkam, wohnte ich etwa ein Jahr lang in einer seiner Wohnungen über dem Pearl Street Pub, bis dieses Haus fertig war."

„Wirklich?", fragt Lynsey und spielt mit den Blasen auf der Wasseroberfläche. „Meine Freunde und ich hingen immer im Pearl Street Pub ab. Kate, Miles, Sam, Dean. Ich bin überrascht, dass wir dich dort nie getroffen haben."

Bei ihrer Erwähnung von Dean verziehen sich meine Lippen, aber ich senke mein Kinn ins Wasser und versuche, diese besitzergreifenden Gedanken zu verdrängen. „Ich war nicht oft in der Wohnung. Ich war immer im Krankenhaus."

Ihre Augen werden schmal, als ihre Finger unter das Wasser tauchen und meine Beine berühren, was meinen Schwanz hart werden lässt. „Du bist öfter in diesem Haus, als ich dachte."

Ich ziehe eine Augenbraue hoch und nehme einen ihrer Füße auf meinen Schoß, um die Ballen zu massieren. „Ist das ein Problem?"

Ihre Augen flattern zu und sie lässt den Kopf auf die Kante sinken. „Es ist dein Haus."

„Aber?", dränge ich weiter.

Sie öffnet die Augen und blickt mich an. „Aber als du mich gedrängt hast, hierherzuziehen, hast du es so aussehen lassen, als …"

„Als würde ich im Krankenhaus leben?"

Sie nickt.

Ich zucke mit den Schultern. „Ich schätze, ich bin gern in deiner Nähe, Jones." Ich zwicke sie in den großen Zeh und sie windet sich. „Was sehr praktisch ist, wenn man bedenkt, dass wir zusammen ein Baby bekommen und so."

„Und so", wiederholt sie, und die Art und Weise, wie sich ihre Augen verengen und ein kleines Grinsen ihre Lippen umspielt, lässt mich befürchten, dass ihre Gedanken an Orte wandern, an denen sie nicht sein sollten.

„Bist du dir sicher, dass du immer noch damit einverstanden bist?", frage ich und beobachte sie genau, während Max' Zynismus wieder einmal in meinem Kopf auftaucht.

„Einverstanden womit?", fragt sie unschuldig.

Sei konkret. Vergewissere dich, dass sie es versteht.

„Dass das mit uns nur körperlich ist.“

„Ja, Josh.“ Sie rollt mit den Augen und atmet genervt aus. „Ich habe dir gesagt, dass ich mich auf meine Arbeit konzentrieren will und ich verstehe, dass du kein Beziehungstyp bist. Die Bedingungen dieser Nur-Sex-Vereinbarung sind glasklar. Wir sind Freunde.“

„Freunde“, wiederhole ich und beobachte sie aufmerksam.

„Freunde, die zufällig ein Baby bekommen.“ Sie zuckt mit den Schultern. „Das ist nicht viel anders, als wenn ich mit Dean zusammenlebe.“

Mein Körper verkrampft sich augenblicklich. „Du willst mir doch hoffentlich nicht erzählen, dass du Dean gefickt hast, bevor du hier eingezogen bist.“

„Gott, nein!“, ruft sie lachend. „Beruhige dich, ja?“

Meine Augen werden schmal. „Du hast mir erzählt, dass ihr beide mal zusammen wart.“

„Wir hatten aber nie Sex“, antwortet sie schnaubend. „Beruhige dich. Du siehst mich an, als wäre ich wieder das verrückte Mädchen aus der Krankenhauscafeteria.“

Ich schürze die Lippen und entspanne mich, während mir Bilder von ihrer täglichen Arbeit in den Sinn kommen. „Manchmal vermisse ich dieses verrückte Mädchen.“

Sie hebt die Augenbrauen. „Sie ist genau hier und liest ihrem Bauch schmutzige Dinge vor.“

Sie legt den Kopf schief und mustert mich neugierig. „Was ist mit deinen früheren Beziehungen?“

„Was ist damit?“, frage ich, während ihre Brüste in den Blasen hin und her wippen.

Sie beobachtet mich neugierig. „Warst du jemals mit jemandem ernsthaft zusammen?“

„Es war mir ernst mit der Medizin“, antworte ich ehrlich. „Alles andere war nur eine Ablenkung.“

„Wie ich“, antwortet sie mit einem Grinsen, während sie ihren Fuß aus meiner Hand nimmt und ihn um meine Hüfte legt, um ihn als Hebel zu benutzen. Sie gleitet über den Boden der Wanne, sodass sie rittlings auf meinem Schoß sitzt. „Nur, dass ich geschwängert wurde und du jetzt mit mir festsitzt."

„Es ist gar nicht so schlecht, hier festzusitzen." Ich lege meine Hände um sie und reibe das schaumige Wasser in langsamen, sinnlichen Bewegungen auf ihrem Rücken auf und ab. Die Spitze meines Schwanzes stößt an ihren Bauch, als sie den Kopf senkt, um mich zu küssen.

Plötzlich schnappt sie nach Luft und zieht sich zurück. „Oh, mein Gott!"

Mein Gesicht fällt angesichts ihres erschütterten Gesichtsausdrucks. „Lynsey, was ist los? Was ist?" Durch das Seifenwasser hindurch umklammern ihre Hände ihren Zweiundzwanzig-Wochen-Bauch. Achtzehntausend Albtraumszenarien spielen sich in meinem Kopf ab.

Wenn es sich um Frühwehen handelt, ist das Baby noch nicht weit genug entwickelt, um außerhalb des Mutterleibs zu überleben. Und die Chancen stehen gut, dass die Medikamente die Wehen nicht stoppen können, wenn das überhaupt der Fall ist. Es könnte auch etwas ganz anderes mit ihr nicht in Ordnung sein. Sie könnte eine Niereninfektion haben, die zu einer Sepsis führen kann, oder sie könnte einen hohen Blutdruck haben, der zu einem Schlaganfall führen kann. Sie könnte eine indirekte Infektion von einem verdammten Papierschnitt haben. Es könnte eine Plazentaablösung sein, ein Gebärmutterriss oder, was noch viel schlimmer ist, ein Blutgerinnsel in ihrem Gehirn, das sie auf der Stelle tötet.

Ihre braunen, wässrigen Augen treffen auf meine und ihr Gesichtsausdruck verwandelt sich in pure Freude. „Josh, ich habe gerade gespürt, wie sich das Baby bewegt hat!"

Mein Blick fällt anklagend auf ihren Bauch. „Was?"

Sie nickt enthusiastisch. „Im Ernst! Ich habe in der letzten Woche kleine Blasen gespürt, aber ich war mir nicht sicher, ob es die kleine Erdnuss oder Blähungen waren. Aber jetzt gibt es keinen Zweifel mehr. Das Baby bewegt sich!"

Ein Schauer durchfährt meinen ganzen Körper, als ich meine

Hände von ihrem Rücken nehme und fest den Wannenrand umklammere.

„Willst du mal fühlen?" Sie lächelt aufgeregt und greift nach meiner Hand.

Ich halte mich fester an der Wanne. „Schon okay."

„Was meinst du?" Ihr Lächeln verblasst.

„Ich brauche es nicht zu fühlen", antworte ich mit zusammengebissenen Zähnen, als mich in diesem sehr intimen Moment Unbehagen überkommt.

„Was? Warum nicht? Es ist unglaublich."

Sie lächelt wieder, und es ist so groß, aufrichtig und von Herzen, dass ich mich dafür hasse, ihr das zu ruinieren.

„Ich habe getrunken und möchte das lieber nicht."

Ich mache Anstalten, aus der Wanne zu steigen. Ihr Blick liegt schwer auf mir, als ich ein Handtuch aus dem Schrank hole und es mir um die Taille wickle. Ich drehe mich zu ihr um. Sie sitzt auf den Knien in der Wanne und hält sich immer noch den Bauch, Schmerz, Verwirrung und Enttäuschung stehen ihr ins Gesicht geschrieben.

Ich mache eine Geste in Richtung Tür. „Ich werde mal nach dem Essen sehen, das du in den Ofen getan hast. Wir wollen nicht, dass der Rauchmelder wieder losgeht."

Ohne ein weiteres Wort drehe ich mich auf dem Absatz um und gehe, wobei ich den Schmerz in meiner Brust geflissentlich ignoriere, denn er ist nicht das Einzige, was ich nicht fühlen will.

KAPITEL 19

Lynsey

„Wie geht es meiner geschwängerten Schwester, die Schande über die Familie Jones bringt?", schreit meine Schwester ins Telefon, wobei ihre verurteilende Stimme laut und deutlich zu hören ist.

„Dir auch hallo, Christine", brumme ich und stütze mein Handy auf meine Schulter, während ich eine Kanne koffeinfreien Kaffee koche, wobei ich nichts weiter als eines von Joshs weißen T-Shirts trage.

„Großer Gott, es ist schon einen Monat her und Mom heult mir wegen deiner Situation immer noch die Ohren voll."

„Ja", antworte ich knapp und seufze. „Unsere Telefongespräche laufen nicht gut."

„Sie will wirklich nicht, dass du mit diesem Arzt zusammenlebst", sagt sie mit deutlich belustigter Stimme. „Ich meine, es ist wirklich komisch, denn in jeder anderen Situation wäre es eine der wichtigsten Nachrichten in ihrem jährlichen Weihnachtsbrief, dass du mit einem Arzt zusammen bist. Aber unverheiratet schwanger zu sein und in Sünde mit einem Mann zu leben bedeutet, dass sie jeden Abend in der Kirche den Rosenkranz betet und jede Kerze in St. Boniface anzündet."

„Hast du aus einem bestimmten Grund angerufen oder nur, um mich daran zu erinnern, was für eine komplette und totale

Versagerin ich bin?", antworte ich mit zusammengebissenen Zähnen, denn ich habe ernsthaft genug von den schikanierenden Gesprächen, die wir in letzter Zeit führen.

„Ich habe mich gefragt, ob du Samstagnacht für mich auf die Mädchen aufpassen könntest? Hättest du Lust dazu?"

„Ja, sicher. Ich vermisse sie!", rufe ich aus, und ein schlechtes Gewissen, weil ich sie so lange nicht gesehen habe, nagt an meinem Bauch. Wegen Schwangerschaft und Arbeit habe ich mir nicht so viel Zeit für sie genommen, und das muss sich dringend ändern. „Was machst du?"

„Lance hat mich zu meinem Geburtstag mit Konzertkarten für ein Konzert in Denver überrascht, und wir werden eine Nacht daraus machen."

„Klingt ja toll", antworte ich lächelnd.

„Das ist es hoffentlich auch. Ich bin mir sicher, dass Mom sauer sein wird, dass ich ihr die Mädchen nicht für die Nacht überlasse, aber sie fragen ständig, wann sie dein neues Haus und das Baby in deinem Bauch sehen können."

Ich schürze die Lippen. „Das ist niedlich, aber sie wissen doch, dass mein Bauch nicht durchsichtig ist, oder?"

„Sie haben keine Ahnung, sie sind wirklich dumm", sagt Christine trocken. „Und wie geht es dir?"

„Großartig", antworte ich ehrlich. „Da ich das ganze erste Trimester verpasst habe, ist das alles wie im Flug vergangen. Ich bin bereits in der sechsundzwanzigsten Woche."

„Du kannst froh sein, dass du das erste Trimester verpasst hast", stöhnt sie. „Mit Lennon habe ich pausenlos gekotzt."

„Ich erinnere mich. Und mit Claire warst du besessen von Ananas."

„So besessen!" Sie lacht ins Telefon. „Hast du irgendwelche seltsamen Gelüste?"

Außer dem Verlangen nach Josh? „Nicht wirklich. Obwohl ich neulich eine ganze Charcuterie-Platte verschlungen habe, die wahrscheinlich für sechs Personen gereicht hätte."

„Genieße es, solange du kannst."

„Das habe ich vor."

Sie gibt einen wissenden Laut von sich. „Eine Schwangerschaft macht seltsame Dinge mit deinem Körper, das ist verdammt sicher. Hey, wenn ich am Samstag gegen vier vorbeikomme, kann ich dann endlich Dr. Arsch kennenlernen?"

Ihre Bemerkung überrumpelt mich so sehr, dass ich meinen Mund nicht treffe, als ich versuche, einen Schluck zu nehmen und der Kaffee vorn auf Joshs weißes T-Shirt tropft. „Ähm …, vielleicht?", antworte ich verlegen, während ich die Sauerei abtupfe. Ich werfe einen Blick über meine Schulter, um zu sehen, ob Josh in der Nähe ist. „Und wenn ja, dann nenn ihn bitte nicht Dr. Arsch, wenn du hier bist. Er hasst diesen Spitznamen wirklich."

„Verstanden", antwortet sie entschlossen. „Ich nehme an, du schläfst immer noch mit ihm und tust so, als würdest du dich nicht in ihn verlieben?"

„Ja", antworte ich knapp und streiche mir mit der Hand durch die Haare. „Und bitte sag nichts darüber, okay? Kate versucht bereits, diese Situation in einen ihrer Liebesromane zu verwandeln, und ich will von niemandem unter Druck gesetzt werden. Es soll einfach so sein, wie es sein wird."

„Von mir aus. Was weiß ich denn schon? Ich bin nur deine große Schwester mit einer Menge Lebenserfahrung und könnte dir vielleicht gelegentlich von Nutzen sein."

„Apropos Lebenserfahrung", werfe ich in dem Versuch ein, das Thema zu wechseln. „War Lance jemals … seltsam mit deinem Körper, als du schwanger warst?"

„Inwiefern seltsam?"

„Zum Beispiel …, dass der deinen Bauch nicht anfassen wollte und so?" Ich schiebe eine Hand unter mein Hemd und streiche über die Kugel, die ich trage. Ich liebe dieses Gefühl. Bewegung hin oder her, ich kann nicht verstehen, warum Josh nicht genauso fasziniert von all dem ist.

„Ähm …, ja", sagt sie lachend. „Er hat immer auf meinen Bauch gestarrt, als würde jeden Moment ein Alien herausspringen. Er war ein totaler Freak. Ganz zu schweigen davon, dass er sich komplett weigerte, mit mir Sex zu haben. Er dachte, das Baby würde seinen Penis kommen sehen – gut für dich, dass du einen Mann hast, der es mit dir macht, während du schwanger bist."

Ich zwinge mich zu einem Lachen, als ich daran denke, wie Josh in letzter Zeit mit mir umgeht. Wir haben definitiv Sex, also ist das eindeutig nicht das Problem. Aber er schaut mir nicht einmal auf den Bauch. Er tut sogar so, als sei er gar nicht da. Und nachdem er sich vor ein paar Wochen geweigert hat, den Tritt des Babys in der Wanne zu spüren, wäre es mir lieber, er wäre wie Lance und würde glotzen, als gar nichts zu sehen.

Meine Stimme ist angespannt, als ich antworte: „Es ist also normal, dass Männer ein bisschen … distanziert sind. Sie können am Ende trotzdem gute Väter sein?"

„Ja, das ist in Ordnung. Ich meine …, viele Leute sagen, dass Frauen sofort Mutter werden, wenn sie erfahren, dass sie schwanger sind, aber Männer müssen das Baby erst sehen und anfassen, bevor sie wirklich akzeptieren können, was passiert."

Ich seufze. „Das ergibt Sinn."

Ein lautes Krachen durchschneidet die Leitung. „Oh Scheiße, Claire hat gerade meine ganze Tupperdose mit Bastelknöpfen umgeworfen. Verdammt noch mal. Ich muss los." Die Leitung ist tot, bevor ich mich überhaupt verabschieden kann.

„Wer war das?", fragt Josh, der hinter mir in der Küche auftaucht, während ich noch mehr Milch in meinen Kaffee gieße.

„Meine Schwester", antworte ich fröhlich und drehe mich mit der Tasse in der Hand um. Mein Blick wandert an seinem Körper hinunter, wie er nur in grauer Jogginghose vor mir steht. Ich räuspere mich und konzentriere mich auf meine Gedanken. „Sie möchte, dass ich Samstagabend auf meine Nichten aufpasse. Ich habe gedacht, ich bringe sie hierher. Macht es dir etwas aus?"

„Natürlich, das macht mir nichts aus", sagt Josh, während er sich neben mich stellt und sich eine Tasse Kaffee einschenkt. Er wirft mir einen ernsten Blick zu, während er hinzufügt: „Das ist genauso dein Haus wie meines."

Ich kneife die Augen zusammen. „Nur hast du immer noch keinen der Schecks eingelöst, die ich dir immer wieder gebe."

„Können Freunde nicht für Freunde bezahlen?" Er dreht sich, um einen Schluck von seinem Kaffee zu nehmen und mir einen schönen Blick auf sein kantiges Kinn zu gewähren. „Und außerdem machst du hier eine Menge, womit du deinen Lebensunterhalt sicher verdienst."

„Was denn zum Beispiel?"

„Ähm …, zum Beispiel das ganze Kochen." Er deutet auf seinen Bauch. „Ich habe seit deinem Einzug zwei Kilo zugenommen."

„Vielleicht will ich dir ja nur helfen, an deinem Dad Bod zu arbeiten." Ich beiße mir auf die Lippe, als Wärme sich in mir ausbreitet. Seine Bauchmuskeln sind immer noch gut sichtbar über seinem tief sitzenden Hosenbund.

Daraufhin schnaubt er, dann wird sein Gesicht etwas ernster. „Also, soll ich mich am Samstag rarmachen? Ich habe dieses Wochenende frei, aber wenn du das Haus für dich haben willst, kann ich mit Max abhängen."

Ich runzle die Stirn und schüttle den Kopf. „Nein, du kannst in der Nähe sein. Ich brauche vielleicht deine Hilfe und meine Schwester möchte dich kennenlernen."

Er hebt die Augenbrauen. „Das klingt unheilvoll."

„Sie ist cool. Meistens." Ich beiße mir auf die Lippe und hoffe, dass er meinen Bluff nicht durchschaut.

Er nickt langsam. „Dann bleibe ich hier."

Er beugt sich vor, drückt mir einen Kuss auf die Stirn und umweht mich mit seinem köstlichen Aftershave, bevor er seinen Kaffee in sein Schlafzimmer bringt, wo ich jede Nacht geschlafen habe.

Als er weggeht, habe ich nicht den geringsten Zweifel daran, dass Josh auch mit einem Dad Bod noch verdammt sexy wäre. Ich kann es kaum erwarten, ihn mit meinen Nichten zu sehen.

KAPITEL 20

Auf dem Esstisch liegt überall Bastelkram verstreut, und Lynsey rennt seit einer Stunde herum und versucht, alles für ihre beiden Nichten perfekt zu machen. Ich wusste, dass sie diese kleinen Mädchen liebt, weil sie so viel von ihnen gesprochen hat. Aber ich hatte keine Ahnung, dass sie in Vorbereitung auf ihren Besuch den gesamten Bastelladen leergekauft hat. Das scheint ein bisschen extrem.

Lynsey ist im Bad, als es an der Tür klingelt, also gehe ich zur Tür, um sie hereinzulassen. Ich werde von einer großen Brünetten begrüßt, die ungefähr in meinem Alter ist. Zu beiden Seiten von ihr stehen zwei kleine Blondinen im Grundschulalter.

„Heilige Scheiße", platzt Lynseys Schwester heraus, nimmt ihre Sonnenbrille ab und mustert mich von Kopf bis Fuß. „Bist du Dr. Arsch?"

Mein Körper spannt sich an und plötzlich ertönt Lynseys Stimme hinter mir. „Christine, das ist Josh! Josh Richardson." Sie drängt sich vor mich und schenkt mir ein entschuldigendes Lächeln über die Schulter, bevor sie sich bückt, um ihre Nichten zu umarmen. „Josh, das ist meine großmäulige Schwester Christine."

„Sehr groß", fügt Christine lächelnd hinzu, während sie ihre Hand anbietet. „Und ich habe gehört, du hast einen sehr großen …"

„Fernseher!", beendet Lynsey und drückt die Schultern ihrer Nichten, wobei ihr Gesicht von Schuldgefühlen gezeichnet ist. „Wir haben alle möglichen Filme, Spiele und Popcorn, und wir werden eine tolle Pyjamaparty haben, stimmt's, Mädels?"

„Ist das Baby da drin?", fragt die Jüngere und pikst Lynsey in den Bauch.

„Ja, Claire, da ist das Baby drin." Lynsey tätschelt ihren Bauch und blickt mich nervös an.

„Das ist so seltsam", sagt die Ältere und streckt die Hand aus, um Lynseys Bauch zu streicheln.

Die ganze Szene ist mir unangenehm. Diese Kinder sind gerade erst angekommen und reiben Lynsey schon wie eine Buddha-Statue.

Lynsey räuspert sich und deutet mit einer Geste auf die Größere. „Josh, das ist Lennon. Und die Kleine hier ist Claire."

Claire hält Lynseys Hand und schmiegt sich hinter ihre Tante. „Ich bin nicht klein."

Lynsey schürzt die Lippen. „Du hast recht, Claire. Du bist jetzt acht. Daran ist nichts klein! Und Lennon ist elf", sagt sie zu mir. „Gott, wo ist nur die Zeit geblieben? Kommt schon, Mädels, kommt rein."

Ich trete zurück, damit sie reinkommen können. Lynseys Schwester starrt mich an, als sie eintritt. Vom Aussehen her ist sie im Grunde eine größere Version von Lynsey, aber ihr braunes Haar ist kurz und kantig um ihr Gesicht herum geschnitten. Die Mädchen steuern direkt auf den Basteltisch zu und ziehen Lynsey mit sich, während Christine sich neben mich stellt.

Sie verschränkt die Arme vor der Brust. „Bist du bereit für all das?"

Ich zucke mit den Schultern. „Ich bin kein großer Bastler, fürchte ich."

Christine sieht mich mit zusammengekniffenen Augen an. „Ich meine, bist du bereit, Vater zu werden?"

„Ist man jemals bereit?", antworte ich mit einem weiteren Achselzucken. „Wir werden es herausfinden."

Sie legt den Kopf schief und funkelt mich an. „Wie alt bist du, Josh?"

„Vierunddreißig." Ich straffe meine Schultern, um vor dieser seltsam einschüchternden Frau nicht schwach zu wirken.

„Warst du jemals verheiratet?"

„Nein."

„Schon mal nah dran gewesen?"

„Nein." Ich drehe mich zu ihr um. „Meine Arbeit nimmt den größten Teil meiner Aufmerksamkeit in Anspruch." Ich lege eine Hand in den Nacken, während sich meine Muskeln unter ihrer Befragung anspannen.

Sie nickt und beäugt mich, als wäre ich ein Tier im Zoo. „Und jetzt nimmt dir meine Schwester etwas von deiner Aufmerksamkeit."

Bei dieser Bemerkung runzle ich die Stirn.

Sie lehnt sich nahe heran. „Und ein Baby wird noch mehr Aufmerksamkeit fordern."

Ich nicke, während mich ein Kribbeln der Angst überkommt. „Hast du einen Rat für mich?"

„Ja." Sie zieht sich zurück und klopft mir auf die Schulter. „Versau es nicht."

Kinder sind anstrengend. Nicht falsch verstehen, ich habe immer gewusst, dass sie eine Menge Arbeit bedeuten, und damals, als sie meine Patienten in Baltimore waren, konnte ich feststellen, dass die Eltern aufgrund der herumwuselnden Geschwister und dem Umgang mit dem kranken Kind völlig fertig waren. Aber die Tatsache, dass Lennon und Claire nicht aufhörten, zu reden oder sich zu bewegen oder zu kleckern oder nach etwas zu fragen oder irgendeine Emotion zu empfinden, ist eine geistig anstrengende Realität.

Und nach allem, was ich gehört habe, sind Babys noch

schwieriger. Wie werden Lynsey und ich das schaffen? Gott sei Dank ist sie hier bei mir eingezogen, damit wir uns gegenseitig helfen können, denn die Vorstellung, das alles allein zu schaffen, erscheint völlig unrealistisch. Und sich vorzustellen, dass Menschen sich aktiv dafür entscheiden, mehr als ein Kind zu bekommen, scheint eine verwirrende Lebensentscheidung zu sein.

Es ist fast zehn Uhr, als Lynseys Nichten schließlich während des Films auf der Couch einschlafen. Ich sitze an einem Ende des Sofas und Lynsey am anderen. Beide Mädchen sind auf uns ausgestreckt, während ihr leises Schnarchen durch den Raum hallt.

Es ist ein seltsames Gefühl, Kindern wieder so nahe zu sein. Wenn ich ehrlich zu mir selbst bin, hasse ich es nicht.

Lennon rollt sich auf den Rücken, ihr Kopf rutscht von meiner Schulter auf meinen Schoß, während sie im Schlaf ein lustiges Geräusch von sich gibt. Sie sieht Lynsey so ähnlich. Sehnsucht breitet sich in meiner Brust aus, als ich mich zum ersten Mal frage, ob unser Baby so aussehen wird wie sie. Vielleicht werden wir Nächte wie diese haben, in denen wir zu dritt auf der Couch sitzen.

Wie kann es sein, dass ich so etwas noch nie gedacht habe?

Lennon murmelt etwas im Schlaf, und Lynsey kichert. Ich drehe mich um und sehe ihre braunen Augen, die im dunklen Wohnzimmer, das nur vom Fernseher erhellt wird, vor Freude funkeln. „Hat sie gerade etwas über die Jonas Brothers gesagt?"

Lynsey nickt und hält sich den Mund zu, während sie versucht, nicht zu lachen. „Als du die Pizza geholt hast, haben sich die Mädchen darüber gestritten, welchem Jonas Brother du am ähnlichsten siehst."

„Warum?"

Lynsey zuckt mit den Schultern. „Wahrscheinlich, weil sie dich mögen."

„Nun, ich mag sie auch", antworte ich und streiche Lennon eine blonde Haarsträhne aus dem Gesicht. „Ich habe schon einige Kinder erlebt, die ätzend waren, aber diese beiden sind definitiv nicht so wie sie."

„Na ja, sei vorsichtig, denn ich glaube, Lennon *mag* dich", wirft Lynsey mit geschürzten Lippen ein. „Sie geht in die Middle-School und ist total verrückt nach Jungs. Sie hat gesagt, du wärst der heiße Jonas Brother, ganz sicher."

Ich rümpfe die Nase. „Welcher ist der heiße?"

Sie zuckt mit den Schultern. „Ich habe keine Ahnung …, ich stehe auf Country-Musik."

„Das weiß ich", antworte ich mit einem liebevollen Lächeln.

Lynsey legt den Kopf schief und beobachtet mich. „Du warst heute gut mit den Mädchen. Irgendwie auf eine schroffe, ernste Art und Weise, aber ich glaube, sie haben gut auf dich reagiert."

Ich reibe meine Lippen aneinander und verziehe das Gesicht. „Das ist sozusagen mein Standard."

„Das habe ich mir schon bei unserer ersten Begegnung in der Cafeteria gedacht." Lynseys Bauch bebt vor leisem Lachen, was Claire dazu veranlasst, sich noch mehr an ihre Kugel zu schmiegen. Sie beruhigt sie und wirft mir dann einen fragenden Blick zu. „Warst du auch so, als du in Baltimore mit Kindern gearbeitet hast?" Ihr Blick ist ängstlich, während sie den Atem anhält, um meine Reaktion abzuwarten.

Ich atme tief aus und wünschte, ich könnte dieses Gespräch vermeiden. Wenn man bedenkt, dass ich gerade ein schlafendes Kind bei mir habe, wäre es wirklich dramatisch, einfach wegzulaufen. Und wenn ich Lynsey ein wenig erzähle, hört sie vielleicht auf, so neugierig zu sein. „Ich war ziemlich unverblümt mit meinen jungen Patienten. Aber das lag daran, dass ich nie daran glaubte, sie wie Kinder zu behandeln. Sie hatten mit schweren, erwachsenen Problemen zu kämpfen, und sie verdienten es, wie Erwachsene behandelt zu werden. Das fühlte sich für mich richtig an."

Lynsey nickt und reibt ihre Lippen aneinander, während sie zuhört.

„Und ich habe sie nie bevormundet", erkläre ich und erinnere mich in allen Einzelheiten an so viele Patienten, wie einige der Krankenhausmitarbeiter mit ihnen mit Kinderstimmen gesprochen haben. Das machte mich wahnsinnig. „Diese Kinder hatten schon genügend durchgemacht, als sie zu mir kamen, da brauchten sie keinen Blödsinn."

Lynseys Mundwinkel verziehen sich zu einem halben Lächeln. „Ich bin sicher, sie haben dich dafür geliebt."

Lennon rührt sich auf meinem Schoß, ihr nackter Arm schlüpft unter der Decke hervor. Ich habe die Narbe an ihrem Oberarm heute schon bemerkt, aber nichts gesagt.

Meine Stimme ist angespannt, als ich frage: „Warum hat Lennon eine Katheter-Narbe in der Nähe der Arteria brachialis ihres Arms?"

Lynsey erstarrt am anderen Ende der Couch, ihr Blick fällt auf ihre Nichte und wird mit jeder Sekunde glänzender. „Ich hätte mir denken können, dass du das bemerkst."

Ich runzle die Stirn, als ich ihre Antwort erwarte.

Lynsey atmet schwer aus. „Bei Lennon wurde eine schwere aplastische Anämie diagnostiziert, als sie sieben Jahre alt war."

Mein ganzer Körper spannt sich an, weil ich sofort weiß, was diese Diagnose bedeutet.

„Scheiße", murmle ich.

Sie kaut auf ihrer Lippe und starrt auf den Fernseher, wobei die Lichter des Zeichentrickfilms auf ihrem Gesicht tanzen. „Ich habe nach dem Studium in einer Reha-Klinik gearbeitet, als meine Schwester mich weinend anrief. Sie sagte, Lennon sei in der Notaufnahme, weil sie in der Schule einfach so aus dem Mund geblutet hatte, und dass die Notaufnahme sie für weitere Tests nach Denver überweisen würde. Zu diesem Zeitpunkt wussten wir nur, dass ihre Laborwerte auf Krebs hinwiesen und dass es tödlich sein könnte, wenn sie nicht sofort behandelt würde."

Ein vertrautes Gefühl lastet auf mir, als die Erinnerungen an meine Arbeit an der John-Hopkins-Universität zurückkehren.

„Nach einer Knochenmarksbiopsie teilte man uns mit, dass es sich um schwere aplastische Anämie handelte und dass es keine passenden Knochenmarksspender für sie gab. Also wurde unsere ganze Familie getestet. Zum Glück hatte ich eine volle Übereinstimmung."

Ich starre Lynsey an, die Angst strahlt von ihr ab, während sie von der schmerzhaften Erinnerung erzählt. Langsam ziehe ich meine Hand unter Lennon hervor und streichle Lynseys Schulter. Ich bin mir nicht sicher, ob ich es tue, um sie oder mich selbst zu trösten, aber als ihre Augen die meinen treffen, fühle ich mich mit ihr verbundener als je zuvor.

Zeitlich gesehen deckt sich Lynseys vergangenes Trauma wahrscheinlich ziemlich genau mit meinem eigenen. Es tut mir in der Brust weh. Mein Schmerz, ihr Schmerz. Der Schmerz ihrer Schwester und ihrer Eltern. Und vor allem Lennon, die damals genauso alt war wie Julian.

Wenn man kranke Kinder behandelt, lernt man, sich emotional zu distanzieren, um zu überleben. Man nennt das „professionelle Distanzierung", bei der man seine natürliche Reaktion, mit einem schmerzgeplagten Patienten Mitleid zu haben, völlig unterdrückt und stattdessen der Krankheit oder der Behandlung die Schuld gibt. Es ist einfacher, etwas zu beschuldigen als jemanden.

Das Problem ist, dass man manchmal nachlässt. Manchmal empfindet man zu viel oder lässt diese Mauer fallen. Manchmal ist der Patient der Sohn des besten Freundes, der zu einem kam, weil er darauf vertraute, dass man ihn retten kann. Und man ist sich sicher, dass man die Antworten hat, aber aufgrund der persönlichen Natur dieser Beziehung wird man unaufmerksam und riskiert, etwas zu übersehen.

Lynsey schenkt mir ein schwaches Lächeln. „Lennon geht es jetzt gut, aber wie du weißt, ist das eine Krankheit, mit der sie ihr ganzes Leben zu tun haben wird. Und damit hat sie wirklich zu kämpfen. Nachdem sich ihr Zustand verbessert hatte, gab es eine ganze Weile, in der sie sich völlig isolierte, sich weigerte, an schulischen Aktivitäten teilzunehmen, und nicht mit ihren Eltern sprechen wollte. Ich war die Einzige, der sie sich anvertraute. Der

Schmerz, den sie empfand, weil sie sich nicht wie ein normales Kind fühlen konnte, war brutal."

Ich nicke und starre Lynsey an, während sich so viele Dinge zusammenfügen. „Ist Lennon der Grund dafür, dass du wieder studiert hast, um dich auf Kinderpsychologie zu spezialisieren?"

Lynsey nickt, wobei ihr eine Träne über die Wange läuft, während sie ihre Nichte anschaut. „Meine Erfahrungen mit ihr und ihrer Krankheit waren das Thema meiner Masterarbeit. Ich konnte nicht viel für sie tun, als sie all die Gefühle eines kranken Kindes durchlebte. Sie brauchte mehr als nur einen weiteren Erwachsenen, der auf sie einredete. Sie musste mit anderen Kindern zusammen sein, die mit Dingen zu tun hatten, die, wie du sagtest, im Körper eines Kindes passieren, damit sie sich nicht so allein fühlt, verstehst du?"

Ein Schmerz in meinem Brustbein breitet sich aus, während ich die Frau anstarre, die mich mit ihrer unerschütterlichen Bereitschaft, einfach … zu leben, immer wieder verblüfft. Sie ist mutig und stark und auf eine Weise verletzlich, von der ich nicht weiß, ob ich das jemals sein könnte. Es ist schwer, den Blick abzuwenden.

Ich hebe meine Hand, um Lynseys Wange zu berühren, und fahre mit der Daumenkuppe über die feuchte Spur, die ihre Tränen hinterlassen haben. „Lennon ist der Grund, warum du deine eigene Klinik eröffnen willst, nicht wahr?"

Sie nickt und schenkt mir ein wackeliges Lächeln. „Es war eine so beängstigende Zeit für sie und für uns alle. Ich denke einfach, dass die Einrichtung einer Klinik, wie ich sie mir wünsche, so vielen anderen Kindern und Familien helfen könnte."

Ich schaue ihr einen langen Moment in die braunen Augen und bin fasziniert, dass von allen Frauen, mit denen ich ein Kind haben könnte, ausgerechnet diese es ist. „Du bist einmalig, weißt du das, Jones?"

Sie atmet durch die Nase aus und versucht, über meine Bemerkung zu lachen. „Ist das gut oder schlecht?"

„Es ist gut." Ich fixiere sie mit ernstem Blick. „Weil deine Ängste dich nicht einschränken. Sie treiben dich voran."

Jeglicher Humor in ihrem Gesicht verschwindet, als sie mir in die Augen sieht. Ich lehne mich über die beiden schlafenden Mädchen und ziehe sie an mich, um meine Lippen auf ihre zu pressen. Ich brauche diese Berührung. Ich brauche diesen Moment. Ich muss alles spüren, was Lynsey in diesem Moment ist – Güte, Optimismus, Licht. Sie ist die personifizierte Hoffnung. Ein Zeichen dafür, dass es auf dieser Welt Menschen mit offenen Seelen und offenem Geist gibt, die jeden Tag ihr Herz riskieren und überleben, um die Geschichte zu erzählen. Lynsey Jones ist alles, was ich sein zu können wünsche.

KAPITEL 21

Ich bin atemlos, als Josh unseren Kuss unterbricht und sich mit Lennon im Arm von der Couch erhebt. Er weist mich an, zu bleiben, wo ich bin, und sein Gesichtsausdruck lässt keinen Raum für Diskussionen. Ich bleibe geduldig sitzen, während er sie den Flur hinunter in mein Schlafzimmer bringt, immer noch aufgewühlt von der Tatsache, dass er mir von seinem Leben in Baltimore erzählt hat.

Irgendetwas sagt mir, dass er immer noch nicht viel mitteilt, aber die Tatsache, dass er sich mir gegenüber nicht verschlossen hat, gibt mir die Hoffnung, dass er vielleicht beginnt, seinen Schutz zu lockern. Vielleicht sieht er in mir mehr als nur seine Verantwortung und die Frau, die sein Kind austrägt.

Er kehrt zurück und nimmt Claire aus meinen Armen, und ich stehe auf, um ihm durch den Flur in mein Schlafzimmer zu folgen. Er legt Claire neben Lennon, als hätte er das schon eine Million Mal gemacht. Ich kann nicht anders, als ihn mit offenem Mund anzustarren.

Josh ist normalerweise so gelassen und stoisch, fast wie eine Statue seiner selbst. Selbst heute Abend, als er mir beim Babysitten geholfen hat, hat er nicht wirklich versucht, mit den Mädchen Kontakt aufzunehmen. Er blieb einfach sein normales, zurückhaltendes Ich. Die Art von Mann, die selten irgendwelche liebevollen Emotionen zeigt.

Aber als er Claire mit der ganzen Zärtlichkeit eines liebenden Vaters eine Haarsträhne aus dem Gesicht streicht, keimt in mir Hoffnung auf. Es ist möglich, dass sein Herz doch noch da ist. Und die sexy Dad-Vibes, die er ausstrahlt, lassen meine Hormone nach Aufmerksamkeit schreien.

Er tritt vom Bett zurück, ergreift meine Hand, zieht mich hinter sich her und aus dem Zimmer, während er die Tür schließt. Bevor ich ihm sagen kann, wie heiß diese Szene war, werde ich gegen die Wand gepresst, und sein Mund ist in einem verzweifelten, hungrigen Kuss auf meinem.

Ich wimmere überrascht, als er mir leise befiehlt, meine Lippen zu öffnen. Seine Zunge taucht ein, kostet und verschlingt mich. Ich kenne den Körper dieses Mannes inzwischen. Ich weiß, was ihn wild macht, was ihn anmacht.

Aber dieser Kuss.

Dieser Kuss ist etwas, das ich nicht kenne.

Er ist intensiv und hektisch. So sehr, dass ich kaum noch Luft holen kann.

Mein Inneres pocht vor Gier nach der Erlösung, die er mit seinen Lippen in mir hervorruft, während mein Verstand vor Verwirrung über diese offensichtliche Veränderung in ihm rast. Eine Veränderung, die nicht aufhören soll.

Seine dunklen Augen streifen hungrig über mein Gesicht. „Ich brauche dich, Lynsey. Ich muss in dir sein.“

Sein Tonfall ist kehlig und so voller Sehnsucht, dass es mir einen Schauder über den Rücken jagt. Ich ziehe ihn herunter und küsse ihn erneut. Unsere Zungen duellieren sich, während wir uns den Weg durch den Flur bahnen.

Mit ihm ist es immer so. Sofortige Blitze des Verlangens, die aus dem Nichts kommen und uns völlig unvorbereitet treffen. Seit ich diese Art von Leidenschaft erlebt habe, frage ich mich, ob ich jemals ohne sie leben könnte. Vor allem das hier. Diese

Mischung aus Lust und Hingabe ist etwas, woran ich mich leicht gewöhnen könnte.

„Wir müssen leise sein", krächze ich mit einer Stimme voller Verlangen, als er mich in sein Schlafzimmer zieht. Der Ort, an dem wir Sex haben und danach nebeneinander schlafen, aber nie kuscheln. Ich habe mir all die Wochen eingeredet, dass Josh einfach kein liebevoller Typ ist und dass die Tatsache, dass er mich nach dem Sex nicht aus seinem Bett geworfen hat, ein gutes Zeichen ist.

Aber machen wir wirklich Liebe miteinander?

Nicht wirklich.

Wir vögeln.

Wir ficken.

Wir haben wundervollen, schmutzigen Sex, der manchmal auch Hinternversohlen beinhaltet.

Aber wir machen nie Liebe miteinander.

Und er sieht mich nie so an, wie er mich jetzt ansieht, während er die Tür abschließt und sich auf mich zubewegt.

Ich schlucke den Kloß in meinem Hals hinunter, als Joshs dunkelgrüne Augen mit Sehnsucht und Dringlichkeit und etwas Tieferem in meine blicken. Etwas, das dem Abend ähnelt, an dem er meine verbrannte Hand pflegte. Etwas, das sich wichtig anfühlt und von dem ich meinen Blick nicht abwenden kann, weil ich es nicht verpassen will.

Als er bei mir ankommt, beugt er sich leise über mich und zieht mir mein Baumwollkleid aus, bevor er mich meines BHs und meines Slips entledigt. Meine Erregung wird durch die Vorfreude angetrieben.

Mit einem leisen Knurren senkt er seinen Kopf auf meine Brust und umspielt meine Brüste mit seinen Lippen und seiner Zunge, wobei er mich mit seinen Handflächen so gut berührt, dass ich auf der Stelle zum Orgasmus kommen könnte. Meine Brüste sind in letzter Zeit so wund, aber die köstliche Qual seiner Berührung auf meinem empfindlichen Fleisch lässt meine

Klitoris im Rhythmus meines Herzens pochen und schürt meine Glut des Verlangens zu einer lodernden Flamme brennbarer Begierde.

Er zieht sich von mir zurück, um sich selbst auszuziehen, und tief in mir hallt der Schmerz des Verlustes wider. Als er vor mir steht, herrlich nackt, sein harter Schwanz zwischen uns, will ich auf die Knie sinken und ihn tief in den Mund saugen. Leider hat Josh andere Pläne.

Er dreht mich um, sodass ich von ihm abgewandt bin, während seine Hände über meine Hüften und Leisten wandern. Er drückt mich an sich, wodurch seine seidige Härte gegen meinen weichen Hintern gepresst ist und das Gefühl eine Gänsehaut über meinen ganzen Körper jagt.

Ich schreie laut auf, als seine Finger meine Klitoris finden, die verzweifelt nach einer Erlösung verlangt. Seine Hand hält still, als er seine Lippen an meine Ohrmuschel legt. „Still, Baby. Du musst still sein."

Baby? So hat er mich noch nie genannt.

Er setzt mich auf das Bett und legt sich hinter mich, während er mein Bein hochhält, und positioniert seinen Schwanz an meiner Mitte.

„Bist du bereit, Baby?", flüstert er mit tiefer und beruhigender Stimme, während seine Lippen über meine Schulter wandern und mir einen Schauder über den Rücken jagen.

„Ich bin bereit", stöhne ich leise, während ich darum kämpfe, meine Laute zu unterdrücken. „Gott, Josh, ich will dich."

„Ich *brauche* dich", antwortet er scharf, als würde er mich korrigieren.

Er fasst mir an den Kiefer und dreht meinen Kopf so, dass ich über meine Schulter zu ihm schaue. Die Wärme in seinen Augen, die Verletzlichkeit, die er nicht mehr versteckt, ist alles, was ich mir von ihm gewünscht habe. Dieser Mann hier, das ist der echte Josh. Der Mann, der nicht gebrochen ist, der keine Geheimnisse hat, der voll dabei ist.

Was eine Erleichterung ist, weil, nun ja …

Ich bin dabei, mich in ihn zu verlieben.

Verdammt noch mal.

Mit einem schwachen Atemzug gleitet seine Hand an meinem Körper hinunter und spreizt meine Schenkel, während er tief in mich eindringt und dort einen Moment lang innehält, während mein Körper auf das enge Eindringen reagiert. Als ich aufschreie, presst er seinen Mund auf meinen und überfällt mich mit tiefen, berauschenden Küssen, während er in mir erstarrt. Unbeweglich, unerbittlich. Er küsst mich so träge, als hätte er alle Zeit der Welt. Der ganze Akt versetzt mich in einen Zustand des Deliriums, in dem ich darüber nachdenke, ob es möglich ist, allein durch Küsse zum Orgasmus zu kommen.

Aber dann.

Dann stößt er mit seinen Hüften zu und sein harter Schwanz bewegt sich in mir, wieder und wieder und wieder. So tief. So langsam. So rhythmisch und ganz und gar absichtlich. Ich klammere mich an das Laken, während er die Stelle streichelt, die er sich in den letzten Wochen eingeprägt hat, die Stelle, die er im Namen des Sex gepflegt und bedient hat.

Aber das hier. Was wir hier und jetzt tun – das ist mehr als Sex.

Josh hört auf, mich zu küssen und sieht mir in die Augen, als er sagt: „Ich will dich kommen sehen, Baby."

„Ja", flüstere ich, mein Körper zittert in seinen Armen, während meine heisere Stimme nach Luft ringt.

Seine Augen wandern an meinem Körper hinunter. „Du bist wunderschön so."

„Ja", stöhne ich, während seine Worte und sein Blick auf mich meinen Aufstieg beschleunigen.

„Dein Körper, dein Geist, dein Herz. All das ist so verdammt schön."

Mein Bauch zieht sich bei seinen kehligen Worten der Hingabe zusammen, mein ganzer Körper verkrampft sich vor

Schreck, als seine Augen rot werden. Er starrt auf mich herab. Auf meinen Bauch.

Tränen steigen mir in die Augen. „Josh?“

Was ist hier los? Wo ist sein Kopf? Was denkt er?

Ich muss sein ganzes Herz hören und er muss die Worte sagen, nach denen ich mich gesehnt habe. „Josh, was ist los?“

„Nichts“, murmelt er und beißt sich auf die Lippe. Seine Hand spannt sich an meinem Bein an, während er länger auf meinen Bauch starrt, fast so, als würde er ihn zum ersten Mal sehen. „Ich will nur … ich will fühlen …“

Seine Stimme verstummt, und ich halte den Atem an, als seine Hand zu meinem Bauch wandert. Er streichelt über die Kugel, seine Hand warm und groß auf meiner fortgeschrittenen Schwangerschaft. Seine Finger gleiten über die glatte, straffe Haut, als würde er Blindenschrift lesen. Als würde er sich jede Beule einprägen. Mein Herz könnte bei diesem Gefühl zerspringen. Die Emotionen strömen aus mir heraus, als ich mit meinen Fingern über seine fahre und unsere beiden Hände das Baby zum ersten Mal gemeinsam umarmen. Ein stockender Atemstoß entweicht meinen Lippen, und Joshs Atmung beschleunigt sich, während er in mich gleitet und mit seinen Händen über mich fährt.

„Baby“, stöhnt er, das Gesicht verzogen. „Ich will, dass du kommst. Ich will, dass du jetzt kommst.“

Er gleitet mit seiner Hand an der Wölbung meines Bauches entlang zwischen meine Beine und umkreist schnell meine Klitoris. Meine Augen fallen zu, als ein Feuerwerk aus all meinen Nervenenden schießt.

„Sieh mich an, Baby“, befiehlt er, und ich öffne die Augen und beiße mir auf die Lippe.

„Josh“, schreie ich, und er presst seinen Mund auf meinen, um meine Lustschreie zu dämpfen.

„Lynsey“, murmelt er an meinen Lippen und küsst mich, als könne er nicht genug bekommen.

Und dann pulsiert er in mir, seine Erlösung ist heiß und schwer, während sein ganzer Körper bebt. Mit seiner Hand umklammert er meinen Bauch, während er alles in mir entleert, was er hat.

„Ich möchte, dass du so schläfst", sagt er mit seiner tiefen und beruhigenden Stimme.

„Was?"

Er setzt sich auf, damit er mir in die Augen sehen kann. „Ich möchte, dass du hier liegst, mit mir in dir … mit meinem Sperma, das dich als mein markiert … nur für eine Weile."

Ich starre ihn an und wundere mich über diesen neuen Akt der Besitzgier, den er mir noch nie gezeigt hat. „Was ist los mit dir?"

Seine Miene wird traurig, und ohne sich von mir zu lösen, lässt er sich auf sein Kissen sinken und stößt einen zittrigen Atem aus, der klingt, als hätte er ihn die ganze Zeit angehalten. „Bleib einfach eine Weile so bei mir liegen, Baby."

Baby. Ich wiederhole das Wort in meinem Kopf immer wieder, und dieser eine Begriff gibt mir Hoffnung, von der ich mir all die Wochen gesagt habe, dass ich sie nicht haben kann.

Aber ich war dumm.

Ich war dumm, als ich versuchte, mir einzureden, dass ich mit einer reinen Sexbeziehung zurechtkäme. Ich war dumm, als ich versuchte, all die Morgen, an denen ich aufwachte und er mich beim Schlafen beobachtete, nicht zu bemerken. Ich war dumm, als ich die Schmetterlinge in meinem Bauch ignorierte, als er mich zum Abschied küsste, bevor er zur Arbeit ging. Und ich war dumm, weil ich so getan habe, als hätte ich mir nicht eine Familie mit diesem Mann vorgestellt, seit ich erfahren habe, dass ich schwanger und völlig verliebt in sein Kind bin.

Gott, ich bin dumm.

Und dieser Mann wird mir das Herz brechen.

Josh

Es ist mitten in der Nacht, als ich die Augen aufschlage und ein seltsames Gefühl auf meiner Handfläche spüre. Ist mein Arm eingeschlafen, und es ist das Gefühl kleiner Nadelstiche?

Ich schüttle den Kopf und zwinge mich, zu mir zu kommen.

Ich bin ganz um Lynsey geschlungen, ihr nackter Rücken ist an meine Brust gepresst. Keiner von uns beiden hat sich bewegt, seit wir nach dem Sex eingeschlafen sind – auch nicht meine Hand auf ihrem Bauch.

Ein Bauch, den wir gemeinsam geschaffen haben.

Das seltsame Gefühl setzt wieder ein. Ich stütze mich auf einen Ellbogen und blicke zu Lynsey, deren tiefe Atemzüge darauf hindeuten, dass sie noch fest schläft. Mein Blick wandert von ihrem Gesicht, das im Mondlicht glänzt, zu dem, was sich unter meiner Handfläche abspielt.

Das Baby … bewegt sich. Oder tritt. Oder zum Teufel, vielleicht macht es sogar Salti, denn die Flatterbewegungen, die gerade stattfinden, sind für so ein winziges Ding eine echte Cirque du Soleil-Nummer.

Meine Finger spreizen sich, Wärme durchflutet mich, als ich zum ersten Mal spüre, wie sich mein Kind bewegt. Diese Wärme wird fast sofort von Reue überschattet. Ich hätte das schon früher erleben sollen. Mit Lynsey.

Verdammt, sie ist so gut mit all dem umgegangen. Sie hat diese Unterbrechung in ihrem Leben und jeden Schritt dieses Prozesses voll und ganz akzeptiert – selbst auf Kosten, verrückt auszusehen. Und sie sieht verdammt verrückt aus bei ihren pränatalen Yogastellungen oder wenn sie dem Baby laut schmutzige Romane vorliest.

In letzter Zeit jedoch bleibe ich in der Tür stehen, lausche, wie sie mit der kleinen Erdnuss spricht, und staune, wie leicht es ihr fällt. Wie leicht das alles für sie ist.

Bei Lynsey ist alles persönlich, lustig und sorglos. Selbst wenn sie schläft, scheint sie völlig ruhig zu sein, ihre Lippen sind leicht geschürzt und ihr dunkles Haar liegt ausgebreitet auf dem weißen Kissen. Ehrlich gesagt, Lynsey beim Schlafen und Reden mit dem Baby zuzusehen, ist für mich in den letzten Monaten fast therapeutisch geworden. Ich bin mir sicher, dass sie den ganzen Scheiß, der sich dahinter verbirgt, psychoanalysieren könnte, aber im Moment ist mir nur wichtig, dass ich sie hier in meinem Bett mag, in dem Wissen, dass sie in Sicherheit ist.

Und der Sex … ist einfach umwerfend. Dafür, dass sie so süß und unschuldig aussieht, mag das Mädchen ein paar Perversionen im Schlafzimmer. Und verdammt, diese Kombination ist für mich tödlich.

Vielleicht, wenn die Dinge anders wären … vielleicht, wenn meine Vergangenheit mich nicht so kaputt gemacht hätte, könnten wir etwas mehr sein. Aber Lynseys Vergangenheit ist nicht nur eitel Sonnenschein. Lennons Schmerz war ihr Schmerz. Sie hat ihn sehr stark gespürt, sogar über die Tatsache hinaus, dass sie für ihre Nichte Knochenmark gespendet hat. Wie ist es möglich, dass Lynsey so viel Herzschmerz erfährt und trotzdem glaubt, die Welt verbessern zu können?

Nach allem, was mit Julian passiert ist, war die Notaufnahme buchstäblich der einzige Beitrag, den ich weiterhin für die Menschheit leisten konnte. Und das auch nur, weil ich mich nicht über längere Zeit um die Patienten kümmern oder sie über den Notzustand hinaus sehen muss, in dem sie zu mir kommen. Ich flicke sie zusammen und übergebe sie anderen. Ende der Geschichte. Keine Verbindung. Keine langfristige Verpflichtung.

Julian war anders. Er war klein, hatte große Augen und war voller Hoffnung, genau wie Lynsey. Er war mein liebster kleiner Mann. Und jetzt ist er fort.

Und es war alles meine verdammte Schuld.

Das Baby bewegt sich wieder, und meine Augen brennen vor lauter Tränen über all das, was auch mit diesem Kind passieren könnte. All der Schmerz und die Schrecken in dieser Welt, die nicht in meiner Hand liegen. Ich kann nicht alles verhindern, und dieser Gedanke ist erschreckend.

Deshalb distanziere ich mich beruflich. Deshalb kann ich mich weder dem Baby noch Lynsey völlig hingeben. Weil ich meine Augen weit offen halten muss. Ich muss in der Lage sein, über sie hinwegzusehen. Wenn ich mich um sie sorge, sie liebe, lenke ich mich von dem ab, was am wichtigsten ist – ihrer Sicherheit.

Aber jetzt werde ich diesen Moment nutzen. Ich werde diese ruhige Zeit in der Dunkelheit zwischen diesem kleinen Baby und mir genießen und mir vorstellen, wie es wäre, wenn das Leben anders sein könnte.

KAPITEL 22

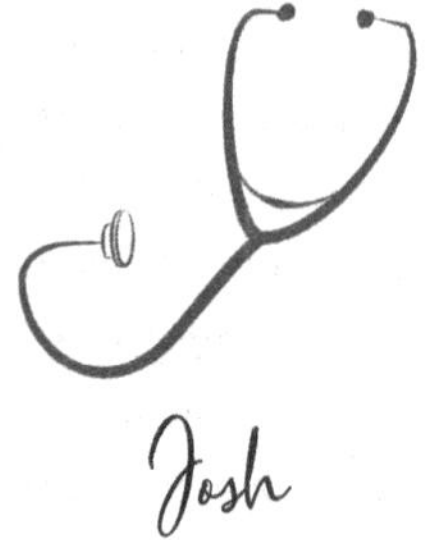

Josh

„In der Anleitung steht, dass man die losen Federn über den Dübel schieben und ihn genau über dem unteren Loch im Geländer einsetzen soll", sagt Lynsey mit angestrengter Stimme, während wir in meinem einstigen Büro vor einem halb zusammengebauten Kinderbett stehen.

„Ich habe dir gesagt, dass es keine verdammten Dübel gibt", knurre ich und werfe den Schraubenschlüssel auf den Boden. Er knallt laut auf das harte Holz und hinterlässt wahrscheinlich eine Schramme, aber das ist mir jetzt wirklich scheißegal. Mir ist heiß und es ärgert mich, dass man für etwas, das für ein Baby gemacht ist, ein verdammtes Team braucht, um es zusammenzubauen. „Ich habe dir doch gesagt, dass bei dem Bettchen, das du online bestellt hast, Teile fehlen."

„Ich sage dir, dass ich vorhin alle Teile durchgesehen habe, und sie waren hier!" Mit einer Hand auf ihrem Bauch schaut sie sich im Raum um.

„Was zum Teufel ist damit passiert?"

„Ich weiß es nicht", ruft sie, knüllt die Anleitung zusammen und wirft sie über ihre Schulter. „Hier drin ist alles ein Chaos! Wenn du deinen Riesenschreibtisch rausräumen würdest, hätten wir vielleicht etwas Platz zum Arbeiten."

„Wenn wir nicht jeden Tag so viele verdammte Pakete bekämen, wüssten wir vielleicht, wo was ist." Ich hebe den blöden Schraubenschlüssel vom Boden auf. „Meine Garage ist so voll mit Kartons, dass ich sie noch immer auseinanderreißen werde, wenn das Kind studiert."

Lynsey stößt einen kehligen Laut aus. „Wenn du mir erlaubt hättest, dass Dean mir beim Transport und Aufbau von ein paar Sachen hilft, wie ich es anfangs gesagt habe, hätte sich vielleicht nicht so viel angehäuft."

„Ich habe dir doch gesagt, dass ich Deans verdammte Hilfe nicht brauche", stoße ich hervor, die Hände an meinen Seiten zu Fäusten geballt. Ich will nicht, dass er reinkommt und ihr zeigt, wie viel besser er das machen kann. Dass er mich ersetzen könnte. „Und du erzählst ihm besser nichts von diesem Bettdebakel, oder ich schwöre bei Gott …"

Ihre braunen Augen blitzen vor Wut. „Wirst du jemals aufhören, eifersüchtig auf Dean zu sein?"

„Wirst du jemals aufhören, so zu tun, als könnte er mich jederzeit ersetzen?", schnauze ich zurück.

„Das sage ich nicht", sagt sie und ihr Gesicht wird blass. „Ich habe mich nie so verhalten."

„Am Anfang schon." Ich kann an ihrem Gesicht erkennen, dass sie weiß, dass ich die Wahrheit sage.

Sie schnaubt und dreht sich um, um den Raum zu verlassen, als sie plötzlich mit dem Fuß auf einem Stapel Luftpolsterfolie ausrutscht. Sie streckt die Arme aus, als sie ins Straucheln gerät. Ich stürze nach vorn, gerade noch rechtzeitig, um meine Arme um ihre Taille zu schlingen und sie an meinen Körper zu ziehen. Ich atme tief ein und aus, während ein scharfer Schmerz in meiner Brust aufsteigt, wenn ich daran denke, was hätte passieren können, wenn ich nicht hier gewesen wäre. Wie schlimm dieser Sturz für sie und das Baby hätte sein können.

Ich kann sie nicht verlieren.

Das kann ich nicht.

Das werde ich nicht.

Lynsey atmet schwer aus und sieht mich mit großen, entschuldigenden Augen an. Ihr Blick wandert zu meinen Lippen und verdunkelt sich mit etwas, das ich schon einmal gesehen habe, und ehe ich mich versehe, liegend wir nackt auf dem Hartholzboden inmitten eines Meeres von Kartons und Luftpolsterfolie und ficken, weil, nun ja …

Wir den verdammten Verstand verloren haben.

Und ich weiß nicht, wie ich es aufhalten soll.

Seit Monaten spielen wir Mutter-Vater-Kind, und ich bin völlig besessen von der Frau, die mich reitet und meinen Namen aus vollem Halse ruft. Eine Strähne ihres braunen Haares klebt in ihrem Mund, während sich ihre Fingernägel in meine Brust bohren. Ihr Stöhnen ist laut und verdammt sexy, während sie ihr Becken auf mir kreisen lässt und ihrem Orgasmus hinterherjagt, als sei er auf der Flucht. Ich halte mich an ihren Seiten fest und stoße in sie hinein, um ihrer Intensität zu entsprechen, während ich darüber staune, dass ich mich inzwischen so sehr an ihren Bauch gewöhnt habe und von allem anderen an ihr so verzehrt und betört bin.

Wie konnte das passieren? Wie konnte ich von dezentem Stalking in der Krankenhauscafeteria zu einem Streit über die Einrichtung des Babyzimmers und einem Fick mit ihr übergehen, als wäre es mein letzter Tag auf Erden? Die Dinge sind nicht so, wie ich es erwartet hatte, als ich sie zum ersten Mal fragte, ob sie bei mir einziehen will. Irgendwie bin ich von professioneller Distanz dazu übergegangen, von der Arbeit nach Hause zu eilen, um mit ihr auf der Couch Wiederholungen von *Grey's Anatomy zu* schauen.

Es ist verdammt beängstigend.

Und doch will ich nicht, dass es aufhört. Das Haus könnte um mich herum abbrennen, und ich würde mich dafür entscheiden, genau hier zu bleiben, mit dem Wunsch, ihren Orgasmus auf meinen Lippen, meiner Zunge, meinem Schwanz, meinen Fingern zu kosten. Auf jedem verdammten Teil meines Körpers. Oder zur

Hölle, selbst wenn ich sie nur im Arm halte, während sie auf meiner Brust schläft. Ich will das alles, die *ganze* Zeit.

„Josh!", schreit sie, schnappt nach Luft und spannt sich auf mir an. „Ich komme."

„Sieh mich an, wenn du das tust, Baby", befehle ich, und ihre Augen weiten sich, während sich ihre Zähne in ihre Unterlippe graben.

Sie hält inne und lässt ihren sexy Schmollmund los, während sie ihre Erlösung mit völliger Hingabe herausstöhnt, und ich tue dasselbe in ihr.

Ich setze mich auf und umarme sie, wobei ihr beträchtlicher Bauch diese Umarmung mit jeder Woche schwieriger macht. Ich erwarte ständig, dass sie keinen Sex mehr will und dass die Veränderungen in ihrem Körper ihr Bedürfnis nach Erlösung übertrumpfen, aber das passiert nicht. Tatsächlich ist sie geiler und empfänglicher als je zuvor.

Und je dicker sie wird, desto ängstlicher werde ich. Unsere Termine laufen gut, und sie ist der Inbegriff einer gesunden Schwangerschaft, aber ich schlafe nicht gut in den Nächten, in denen ich darüber nachdenke, wie schlimm die Dinge ausgehen könnten. Nicht nur in medizinischer, sondern auch in emotionaler Hinsicht. Wenn sie meine Grenzen erkennt, wird sie nicht bleiben. Sie ist zu gut, um zu bleiben.

„Wir müssen das Bettchen aufbauen", sagt sie, stößt sich von mir ab und steht mit gespreizten Beinen auf.

„Pass auf, wo du hintrittst", warne ich und fasse ihr an die Waden. Ein seltsames Gefühl von Stolz schwillt in meiner Brust an, als mein Sperma aus ihr herausläuft. „Eigentlich ... solltest du einen Moment hier stehen bleiben und verschnaufen."

„Du bist so eklig!", ruft sie, schubst mich an den Schultern und tritt von mir weg, damit sie ihre Schenkel zusammenpressen kann. „Dein Samen ist fest in meiner Gebärmutter verankert, aber du verlangst immer noch, dass er jedes Mal, wenn wir Sex haben, aus mir heraustropft. Du solltest ernsthaft mit einem Therapeuten über deine Höhlenmenschen-Probleme sprechen.“

Mein Bauch bebt vor Lachen. Ein echtes Lachen, das beide Seiten meiner Mundwinkel anhebt. Das mache ich in letzter Zeit oft, und ich brauche keinen Therapeuten, um den Grund dafür zu kennen.

Ich helfe Lynsey beim Waschen im Bad, und wir kehren zu dem Chaos zurück, das wir hinterlassen haben, wobei wir uns beide etwas leichter fühlen, nachdem wir unseren Frust herausgefickt haben. Und zum Glück hat unser sexuelles Stelldichein die fehlenden Dübel zum Vorschein gebracht, sodass der Zusammenbau jetzt viel reibungsloser verläuft.

Ich bin gerade dabei, die letzten Teile zu befestigen, als Lynsey leise sagt: „Am Freitag wird Dean dreißig.“

Ich werfe ihr einen Blick zu. „Willst du wieder gevögelt werden, Jones? Ich kann dich nicht noch einmal schwängern, aber das wird mich nicht davon abhalten, es zu versuchen.“

Sie rollt mit den Augen und reicht mir eine Schraube. „Er mietet einen Partybus für den Abend.“

Ich schürze die Lippen. „Ist er dafür nicht ein wenig zu alt?“

Sie gibt mir einen spielerischen Schubs. „Komm schon, Opa. Weißt du nicht mehr, wie es war, jung und sorglos zu sein?“

„Nein“, sage ich, weil ich diesen Teil meines Lebens im Grunde übersprungen habe, als ich mich für ein Medizinstudium entschied.

Lynsey leckt sich die Lippen und sieht mich flirtend an. „Du solltest mitkommen.“

Ich schüttle den Kopf. „Geh du nur.“

„Ach, komm schon. Das wird lustig“, drängt sie und blinzelt mich mit ihren großen braunen Augen an.

„Dean will mich dort nicht haben“, lautet mein letztes Argument. „Er mag mich nicht einmal. Und das beruht auf Gegenseitigkeit.“

„Er hat mir gesagt, ich soll dich einladen“, widerspricht Lynsey, packt mich am Arm und lenkt meine Aufmerksamkeit auf sie. „Er hat sogar Max eingeladen, damit du einen Freund dabeihast und dich nicht als Außenseiter fühlst."

Ich blinzle meine Überraschung zurück. „Er hat Max eingeladen?"

Sie nickt. „Im Gegensatz zu dir sieht Dean die Vorteile, sich mit dir anzufreunden."

Weil er will, was er nicht haben kann. Ich erinnere mich an den Blick in seinen Augen an dem Tag, als er Lynsey beim Umzug half. „Ich glaube nicht, dass das eine gute Idee ist."

„Komm schon", stöhnt Lynsey und reibt sich den Bauch. „Das wird wahrscheinlich unser letzter großer Abend, bevor die Erdnuss kommt. Ich werde ein sexy Umstandskleid anziehen."

Ich schüttle den Kopf. „Du könntest einen Müllsack tragen und ich würde dich trotzdem jederzeit und überall ficken wollen."

„Romantisch", antwortet sie mit finsterer Miene.

Ich neige den Kopf und sehe sie an. „Willst du wirklich, dass ich mitkomme?"

Ihr Gesicht erhellt sich, und sie nickt begeistert. „Tausendmal ja."

„Meinetwegen", stöhne ich und verdrehe die Augen, bevor sie sich in meine Arme stürzt und dabei meine Werkzeuge umwirft.

„Ups", krächzt sie und schaut sich um.

Ich halte sie an den Seiten und werfe ihr einen Blick zu. „Wenn wir den letzten Dübel verlieren, muss ich dich wieder ficken."

„Versprechen, nichts als Versprechen." Sie wackelt spielerisch mit den Augenbrauen und steht auf, um mir etwas Platz zum Arbeiten zu geben. „Wir müssen diesen Schreibtisch wirklich wegschaffen. Vielleicht kann Miles ja mal abends nach der Arbeit vorbeikommen."

Ich höre, wie sie beginnt, in meinem Schreibtisch zu wühlen, und drehe mich zu ihr um, als sie gerade einen Umschlag aus der obersten Schublade zieht. Sie runzelt die Stirn. „Du hast hier einen ungeöffneten Brief, Josh."

Mein Gesicht verzieht sich und meine Ohren dröhnen mit

meinem erhöhten Herzschlag. Meine Stimme ist angespannt, als ich ihr mit fester Stimme sage: „Lass ihn einfach."

Sie dreht ihn in der Hand um und fragt: „Wer ist Mark Jacobson? Er hat eine Adresse in Baltimore."

„Ich sagte, lass ihn liegen." Ich lasse das Werkzeug fallen und gehe zu ihr. Ich nehme den Umschlag und stecke ihn zurück in die Schublade, bevor ich sie zuschlage.

Sie blinzelt mich verwirrt an. „Von wem war der Brief?"

„Es ist wirklich nichts, Lynsey", murmle ich, während sich Erinnerungen aus der Vergangenheit in meinem Kopf festsetzen. „Alter Müll, den ich wegschmeißen muss. Ich habe dir gesagt, dass ich mich um diesen Schreibtisch kümmern werde, und das werde ich auch."

Sie starrt mich an, ihre braunen Augen blinzeln schnell. „Warum bist du so verschlossen?"

Ich atme schwer aus. „Weil dich mancher Scheiß einfach nicht betreffen muss, okay?"

„Ernsthaft?", antwortet sie mit einem ungläubigen Kopfschütteln.

„Was?", sage ich schärfer und lauter als beabsichtigt. Warum muss sie wegen eines verdammten ungeöffneten Briefes einen Aufstand machen?

Ich erschaudere, als sie als Reaktion auf meinen scharfen Ton schützend ihren Bauch berührt. Mein Blick wandert zu ihren Augen, die noch mehr Fragen offenbaren. Aber anstatt sich mit mir zu streiten, reckt sie einfach ihr Kinn vor und geht an mir vorbei, um den Raum zu verlassen und nichts als Stille zurückzulassen.

KAPITEL 23

Die Sonne ist noch nicht untergegangen, als ich den Partybus betrete. Dieses widerliche Monstrum hat sogar eine Stripperstange und eine verspiegelte Decke mit glitzernden Lichtern, die im ganzen Innenraum tanzen. Er ist voll mit einigen Studienfreunden von mir und Kate, mit denen sich Dean in den letzten Jahren angefreundet hat, ein paar von Deans Börsenfreunden und der Tire Depot Crew, Miles, Sam und Maggie.

Kates strahlend blaue Augen finden meine, als sie aufsteht und auf mich zeigt. „Schaut mal alle her, die Stripperin ist da!"

Alle brechen in Gelächter aus, und wie aufs Stichwort dröhnt der Song aus *Magic Mike* durch die Lautsprecher.

Ich schüttle den Kopf und lache, halte mich an der glänzenden Stange fest und drehe mich vorsichtig, während ich mir den Bauch halte. Mein schwarzes Umstandskleid wirbelt um meine Beine, und ich bete zu den Kuchengöttern, dass die schulterfreien Träger nicht verrutschen, denn ich trage im Moment keinen BH.

Man sollte meinen, dass das Anziehen mit einem Basketball auf dem Bauch das Schwierigste wäre, aber seltsamerweise sind es meine geschwollenen Brüste, die mir zu schaffen machen. Keiner meiner BHs passt mehr, und ich hasse die Vorstellung, Geld für neue auszugeben, also verzichte ich, wann immer es geht.

Ich beende meine Drehung und zeige auf meinen Bauch. „Zwei Stripperinnen für den Preis von einer!" Der Bus bricht in Gelächter aus.

Josh starrt mich finster an.

Ich beiße mir auf die Lippe und zucke mit den Schultern. „Zu früh für Stripper-Witze über unser Kind?"

Er nickt und drückt meine Seite. „Ich glaube, es wird immer zu früh sein."

Er zwinkert mir zu, um mir zu zeigen, dass er nicht wirklich sauer ist, und ich bin dankbar dafür. Seit ich den Brief in seinem Schreibtisch gefunden habe, sind die Dinge etwas angespannt, aber bevor wir heute Abend gingen, berührte er meinen Bauch und sagte mir, dass ich wirklich hübsch aussehe. Es war so einfach und süß, dass ich mich damit abgefunden habe, dankbar für das zu sein, was ich mit ihm habe, auch wenn es nicht *alles* von ihm ist.

Josh hält schützend meine Taille, als wir uns in den hinteren Teil des Busses zu Kate, Miles, Sam und Maggie begeben. Ich rümpfe die Nase über den Sitz, bevor ich mich auf die freie Fläche neben Kate setze. „Mann, ich wette, ultraviolettes Licht würde ein paar ernsthafte Spermaflecken in diesem Bumswagen zum Vorschein bringen."

„Das Gleiche gilt für deinen Uterus", antwortet Kate und wirft die Hände in die Luft, um ein High Five von Josh zu bekommen, der ihr widerwillig eins gibt.

Ich wende mich an Miles, der auf der anderen Seite sitzt. „Wie viel hat sie getrunken?"

Er schüttelt den Kopf und lächelt. „Das ist ihr erster Drink."

Ich verdrehe die Augen und schaue mich dann im Bus nach Dean um. „Wo ist das Geburtstagskind?"

Kate zeigt auf den vorderen Teil des Busses, als Dean einsteigt. Er trägt eines seiner charakteristischen Anker-Hemden, dessen Ärmel um seinen Bizeps spannen. Sein Bart ist kurz gestutzt, und seine dunkle Brille ist an ihrem Platz, als er einsteigt und alle begrüßt.

Josh reicht mir eine Flasche Wasser, während er sich selbst ein Bier öffnet. Ich mustere es neidisch. „Sag mir, wie es schmeckt. Beschreibe es in allen Einzelheiten."

„Das ist IPA", murrt er und zuckt beim ersten Schluck leicht zusammen, „das heißt, es schmeckt wie Pisse."

Ich seufze übertrieben. „Klingt magisch."

Josh grinst und legt einen Arm um meine Schultern. Ich mag es, wenn er lächelt. Es ist vielleicht kein richtiges Lächeln, aber es kommt langsam, aber sicher, und das ist ein gutes Zeichen für uns.

Kate stößt meinen Arm an. „Ihr zwei seht schockierend glücklich aus."

„Schockierend?", frage ich stirnrunzelnd.

Sie zuckt mit den Schultern. „Ich sage nur ... für eine reine Sex-Vereinbarung scheint ihr zwei euch wirklich zu mögen."

„Wir mögen uns", antworte ich mit einem Augenrollen. „Was sehr praktisch ist, da ich seinen einzigen Erben austrage."

„Oh!" Kate quiekt vor Freude. „Ich wusste nicht, dass du ein royales Baby bekommst. Haben wir uns schon einen Namen für die kleine Erdnuss in Goldwindeln ausgedacht?"

„Nein", wirft Josh ein und beugt sich vor, um Kate zu mustern. „Und bitte überzeuge sie davon, den Namen Spector aufzugeben. Es ist mir egal, wie oft sie *Suits* gesehen hat, ich werde mein Kind nicht nach etwas benennen, das wie Inspector klingt."

„Aber sein zweiter Vorname könnte Gadget sein!", erwidert Kate, woraufhin Josh das Gesicht verzieht.

„Ich bin so am Arsch", brummt er, bevor er einen Schluck von seinem Bier nimmt.

Miles lehnt sich über Kate, um Joshs Aufmerksamkeit zu erregen. „Es ist besser, sie einfach ihre kleinen Anfälle haben zu lassen. Wenn sie zusammen sind, ist es unmöglich, gegen sie anzukommen."

Kate kichert und schmiegt sich an mich, bevor sie schreit: „Lass uns loslegen, Dean! Deine Altmänner-Eier werden langsam sichtbar!"

Dean wirft einen Blick auf seine Smartwatch. „Max sagt, er ist gleich hier. Er sagte, er bringt mir ein besonderes Geschenk."

„Ein Geschenk?", frage ich und beobachte Dean neugierig.

Er zuckt mit den Schultern, und dann wird unsere ganze Aufmerksamkeit wieder auf den vorderen Teil des Busses gelenkt, als die Ken-Puppe Max mit einer Barbie im Schlepptau einsteigt.

„Leute, das ist Norah!", ruft Max aus.

„Die Besitzerin der Rise and Shine Bakery!", ruft Kate und steht mit heruntergefallener Kinnlade auf. „Ihre Croinuts haben mein Leben verändert. Im Ernst, ich habe den Teufel angebetet, bevor ich dein gutes Gebäck entdeckt habe, und jetzt wurde meine Seele von Donut Jesus gerettet."

„Danke?", antwortet Norah mit einem höflichen Lächeln.

„Nein, ich danke dir ... Hast du zufällig etwas mitgebracht ..."

Miles zieht Kate auf seinen Schoß, und sie kichert, als er ihr in die Seiten kneift.

„Au! Worauf habe ich mich gerade gesetzt?" Kate schreit auf und greift sich an die Pobacke. „Ist das eine Art Werkzeug in deiner Tasche oder hat sich dein Schwanz in eine Würfelform verwandelt?"

Miles macht einen verlegenen Gesichtsausdruck und wendet sich an Sam.

Sam sagt: „Kate, holst du mir noch ein Bier?"

Kate rutscht von Miles' Schoß, um zur Kühlbox zu gehen. Miles und Sam tauschen leise Worte aus, aber dann setzt sich der Bus in Bewegung, und ich schaue nach vorn und genieße den Wahnsinn, wie sich alle um mich herum betrinken. Norah und Max sitzen Dean gegenüber, der deutlich angespannter aussieht als noch vor einem Moment. Ich frage mich, ob da etwas vor sich geht?

Der Bus fährt los, und die Musik ist so laut, dass wir alle schreien müssen, um uns zu unterhalten. Ich lächle und genieße den Anblick von Josh und Kate, die sich über *Game of Thrones* unterhalten und das Finale in allen Einzelheiten besprechen. Und Josh lacht so viel wie noch nie, als ich ihm die Geschichte erzähle, wie Kate eine Kerze mit dem Geruch verbrannter Reifen gekauft hat, als sie und Miles sich gestritten hatten und sie sich nicht dazu durchringen konnte, zum Schreiben ins Tire Depot zu gehen. Sogar Dean mischt sich in diese Geschichte ein und erzählt Josh, dass er Kate und mich beim Ringen um die Kerze erwischt hat, und obwohl ich dachte, Josh könnte eifersüchtig werden, schüttelte er nur den Kopf und nahm alles gelassen hin. Hoffentlich stößt mein Drängen, dass Josh Dean eine Chance geben soll, nicht auf taube Ohren.

Der Bus hält auf einem Parkplatz, und ich schaue aus dem Fenster, um zu sehen, dass wir bei Tire Depot sind.

„Was machen wir in meinem Büro?", fragt Kate mit einem amüsierten Stirnrunzeln.

„Ich habe meine Brieftasche vergessen." Miles greift sich mit einem seltsamen Gesichtsausdruck in den Nacken. „Dean sagte, der Bus könnte kurz anhalten."

Der Bus kommt zum Stehen, die Tür öffnet sich, und der Geruch von Gummi weht herein wie die schreckliche Kerze, die Kate noch immer hat.

„Hol mir einen Keks, wenn du schon mal da drin bist, Babe." Kate gibt Miles einen Klaps auf den Hintern, als er aufsteht.

Er dreht sich um und streckt ihr die Hand entgegen. „Eigentlich hatte ich gehofft, dass du mit mir kommst."

Sie runzelt die Stirn und sieht ihn verwirrt an. „Warum?"

Er fährt sich mit der Hand über sein kurzes, schwarzes Haar. „Ich möchte dir etwas zeigen."

Sie wirft mir einen Blick zu, und ich kann nur mit den Schultern zucken. Es wäre besser, wenn er Kate nicht für einen Quickie mit nach drinnen nähme, denn das soll Deans Abend sein. Obwohl, wenn ich zu Josh rüberschaue, so süß in seiner Jeans und seinem lässigen T-Shirt, wie er ein Bier trinkt und Freunde gewinnt, dann hätte ich jetzt wahrscheinlich selbst Lust auf einen Quickie.

Kate nimmt widerwillig Miles' Hand, und er zieht sie aus dem Bus, aber statt in Richtung der Werkstatt zu gehen, in der vermutlich seine Brieftasche liegt, geht er mit ihr zum Schriftdisplay von Tire Depot am Bordstein.

Meine Augen weiten sich, als ich Kates Namen auf dem Bildschirm sehe. „Was steht da?", frage ich und wende mich an Josh, der genauso verwirrt aussieht wie ich.

Plötzlich drehen sich alle um und schauen aus den Fenstern des Busses, sodass mir die Sicht versperrt ist. Ich stehe auf und gehe vorsichtig hinaus, denn ich kann mich auf keinen Fall zurücklehnen und nicht sehen, was da draußen passiert. Die ganze Gruppe folgt mir, und als ich vor der Stoßstange des Busses stehe, fällt Miles auf ein Knie.

„Macht er ihr gerade einen Antrag?", schreie ich und schlage mir die Hände vor den Mund, was Kates Reaktion widerspiegelt, als das Schild zeigt: HEIRATE MICH, KATE.

„Er macht ihr definitiv einen Antrag", bestätigt Dean, der sich mit einem wissenden Grinsen neben mich stellt.

Ich stoße ihn mit meinem Ellbogen in den Arm. „Du wusstest davon?"

Er schnaubt. „Glaubst du, ich würde Tire Depot tatsächlich zu einer Haltestelle meines Geburtstags-Partybusses machen?"

„Oh, mein Gott", rufe ich und bringe übertrieben alle zum Schweigen, damit ich hören kann, was Miles sagt.

„Kate Smith ...", sagt er und streckt ihr eine Ringschatulle entgegen. Seine Lippen öffnen sich, um mehr zu sagen, aber im selben Moment ertönt das Geräusch eines wirklich unangenehmen Elektrowerkzeugs aus der Werkstatt.

„Im Ernst, wer arbeitet denn jetzt gerade bei Tire Depot an Autos? Es ist sechs Uhr abends", zische ich und durchbohre die Werkstatt mit meinem Blick, als könnte meine schiere Wut das Werkzeug dazu bringen, mit dem Lärm aufzuhören.

Dean reckt den Hals nach vorn und dreht den Kopf, um zu hören. „Ich kann ihn überhaupt nicht hören."

„Ich auch nicht", schmolle ich und verschränke die Arme vor der Brust, während sich Miles' Lippen bewegen, Kate lacht und ihr die Tränen übers Gesicht laufen.

Dean seufzt. „Ich bin sicher, er sagt so etwas wie ... Gummi, bla, bla, bla. Reifen, bla, bla, bla. Federung und kostenloser Kaffee, bla, bla, bla. Gebäck und Kekse gibt es ein Leben lang gratis, bla, bla, bla. Heirate mich.“

„Das ist für niemanden romantisch, außer für diese beiden Freaks“, krächze ich. Meine Augen füllen sich mit Tränen beim Anblick der Verlobung meiner besten Freundin.

Der Werkzeuglärm hört gerade rechtzeitig auf, damit wir alle hören können, wie Kate ruft: „Ja, ich will dich heiraten!“ Sie fällt ihm in die Arme und presst ihre Lippen auf seine, während er ihr Gesicht hält, den Ring immer noch in der Hand.

Ich wende mich mit großen, feuchten Augen an Dean, der mir antwortet: „Ich wette zwanzig Dollar, dass sie ihr erstes Kind Michelin nennen.“

Ich breche in Gelächter aus und juble dem frisch verlobten Paar zu, während ich über die Komik und Schönheit der ganzen Szene staune. Sie ist so perfekt für Kate, dass ich vor Glück sterben könnte. Wie sie den Mann gefunden hat, der ihre Art von Verrücktheit so vollständig akzeptiert und sich ihr im Gegenzug so freizügig gibt, ist eine wunderschöne, wunderbare, magische Sache. Wir könnten alle so glücklich sein.

„Das könntest du als Nächstes sein, Lyns.“ Dean lächelt halb und drückt mich an seine Seite. „Du und Josh, ihr scheint gut zusammen zu sein. Sich in deinen Baby-Daddy zu verlieben, wäre nicht das Schlimmste auf der Welt, weißt du.“

Mein Körper versteift sich bei Deans Bemerkung.

Es macht mir Angst, zu hoffen.

Hoffnung kann schmerzhaft sein, wenn sie enttäuscht wird. Und die Wahrheit ist, obwohl Josh und ich in den letzten Wochen so weit gekommen sind, hält er immer noch etwas zurück. Etwas, das ihn dazu bringt, sein Herz vor mir zu schützen. Und je länger wir so weitermachen, desto schmerzhafter wird diese Barriere.

Wo ist Josh eigentlich?

Als ich mich umdrehe, steht er neben dem Bus und beobachtet

die Szene mit einem merkwürdigen Gesichtsausdruck. Er schenkt mir ein kleines Lächeln, das ich erwidere.

Bei diesem Mann ist es immer die Hälfte.

Bin ich verrückt, mir bald alles zu wünschen?

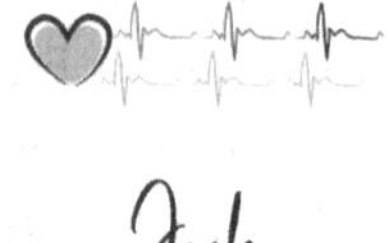

Josh

Nun, heute Abend ist nichts so, wie ich es erwartet hatte.

Die Gruppe stößt mit Miles und Kate mit Champagner und Keksen auf dem Parkplatz von Tire Depot vor dem Schriftband an, auf dem steht: SIE HAT JA GESAGT.

Offenbar waren die Partybus-Geburtstagspläne für Dean nur ein Vorwand für diesen ausgeklügelten Antrag von Miles. Ich will nicht lügen, aber ein Heiratsantrag auf dem Parkplatz eines Reifenladens erscheint mir nicht besonders romantisch. Aber verdammt, Kate und Lynsey haben den ganzen Abend lang Freudentränen geweint, was weiß ich schon von Romantik?

Wir steigen wieder in den Bus und setzen die Kneipentour fort. Im Laufe des Abends macht sich in meinen Schultern Unbehagen breit. Heiraten ist nichts, worüber Lynsey und ich je gesprochen haben. Es ist sicherlich nichts, was ich für mich selbst wollte, wenn man meine Vergangenheit betrachtet, aber ich wollte auch nie ein Baby, und jetzt bekomme ich eines.

Das Leben hat manchmal andere Pläne.

Lynseys Freude für ihre Freundin zeigt deutlich, dass sie die Ehe sehr schätzt. Ist das etwas, das ich ihr geben könnte? Vielleicht ist die Ehe das Beste für alle – das Baby, Lynsey und mich.

Wenn wir verheiratet wären, gäbe es keine Verwirrung mehr darüber, wo wir in unserer Beziehung stehen. Und wenn wir verheiratet wären, könnte ich mich für immer um sie kümmern.

Als wir vor dem Pearl Street Pub halten, bin ich so in meine eigenen Gedanken vertieft, dass ich mich von der Gruppe entschuldige, um nach unten auf die Toilette zu gehen und zu versuchen, mich aus diesem Mindfuck zu befreien, in den ich mich selbst hineingeritten habe.

Als ich wieder nach oben gehe, treffe ich Dean auf der Treppe.

„Amüsierst du dich?" Dean mustert mich von Kopf bis Fuß.

Ich schürze die Lippen und nicke. „Ja klar, und alles Gute zum Geburtstag, übrigens."

Dean lacht und schüttelt den Kopf. „Darum geht es heute Abend eigentlich nicht, aber ich verstehe, warum ausgerechnet du das nicht bemerken willst."

Ich runzle die Stirn. „Was soll das denn heißen?"

„Irgendetwas sagt mir, dass du nicht der Heiratstyp bist, Doc", sagt Dean, während er die drei Stufen hinuntergeht, die uns trennen, damit wir auf gleicher Höhe sind.

Ich kneife die Augen zusammen. „Ich weiß wirklich nicht, warum du denkst, dass du mich so verdammt gut kennst, aber es fängt an, mir auf die Nerven zu gehen."

Dean zuckt mit den Schultern. „Ich weiß, dass du Lynsey jetzt schon seit Monaten unter deinem Dach hast und ihr immer noch einfach nur … fickt?"

Die Tatsache, dass er über unsere Situation Bescheid weiß, ärgert mich. Es entblößt und reizt mich, denn mir wäre es lieber, wenn Lynsey sich Dean nicht darüber anvertraute, was uns betrifft. Dean steht nicht auf meiner Seite und ich bin sicher, dass er alles tut, um sie von mir fernzuhalten.

Ich atme aus und werfe ihm einen finsteren Blick zu. „Meine Situation mit Lynsey geht dich nichts an."

Dean schüttelt den Kopf. „Alles, was mit einem meiner besten Freunde zu tun hat, geht mich etwas an."

„Was zum Teufel willst du von mir, Dean?" Mein Temperament kocht über. Dieser Mistkerl hat mich schon den ganzen Abend angestarrt. Jetzt sollte ich ihn einfach umhauen, damit wir mit diesem blöden Tanz aufhören können. „Ich habe wirklich keinen Spaß an diesen kleinen Konfrontationen, auf die du jedes Mal scharf zu sein scheinst, wenn wir uns sehen."

Dean stützt sich an der Wand ab und steckt die Hände in die Taschen. „Ich möchte dir nur einen freundlichen Rat geben, Doc."

„Einen freundlichen Rat." Ich lache trocken. „Ich kann es kaum erwarten, den zu hören."

„Vielleicht ist Rat das falsche Wort." Dean reibt sich sein bärtiges Kinn und schaut auf, bevor er sagt: „Vielleicht sollte ich ein Wort der Warnung sagen."

Ich verdrehe die Augen und warte darauf, dass diese verdammte Diskussion zu Ende ist.

Er wirft mir einen ernsten Blick zu und fährt fort: „Wenn du es nicht bist, dann wird es jemand anderes sein."

„Wovon zum Teufel redest du?", stoße ich mit zusammengebissenen Zähnen hervor.

„Ein Mädchen wie Lynsey wird nicht ewig Single bleiben, Mann", sagt er und zuckt mit den Schultern, als würde er über das Wetter sprechen. „Sie wurde katholisch erzogen. Sie will eine traditionelle Familie, keinen Baby-Daddy, mit dem sie für den Rest ihres Lebens zusammenlebt. Und wenn du ihr das nicht gibst, ist es nur eine Frage der Zeit, bis es jemand anderes tut. Verdammt, ich würde sie heiraten, wenn sie mich haben wollte."

„Sie will dich nicht", knurre ich, und allein bei der Vorstellung, dass Dean und sie zusammen sind, ballen sich meine Hände zu Fäusten.

„Du hast recht." Deans Augenbrauen heben sich, und er tritt einen Schritt näher an mich heran. „Sie will mich nicht haben, weil sie nicht in *mich* verliebt ist. Aber dir ist verdammt noch mal klar, dass sie in *dich* verliebt ist, oder?"

Ich zucke zurück und stolpere fast eine Stufe hinunter, als ich die Worte verarbeite. „Wovon redest du?"

Dean lacht und greift sich in den Nacken. „Max hat gesagt, du wärst blind, aber ich dachte, er wollte dich nur beschützen. Ich dachte, du wärst nur ein Arschloch und würdest ignorieren, dass sie

Hals über Kopf in dich verliebt ist. Dass du sie nur weiter hinhalten willst, damit du die Kontrolle über sie und das Baby behältst. Max sagt auch, dass du irgendwie besessen von ihrer Sicherheit bist."

Ich schlucke den Kloß in meinem Hals hinunter, denn alles, was er sagt, klingt gefährlich nah an der Wahrheit, und ich habe das Gefühl, als würde er seinen Finger in eine schmerzhafte Wunde drücken.

„Ich sorge mich um Lynsey", stoße ich hervor, wobei mir die Worte wie Glasscherben im Hals stecken bleiben.

Dean nickt, seine Miene verfinstert sich. „Dann solltest du dich besser um sie kümmern, denn im Moment sollte nicht ich derjenige sein, der sie auffängt, wenn sie fällt."

KAPITEL 24

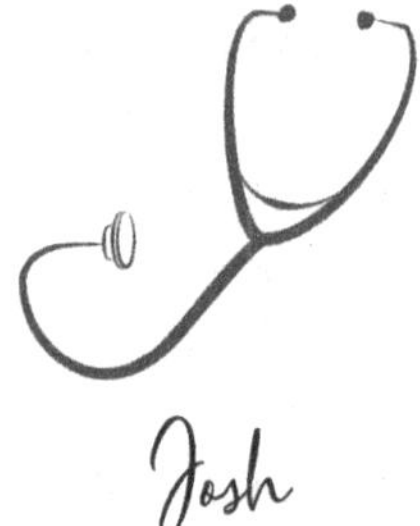

Ich muss Lynsey Jones heiraten.

Sie schläft neben mir. Die Morgensonne beginnt gerade durch die Fenster zu scheinen und beleuchtet ihre schönen Gesichtszüge.

Ich habe die ganze Nacht über Deans Worte nachgedacht.

Verdammter Dean, grummle ich, und diese Sehnsucht in meiner Brust kehrt mit aller Macht zurück.

Ich hasse es, dass er mich gestern Abend so konfrontiert hat, aber er hat verdammt recht. Ich könnte sehr leicht Lynsey und das Baby verlieren, wenn ich nichts tue. Lynsey ist nicht die Art von Frau, die uns einfach so lässt, wie wir sind. Sie will mehr vom Leben. Sie könnte jemanden finden, der sie wirklich liebt und heiraten oder mehr Kinder haben will.

Jemand, der nicht ich ist.

Dieser Gedanke lässt mir das Blut in den Adern gefrieren. Ich will vielleicht kein traditionelles Leben mit Lynsey, aber ich will auch nicht, dass sie es mit einem anderen führt. Dean hat recht – an diesem Punkt sollte ich derjenige sein, der sie auffängt, wenn sie fällt. Sie gehört hierher. Zu mir. Damit ich auf sie und das Baby aufpassen kann. Niemand kann sich so um sie kümmern, wie ich es kann. Und wenn eine Familie auf dem Papier das ist, was sie will, dann kann ich ihr das geben. Ich kann sie heiraten und trotzdem genügend Abstand halten, um für ihre Sicherheit zu sorgen. Ich werde ihr alles geben, was sie braucht, nur um sie bei mir zu behalten.

Sie rührt sich neben mir, ihre Lippen verziehen sich zu einem kleinen Lächeln, bevor sie krächzt: „Ich kann spüren, wie du mich anstarrst."

Ich atme schwer aus. „Ich denke, wir sollten heiraten."

Ihre Augen springen auf, und sie starrt benommen an die Decke. „Was?"

Die Worte, die mir schon die ganze Nacht auf der Zunge liegen, machen einen zweiten Sprung. „Ich denke, wir sollten heiraten."

Sie dreht sich um und sieht mich an, wobei sie ihre Augen im Licht zusammenkneift. „Heiraten ist etwas, das man eher wissen als *denken* sollte."

Sie setzt sich im Bett auf und schiebt sich die zerzausten Haare aus dem Gesicht, um mich mit ihren wunderschönen, verwirrten Augen anzuschauen. „Ist das, weil Kate und Miles sich gestern Abend verlobt haben?"

Ich schüttle den Kopf. „Nein. Ich denke nur, es ist logisch, dass wir heiraten. Wir bekommen ein Kind."

Sie stößt ein Lachen aus. „Ähm …, das ist mir bewusst!"

Ich bleibe einen Moment sitzen und warte darauf, dass sie mehr sagt, aber sie tut es nicht. „Wirst du mir sagen, was du denkst?"

Sie öffnet den Mund, um zu sprechen, schließt ihn dann aber wieder und schüttelt ungläubig den Kopf. Sie gibt eine Reihe seltsamer Laute von sich und rollt sich dann plötzlich vom Bett, presst das Laken um ihren nackten Körper, während sie in meinen Kleiderschrank huscht. Sie schnappt sich ein T-Shirt aus dem Regal und sieht mich mit offenem Mund an, als wollte sie etwas sagen, aber dann überlegt sie es sich wohl anders und verlässt das Zimmer. Ich springe aus dem Bett, schnappe mir eine Jogginghose und ziehe mich schnell an, bevor ich ihr durch den Flur folge.

Sie steht in der Küche vor dem offenen Kühlschrank.

„Wirst du mir antworten?", frage ich, als sie eine Handvoll

Wurst- und Käsesorten aus dem Kühlschrank holt und auf den Tresen stellt.

Sie kneift die Augen zusammen und stürmt an mir vorbei in die Speisekammer, um ihre runde Charcuterie-Platte zu holen.

„Was machst du da?", frage ich, als sie zurück in die Küche geht.

„Wonach zum Teufel sieht es denn aus?", zischt sie mit bissigem Ton, während sie ein großes Messer aus dem Fleischerblock nimmt. „Ich mache Charcuterie."

„Zum Frühstück?"

„Ja, weil du mir gerade einen Heiratsantrag gemacht hast, als ich noch morgendlichen Mundgeruch hatte, Josh!" Mit dem scharfen Messer in der Hand und Tränen in den Augen wendet sie sich mir zu.

„Okay." Ich fasse mir nervös in den Nacken. „Es tut mir leid. Mir war nicht klar, dass ich dich mit dieser Frage verärgern würde."

„Wie kommst du darauf, dass ich verärgert bin?" Sie reißt eine Packung mit Cheddar auf und schneidet daran herum.

Ich ziehe eine Grimasse, als ich sehe, wie sie schnieft. „Weil du zu weinen scheinst?"

Sie sieht mich mit großen, anklagenden Augen an. „Kann ich nicht einfach etwas Käse schneiden und ein bisschen weinen?" Sie greift nach dem Blauschimmelkäse.

Ich gebe einen kehligen Laut von mir.

„Was?", faucht sie.

„Du kannst keinen Blauschimmelkäse essen."

„Warum?"

„Weil er nicht pasteurisiert ist, erinnerst du dich? Es steht in deinem Babybuch."

Ihre Kinnlade fällt vor Entsetzen herunter, als sie das Messer hochhält. „Willst du mich mit diesem Scheiß verarschen? Warum schneidest du mir nicht einfach den Kopf ab, wenn du schon dabei bist?"

Ich kann nicht anders, als mit den Augen zu rollen. „Ich glaube, du übertreibst ein wenig, Jones."

„Tue ich nicht!", ruft sie, lässt den Blauschimmelkäse liegen und macht sich daran, den Pepper Jack auf dem Brett zu arrangieren. „Ich kann buchstäblich nichts tun, was Spaß macht. Ich kann keinen Aufschnitt essen. Ich kann nicht trinken. Ich kann keinen unpasteurisierten Käse essen."

„Wovon redest du?", frage ich, ernsthaft verwirrt darüber, dass sie sich im Moment mehr über Essen und Trinken aufregt als über meinen Heiratsantrag. Lynsey beschwert sich kaum darüber, dass sie schwanger ist, also ergibt das alles überhaupt keinen Sinn.

Sie lässt ihr Messer auf den Tresen fallen und zeigt auf ihren Bauch. „Ich kann nicht auf schöne Art und Weise herausfinden, dass ich schwanger bin. Ich kann nicht auf schöne Art und Weise mit einem Mann zusammenziehen. Und jetzt kann ich mich nicht einmal auf schöne Weise verloben. Alles, was mir passiert, ist mangels Alternative."

Ich lege eine Hand auf den Tresen und drehe mich zu ihr um, meine Brust schmerzt durch die Qual in ihrer Stimme. „Wolltest du wirklich eine so große Geste wie die, die Miles gemacht hat?"

„Vielleicht." Ihre braunen Augen sind groß und wässrig. „Wäre das denn so schlimm gewesen?"

Ich neige frustriert den Kopf. „Aber die sind normalerweise für Leute, die …"

„Was?", schnaubt sie und bläht die Nasenflügel vor Empörung auf. „In einer Beziehung sind?"

Ich presse die Lippen aufeinander, weil ich weiß, dass alles, was ich jetzt sage, sie noch mehr aufregen wird, aber ich weiß auch, dass sie die Sache pragmatisch und nicht emotional betrachten muss. Ich atme tief durch und umfasse ihre Schultern, wobei ich ignoriere, wie sie unter meiner Berührung zusammenzuckt. „Wir sind hier wirklich gut miteinander ausgekommen, Jones, und ich denke, wenn wir heiraten würden, wäre es noch viel mehr vom Gleichen, aber es würde alle Unsicherheiten aus dem Weg räumen."

Sie zieht die Augenbrauen zusammen. „Unsicherheiten soll heißen?"

Ich zucke mit den Schultern. „Wo wir wohnen werden. Wer für die Dinge bezahlen wird. Welchen Nachnamen das Baby haben wird. Ob wir in Zukunft mit anderen Beziehungen eingehen werden."

Lynseys Lippen öffnen sich vor Überraschung. „Ernsthaft?"

Meine Gereiztheit steigert sich, weil mir das alles so verdammt offensichtlich erscheint. Wir bekommen ein Baby, verdammt noch mal. Ich schaue auf ihren Bauch, die Sehnsucht in meiner Brust pocht wieder, weil das Baby genau hier ist, zwischen uns, wächst, lebt, gedeiht. Warum kann sie nicht sehen, dass eine Heirat eine gute Sache ist?

Ich spreche ruhig. „Lynsey, dieses Kind wird uns ein Leben lang aneinander binden – egal, was passiert. Deshalb ergibt es auch so viel Sinn, dass wir beide heiraten. Ich dachte, mit deiner katholischen Erziehung und den Millionen von Andeutungen, die deine Mutter gemacht hat, wärst du mit dieser Idee einverstanden."

Ihr Kinn bebt, als sie in meinen Armen zusammensackt.

„So habe ich mir das alles nicht vorgestellt", krächzt sie, und ihre Stimme bebt, als die Emotionen, die sie vorher kaum unterdrücken konnte, aus ihr heraussprudeln. Sie drückt ihren Kopf an meine nackte Brust und murmelt: „Ich war kaum wach und du hast mich gefragt, ob ich dich heiraten will, als würdest du mich fragen, ob ich Pfannkuchen oder Waffeln möchte."

„Woher sollte ich wissen, dass du Charcuterie willst?", antworte ich und reibe ihr den Rücken, als ich versuche, einen Scherz zu machen.

Sie lacht nicht. Stattdessen zieht sie sich zurück und sieht mich eindringlich an. „Liebst du mich überhaupt, Josh?"

Meine Brust zieht sich bei dieser geladenen Frage zusammen, und ich presse die Lippen aufeinander, weil ich es hasse, dass sie mich jetzt in die Enge treibt, dass ich ihr nicht die Antwort geben kann, von der ich sicher bin, dass sie sie will.

Meine Stimme ist belegt, als ich antworte. „Du liegst mir am Herzen, Lynsey. Du bist ehrlich gesagt meine beste Freundin. Aber ich bin nicht fähig zu lieben. Mein Gehirn funktioniert einfach nicht mehr so."

Sie beißt sich auf die Lippe und schließt die Augen, während zwei Tränen über ihre Wangen laufen. „Klingt nach einem guten Grund für mich, Ja zu sagen."

Ich neige den Kopf. „Ich dachte, das würde dich glücklich machen."

Sie schüttelt den Kopf, ihre Augen sind rot vor Tränen. „Dachtest du wirklich, du würdest mich glücklich machen, indem du mir einen Antrag machst, ohne in mich verliebt zu sein?"

Wenn sie es so ausdrückt, klingt es furchtbar. Aber scheiß drauf, das muss es nicht sein. Unkonventionelle Beziehungen gibt es immer wieder. Lynsey und ich passen gut zusammen. Die letzten Monate haben das bewiesen. „Die Ehe muss keine so große Sache sein, Jones. Wir können immer noch wir sein, nur eben … verheiratet."

„Und nicht verliebt", antwortet sie schlicht, wendet sich von mir ab und widmet sich wieder ihrem Essen. Ich will meinen Arm um sie legen, aber sie hält eine Hand hoch und stoppt meine Bewegungen. „Ich brauche etwas Zeit und Abstand, um darüber nachzudenken, Josh."

Ich nicke und reibe mir den Nacken. „Willst du vielleicht wieder ins Bett kommen? Es ist noch so früh."

Sie schüttelt den Kopf. „Wenn ich das tue, gehe ich in mein Zimmer."

Mein Herz stockt bei dieser Antwort. Ihr Zimmer ist nicht mehr *ihr* Zimmer, seit wir wieder Sex haben. Mein Zimmer ist ihr Zimmer gewesen. Und so lächerlich, unfair, unvorstellbar es auch ist …, meine Brust schmerzt bei dem Gefühl der Ablehnung, das mich überkommt.

Ihre Hände zittern, und schreckliche Schuldgefühle überkommen mich wegen so vieler Dinge. Dass ich sie geschwängert habe. Dass ich Dean in meinen Kopf gelassen habe. Dass meine

Vergangenheit mich so verändert hat, dass ich mich nicht einmal in die perfekte Frau für mich verlieben kann.

„Es tut mir leid, Baby." Ich versuche, ihre Hände zu nehmen, aber sie zieht sich zurück.

Kopfschüttelnd antwortet sie: „Ich weiß, dass es dir leidtut. Aber ich kann damit im Moment nicht umgehen. Ich falle dir so leicht in die Arme und ignoriere dabei die Tatsache, dass du mich auf Abstand hältst." Sie wischt sich über die Augen, und mir dreht sich der Magen um.

Ich habe es hier gewaltig vermasselt.

Sie fügt hinzu: „Vielleicht kann ich besser denken, wenn wir wieder einen Schritt zurückgehen. Meine Hormone spielen verrückt, und wir müssen beide wirklich darüber nachdenken, was hier passiert und wohin das führen soll."

Sie dreht sich um, um den Raum zu verlassen, aber ich kann sie nicht einfach so gehen lassen. Ich eile ihr hinterher und halte sie auf. „Ich bin für dich da, Jones. Für dieses Baby. Du willst darüber nachdenken, und ich verstehe das. Du sollst nur wissen, dass es wirklich das ist, was ich will, und ich glaube, wir könnten zusammen glücklich werden."

Sie nickt steif und zieht ihre Lippen in den Mund, offensichtlich bemüht, nicht zu weinen, als sie den Raum verlässt.

Ich habe die Situation nur noch schlimmer gemacht.

Scheiße. Ich bin wirklich ein Arsch.

KAPITEL 25

Lynsey

„Oh mein Gott", stöhne ich, während ich zweimal die Waage anblinzle, in der Hoffnung, dass meine Augen mich täuschen.

Die Krankenschwester lächelt. „Völlig normal in der vierunddreißigsten Schwangerschaftswoche."

„Normal?", rufe ich aus, wobei mir die Kinnlade vor Entsetzen herunterfällt. „So viel Gewichtszunahme ist normal? Was ist abnormal?"

Josh bewegt sich hinter mir.

Ich drehe mich um und strecke ihm einen Finger entgegen. „Wage es ja nicht, auf die Zahl auf dieser Waage zu schauen, oder ich schwöre bei den Kuchengöttern, dass ich dich mit einer gut geschärften Plastikgabel abstechen werde."

Josh wirft mir einen Blick zu, zieht sich aber klugerweise zurück.

Die Krankenschwester schreibt die erschreckende Zahl auf, bevor sie uns in den Untersuchungsraum führt. Die Erdnuss wackelt und tut offensichtlich alles, was er oder sie tun kann, um Platz da drin zu finden, denn mein Kuchenhintern bekommt eindeutig ein Kuchenbaby.

„Schlüpfen Sie einfach in diesen Kittel, und Dr. Lizzy wird gleich zu Ihnen kommen", sagt die Krankenschwester und wirft einen Blick auf Josh, der in seiner Arbeitskleidung heiß und sexy aussieht, bevor sie den Raum verlässt.

Ich ziehe mich schnell im Bad um und schlürfe heraus, wobei ich mich wie ein gestrandeter Wal fühle, als ich auf den Untersuchungstisch klettere. „Du darfst heiß bleiben und dich von süßen Krankenschwestern abchecken lassen, während ich aufgebläht bin und als Inspiration für einen Umzugswagen am Thanksgiving Day infrage komme."

„Hör auf", brummt Josh und lehnt sich in seinem Stuhl neben mir zurück. „Du bist nicht fett. Du bist schwanger. Und selbst wenn du fett wärst, bist du immer noch heiß."

„Ich fühle mich nicht heiß", stöhne ich, hebe meinen Kittel und zeige auf meinen Bauch. „Ich habe jetzt diese seltsame vertikale Schwangerschaftslinie, und ich bin mir sicher, dass mein Bauchnabel danach nie wieder normal aussehen wird."

Josh wendet seine Aufmerksamkeit von meinem Bauch ab, seine Augen leicht zusammengekniffen. „Nun, du lässt einen Menschen in dir heranwachsen, Jones. Da sind einige äußerliche Veränderungen zu erwarten."

Ich verdrehe die Augen angesichts seiner lächerlichen Arzt-Antwort. Und über seine lächerliche Arzt-Reaktion. Und über unsere lächerliche, *lächerliche* Situation.

Vor einem Monat hat er mir einen Heiratsantrag gemacht, und wir haben uns von einem glücklichen Paar, das tollen Sex hat und die Gesellschaft des anderen wirklich genießt, zu einem kaum noch zusammenlebenden Paar entwickelt. Ich schlafe in meinem Bett, er schläft in seinem. Gelegentlich fragt er mich, ob ich über seinen „Vorschlag" nachgedacht habe, als wäre es nichts weiter als ein Geschäftsabschluss. Und jedes Mal sage ich ihm, dass ich immer noch nicht weiß, was ich tun will.

Weil ich das nicht tue.

Weil ich eine Idiotin bin. Ich bin eine Idiotin, die wusste, dass dieser Mann nicht zur Liebe fähig ist, aber ich habe mich trotzdem in ihn verliebt. Ich habe mir erlaubt, davon zu träumen, eine glückliche dreiköpfige Familie zu sein, mehr Kinder zu haben, normale Familienurlaube zu machen und Dinge zu tun, die zwei Menschen tun, die verliebt sind und ein gemeinsames Leben führen wollen.

Aber Josh tickt anders, und ich muss entscheiden, ob ich damit leben kann. Und ich habe keine Ahnung, was ich von irgendetwas halten soll. Deshalb habe ich auch Kate und Dean nichts von dem Antrag erzählt. Ich will nicht, dass irgendwelche Außenstehenden meine Entscheidung beeinflussen. Kate wird mir sagen, dass ich echte, epische Liebe verdiene und Dr. Arsch in die Wüste schicken sollte. Und Dean wird mir sagen, dass es keine Chance gibt, dass Dr. Arsch sich nicht in mich verliebt …, dass ich ihm einfach etwas Zeit geben soll.

Das Problem ist, dass ich keine Zeit habe. Ich bekomme ein Baby, und ich würde gern vor der Geburt wissen, ob mir ein Happy End bevorsteht.

Dr. Lizzy kommt herein und unterbricht mein inneres Trudeln. „Hi, Leute. Wie geht es uns?" Sie greift in eine Schublade und holt den Doppler heraus.

„Ich bin gigantisch", sage ich trocken.

Sie lächelt. „Sie sind genau da, wo ich Sie haben will."

Sie spritzt etwas Gel auf meinen Bauch und sucht mit dem Mikrofon nach dem Herzschlag. „Haben Sie die Tritte gezählt?"

Ich nicke. „Ja … diese Erdnuss ist sehr aktiv, was überraschend ist, denn ich hätte nicht gedacht, dass das Kind genügend Platz zum Atmen hat, geschweige denn, dass es sich da drin umdrehen kann."

Dr. Lizzy nickt. „Der Körper einer Frau ist eine wunderbare Sache."

Der Herzschlag des Babys pumpt durch den Doppler, und mein Inneres schmilzt wie jedes Mal, wenn ich dieses magische Geräusch höre. Es ist erstaunlich, wie sehr man sich in jemanden verlieben kann, bevor man ihn überhaupt kennengelernt hat. Schade, dass Josh keine Ahnung hat, wie das ist. Was für ein Vater wird er dem Baby sein, wenn er wirklich nicht in der Lage ist zu lieben, wie er sagt?

„Die Herzfrequenz ist gut. Ich prüfe jetzt nur noch Ihren Gebärmutterhals", sagt sie und reicht mir ein Handtuch, um das Gel abzuwischen.

„Oh gut, der spaßige Teil", brumme ich, während ich mich in Position bringe.

Das ist die meiste Action, die ich seit einem Monat hatte, weil mein Baby-Daddy angeboten hat, mir einen Ring anzustecken. Nur ..., dass es keinen Ring gab. Ein weiterer Grund, warum mein Antrag als der erbärmlichste in die Rekordbücher eingehen wird.

Dr. Lizzy beendet die Untersuchung und hilft mir dann, mich aufzusetzen. „Haben Sie schon Ihren Geburtsplan besprochen?"

Ich schüttle den Kopf. „Noch nicht, aber ich habe eine Kindertagesstätte im Gebäude des Wellness-Centers meiner Chefin gefunden." Ich lächle, denn Dr. Gunthrie und ich verstehen uns so gut, dass sie mir eine Festanstellung in ihrer Klinik angeboten hat, wenn ich aus dem Mutterschaftsurlaub zurück bin. Trotz allem, was zwischen Josh und mir vor sich geht, ist das ein positives Zeichen, an dem ich festhalte.

Dr. Lizzy lächelt. „Das ist wunderbar, und machen Sie sich keine Sorgen wegen des Geburtsplans. Sie haben ein wenig Zeit, um ihn auszuarbeiten, aber warten Sie nicht zu lange. Sie sind in der vierunddreißigsten Woche, zu fünfzig Prozent gedehnt und der Muttermund weitet sich bereits. Es würde mich nicht wundern, wenn das Kleine aufgrund der begrenzten Fläche etwas früher kommt."

„Was meinen Sie, wie früh das Baby kommen könnte?", fragt Josh, dessen Tonfall nicht im Geringsten entspannt wirkt.

Dr. Lizzy hält die Hände hoch. „Viele Frauen bleiben bis zum Ende der Schwangerschaft bei dieser Weitung des Muttermunds, also machen Sie sich keine Sorgen."

„Wenn sie jetzt entbinden würde, würde das mit Sicherheit

Neonatalintensivstation bedeuten, oder? Muss sie dann Bettruhe einhalten? Sie kann ihren Job kündigen."

Mir fällt die Kinnlade herunter. „Entschuldigung", schnauze ich und drehe mich warnend zu Josh um. „Sprich jetzt nicht für mich."

Joshs Augen werden schmal. „Lynsey, wenn dein Muttermund sich bereits weitet, solltest du Bettruhe haben. Das ist nicht der richtige Zeitpunkt für dich …"

„Hey, bitte beruhigen Sie sich. Viele meiner Patientinnen sind früh so geweitet, und ihr Gebärmutterhals bewegt sich bis zum Schluss nicht. Bei manchen muss ich es sogar einleiten."

„Wir wollen keine Einleitung", schnauzt Josh, und ich drehe mich, um ihn erneut anzustarren. Seine Augen leuchten abwehrend auf. „Hast du dich über Einleitungen informiert? Sie bergen eine Menge Risiken."

„Genau wie Baby-Daddys, die sich wie Ärsche benehmen", knurre ich und fühle mich sofort gedemütigt, weil Dr. Lizzy Zeugin unseres privaten Zwists ist. Ich richte meine Aufmerksamkeit auf sie. „Es tut mir so leid."

Sie schüttelt den Kopf. „Solche Streitereien gibt es immer wieder. Ihnen geht es gut. Dem Baby geht es gut, und um Ihren Gebärmutterhals mache ich mir keine Sorgen, aber wir werden ihn nächste Woche zur Bestätigung überprüfen. Versuchen Sie einfach, diese Woche ein wenig zu reden, damit Sie beide auf derselben Seite stehen. Okay?"

Dr. Lizzy verabschiedet sich, und Josh steht auf, um mir vom Tisch zu helfen. Ich entziehe ihm meine Hand und rutsche vom Tisch. „Ich brauche deine Hilfe nicht, okay?"

Josh knurrt leise vor sich hin. „Können wir nicht endlich darüber reden, Jones? Du bist seit Wochen still, und du siehst mich an, als wäre ich ein verdammtes Monster."

Ich verschränke die Arme vor der Brust wie einen Schutzschild. „Tue ich nicht."

„Tust du wohl." In seinen Augen liegt ein Hauch von Schmerz, den er selten zeigt. Er geht leicht in die Hocke, sodass er auf

Augenhöhe mit mir ist. „Ich bin kein Ungeheuer. Ich bin nur ein Mann, der mit dir zusammen sein und dieses Kind gemeinsam großziehen will. Was ist daran so verdammt schlimm?"

„Du bist ein Mann, der mich nicht liebt", stoße ich hervor, für ihn, aber vor allem für mich selbst. Meine Augen füllen sich mit Tränen.

Er richtet sich auf, sein Gesicht ist hart. „So bin ich nun mal gebaut, Lynsey."

„Ich glaube nicht, dass du früher so warst", behaupte ich, gehe einen Schritt auf ihn zu und berühre seine Wange. „Und ich weiß, dass du im Grunde nicht so bist. Ich kann dich sehen, Josh. Ich kann dein Herz sehen. Wenn du mit jemandem darüber reden würdest, was mit dir los ist, könnte aus uns vielleicht mehr werden."

„Worüber muss ich mit jemandem reden?"

Meine Augen weiten sich. „Ähm …, für den Anfang, was steht in dem Brief, den ich in deinem Schreibtisch gefunden habe? Der schien ein Trigger für dich zu sein."

Er tritt zurück, sein ganzer Körper ist kerzengerade. „Ich werde das nicht tun. Ich will nicht, dass du mich dazu drängst, Jones."

Voller Frustration fahre ich mir mit den Händen durch die Haare. „Dann dränge mich nicht mit deinem Antrag. Wenn ich mich auf eine lieblose Ehe einlasse, dann muss ich sicher sein, dass ich diese verfahrene Situation gründlich durchdacht habe."

Ich schreite an ihm vorbei und schlage die Badezimmertür zu. Ich muss aufhören, in seine glühenden, verletzten Augen zu schauen, die ich jeden Tag vermisse. Was völlig verrückt ist, denn der Mann ist distanziert, und er ist gebrochen, aber … ich vermisse ihn. Ich vermisse es, das zu sein, was wir zusammen waren, auch wenn es nicht die wahre, unsterbliche Liebe war.

Ich schlucke den Kloß in meiner Kehle hinunter.

Na, Mist.

Es kann gut sein, dass ich aus all diesen Gründen tatsächlich Ja sage.

KAPITEL 26

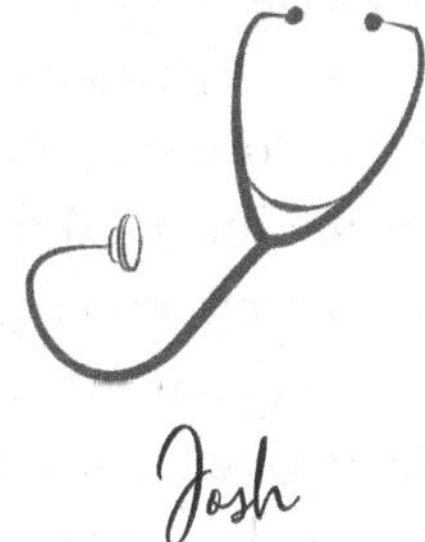

„Ich verliere den verdammten Verstand, Max." Ich nehme einen weiteren Schluck Whiskey und starre meinen Freund an. Er sitzt neben mir an der Bar und trinkt mit mir wie ein Champion. „Sie muss Ja sagen. Ich kann sie nicht verlieren."

Max kneift sich in den Nasenrücken. „Du hättest dir den Antrag gut überlegen sollen, Josh. Mist. Warum hast du nicht erst mit mir gesprochen?"

Ich knirsche mit den Zähnen. „Ich musste nicht mit dir reden, und ich stehe zu dem, was ich getan habe. Ich werde ihr keinen Blumen-und-Herzchen-Heiratsantrag machen, wenn das hier keine Blumen-und-Herzchen-Beziehung ist."

Max dreht sich um und wirft mir einen mitfühlenden Blick zu. „Und du glaubst wirklich nicht, dass du in sie verliebt sein könntest? Denn das ist alles, wonach sie sucht, Mann."

Meine Brust schwillt an und schmerzt so sehr, dass ich meinen Finger hineindrücken möchte, bis sie platzt. „Ich liebe sie nicht, Max. Und ich will sie auch nicht lieben. Wenn ich sie liebe, kann ich nicht klar sehen. Ich kann mich nicht so gehen lassen, wie ich es bei Julian getan habe, weder bei ihr noch bei jemand anderem – nie wieder."

„Aber Lynsey und dieses Baby sind nicht deine Patienten, Josh."

„Das spielt keine Rolle." Ich schlage mit der Faust auf die Theke. „Jeden Tag passiert etwas Schreckliches im Leben, und ich muss wissen, dass ich mich nicht von einem dummen Gefühl blenden lasse, wie ich es in Baltimore getan habe."

„Das war etwas anderes, Josh. Es gab eine Menge schwerer, komplizierter Scheiße, die mit Julians Tod verbunden war."

„Glaubst du nicht, dass es schwer und kompliziert wäre, Lynsey und unser Baby zu lieben?", rufe ich aus, und meine Augen brennen bei dem bloßen Gedanken, ihnen mein Herz zu schenken. „Sie zu lieben, würde die besten Teile von mir wegnehmen. Es würde mich ruinieren, Max."

Max schüttelt den Kopf. „Glaubst du, du kannst nicht zugeben, dass du dein eigenes Kind liebst, nachdem du es zum ersten Mal im Arm gehalten hast?"

„Es geht nicht um Liebe, Max", antworte ich und nehme einen weiteren Schluck Whiskey. „Es geht darum, sie in Sicherheit zu wissen. Ich werde für sie da sein, so wie es ein Vater und Ehemann sein sollte. Aber ich muss sie zu ihrem eigenen Schutz auf sicherem Abstand halten."

Max' Gesicht verzieht sich, aber ich bin abgelenkt, als mein Handy mit einer SMS-Benachrichtigung piept.

> **Lynsey: Der Gebärmutterhals misst immer noch einen Wert von eins. Dr. Lizzy sagt, dass alles in Ordnung ist und es keinen Grund zur Sorge gibt.**

> **Ich: Was? Warum hast du mir nicht gesagt, dass dein Termin heute ist? Du hast mir gesagt, er sei morgen.**

> **Lynsey: Ich bin früher gegangen, weil ich morgen einen Termin auf der Arbeit habe.**

> **Ich: Warum hast du mir das nicht gesagt?**

Lynsey: Weil du nicht dabei sein musstest. Es war ein schneller Termin.

Ich: Lynsey. Ich möchte bei allen Terminen dabei sein. Bei jedem einzelnen.

Lynsey: Es gibt auch Dinge, die ich will, Josh. Und ich bekomme sie.

„Verdammt." Ich lege mein Handy hin. „Sie verstößt mich. Sie wird mich verlassen. Ich kann es spüren."

„Was willst du dann tun?", fragt Max und stößt mich mit dem Ellbogen an.

„Ich weiß es nicht, aber ich kann sie nicht verlieren, Max. Gib mir einen Rat. Zur Abwechslung mal was Nützliches."

Max seufzt schwer. „Nun …, sie wollte einen richtigen Antrag. Etwas, das nicht impulsiv und beiläufig ist. Etwas, wovon sie ihren Freunden und ihrer Familie mit Stolz erzählen kann. Ich denke nicht, dass es unmöglich ist, ihr das zu geben und gleichzeitig dein Herz zu schützen."

Ich sehe ihn stirnrunzelnd an. „Also vielleicht Blumen, aber keine Herzchen?"

Max nickt. „Ja, aber keine verdammten Blumen. Das ist so klischeehaft. Denk einfach an all den Scheiß, den du über sie weißt und binde etwas davon in einen neuen Antrag ein. Mach es persönlich. Und besorg dir diesmal einen verdammten Ring, du geiziges Arschloch."

Ich nicke und denke über seinen Vorschlag nach. Es ist der beste Rat, den er mir bisher gegeben hat, das ist verdammt sicher. Vielleicht könnte es klappen.

Ich tausche die Schicht mit einem meiner Kollegen, sodass ich zu Hause bin, während Lynsey auf der Arbeit ist. Ich lege ihre langsamen Country-Lieblingslieder auf, die sie immer in der

Badewanne hört, und zünde im ganzen Haus Kerzen an … auch wenn sie scheißklischeehaft sind. Was nicht klischeehaft ist, ist der von der Charcuterie-Platte inspirierte Teil dieses Vorschlags.

Mein Herz schlägt bis zum Hals, als das Öffnen des Garagentors mir ankündigt, dass sie kommt. Schnell drehe ich die Musik auf und stelle mich im Wohnzimmer auf.

Einen Moment später schlendert Lynsey mit einer Hand auf dem Bauch herein. Sie runzelt die Stirn, als sie sich die Kerzen ansieht.

Ich treffe sie im Essbereich mit einem runden Charcuterie-Brett in der Hand. „Hey, Jones."

Sie wirft einen Blick auf die Platte. „Josh, was machst du da?"

Ich lächle. Diesmal lächle ich ein richtiges Lächeln, denn verdammt noch mal, ich liebe diese Frau vielleicht nicht, aber sie macht mich glücklich. Glücklich und verrückt und wütend und leidenschaftlich, und ich will sie nicht verlieren.

Ich gehe auf die Knie und hebe die Platte mit den französischen Seidenkuchenstücken aus der Krankenhauscafeteria hoch, in deren Mitte ein Verlobungsring im Prinzessinnen-Schliff liegt.

„Ist das ein Aloe-Vera-Blatt auf einer Kuchenplatte?", fragt Lynsey mit großen, ungläubigen Augen.

Ich schüttle den Kopf. „Nur dein verrückter Geist würde die Garnierung vor dem Diamantring in der Mitte bemerken."

Sie blinzelt überrascht und krächzt: „Was machst du, Josh?"

„Ich mache dir einen Antrag auf eine Art und Weise, die dir zeigt, dass du mir wirklich etwas bedeutest, Jones. Dass ich weiß, wer du bist und dass du einen echten Antrag verdienst." Ich hebe die Platte als Beweis hoch. „Du bist der wichtigste Mensch in meinem Leben, und ich will für dich da sein, dich unterstützen und ermutigen, denn es gibt wirklich nichts, was ich nicht für dich tun würde, Baby."

Lynsey atmet scharf ein, ihre Emotionen überschlagen sich und ihre Augen füllen sich mit Tränen. „Josh …, ich weiß nicht, was ich sagen soll."

„Sag, dass du mich heiraten willst", antworte ich schnell. „Sag, dass ich mich für immer um dich und das Baby kümmern darf. Bitte."

Ich halte den Atem an, als sich eine schwere Stille einstellt. Sie könnte immer noch Nein sagen. Und zur Hölle, ich würde es verdienen, denn sie könnte es besser haben als mich. Sie könnte jemanden finden, der sie liebt und ihr das Leben gibt, das sie sich immer gewünscht hat. Aber ich kann nicht kampflos untergehen. Und ich kann nur hoffen, dass sie das Gefühl hat, ich sei es wert.

Mein Herz klopft, als ihr Tränen übers Gesicht laufen. Ich bin mir ziemlich sicher, dass es Freudentränen sind.

Ich hoffe, es sind Freudentränen.

Nach einer langen Pause lächelt sie sanft und sagt: „Ja, Josh, ich will dich heiraten."

Ich schließe die Augen, als mich ein sofortiges Gefühl der Behaglichkeit überkommt. Schnell stehe ich auf, um ihr den Ring an den Finger zu stecken. Sie öffnet den Mund, um etwas zu sagen, als ein flüchtiger Ausdruck von Traurigkeit über ihr Gesicht huscht. Ich schüttle den Zweifel ab, presse meine Lippen auf ihre und atme aus, denn zum ersten Mal seit einem Monat kann ich wieder richtig durchatmen.

Lynsey gehört jetzt mir. Sie gehört zu mir, und ich kann sie und unsere Erdnuss vor allem beschützen, was diese grausame Welt bringen mag.

Ich habe sie.

KAPITEL 27

Lynsey

Ich bin verlobt und bekomme ein Baby.

Meine Güte, was für einen Unterschied ein Jahr machen kann. Letztes Jahr um diese Zeit war ich Vollzeitstudentin, wohnte mietfrei im Haus meiner Oma, machte mir Stress wegen meines Kuchenhinterns und meines traurigen Dating-Lebens und feierte Tiki-Bar-Partys mit meinen Freunden in meinem Garten.

Jetzt bin ich in der siebenunddreißigsten Woche schwanger, starre auf meine geschwollenen Knöchel und zähle die Tage bis zur Begegnung mit dieser riesigen Erdnuss in mir.

Josh hat sich entspannt, jetzt, da ich die normale Schwangerschaftsdauer erreicht habe. Trotz der beruhigenden Worte von Dr. Lizzy war er sehr besorgt darüber, dass sich mein Gebärmutterhals zu früh weiten könnte. Er war so besorgt, dass er mir sogar Sex vorenthielt, was mich unfassbar reizte, weil ich noch nie Sex mit einem Verlobten hatte.

Zum Glück ist er sehr geschickt mit seinen Fingern und seiner Zunge, sodass es nicht die schlimmsten Wochen waren. Aber jetzt, da das Baby voll entwickelt ist, atmen wir ein bisschen leichter und machen weiter wie bisher. Das Kinderzimmer ist immer noch ein Chaos, aber der Geburtsplan steht fest. Wir haben also einige Dinge in Ordnung gebracht.

Josh und ich sprechen darüber, nächsten Sommer zu heiraten, damit ich meine Traumhochzeit mit Tiki-Bar ausrichten kann. Sogar unsere Eltern und Freunde freuen sich für uns. Alles in allem scheint es so, als stünden die Sterne günstig.

Bis auf die kleine Tatsache, dass wir nicht „Ich liebe dich" sagen. Es ist wirklich schwer, dem Mann, den ich liebe, nicht zu sagen, dass ich ihn liebe, vor allem, wenn ich aufwache und sehe, dass er mich beim Schlafen beobachtet, oder wenn ich sehe, dass er alle meine Schuhe vorgebunden hat, weil ich mich nicht mehr bücken kann, um es selbst zu tun. Er hat sogar einen wunderschönen Schuhschrank mit einer Bank für mich aufgebaut.

Er liebt mich nicht? *Blödsinn.*

Er ist fähig, zu lieben. Er liebt dieses Baby, auch wenn er es nicht sagt. Das merke ich daran, wie er mich berührt. Früher hat er nie meinen Bauch berührt, und jetzt ist er sehr zärtlich. Und er beschützt das Baby so sehr – und genau das ist die Liebe eines Vaters. Wenn er die Liebe eines Vaters empfinden kann, dann kann er sicher auch mich lieben. Deshalb hoffe ich, dass sein Herz nach der Geburt dieses Babys so voll sein wird, dass er nicht mehr leugnen kann, mich zu lieben.

Ich muss einfach geduldig sein. Ich muss meine Liebe festhalten und ihn so akzeptieren, wie er ist, statt mich auf das zu konzentrieren, was er nicht ist. Josh tut viele Dinge in seiner eigenen Zeit, und mich zu lieben könnte leicht eines davon sein.

Im Moment erlaube ich mir, glücklich zu sein. Ich habe einen tollen Job, bin schwanger mit einem gesunden Baby und werde heiraten. Das Leben könnte sehr viel schlimmer sein.

Es ist Samstagnachmittag und Josh wurde gerade zur Beratung in die Notaufnahme gerufen. Ich habe mir eine Charcuterie-Platte gemacht und will mich mit einem Mocktail auf die Terrasse setzen und die Sommersonne genießen, als es an der Tür klingelt. Ich stelle mein fruchtiges Getränk auf den Tresen und richte mein Baumwoll-Umstandskleid.

Ich öffne die Tür und sehe eine umwerfende Blondine auf

der Treppe stehen. Sie ist ganz in Schwarz gekleidet und hält eine Tasche in der Hand, die mit Aktenordnern vollgestopft ist.

„Kann ich Ihnen helfen?", frage ich, als ihr Blick von meinem Gesicht zu meinem wassermelonengroßen Bauch wandert, so wie es in diesen Tagen alle tun. Ein schwangerer Bauch dieser Größe ist wie ein Autounfall – die Leute können nicht anders, als zu starren.

„Habe ich das richtige Haus?", fragt sie und lenkt ihren Blick auf mein Gesicht.

„Ich weiß nicht …, wen suchen Sie?", frage ich, halte mir den Bauch und mustere sie neugierig.

„Ich suche nach Dr. Josh Richardson." Sie packt die Tasche auf ihrer Schulter und rückt ihre dunkel gerahmte Brille zurecht.

„Sie haben das richtige Haus", antworte ich stirnrunzelnd. „Und Sie sind?"

Sie seufzt. „Ich bin Dr. Kayla Wilson. Ich bin eine alte Kollegin von Dr. Richardson."

Ich lege meine linke Hand auf meinen Bauch und wackle mit meinem Verlobungsring. „Oh, schön, Sie kennenzulernen. Ich bin Joshs Verlobte, Lynsey."

Die Augen der Frau werden groß. „Ernsthaft?"

Ich schürze die Lippen. Ich mag gerade die Breite dieser Tür haben, aber es ist nicht so abwegig, dass Josh ein Mädchen wie mich heiraten würde. „Hört sich das wie ein Witz an?"

„Nein!" Sie tritt näher und streckt die Hände aus. „Es tut mir so leid. Ich wollte nicht, dass es so klingt. Ich hätte es mir nur … nicht vorstellen können." Sie schaut auf meinen Bauch, einen zärtlichen Ausdruck in den Augen. „Sie und Josh erwarten ein Kind?"

„Ja. Es tut mir leid, aber woher *genau* kennen Sie Josh?" Diese ganze Begegnung wird immer merkwürdiger.

„Ich habe mit ihm in der John Hopkins Kinderklinik gearbeitet. Er und ich … nun … wir waren mal zusammen, aber deswegen bin ich nicht hier. Ich habe einen jungen Patienten, über den ich unbedingt mit Josh sprechen muss, aber er ruft nicht zurück. Die Situation ist dringend."

Ihre Erwähnung eines jungen Patienten und der Dringlichkeit der Behandlung lässt Schuldgefühle in meiner Brust aufsteigen. Ich sollte nicht so kalt zu ihr sein. „Es tut mir sehr leid, das zu hören. Bitte kommen Sie herein."

Ich trete zurück und mache ihr Platz, damit sie eintreten kann. Sie zeigt auf mich und sagt: „Ich sollte diejenige sein, der es leidtut. Ich benehme mich ein bisschen verrückt, weil ich keine Ahnung hatte, dass Josh ..."

„Jemanden geschwängert hat?", beende ich ihren Gedanken grinsend.

Sie zuckt mit den Schultern. „Nun, Sie kennen Josh."

Und offenbar auch diese Frau. „Er wurde in die Notaufnahme gerufen, aber er sagte, er würde bald nach Hause kommen, Sie können also warten, wenn Sie möchten. Kann ich Ihnen einen Tee oder Kaffee bringen? Einen Mocktail?" Ich lache nervös.

„Ehrlich gesagt, ein Wasser wäre toll", sagt sie, tritt ein und geht in Richtung Küche. „Ich ... wusste nicht, dass Josh noch praktiziert."

Ich runzle die Stirn über diese Bemerkung. „Was sollte er sonst tun?"

„Ich weiß nicht. Es tut mir leid." Sie blinzelt schnell, als wäre sie von dieser Information benommen. „Ich bin heute früh nach Denver geflogen und mit dem Zug nach Boulder gefahren, also bin ich erschöpft. Auf der Fahrt mit dem Uber hierher bin ich fast eingeschlafen." Sie blickt mich an, das Erstaunen steht ihr ins Gesicht geschrieben. Es erinnert mich an die Art, wie Joshs Mutter mich immer noch ansieht. Als wir ihr sagten, dass wir heiraten werden, dachte ich, sie würde nie aufhören zu weinen.

Ich hole Kayla eine Flasche Wasser aus dem Kühlschrank und gehe mit einer Geste ins Esszimmer. „Setzen Sie sich."

„Danke." Sie lässt ihre schwere Tasche auf den Tisch fallen und nimmt einen Schluck, bevor sie mich mit großen Augen ansieht. Sie setzt sich und sagt: „Wow ..., also Sie und Josh. Darf ich fragen, wie lange Sie schon verlobt sind?"

„Wenn Sie fragen, was zuerst da war, das Huhn oder das Ei
… das Ei.“ Ich zeige auf meinen Bauch. Ich bin an diese Frage gewöhnt. Boulder ist eine Kleinstadt, und wenn man schwanger wird,
ohne einen Ring am Finger zu haben, will jeder die Details hören.

„Sie sind bezaubernd.“ Kayla lächelt. „Ich wette, Sie sind gut
für Josh.“

„Bezaubernd habe ich noch nie gehört“, antworte ich lachend.
„Aber ich höre ziemlich regelmäßig emotional und verrückt, fragen Sie einfach Josh.“

Sie lacht. „Also muss es Josh nach all dem gut gehen?“

Ich runzle die Stirn über ihre Bemerkung.

Oh …, Moment. Sie muss über das reden, was in Baltimore
passiert ist.

„Es geht ihm … ganz gut“, sage ich, denn ich bin neugierig darauf, etwas mehr darüber zu erfahren, wie Josh damals in Baltimore
war. Wenn diese Frau mit ihm ausgegangen ist, dann kann sie mir
sicher Auskunft geben.

Kayla nickt, als wüsste sie genau, was ich meine. „Was ihm passiert ist, ist eine Sache, von der man sich nur schwer erholen kann.“

„Ja“, antworte ich unverbindlich, nehme einen Schluck von
meinem Mocktail und überlege, wie schrecklich ich bin, weil ich
eine Fremde um Informationen bitte und nicht meinen eigenen
Verlobten. „Er spricht nicht viel darüber.“

„Das überrascht mich nicht.“ Sie nickt scharf. „Das
Medizinstudium vermittelt uns Bewältigungsmechanismen, aber
der Tod eines Patienten, der einem nahesteht, verändert wirklich
die Sichtweise eines Arztes auf sich selbst und seine Karriere.“

Ich beiße mir auf die Lippe und nicke langsam. „Von welchem
Tod sprechen Sie genau?“

„Nun, Julian, natürlich“, sagt sie und gestikuliert mit den
Händen. „Josh hat ihn geliebt wie seinen eigenen Sohn.“

Ich atme bei ihrer Bemerkung ein und kann nicht anders, als
weiter nachzufragen. „Es ist verrückt, was dort alles passiert ist.“

Kayla nickt. „Das ist es wirklich. Ich meine, wegen Fehltherapie verklagt zu werden ist schon schlimm genug, aber von seinem besten Freund verklagt zu werden …"

Mein ganzer Körper wird kalt, aber ich kontrolliere meine Gesichtszüge, um mich nicht zu verraten. „Josh hat Glück, dass er noch als Arzt arbeiten kann."

„Nun, die Klage war von Anfang an unbegründet. Mark ist auch Arzt, und er hätte es wissen müssen. Als Ärzte können wir nur eine bestimmte Menge tun, so traurig das auch für die Menschen ist, das zu erkennen. Aber so viele Klagen wegen Fehltherapie entstehen aus Kummer. Der komplizierte Teil dieser Angelegenheit war, dass Josh von Anfang an nicht Julians Arzt hätte sein dürfen. Er stand Julian zu nahe. Aber Josh konnte seinem besten Freund nie eine Bitte ausschlagen. Mark und Josh waren wie Brüder, wie Sie sicher wissen."

Ich nicke und runzle die Stirn, während ich versuche, alles zu verarbeiten, was sie gesagt hat. Kompliziert ist richtig.

„Und Sie kennen Josh, er ist so eigensinnig und selbstbewusst, was auch Sinn ergibt, weil er ein Genie ist. Ich meine, er war der Beste in unserer Klasse und der Assistenzarzt, den jeder zu schlagen versuchte. Außerdem hatte er diese unglaubliche Art, mit Kindern umzugehen, bei der einem das Herz aufging. Er konnte sehr direkt zu ihnen sein, während er mit ihnen auf dem Boden krabbelte. Es war schön, das zu beobachten. Ehrlich gesagt waren es die Wärme und die Liebe, die er für seine Patienten empfand, die mich zu ihm hinzogen. Er war auf dem besten Weg, der beste Oberarzt zu werden, den John Hopkins je gesehen hatte …, aber dann passierte das mit Julian. Es ist verblüffend, wie schnell sich die Dinge in diesem Beruf ändern können."

Ich nicke, blinzle schnell und versuche, den Kloß in meinem Hals und die Tränen, die mir in die Augen steigen, zu ignorieren.

Josh und Liebe im selben Satz? War er das wirklich? Wenn ja, wer ist dann der Mann, den ich in den letzten Monaten kennengelernt habe?

„Sind Sie auch Ärztin?", fragt Kayla und reißt mich aus meinem emotionalen Strudel.

Ich schüttle den Kopf. „Ich bin im Moment pädiatrische Beraterin."

Kayla zieht die Brauen hoch. „Den Verstand zu reparieren ist eine ganz andere Sache, ganz zu schweigen vom Verstand von Kindern."

„Ja", antworte ich auf Autopilot, weil meine Gedanken plötzlich von dem Namen auf dem ungeöffneten Brief überrollt werden. „Wissen Sie, ob Josh und Mark noch miteinander sprechen?"

Kayla sträubt sich angesichts meiner Frage. „Josh spricht mit keinem von uns mehr. Er hat unsere Anrufe, E-Mails und Briefe nicht beantwortet. Es ist, als wolle er so tun, als hätte es sein Leben in Baltimore nie gegeben. Mark hat unzählige Male versucht, ihn zu erreichen."

„Wie kommen Sie darauf, dass er heute mit Ihnen reden will?"

Kayla seufzt schwer. „Ich glaube, er kann mir helfen, das Leben dieses Kindes zu retten, wenn er sich nur diese Akte ansieht. Und ich dachte, wenn ich vor seiner Haustür stehe, kann er mich nicht ignorieren."

Ich schlucke den Kloß in meinem Hals hinunter, bevor ich frage: „Ist Julian durch Krebs umgekommen?"

Kayla zuckt mit dem Kopf zurück, sichtlich überrascht über mein mangelndes Wissen. „Nein …, ich meine …, kennen Sie nicht die ganze Geschichte?"

Ich nehme einen tiefen Atemzug. „Wie gesagt, Josh spricht nicht viel darüber."

Ihr Gesicht wird weicher, als sie erkennt, wie sehr ich im Dunkeln tappe. „Josh behandelte Julian gegen Krebs, aber es war ein unentdecktes Hirnaneurysma, das ihn das Leben kostete. Josh macht sich Vorwürfe, weil er die Anzeichen nicht erkannt hat, aber Aneurysmen sind bei Kindern schwer zu erkennen. Und Josh und Julian hatten dieses Superhelden-Ding, bei dem sie immer so taten, als könnten sie keinen Schmerz empfinden. Julian war immer Captain America, und Josh war der Hulk. Sie haben den Schmerz mit ihren Kräften unterdrückt, und Josh glaubt, wenn er Julian nicht so nahegestanden hätte, hätte Julian seine Symptome nicht verborgen und Josh hätte ihn retten können."

Mir stehen die Tränen in den Augen, wenn ich an die Qualen dieses Szenarios denke. „Das ist schrecklich."

Kaylas Gesicht wird lang. „Ich hätte nichts sagen sollen."

Ich schüttle den Kopf und beuge mich vor. „Also gibt Josh sich die Schuld an Julians Tod, weil er ihn zu sehr geliebt hat?"

Kayla beißt sich auf die Lippe. „Josh wird mich umbringen, weil ich das alles gesagt habe."

Ich wische meine Tränen weg, traurig über den kleinen Jungen, traurig über den Vater des kleinen Jungen und traurig über Josh, der versucht hat, ihn zu retten. „Ich bin froh, dass Sie es mir gesagt haben."

Sie lächelt und mustert mich von oben bis unten. „Aber zwischen Ihnen und Josh scheint alles in Ordnung zu sein, oder? Er hat mit seiner Vergangenheit abgeschlossen? Sie planen offensichtlich eine Zukunft."

Ich reibe meine Lippen aneinander und ignoriere das Zittern meines Kinns. „Ein Psychologe würde sagen, nein, er hat seine Vergangenheit nicht verarbeitet."

Ihr Gesicht wird blass. „Ich hatte gehofft, dass er nach Hause kommt, weil er das braucht. Oder einfach nur ... etwas Zeit. Ich meine, Sie haben die Tür geöffnet und sahen so süß und glücklich aus. Ich hatte gehofft, das würde bedeuten, dass sich die Dinge für ihn verbessert haben."

Ich schüttle traurig den Kopf. „Nicht ganz."

Plötzlich räuspert sich jemand hinter uns, und ich drehe mich um.

Josh steht am Seiteneingang bei der Küche und starrt uns an. Ich stehe auf und halte mir schützend den Bauch angesichts des harten Ausdrucks in seinen Augen.

Joshs Stimme ist flach, als er seinen Blick zu Kayla gleiten lässt. „Was zum Teufel machst du hier?"

Kayla steht ebenfalls auf und schnappt sich ihre Tasche vom Tisch. „Ich brauche deine Hilfe bei einem Patienten."

Josh legt seine Schlüssel auf den Tresen und geht langsam auf uns zu. „Ich kann dir nicht helfen."

„Das ist eine Lüge. Du bist die einzige Person, die ich kenne, die helfen kann." Sie verbreitert ihren Stand, da sie offensichtlich kein Nein als Antwort akzeptieren will. „Es geht um ein Kind, Josh – ein kleines Mädchen, und ich brauche nur eine Stunde deiner Zeit. Wenn du dir diese Tabelle ansehen könntest, wirst du sicher etwas sehen, das mir entwischt ist."

„Du hättest nicht herkommen sollen", sagt Josh mit zusammengebissenen Zähnen, während sein Kiefermuskel zuckt.

Kayla blickt mich mit einem verzweifelten Gesichtsausdruck an, den ich tief in mir spüre, aber nach Joshs Körpersprache zu urteilen, steht diese Bitte nicht zur Diskussion.

Mit einem resignierten Seufzer kramt sie in ihrer Tasche und holt eine Visitenkarte heraus. „Mein Flug geht morgen früh von Denver." Sie legt die Hotelkarte auf den Tisch. „Bitte Josh, komm heute Abend vorbei, wenn du es übers Herz bringst, zu helfen."

Josh schaut nicht einmal auf die Karte, sondern starrt weiterhin grübelnd aus dem Fenster.

„Es hat mich sehr gefreut, Sie kennenzulernen, Lynsey", sagt Kayla und reibt mir beruhigend den Arm.

„Es war auch schön, Sie kennenzulernen", krächze ich, während ich Kayla zur Tür begleite und versuche, meine Gefühle zu verbergen, die durch all das aufgewühlt sind, was ich gerade über einen Mann erfahren habe, in den ich verliebt bin.

Als ich zum Tisch zurückkehre, starrt mich Josh nur an, also breche ich die Spannung mit einem Knall. „Kayla hat mir alles über Julian erzählt."

Seine Augen werden schmal, und er schenkt mir dasselbe Schweigen wie Kayla. Damit bin ich nicht einverstanden.

„Das erklärt wohl auch das Captain-America-Tattoo.“

Nichts mehr als ein Zucken im Kiefer.

Ich schlucke den Kloß in meinem Hals hinunter und zwinge mich, stark zu bleiben. „Es tut mir leid, was mit ihm passiert ist.“

Seine Lippen werden schmal. „Ich werde nicht über ihn sprechen.“

„Josh, du hast ihn geliebt, also *solltest* du auch über ihn reden.“

„Ich werde nicht über Julian sprechen“, zischt er, und in seiner Stimme ist Wut zu hören. „Ich werde über nichts davon sprechen.“

„Aber du setzt dich nicht damit auseinander.“ Ich gehe auf ihn zu, damit ich ihm in die Augen sehen kann. „Du verbirgst es. Es zu verbergen, macht deinen Kummer umso schlimmer.“

Er legt den Kopf schief und sieht mich streng an. „Ich habe dir gesagt, du sollst mich nicht psychoanalysieren, Jones.“

„Nun, jemand muss es offensichtlich tun.“ Das ist die Mauer, die er gebaut hat. *Das* ist die Kluft zwischen uns. „Kayla sagt, du sprichst mit niemandem mehr aus Baltimore.“

„Hör auf, Lynsey.“

„Josh …“

„Genug“, schnauzt er, und die zornigen Adern in seinem Hals lassen mein Herz stocken.

Er macht auf dem Absatz kehrt und stürmt an mir vorbei in Richtung Schlafzimmer. Ich folge ihm, denn das ist der erste Blick auf eine wirkliche Erklärung, die ich für sein Verhalten bekomme, und wenn er nur damit umgehen und es überwinden könnte, dann könnten wir vielleicht eine Familie sein. Vielleicht könnte er wieder offen für die Liebe sein.

Ich stehe in der Tür, als Josh seinen Kittel aus- und eine Jogginghose anzieht. Sein Körper ist angespannt, als er ein T-Shirt aus dem Regal zieht.

„Dieser Brief ist von Julians Vater, nicht wahr?“ Ich verschränke die Arme vor der Brust.

Er atmet aus, und mit diesem einen Atemzug werden seine

gesamten Bauchmuskeln sichtbar. „Warum kannst du es nicht einfach lassen?"

„Du solltest ihn öffnen."

„Ich muss ihn nicht öffnen."

„Warum?"

„Weil ich weiß, was dort stehen wird."

„Was wird dort stehen?"

„Dass ich es vermasselt habe!", knurrt er mit tiefer, donnernder Stimme. „Dass ich sein verdammtes Kind getötet habe. Dass ich ein Ungeheuer bin."

Mein Herz zieht sich bei dem Schmerz in seinen Worten zusammen, die durch den Schrank vibrieren, als er hinausgeht und mich an der Tür konfrontiert. Ich bemühe mich, selbstbewusst zu klingen, als ich antworte: „Das weißt du nicht. Vielleicht hat er dir verziehen."

Josh kneift die Augen zusammen. „Ich verdiene seine Vergebung nicht."

„Na ja, *ich* vielleicht schon." Ich greife nach dem Hemd und halte ihn für einen Moment davon ab, es anzuziehen, damit er mir in die Augen sehen kann. „Vielleicht verdiene ich es zu sehen, wie du dir selbst vergibst, damit wir mehr sein können."

Er schließt die Augen, als hätte er Schmerzen. „Es geht nicht um uns."

„Ich weiß, dass es das nicht tut, aber siehst du nicht, dass das alles zusammenhängt?"

Er schüttelt den Kopf. „Es spielt keine Rolle, ob es so ist. Ich habe es vermasselt, und das hat den Sohn meines besten Freundes das Leben gekostet."

„Du bist ein Mensch, Josh." Meine Stimme schwankt durch den Schmerz, der immer noch von ihm ausgeht. „Du bist nicht perfekt."

„Ich war es aber", schnauzt er, während sich seine große Gestalt über mich beugt, wobei seine feuergrünen Augen sich mit meinen verbinden. „Ich war mein ganzes verdammtes Leben lang perfekt. Bis Julian. Bis zu dir. Bis jetzt."

Er deutet auf meinen Bauch.

Instinktiv lege ich meine Hand auf unser Baby. „Es war also ein Fehler, mich zu schwängern?"

„Natürlich war es das", brüllt er, als sein Temperament überkocht.

Seine Worte sind wie ein Schlag in meinen Magen. Wie ein Schlag gegen das Leben, das in mir wächst. Das Leben, das unsere Stimmen hören kann, und das Leben, in das ich mich Hals über Kopf verliebt habe.

Dieses Baby. Meine Erdnuss ... ist *kein* Fehler. Dieses Baby ist mein Leben. Und es hat etwas Besseres verdient, als als Fehler bezeichnet zu werden.

Ich umklammere meinen Bauch und starre ihn an, während meine Stimme bebt. „Es tut mir leid, dass du so denkst."

Er grummelt vor sich hin. „Kannst du ehrlich sagen, dass du ein Kind auf diese Weise gewollt hättest?"

Ich atme tief ein, der Schmerz dieser Realität ist härter, als ich es mir je hätte vorstellen können. „Nein, Josh, aber jetzt, da ich dieses Baby habe, bin ich glücklich. Und ich würde das niemals einen Fehler nennen. Ich liebe dieses Baby zu sehr, um es so respektlos zu behandeln. Meinst du nicht auch?"

Der Muskel in seinem Kiefer zuckt nervös, und mein Magen schlägt Purzelbäume. Ich halte meinen Bauch fest und atme tief durch, bevor ich frage: „Liebst du dieses Baby, Josh?"

Meine Augen füllen sich mit Tränen, während ich auf seine Antwort warte.

Er schürzt die Lippen, zieht sich das T-Shirt über den Kopf und vermeidet den Blickkontakt mit mir. „Stell mir nicht solche Fragen, Lynsey."

„Warum nicht?"

„Weil dir die Antwort nicht gefallen wird."

Und da ist sie: Die Wahrheit, die ich mir nicht erlaubt habe, in Betracht zu ziehen.

„Glaubst du, dass du dieses Baby jemals lieben wirst?", frage ich mit vorsichtiger Stimme, während sich die Erkenntnis wie ein Stein in meinem Bauch festsetzt.

Er fährt sich mit einer Hand durchs Haar. „Du verstehst es nicht, Jones."

„Was verstehe ich nicht?"

„Wenn ich dieses Baby liebe, dann kann ich nicht klar sehen. Wenn ich meine Gefühle mit einbeziehe, dann könnte das, was Julian passiert ist, auch dir passieren … oder dem Baby. Ich muss einen sicheren Abstand halten, damit ich mich um euch kümmern kann."

„Das ist also dein langfristiger Plan? Ein Roboter-Vater und Ehemann zu sein?"

„Ja", antwortet er trocken.

Ich halte mir eine Hand vor die Brust, als ein scharfer Schmerz angesichts seines Eingeständnisses durch mich hindurchschießt. Er wird mich nie lieben. Er wird dieses Baby niemals lieben. Ich ringe nach Atem, brauche die Wand, um mich aufrecht zu halten. Atemlos stoße ich meine Antwort hervor: „Und du dachtest nicht, dass du mir das irgendwann sagen solltest?

„Das ist scheißegal, weil es nichts ändert", schnauzt er und seine Augen werden zu Schlitzen. „Nichts wird jemals etwas an dieser Situation ändern."

„Ich hasse es, dass du das immer noch als Situation bezeichnest." Ich schließe meine Augen und zwinge mich, langsam ein- und auszuatmen. Die Tränen, die mir über das Gesicht laufen, sind der innere Schmerz, der sich seinen Weg nach draußen bahnt. „Es ist, als wären wir wieder genau da, wo wir angefangen haben. Wir haben uns nicht einmal einen kleinen Schritt vorwärts bewegt. Wie konnte ich nur so dumm sein?"

Ich drehe mich auf dem Absatz um und kämpfe gegen die Übelkeit an, die dieses Gespräch ausgelöst hat. Das ist zu viel. Es ist zu schmerzhaft. Ich kann mir das nicht antun. Tief durchatmend, verlasse ich den Raum und gehe in mein Schlafzimmer, um meine Tasche zu holen.

Blindlings stopfe ich Sachen hinein – Unterwäsche, Hosen, Hemden, Sweatshirts.

Ich wünschte wirklich, meine Hände würden aufhören zu zittern.

Josh erscheint mit ernster Miene in meinem Zimmer. „Was machst du da?"

„Ich gehe", krächze ich, und meine Gefühle kochen über. „Ich hätte schon vor langer Zeit gehen sollen."

„Du gehst nicht", sagt er entschlossen, als ich an ihm vorbei ins Bad gehe.

„Sieh nur zu." Ich stopfe die Toilettenartikel in meine Tasche, während ich hoffe, dass meine Tränen versiegen. Er hat meine Tränen nicht verdient. Er hat mich nicht verdient.

Josh umklammert den Türrahmen wie eine Rettungsleine. „Wo wirst du hingehen? Zu deinen Eltern?"

„Ich werde zu Dean gehen." Ich genieße den Stich, den diese Antwort auslösen wird. „Er ist ein guter Freund. Er ist hilfsbereit. Er liebt mich sogar."

Joshs Griff wird fester, ein Knacken hallt von den Badezimmerwänden wider. „Von allen Leuten, zu denen du gehen könntest …, muss es ausgerechnet er sein?"

Ich zucke trotzig mit den Schultern. „Ich möchte, dass er es ist. Ich brauche jemanden, der lieben wird, was in mir vorgeht. Jemanden, der mich und dieses Baby nicht wie einen Patienten oder einen *Fehler* behandelt. Dean hat mich nie auf diese Weise behandelt. Seine erste Reaktion darauf war zehnmal besser als deine."

„Das war's also? Du bist fertig mit mir?", knurrt er mit roten Augen. „Ganz abgesehen davon, dass wir verlobt sind und das Kind, das du trägst, zur Hälfte von mir ist?"

Ich setze ein falsches Lächeln auf, während mein Geist in mir zusammenbricht. Ich wünschte, ich könnte bleiben. Ich wünschte, ich könnte ihm erlauben, sich um mich zu kümmern und so zu sein, wie er ist, und nicht mehr von ihm zu brauchen. Aber das ist nicht genug. Und das wird es auch nie sein.

Mit zittrigen Händen ziehe ich den Ring von meinem Finger, und es ist, als würde ich eine Maske ablegen, die zu tragen töricht war. Ich lege ihn auf den Badezimmertisch und stelle mich vor ihn hin, die Tasche auf der Schulter, das Kinn hocherhoben. „Josh, ich war bereit, dich zu heiraten, weil ich dachte, wir hätten Potenzial. Ich dachte, du könntest mich lieben lernen, und verrückterweise nahm ich an, du würdest dieses Baby lieben. Aber ich weiß jetzt, dass du dich nicht ändern wirst, weil du deine Vergangenheit nicht loslassen kannst. Ich habe mir vorgemacht, dass du das könntest, denn alles, was ich je war …, alles, was dieses Baby je war …, ist eine Verpflichtung dir gegenüber, kein Neuanfang. Und wir haben etwas Besseres verdient.“

„Scheiße“, sagt Josh, nimmt seine Hand lange genug von der Tür weg, um sie zurückzuziehen und gegen die Wand daneben zu schlagen. Er tritt vor und hält sanft mein Gesicht, seine Brust hebt und senkt sich mit schweren Atemzügen, seine Lippen zittern, als er sagt: „Du bist mir verdammt wichtig, Lynsey. Ich sorge mich um dieses Baby. Das habe ich dir schon unzählige Male gesagt.“

„Was du mir gibst, ist nicht genug.“ Ich umklammere schützend meinen Bauch, da ich das Gefühl habe, das Baby halten zu müssen, während ich das tue. „Und es ist grausam, so zu tun, als wäre es so.“

„Ich werde dich nicht gehen lassen“, knurrt er, wobei sein Kiefer vor kaum zu bändigenden Emotionen angespannt ist, während sein Schutz fällt und den gebrochenen, ruinierten Mann offenbart, der sich dahinter verbirgt. Er lässt mein Gesicht los und verschränkt die Arme vor der Brust, um die Tür zu blockieren. Sein Gesicht ist hart und verzerrt, und es fällt mir schwer, ihn anzusehen.

„Du wirst mich gehen lassen …, was du nicht gehen lassen willst, ist die Vergangenheit.“ Ich atme scharf durch die Nase ein, in dem Wissen, dass ich ihm wehtun muss, um ihn zur Einsicht zu bringen. Ich muss ihm so wehtun, wie er mir wehgetan hat. „Wenn dir wirklich etwas an mir und dem Baby liegt, wirst du mich gehen lassen, denn mich in ein liebloses Leben mit dir zu zwingen, ist genauso schlimm, wie das, was mit Julian passiert ist."

Sein Gesicht wird lang, während ihm Tränen über die Wangen laufen. „Nein."

Ich schiebe ihn leicht zur Seite, sein Gesicht ist entsetzt, als ich an ihm vorbeigehe, zur Tür hinaus und raus aus dieser verkorksten Vereinbarung, der ich nie hätte zustimmen sollen.

Weg von seinem Schmerz.

Weg von meinem Schmerz.

KAPITEL 28

Lynsey

„Ich brauche noch einen", sage ich und lasse mein Hurricaneglas auf Kates Küchentisch klirren. Oder Miles' Küchentisch. Nun, ich nehme an, da sie jetzt verlobt sind, ist es auch ihr Küchentisch.

Ich war einmal verlobt – war das nicht lustig.

Dean wirft mir einen Blick von der anderen Seite des Tisches zu. „Ich glaube, du hattest genug, Lyns."

Ich schnaube. „Das sind doch alkoholfreie Getränke!"

„Aber diese Mocktails sind voller Zucker", stimmt Kate zu, die mich mitfühlend ansieht. „Du wirst jeden Tag dein Kind bekommen, und du willst doch nicht, dass das Baby mit einem Kropf am Hals herauskommt oder so."

Meine Augen weiten sich. „Kann das wirklich passieren?"

Kate zuckt mit den Schultern. „Woher soll ich das wissen?"

„Sag doch nicht einfach so unbedacht medizinische Dinge. Ich habe schon genügend Sorgen!", rufe ich aus und schmolle dann, denn wenn Josh hier wäre, könnte ich ihn fragen, ob es einen Zuckerkropf tatsächlich gibt.

„Ich hole dir etwas Wasser." Dean geht zum Kühlschrank.

„Weißt du noch, wie Dr. Arsch an dem Abend in der Bar meine Bestellung für Birds and Bees-Cocktails in ein Wasser verwandelt hat?" Ich wende mich an Dean, während er mir eine Flasche Wasser bringt. „Oh, mein Gott, ich habe an diesem Abend Birds and Bees-Cocktails getrunken. Kein Wunder, dass ich geschwängert wurde. Meine Eltern haben mich nie über die Bienchen und Blümchen aufgeklärt. Sie haben immer nur gesagt, dass Jesus uns beobachtet."

„Jesus hätte das Steuer übernehmen sollen, als du Dr. Arsch eines meiner alten Kondome gegeben hast", murmelt Kate.

Ich recke mein Kinn vor und schüttle den Kopf. „Jesus hätte das Steuer übernehmen sollen, als Dean mich in jener Nacht mit Josh in einen Uber steigen ließ."

Dean atmet schwer aus und reicht mir das Wasser. „Glaubst du nicht, dass ich schon vierzehntausend Mal daran gedacht habe? Ich war so ein Arsch an diesem Abend, weil ich dich mit diesem … Arsch habe gehen lassen."

„Ich habe viel zu viel Arsch in meinem Leben." Natürlich … habe ich jetzt keinen Arsch in meinem Leben. Dieser Gedanke schmerzt, denn ich vermisse ihn, verdammt.

Kates Stimme unterbricht mein Trübsalblasen. „Aber du hast doch selbst gesagt, Lyns, dass dieses Baby kein Fehler ist."

„Ist sie nicht." Ich reibe schützend meinen Bauch und frage mich, warum ich mich betrunken fühle, obwohl ich keinen Schluck Alkohol getrunken habe. „Habe ich schon erwähnt, dass ich glaube, dass es ein Mädchen ist?"

„Wie kommst du darauf?", fragt Kate mit großen, hoffnungsvollen Augen.

„Ich hatte einen Traum", antworte ich seufzend. „Es ging darum, dass Josh unser kleines Mädchen auf dem Rücksitz eines Minivans auf die Welt holte, während er als Pirat verkleidet war. Ich habe keine Ahnung, warum er verkleidet war oder woher der Minivan kam, aber es war wie eine Szene direkt aus einer Liebeskomödie."

„Ein Mädchen wäre schön", sagt Kate lächelnd.

„Ein Mädchen wird am Arsch sein", schnauze ich. „Weil Männer scheiße sind. Nichts für ungut, Dean."

„Alles gut." Er zuckt mit den Schultern.

„Obwohl du auch scheiße bist. Du liebst nur Frauen, deren

Liebe für dich sicher ist. Freundinnen, die dein Singledasein nicht bedrohen. Wenn du versuchen würdest, diese Bäckerin zu lieben, von der du besessen bist, dann würdest du sicher auch deine beschissenen Stellen zeigen."

„Warum reden wir über mich?" Dean rückt seine Brille zurecht. „Du bist diejenige, die schwanger ist und erst gestern deinen Doktor-Verlobten verlassen hat."

Mein Kopf sinkt in meine Hände. „Weil ich dumm bin."

„Du bist nicht dumm." Kate nimmt meine Hand von der anderen Seite des Tisches. „Du verdienst epische Liebe. Und wenn er sie dir nicht geben kann, war es klug von dir zu gehen."

„Nur ist die epische Liebe nicht das wahre Leben", wirft Dean ein.

„Halt die Klappe, Dean", schnauzt Kate und sieht ihn scharf an. „Ich bin der Beweis dafür, dass es epische Liebe gibt. Nur weil du ein mürrischer Zyniker bist, heißt das nicht, dass der Rest von uns das auch sein muss."

Er grummelt vor sich hin und nimmt einen Schluck von seinem Mocktail. Ich schaue zwischen meinen beiden Freunden hin und her, die mich in den letzten Stunden aufzumuntern versucht haben – es funktioniert nicht. Es funktioniert nicht, weil es schrecklich ist, allein ein Baby zu bekommen. Und mit einem gebrochenen Herzen schwanger zu sein, ist einfach verdammt schmerzhaft.

Ich will nicht essen.

Ich will nicht fühlen.

Ich will nicht nachdenken.

Stattdessen möchte ich einfach nur einschlafen und in Joshs Bett aufwachen, mit dem Baby in meinen Armen, während er uns beim Schlafen zusieht.

Ich konnte dieses Leben mit ihm sehen. Ich konnte es so deutlich sehen, dass ich alle Anzeichen ignorierte, dass er nicht ganz bei der Sache war. Gott, ich bin so dumm.

„Und was genau ist dein Plan?", fragt Dean und blickt mich von der anderen Seite des Tisches an. „Ich weiß ehrlich gesagt nicht, warum du immer noch hier bei Kate wohnst, wo ich dir doch gesagt habe, dass du zu mir ziehen kannst. Ich werde dir helfen, das Baby großzuziehen. Ich habe keine epische Liebe, die mich ablenkt, so wie Kate es hat. Du und das Baby könnt meine große Liebe sein."

„Hey, Arschloch", knurrt Kate und funkelt Dean an. „Sie kann so lange hier bleiben, wie sie will. Meine Liebesgeschichte kommt meinen Freundschaften nicht in die Quere."

Dean schüttelt den Kopf. „Ich finde es einfach beschissen, dass sie nicht bei mir bleiben will, aus Respekt vor einem Mann, der sie nicht genug respektieren konnte, um ehrlich zu ihr zu sein, was seine Vergangenheit angeht."

Ich atme schwer aus. Dean hat recht. Ich bin ein Wrack. Sobald ich Josh verlassen hatte, bin ich direkt zu Kate gefahren, weil ich wusste, dass ich nicht zu Dean gehen und Josh so verletzen konnte.

„Ich weiß nicht, warum er mir noch etwas bedeutet", krächze ich, während mir zum x-ten Mal Tränen die Sicht versperren.

Kates Stimme ist sanft. „Weil du ihn liebst."

„Das hilft mir sehr", schmolle ich und wische mir mit dem Ärmel meines Oberteils über das tränenverschmierte Gesicht. „Aber weißt du was? Es wird schon gut gehen. Ich habe einen Betreuungsplatz in Dr. Gunthries Gebäude und einen guten Job, wenn ich mit dem Mutterschaftsurlaub fertig bin. Ich kann durchaus alleinerziehende Mutter sein. Ich habe ein bisschen Geld gespart, da Josh nie einen meiner Schecks eingelöst hat, also bin ich sicher, dass ich mir eine eigene Wohnung leisten kann." Meine Augen weiten sich, als mir ein Gedanke kommt. „Glaubst du, Josh wird meine Schecks einlösen, jetzt, da ich ihn verlassen habe?"

Kate sieht mich mit spitzem Blick an. „Er braucht dein Geld nicht, Lynsey."

„Und er braucht dieses Baby nicht." *Oder mich*, füge ich im Stillen hinzu und nehme einen langen Schluck von meinem Wasser.

Deans Stimme ist schroff, als er sagt: „Ich kann immer noch nicht glauben, dass er nicht ein einziges Mal versucht hat, eine SMS zu schreiben oder anzurufen. Was für ein Arsch muss man sein, um seine schwangere Verlobte gehen zu lassen, ohne einmal anzurufen?"

Ich schließe die Augen und kneife mir in den Nasenrücken. „Ich glaube, er wollte die ganze Zeit einen Ausweg. Ich war nur zu dumm, es zu merken."

„Du warst nicht dumm." Kates Körperhaltung richtet sich abwehrend auf. „Du hast Josh geliebt. Du hast dich darauf eingelassen, weil du dachtest, du könntest eine Familie und ein Leben mit ihm haben. Ehrlich gesagt warst du vorher nicht dumm, aber jetzt finde ich dich superdumm."

„Was?", erwidere ich abwehrend. „Wieso bin ich die Dumme?"

„Weil du endlich einen Durchbruch mit ihm hattest, als es um seine Vergangenheit ging, und dann hast du ihn vom Haken gelassen, anstatt dich zu behaupten!" Kate sieht mich mit ihren großen, verrückten Augen an.

„Ich bin gegangen, weil er das Baby nicht liebt, Kate!", rufe ich aus und spanne meine Schultern vor Angst an. „Er wird weder das Baby noch mich je lieben."

„Das kannst du unmöglich wissen."

„Du warst nicht dabei", antworte ich kopfschüttelnd, während ich mir die Schrecken jenes Abends noch einmal vor Augen führe. „Du hast sein kaltes Gesicht nicht gesehen, als ich ihn mit seinen Gefühlen konfrontiert habe, oder mit dem Fehlen solcher."

„Du bist Therapeutin, Lynsey …, oder wirst es bald sein", erwidert Kate, lehnt sich in ihrem Stuhl zurück und verschränkt die Arme vor der Brust. „Du weißt doch sicher, wie wichtig es ist, vergangene Traumata zu verarbeiten."

„Er wird sie nicht verarbeiten!"

„Nicht jetzt, wo du weg bist", brüllt sie.

„Was hätte ich denn tun sollen?"

„Du hättest bleiben und für das kämpfen sollen, was du willst. Kämpfen für die Familie, die du dir aufgebaut hast." Ihr Gesicht wird weicher, und sie verschiebt ihren Stuhl so, dass sie direkt vor mir ist, dann legt sie ihre Hände auf meine Beine. „Ich liebe dich, Lynsey, aber du warst bei Männern immer zu passiv. Du gehst davon aus, dass sie nur mit dir zusammen sind, bis jemand Heißeres oder Aufgeschlosseneres auftaucht. Du machst dich selbst runter und jammerst über deinen Kuchenhintern …, aber erstaunlicherweise warst du bei Josh nicht so. Du warst selbstbewusst. Es war, als hättest du dich endlich in deiner eigenen Haut wohlgefühlt."

Ich öffne den Mund, um zu widersprechen, aber die Worte bleiben mir im Hals stecken. Ich schließe die Augen, atme tief ein und halte die Luft an, bis ich meine Gefühle wieder unter Kontrolle habe. „Ich habe mich bei ihm wohlgefühlt, weil es keinen Druck gab."

„Genau", sagt Kate, und ihre blauen Augen blitzen vor Leidenschaft. „Du wusstest, dass er sich nicht in dich verlieben würde, also hast du dich entspannt und bist dein wahres Ich mit einem Mann geworden, was schön anzusehen war. Aber als du gemerkt hast, dass er das Baby nicht lieben kann, den einen Menschen, den du mehr als alles andere auf der Welt liebst, da hast du plötzlich ein verdammtes Rückgrat bekommen."

„Was willst du sagen, Kate?"

„Du musst für dich selbst kämpfen, so wie du für dieses Baby kämpfst!" Sie lächelt und berührt zärtlich meinen Bauch. „Du musst dir ein paar monströse, haarige Mama-Bär-Eier wachsen lassen und Josh deine Gefühle mitteilen und ihn zwingen, sich seinen eigenen zu stellen."

„Warum müssen meine Mama-Bär-Eier haarig sein?"

„Weil du zur Big Bear Dick Energy wechselst."

„Wie sind wir von haarigen Eiern zu Bear Dick Energy gekommen?"

„Ich weiß nicht, mach einfach mit", sagt sie mit düsterem Blick. „Ich denke, du solltest mit deinen Eiern herumschwingen und einen großen Aufstand machen. Zeig Dr. Arsch, dass deine Hoden es wert sind, gestreichelt, ich meine geliebt zu werden."

„Die Analogien laufen hier aus dem Ruder, aber ich verstehe

den Gedanken." Ich nicke, während ich alles aufnehme. „Ich hoffe nur, dass meine haarigen Eier ausreichen, um ihn am Ende zu überzeugen."

Kate lächelt und streichelt weiter meinen Bauch. „Wenn ich für jedes Mal, wenn ich das in einem Buch geschrieben habe, einen Cent bekäme …"

KAPITEL 29

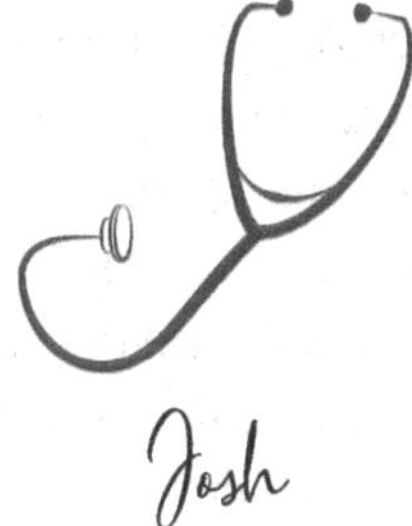

Josh

„Dr. Richardson, ich sagte, Sie werden in Untersuchungsraum drei gebraucht", ruft mir Schwester Sheila zum dritten Mal zu.

„Ich sagte, einen Moment, bitte." Meine Fäuste ballen sich, während mein ganzer Körper vor lauter aufgestauter Wut zu implodieren droht.

Wut und Zorn waren in der letzten Woche mein Standard, was hier nicht gut ankommt, weil ich vorher schon nicht gerade ein sonniges Gemüt hatte. Aber ich tue einfach mein Bestes, um zu arbeiten und mein beschissenes Leben zu sortieren.

Ehrlich gesagt, sollte ich wahrscheinlich nicht einmal arbeiten, aber die Notaufnahme ist das Einzige, was mich im Moment bei Verstand hält. Ich brauche Ablenkung, sonst lande ich bei Dean, schlage ihn zu Brei und flehe Lynsey an, nach Hause zu kommen.

Was falsch ist.

Weil ich ihr nicht geben kann, was sie will.

Es war richtig, dass sie gegangen ist. Sie hat etwas Besseres als mich verdient. Verdammt viel besser. Sie verdient die Welt. Und ich kann ihr dabei nicht im Weg stehen.

Ich erhebe mich vom Schreibtisch, stopfe das Krankenblatt, an dem ich gearbeitet habe, in den dafür vorgesehenen Schlitz und mache mich auf den Weg zum Untersuchungsraum drei.

Wenigstens kann Schwester Sheila mich jetzt verdammt noch mal in Ruhe lassen. Ich suche nach dem Krankenblatt, das eigentlich in der Türhalterung sein sollte, aber es ist nichts drin. Ich runzle die Stirn und schaue mich nach Sheila um, die praktischerweise nicht da ist.

Grummelnd öffne ich die Tür, um nachzusehen, ob die Akte mit dem Patienten im Untersuchungszimmer geblieben ist. Mein Herz klopft bei dem vertrauten Gesicht, das mich empfängt.

„Mein Gott, du siehst ja scheiße aus." Mark starrt mich mit seinen grauen Augen an, während er auf der anderen Seite des Raumes steht. „Du siehst so aus wie damals, als wir für den Zulassungstest gelernt haben, wie ein wandelnder Zombie. Bist du krank?"

Ich stoße den Atem aus, der mir schwer in der Brust sitzt, und bereite mich vor, einzutreten und die Tür hinter mir zu schließen. „Ich bin nicht krank. Ich habe nur eine harte Woche hinter mir."

Er legt den Kopf schief und nickt. „Ich habe etwas in dieser Richtung gehört."

Ich runzle die Stirn. „Mit wem hast du gesprochen?"

„Kayla", antwortet er achselzuckend. „Sie konnte nicht glauben, dass sie dich gefunden hat und dass du tatsächlich aufgetaucht bist, um ihrer Patientin zu helfen."

Ich beiße mir auf die Innenseite der Wange und schaue weg. „Das Problem war offensichtlich."

„Bescheiden wie immer", antwortet Mark mit einem trockenen Lachen. „Wir waren beide überrascht, als wir erfuhren, dass du immer noch praktizierst."

Ich lege mir das Stethoskop um den Hals und fühle mich plötzlich unsicher. „Hast du ein Problem damit?"

Marks Augen weiten sich. „Josh …, was zum Teufel, Mann?"

Ich mache mich auf die Schläge gefasst, die sicherlich kommen werden. Entweder verbal oder körperlich. Das letzte Mal, als ich mit diesem Mann allein war, schlug er mir seine Faust ins Gesicht, immer und immer wieder, und ich lag da und ließ ihn gewähren. Ich habe ihn sogar noch angestachelt. Ich weiß noch, wie ich ihn angefleht habe, härter zuzuschlagen und sich nicht zurückzuhalten. Ich sagte ihm, er solle mich für alles büßen lassen, was ich seinem Sohn angetan habe. *Julian.*

Dabei brach er mir die Wange und sich selbst den Fingerknöchel.

Das nächste Mal sah ich ihn in einem Konferenzraum, wo ich meine ärztliche Zulassung aufgeben wollte, aber das Krankenhaus brachte mich zum Schweigen, und unsere Anwälte erarbeiteten einen Vergleich für ihn und seine Frau für den Verlust ihres Sohnes. Der Vergleich bedeutete, dass ich meine Zulassung behalten durfte und sie Geld bekamen, um den Schmerz über den Verlust ihres einzigen Kindes zu lindern. Als könnte Geld das, was Julian widerfahren ist, auch nur annähernd wettmachen.

„Ich bin froh, dass du noch arbeitest, Josh", sagt Mark und überrascht mich damit völlig unvorbereitet. „Du bist ein verdammt brillanter Arzt. Eine Verschwendung in einer Notaufnahme wie dieser, wenn du mich fragst, aber ich bin froh, dass du den Leuten noch hilfst."

Der Muskel in meinem Kiefer zuckt. „Wie kannst ausgerechnet du das sagen?"

Mark atmet schwer aus und wirft mir einen mitfühlenden Blick zu. „Josh, wenn du auch nur einen meiner verdammten Anrufe, E-Mails oder Briefe beantwortet hättest, dann wüsstest du, wie leid mir alles tut, was nach Julian passiert ist."

„Was zum Teufel muss dir denn leidtun?", frage ich, und habe den Mund vor Ungläubigkeit geöffnet. „Es war meine Schuld."

„Das war es nicht, Mann", sagt er kopfschüttelnd und geht auf mich zu, sodass wir nur noch wenige Meter voneinander entfernt sind. „Und versuch nicht, mich davon zu überzeugen, dass es so war. Ich habe eine monatelange Therapie gemacht, um dahin zu kommen, wo ich jetzt bin, und ich habe seine medizinischen Unterlagen durchgesehen. Du hast alles getan, was du konntest, und ich werde nicht zulassen, dass dein Kummer mich zurück in die Dunkelheit zieht."

Ihn zurückziehen? Er ist raus aus der Dunkelheit? Und wie? Er hat seinen verdammten Sohn verloren. „Ich verstehe nicht, wie du mit allem klarkommen kannst."

Mark blinzelt langsam, in seinen Augen liegt eine Traurigkeit, die ich nur zu gut kenne. „Ich komme damit nicht klar, aber ich lebe damit. Ich lebe. Julian würde das wollen." Seine Mundwinkel verziehen sich zu einem Lächeln. „Ich stelle mir gern vor, dass er immer zusieht, und je glücklicher ich bin, desto glücklicher ist er."

Druck lastet auf meine Brust, der so stark ist, dass ich meine Hand dagegen pressen muss, weil ich das Gefühl habe, mein Körper könnte sich in diesem Moment in zwei Hälften teilen. Meine Stimme ist heiser, als ich sage: „Ich bin immer noch in der Dunkelheit, Mark."

Er nickt. „Das hat Kayla auch gesagt. Sie sagte, sie konnte nicht einmal Augenkontakt mit dir aufnehmen, als du ihr mit den Patientenakten geholfen hast."

Ich blinzle das Brennen in meinen Augen weg und versuche, mich daran zu erinnern, was zum Teufel ich überhaupt zu Kayla gesagt habe. Ich kann mich kaum daran erinnern, dass ich mich an jenem Abend mit ihr getroffen habe. Nachdem Lynsey gegangen war, zerstörte ich das Kinderzimmer mit einem verdammten Schraubenschlüssel und stürmte aus dem Haus. Ich war schon stundenlang herumgefahren, als Kayla mich anrief und mich erneut um Hilfe anflehte. Ich erinnere mich vage, dass ich zu ihrem Hotelzimmer ging, dankbar für die Ablenkung. Und dankbar dafür, daran erinnert zu werden, dass ich Arzt bin und Menschen helfen kann. Sobald ich mich in ihre Patientenakten vertieft hatte, kam meine Mauer wieder hoch, und ich war Dr. Richardson. Oder Dr. Arsch, wie Lynsey mich nennen würde.

Seitdem habe ich so viele Stunden gearbeitet, wie das Krankenhaus mir gesetzlich erlaubt. Ich war noch nicht einmal zu Hause und habe das Bett im Bereitschaftsraum der Notaufnahme dem Bett vorgezogen, das immer noch nach Lynsey riecht. Mein ganzes verdammtes Haus ist Lynsey. Jeder Quadratzentimeter ist mit irgendetwas von ihr bedeckt, und nach einer Woche ist es zu viel für mich.

„Wie geht es Kaylas Patientin? Weißt du es?", frage ich in dem Versuch, mich von Lynsey und dem Baby abzulenken.

Mark nickt. „Klingt, als hättest du recht gehabt und sie hätten die falschen Symptome behandelt. Sie hat ein paar Dinge umgestellt, und das Kind ist wieder auf dem Damm."

Meine Nasenflügel weiten sich, als ich durch die Nase ausatme. „Gut."

„Josh", sagt Mark und berührt meinen Arm.

Ich zucke bei der Berührung zusammen, in der Erwartung, dass er mich wieder k. o. schlägt, aber ich sehne mich auch irgendwie danach. „Mark, warum bist du hier? Du siehst nicht so aus, als bräuchtest du einen Arzt."

„Tue ich nicht", antwortet er mit einem halben Lächeln. „Ich brauche einen Freund."

„Mich?", frage ich ungläubig. „Warum?"

„Weil ich möchte, dass du jemanden kennenlernst."

In diesem Moment geht die Tür zum Untersuchungsraum auf, und Marks Frau Sierra kommt herein. Sierra und Mark lernten sich kennen, als wir Assistenzärzte waren. Ich kann mich noch an ihre Hochzeit erinnern, als wäre es gestern gewesen. Ich weiß noch, wie ich ihr Gesicht beobachtete und mir wünschte, eine Frau könnte mich so ansehen, wie Sierra Mark ansah. Komisch, wie sich das Leben ändern kann.

Mein Blick wandert von Sierras Gesicht zu dem, was sie trägt. In ihren Armen liegt ein schlafendes Baby, das etwa sechs Monate alt zu sein scheint. Ich atme scharf ein, als Sierra mich mit einem warmen Lächeln begrüßt. „Hi, Josh. Lange nicht mehr gesehen."

Ich schniefe laut und lasse meinen Blick von dem Baby auf den Boden sinken. „Hi, Sierra", krächze ich und hasse es, dass die Bilder von ihr, wie sie schluchzend auf dem Boden neben Julians Bett liegt, wie ein verdammter Albtraum immer wieder durch meinen Kopf gehen.

Sie räuspert sich, als sie näherkommt. „Das ist unser Sohn.“

Ich atme zittrig ein, während mein Herz in meiner Brust pocht. Sie haben noch ein Baby bekommen?

Ich blicke zu Sierras Gesicht und schaffe es, mit zusammengebissenen Zähnen zu sagen: „Herzlichen Glückwunsch.“

Sie lächelt mich warmherzig an. „Wir nennen ihn JJ.“

Ich nicke und versuche zu lächeln, aber es gelingt mir nicht.

„Willst du ihn mal halten?“, fragt sie und tritt einen Schritt näher.

Ich schüttle den Kopf. „Nein, danke.“

Sie hebt ihre Arme zu mir und wiegt das Baby sanft, während sie antwortet: „Du solltest ihn halten.“

„Warum?“ Ich strecke meine Arme aus, als sie ihn in meine Arme legt.

Sie berührt zärtlich seine Wange, während sie ihn anschaut. „Weil er Joshua Jacob heißt, und ich denke, es ist wichtig, dass du deinen Namensvetter im Arm hältst.“

Mir fällt die Kinnlade herunter und meine Muskeln spannen sich an. Ein plötzlicher Druck baut sich in meiner Brust auf, der mir jeden Atemzug erschwert. Meine Stimme zittert, als ich frage: „Warum habt ihr ihm meinen Namen gegeben?“

Mark kommt herüber und legt seinen Arm um Sierra. „Weil du Julian viel bedeutet hast. Du warst sein Held, Josh.“

Ich schüttle den Kopf und betrachte langsam ihren perfekten kleinen Jungen. „Wie könnt ihr nur so sein, nach allem, was war? Wie könnt ihr es aushalten, in meiner Nähe zu sein?“

Marks Gesicht wird ernst, als er mich wieder anstarrt. „Du hättest nicht verhindern können, was mit Julian passiert ist. Das weiß ich jetzt. Es tut mir leid, dass ich dir damals den Schmerz einer Klage zugemutet habe. Aber Josh, ich weiß jetzt, dass ich mich geirrt habe. Und wir wollen, dass JJ ein Zeugnis dafür ist, wie viel du unserer Familie bedeutet hast. Wie viel du unserer Familie immer noch bedeutest. Ich ehre Julian jeden Tag durch JJs Augen, und ich möchte, dass auch du diese Vergebung spürst.“

Unbehagen vibriert in meiner Brust. Das Gefühl ist wie ein Meißel, der an meinem einstigen Granitherz kratzt, das langsam weicher geworden ist, seit Lynsey in mein Leben getreten ist. Seit dem Moment, als ich mir erlaubte, ihren Bauch zu berühren und das Kind zu umarmen, das wir gemeinsam gezeugt haben. Jetzt, mit Marks Worten und diesem winzigen, schlafenden Baby, bin ich völlig aufgelöst.

Mark berührt meine Schulter, seine Augen sind groß und aufrichtig, als er hinzufügt: „Ich habe gelernt, dass es in Ordnung ist, sich glücklich zu fühlen, Mann. Ich will das auch für dich. Mehr als du je wissen könntest."

Sierra nickt zustimmend und lächelt ihren Mann mit demselben zärtlichen Blick an.

Das Atmen fällt mir schwer. Meine Arme zittern, als ich auf das schlafende Baby hinunterschaue.

Er ist wunderschön. Rosa Wangen und dunkles, glänzendes Haar. Seine Unterlippe zittert, während er von dem träumt, wovon Babys träumen. Meine Augen füllen sich mit Tränen, als ich Julians kleines Gesicht in den Vertiefungen von JJs Augen und der Rundung seines winzigen Kinns sehe.

In diesem Moment spüre ich es. Einen winziger, flatternder Funke von etwas, das ich mir seit über zwei Jahren nicht mehr erlaubt habe, zu fühlen, trifft mich wie aus dem Nichts.

Liebe.

Verdammte Scheiße.

Ich liebe diesen Jungen, und ich habe ihn gerade erst kennengelernt. Ich liebe Julian immer noch. Ich liebe Mark und Sierra dafür, dass sie mir diesen Moment beschert haben und JJ meinen Namen gegeben und mir ihre Vergebung angeboten haben.

Ich … ich liebe sie.

Und ich liebe mein eigenes Kind. Meine Erdnuss.

Mehr als alles andere … liebe ich Lynsey.

Scheiße.

„Seid ihr für eine Weile in der Stadt?", frage ich und hebe das

Baby an meine Nase, um seinen warmen Kopf an meiner Wange zu spüren.

„Wir sind bis Sonntag hier“, antwortet Sierra mit einem Lächeln.

Ich presse meine Lippen zusammen und gebe das Baby sanft zurück. „Ich habe jemanden, den ich euch vorstellen möchte.“

Mark lächelt. „Ich hatte gehofft, dass du das sagen würdest.“

„Aber ich muss mich erst um ein paar Dinge kümmern.“ Ich fahre mir nervös mit der Hand durch die Haare und reibe einen Moment lang über die Strähnen, um einen klaren Kopf zu bekommen. Ich versuche zu denken. „Kann ich dich morgen anrufen und einen Zeitpunkt vereinbaren, sobald ich die Dinge geklärt habe?“

Mark lächelt wissend. „Meine Nummer hat sich nicht geändert.“

Und einfach so laufe ich vor meiner dunklen Vergangenheit davon und jage dem nach, was meine helle Zukunft sein könnte.

KAPITEL 30

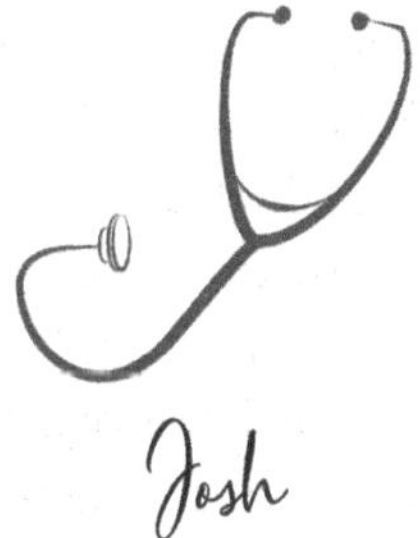

Am nächsten Tag ist es draußen dunkel, als ich an Deans Haustür klopfe. Sein kleines Reihenhaus am Rande von Boulder sieht ganz anders aus als meines, in das Lynsey und das Baby gehören. Denn sie sind meine Familie. Mein Ein und Alles. Deshalb habe ich die letzten vierundzwanzig Stunden damit verbracht, das Chaos aufzuräumen, das ich in meinem Büro angerichtet habe, und Lynseys Zimmer in das schönste Kinderzimmer zu verwandeln, das ich je gesehen habe.

Zum Glück waren Max, Miles und Sam bereit, mir zu helfen, denn nachdem Lynsey gegangen war, hatte ich den ganzen Scheiß, den ich stundenlang zusammengebaut hatte, in Millionen Stücke zerschlagen. Ich brauchte Hilfe, um alles zu reparieren, was ich physisch beschädigt hatte. Jetzt ist es an der Zeit, alles zu reparieren, was ich emotional beschädigt habe.

Ich bin *ganz* auf Lynseys Seite, und erst als ich JJ traf und mich meiner Vergangenheit stellte, wurde mir klar, dass ich schon seit Monaten ganz auf ihrer Seite bin. Lynsey ist diejenige, die mein Herz geöffnet und es mir ermöglicht hat, Mark und seinen Sohn zu umarmen. Mich mit Liebe und Zuneigung an Julian zu erinnern, nicht mit Schmerz und Schuldgefühlen. Sie hat mich geheilt, sodass ich ihr jetzt alles von mir geben kann.

Ich möchte ihr die Welt schenken.

Und wenn Dean diese Tür öffnet und sagt, er könne ihr mehr geben als ich, dann liegt er verdammt falsch.

Dean öffnet die Tür und steht nur mit Boxershorts bekleidet vor mir. Es ist dunkel im Haus, und er blinzelt in das Licht auf der Treppe, gerade als ich hinter ihm eine vertraute Brünette erblicke, die nur in ein Laken gehüllt ist.

Wut entfacht in mir, und ich ziehe meine Faust zurück und schlage Dean direkt ins Gesicht. Er fällt wie ein Stein zu Boden und ich schüttle meine pochende Hand aus, während ich an seinem stöhnenden Körper vorbei zu Lynsey stapfe.

Ich bleibe mitten im Schritt stehen, als die Brünette sich umdreht.

Nicht Lynsey.

Verdammt.

Dean läuft Blut aus der Nase.

„Du verdammter Idiot!", brüllt Dean, der sich sein Gesicht hält. „Ich glaube, du hast mir die Nase gebrochen."

Wenige Augenblicke später sind wir in Deans Badezimmer, wo ich mich um seine Verletzung kümmere. Die fremde Frau ist nach oben gerannt, um sich vor dem geistesgestörten Mann zu verstecken, der gerade den Knochen der Person, die er angegriffen hat, wieder eingerenkt hat und Druck auf die Nase ausübt, bis die Blutung aufhört.

Deans Stimme ist nasal, als er sagt: „Wehe, wenn ich dafür eine verdammte Rechnung bekomme."

Ich rolle mit den Augen. „Sag mir einfach, wo Lynsey ist, und ich haue ab."

Er löst sein Gesicht aus meinen Händen und tauscht meine Finger gegen seine aus. „Sie ist bei Kate, du verdammter Psychopath."

Ich runzle die Stirn, weil ich gestern mit Miles zusammen war und er kein Wort gesagt hat. „Sie hat nicht bei dir übernachtet?"

„Nein", stöhnt er. „Sie hat sich aus Respekt vor dir geweigert, bei mir zu übernachten. Du hast ja keine Ahnung, wie sehr sie dich liebt, du Arsch."

Meine Brust schmerzt bei diesen Worten, denn ich habe Angst, dass sie nicht mehr wahr sein könnten. Nach allem, was ich gesagt habe, nach allem, was ich getan habe … Was, wenn sie nicht dasselbe empfindet?

„Ich liebe sie auch." Die Worte klingen seltsam in meinem Mund. Seltsam, aber wahr.

Dean wirft mir einen ernsten Blick zu. „Du liebst Lynsey?"

Ich nicke. „Ich hätte dich nicht angegriffen, wenn ich es nicht täte."

Deans Augenbrauen heben sich, und schockierenderweise verziehen sich seine Mundwinkel zu einem Lächeln. „Wenigstens weiß ich jetzt, dass du verdammt noch mal für sie kämpfen wirst."

Tür Nummer zwei erweist sich als viel erfolgreicher, denn Kate öffnet mit einem breiten Lächeln. „Das wurde aber auch Zeit."

Ich atme schwer aus und schaue an ihr vorbei ins Haus. „Ist Lynsey hier?"

Miles sieht mich an und schenkt mir ein schuldbewusstes Lächeln, während er auf der Couch im Wohnzimmer Platz sitzt. „Was gibt's, Dr. Arsch?"

Meine Lippen werden bei seiner Begrüßung schmal. „Du hättest mir sagen können, dass sie hier ist."

Er schüttelt den Kopf. „Stell dich immer auf die Seite deiner Frau. Wenn du das wüsstest, wärst du nicht in deiner jetzigen Lage."

„Kann ich bitte Lynsey sehen?" Mein Körper vibriert vor Spannung bei dem Gedanken, sie wiederzusehen. Es fühlt sich an, als wäre es Monate her, obwohl in Wirklichkeit nur eine Woche vergangen ist.

Kate nickt und starrt mich an, während sie aus vollem Halse schreit: „Lynsey, deine große Geste ist da!" Kates Gesicht verzieht sich, als sie mir einen Finger in die Brust sticht und die Augen zusammenkneift. „Du solltest besser eine große Rede parat haben, sonst falle ich auf die Knie und schlage dir so heftig in die Eier, dass du einen Monat lang keine Erektion mehr bekommst."

Ich halte die ergeben Hände in die Höhe, und werde abgelenkt, als Lynsey hinter Kate auftaucht.

Sie trägt eine geblümte Pyjamahose und ein rosafarbenes Tanktop, viel zu schön, um jetzt so weit von mir entfernt zu sein.

„Können wir reden?", frage ich, als sie näher an die Tür tritt.

Sie wirft einen nervösen Blick auf Kate, die ihr aufmunternd den Arm reibt. Mit einem tiefen Seufzer tritt sie auf die große Veranda. Das gelbe Licht der Laterne wirft einen schwachen Schein auf uns, mitten in dieser heißen Sommernacht.

Ich werfe einen Blick auf Lynseys Bauch, den ich berühren möchte, als ich zögernd frage: „Wie geht es dir?"

„Mir geht's gut." Sie reibt sich die Arme und geht an mir vorbei, um sich vor die Verandaschaukel zu stellen.

„Ist dir kalt?", frage ich und zeige mit dem Daumen auf die Tür. „Wir können reingehen."

Sie schüttelt den Kopf. „Mir ist in letzter Zeit ständig heiß."

„Hormone", sage ich zur Erklärung.

Sie zieht ihre Unterlippe in den Mund und kaut darauf herum. „Worüber wolltest du reden?"

„Uns." Ich zucke mit den Schultern. „Ich vermisse dich, Jones. Ich vermisse dich wie verrückt."

Ihre Wangen blähen sich auf, als sie ausatmet. „Ich vermisse dich auch, Josh, aber …"

„Aber", werfe ich ein und stelle mich vor sie. Meine Hände sehnen sich danach, sie zu halten. Meine Zunge sehnt sich nach dem

Geschmack ihres Mundes. Mein Körper sehnt sich danach, sie an mir zu spüren. „Aber ich war ein verdammter Arsch."

Sie nickt traurig. „Großer Arsch."

„Dr. Arsch", füge ich in der Hoffnung hinzu, sie zum Lächeln zu bringen.

Sie lächelt nicht. „Das ist alles nicht lustig, Josh."

„Ich weiß, und ich bin nicht hergekommen, um die Sache auf die leichte Schulter zu nehmen. Ich bin hergekommen, um dich zurückzugewinnen."

„So einfach wird es nicht sein, Josh. Ich will mehr als das, was wir vorher waren. Ich bin in dich verliebt, *verrückt* verliebt in dich, und ich will nicht diese gebrochene Version von dir. Ich will alles von dir – das Gute und das Schlechte. Ich will, dass du dich mit deiner Vergangenheit auseinandersetzt. Deshalb habe ich neunzehnmal bei der John Hopkins Kinderklinik angerufen, bis ich mit Kayla in Kontakt kam, die übrigens verdammt schwer zu erreichen ist."

„Warum hast du versucht, Kayla zu erreichen?"

„Weil ich Mark erreichen wollte. Du musst mit ihm reden und mit deinen vergangenen Dämonen fertig werden."

„Warte …, was?", frage ich mit stockender Stimme. „Du warst diejenige, die Mark dazu gebracht hat, mich zu besuchen?"

Sie hebt überrascht die Brauen. „Mark hat dich besucht?"

„Ja." Ich lache. „Er ist gestern Abend in der Notaufnahme aufgetaucht, um mit mir zu reden."

„Das wusste ich nicht", antwortet Lynsey und blinzelt neugierig zu mir hoch. „Kayla sagte, sie würde ein paar Anrufe machen. Sie hat mir nie erzählt, was passiert ist."

Mein Herz schlägt für die Frau, die vor mir steht und mich noch nicht aufgegeben hat. Jetzt will ich ihr zeigen, dass es nicht umsonst ist.

„Ich habe dir etwas mitgebracht." Ich krame in meiner Gesäßtasche und hole den Brief von Mark heraus, den ich vor über einem Jahr erhalten habe. Den Brief, den ich in den Trümmern des Kinderzimmers gefunden habe. Den Brief, den zu öffnen ich mich nicht getraut habe, wegen der Worte, die er enthalten könnte. „Ich möchte, dass du ihn liest." Ich drücke ihr den Brief in die Hand. „Ich habe ihn nicht geöffnet, weil er einen so dunklen Teil meiner Vergangenheit enthält. Eine Vergangenheit, von der ich dachte, ich könnte sie auslöschen, indem ich mich verändere und jeden, der mir etwas bedeutet, in einen sicheren, distanzierten Raum abschotte. Aber meine Vergangenheit ist ein Teil von mir, und du bist ein Teil von mir, und dieses Baby ist ein Teil von mir. Ich will keine Geheimnisse mehr haben, Jones."

Ich berühre ihren Bauch, und sie holt zittrig Luft. Ich ziehe mich zurück, denn ich will sie nicht mit Zuneigung verunsichern. Ich möchte, dass sie ihre eigene Entscheidung trifft, die auf ihrem eigenen Verstand basiert. Diesen Respekt hat sie verdient.

„Ich habe in der letzten Woche ohne dich gemerkt, dass ich gar nicht lebe, wenn ich nicht mit dir zusammen bin. Ich will dein großes, helles, verrücktes Licht in meinem Leben haben."

„Josh ..."

„Lies einfach diesen Brief. Bitte. Ich habe ihn nicht geöffnet. Ich weiß nicht einmal, was darin steht. Es ist wahrscheinlich schrecklich, aber wenn du die schrecklichen Seiten von mir akzeptieren kannst, dann haben wir vielleicht eine Chance am Ende von all dem."

Sie nickt und beginnt, den Umschlag aufzureißen. Ich trete zurück und fasse mir nervös an den Hals, als sie laut zu lesen beginnt.

„Lieber Josh,

es tut mir leid, dass ich das in einem Brief schreibe, aber du antwortest weder auf meine Anrufe noch auf meine E-Mails, und das scheint mir die einzige Möglichkeit zu sein, dir alles zu sagen, was ich dir sagen muss.

Eigentlich sollte dieser Brief mit einer Entschuldigung meinerseits beginnen, aber das hebe ich mir für ein anderes Mal auf, denn dies ist ein Dankesbrief.

Danke, dass du meinen Sohn wie deinen eigenen geliebt hast.

Danke, dass du seine letzten Tage auf dieser Erde unvergesslich und innig gestaltet hast. Sein Leben war durch dich reicher. Danke, dass du sein Arzt, sein Begleiter und vor allem sein bester Freund warst.

Julian war krank …, das wussten wir seit Jahren. Keiner von uns hat erwartet, was passiert ist, aber es war niemandes Schuld.

Es war nicht leicht, an diesen Ort des Friedens zu gelangen, an dem ich mich befinde, aber Sierra ist schwanger. Und mit neuem Leben kommen neue Anfänge. Und neue Möglichkeiten, Julians Andenken zu ehren.

Du sollst wissen, dass wir das Geld aus dem Prozess genommen und in Julians Namen einen Stipendienfonds für Medizinstudenten eingerichtet haben, die finanzielle Unterstützung benötigen. Ich habe das getan, weil die Welt mehr gute Ärzte wie dich braucht. Und du, mein Freund, bist ein großartiger Arzt. Einer der besten.

Ich kann dir nicht genug dafür danken, dass du uns die Zeit geschenkt hast, die wir mit Julian hatten. Ich hoffe, du kannst den Frieden finden, den wir haben, weil wir wissen, dass wir alle unser Bestes für Julian getan haben und er gewollt hätte, dass wir glücklich sind. Du hast Julian nicht im Stich gelassen, Josh. Du hast ihn geliebt. Vergib dir selbst und melde dich. Ich vermisse meinen besten Freund.

Mark"

Lynsey schaut von dem Brief auf und sagt mit belegter Stimme: „Er klingt wie ein wunderbarer Freund."

Ich nicke mit einem raschen Ausatmen. „Ich habe über dem Brief gesessen und mich mit all den schrecklichen Dingen gequält, von denen ich dachte, dass sie darin stehen würden. Ich bin ehrlich gesagt sprachlos."

„Es war gar kein schlechter Brief." Sie reicht ihn mir, ihre Augen glitzern im schummrigen Licht. „Aber die eigentliche Frage ist, kannst du die Vergangenheit wirklich loslassen? Bist du dazu überhaupt in der Lage?"

Eine Schwere drückt gegen meine Brust, als ich näher zu ihr

trete. Ich hebe die Hände, um ihr warmes, zartes Gesicht zu streicheln. „Ich wollte nicht loslassen, weil ich dachte, ich hätte nach allem, was passiert ist, das Glücklichsein nicht verdient. Aber du hast mich eines Besseren belehrt, Lynsey. Du hast mich glücklicher gemacht, als ich es je für möglich gehalten hätte."

Ihre Lippen werden schmal und ihr Kinn zittert. „Was soll das bedeuten, Josh?"

„Ich liebe dich", sage ich hastig, atemlos, ängstlich und mit einer Million anderer Gefühle, die ich mir seit über zwei Jahren nicht mehr erlaubt habe, zu fühlen. „Ich liebe dich, Lynsey. Und ich liebe dieses Baby. Deine Liebe hat mein Herz auf eine Weise geheilt, die ich nie für möglich gehalten hätte. Es tut mir leid, dass es Marks Worte brauchte, um mir das klarzumachen, aber *du* warst es die ganze Zeit."

Ich lasse meine Daumen über ihre Wangenknochen gleiten, so wie ich es schon unzählige Male zuvor getan habe. „Ich schenke dir und diesem Baby mein Herz, ganz und gar."

Sie schnappt nach Luft, als ich vor ihr auf die Knie falle und sie festhalte, während ich meine Stirn an ihren Bauch drücke. „Ich liebe dich, Erdnuss. Es tut mir leid, dass ich mir das vorher nicht eingestehen wollte. Ich hatte Angst, dass dich zu lieben bedeuten würde, dass ich nicht alles sehen könnte, was dich verletzen oder dir Angst machen könnte. Ich hatte einfach solche Angst, dich zu verlieren, wie ich Julian verloren habe." Meine Stimme bricht, aber ich mache weiter. „Ich weiß, dass ich euch nicht vor allem beschützen kann, und das ist in Ordnung, denn die Liebe macht das Leben lebenswert."

Ich stehe auf und wische Lynseys Tränen mit meinen Daumen weg. „Ich liebe dich, Jones. Ich liebe dein verrücktes Lachen. Ich liebe diese hohe Stimme, die du am Telefon hast. Ich liebe dein wahnsinniges Bedürfnis, unserem Baby schmutzige Bücher vorzulesen und zu den Mahlzeiten Charcuterie zu essen. Und ich liebe die Art, wie du mich ansiehst, weil ich mich dann wie mein altes Ich fühle."

Ich atme tief ein und drücke meine Stirn an ihre; mein Herz pocht in meiner Brust, während die Sehnsucht zu einem Gefühl wird, das ich nie mehr loswerden möchte. „Bitte heirate mich. Bitte nimm nie wieder deinen Ring ab, denn ich liebe dich. Ich bin in dich verliebt. Und ich werde nie aufhören, dich zu lieben."

Ich lasse ihr Gesicht los und greife in meine Tasche, um den Ring herauszunehmen, den sie zurückgelassen hat. „Bitte heirate mich, Baby. Bitte lass mich dich lieben."

„Heilige Scheiße", krächzt sie laut und hält sich die Hände vor den Mund, während ihr die Tränen übers Gesicht laufen. „Ich dachte, du würdest herkommen und mich bitten, mit dir zur Therapie zu gehen, aber du hast all diese Schritte einfach übersprungen."

„Ich habe zu viel Zeit damit verschwendet, zu leugnen, was ich von dem Moment an wusste, als ich deine Adresse in der Uber-App in der ersten Nacht gelöscht habe."

Lynsey blinzelt. „Warte, was?"

Ich zucke verlegen mit den Schultern. „An jenem Abend wollte ich, dass du mit mir nach Hause kommst. Ich war so ein Arsch – wie ein Kind, das auf dem Schulhof an deinen Zöpfen zieht, aber nur, weil ich dich wollte."

„Deshalb ist der Uber weggefahren, nachdem ich aus dem Auto ausgestiegen bin!", ruft Lynsey aus, als ihr die Erkenntnis dämmert. „Ich wollte Uber schon einen Brief schreiben, in dem ich denen meine Meinung geige."

Meine Schultern beben vor lauter Lachen. „Ich sollte ihnen einen Dankesbrief schreiben, denn sie haben mir in jener Nacht ein riesiges Geschenk gemacht." Ich berühre ihren Bauch und fühle mich ihr und unserer Erdnuss näher als je zuvor. „Zwischen dem und deiner Bitte, dich zu versohlen, hätte ich wissen müssen, dass ich verliebt bin."

Ihr emotionales Gesicht verzieht sich und ihre großen Augen blicken mich entsetzt an. „Wirklich? Nach dieser großen, romantischen Rede fügst du noch hinzu, dass du dich wegen meiner Vorliebe für ein wenig grobes Spiel in mich verliebt hast?“

Ich lächle ein breites, echtes Lächeln, bevor ich ernsthaft antworte: „Unter anderem.“

„Würdest du mich einfach küssen, bevor du das hier ruinierst?“

„Oh, Baby, mit Vergnügen.“

KAPITEL 31

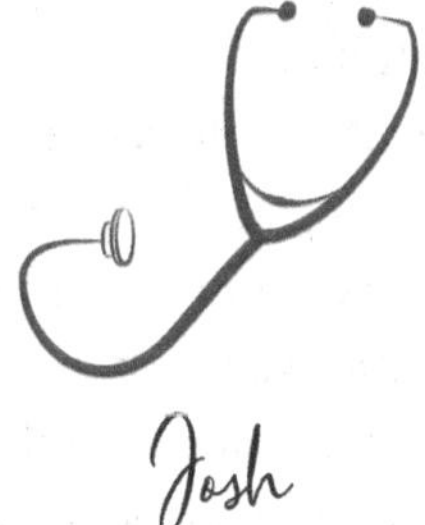

Josh

Lynsey stürzt sich sofort auf mich, als wir zur Tür meines Hauses, *unseres Hauses,* hereinkommen. Ihre Hände, ihre Lippen, ihr kicherndes Lachen. Gott, ich habe mich wirklich total in ihre Laute verliebt. Und ihren Geruch. Ich kann gar nicht glauben, wie sehr ich ihren Geruch während ihrer Abwesenheit vermisst habe.

Lynsey reißt mir ungeschickt das Hemd über den Kopf und fährt mit ihren Fingernägeln über meine Brust und Bauchmuskeln. Scheiße, ich liebe es, wenn sie so wild und unkontrolliert wird. Aufdringlich und fordernd. Am liebsten würde ich auf die Knie fallen und ihren Körper verehren, bis die Sonne aufgeht. Aber zuerst muss ich ihr noch etwas zeigen.

„Baby", sage ich, nehme sie in den Arm und halte sie fest, während ich sie anstarre und meine Brust vor Verlangen bebt. „Ich muss dir das Kinderzimmer zeigen."

Ihre Pupillen sind geweitet und sie blinzelt mit ihren langen Wimpern. „Wir können es später fertig machen", sagt sie und küsst mich wieder, und verdammt, ich lasse sie gewähren. Ich lasse sie, weil sie so gut schmeckt und sich so gut anfühlt, und wenn ich nicht so ein Idiot wäre, hätte ich sie schon geheiratet.

Ich ziehe meine Lippen weg und sage: „Es ist jetzt ganz anders."

Sie sieht mich stirnrunzelnd an und lässt sich schließlich von mir durch den Flur in das Schlafzimmer führen, das früher ihres war. Ich öffne die Tür und schalte das Licht an, um die Arbeit zu zeigen, die ich und drei andere erwachsene Männer in den letzten vierundzwanzig Stunden geleistet haben. Na ja, plus meine Mutter, die im Grunde in weniger als zwei Stunden eine ganze Babyboutique leergekauft hat.

Da wir das Geschlecht des Babys noch nicht kennen, ist das Zimmer eine bunte Mischung aus verschiedenen Farben. Ich habe meiner Mutter gesagt, dass ich nicht will, dass es grau oder fade ist. Ich will, dass das Zimmer vor Farben explodiert und dem bunten Oberteil ähnelt, das Lynsey am Abend unseres Kennenlernens trug. Dieses Oberteil hängt immer noch in meinem Schrank und wird hoffentlich auch weiterhin dort hängen, wenn wir unser gemeinsames Leben beginnen.

Lynsey schnappt nach Luft, als sie hereinkommt und das weiße Kinderbett, den Wickeltisch und die Kommode betrachtet, die mit farbenfrohen Akzentstoffen bezogen sind. Sie berührt einen der alten Sessel ihrer Großmutter, der es nie ins Haus geschafft hat und jetzt als perfekter Schaukelstuhl für das Baby dient. Sie staunt über die gepunktete Akzentwand, die Max ganz allein bemalt hat, und sie greift nach dem bunten Mobile, das meine Mutter bis tief in die Nacht gehäkelt hat.

„Ich hatte eine Menge Hilfe beim Aufbau."

„Wo sind meine ganzen Sachen?"

Ich atme tief ein. „In unserem Zimmer."

Sie hebt die Brauen. „Warst du so zuversichtlich, dass du mich zurückgewinnen würdest?"

„Ich wollte dir nur zeigen, wie unser Leben hier aussehen wird", sage ich, trete ein und stelle mich auf den schwarz-weißen Teppichboden. „Das Büro war zu klein für unser Baby und dieser Raum ist viel sinnvoller."

Sie nickt wissend. „Und wenn ich noch mehr Babys will?"

Meine Augenbrauen heben sich, aber die Frage erschreckt

mich nicht. Sie begeistert mich zutiefst. „Ich werde dir ein größeres Haus bauen."

Sie lacht und schüttelt den Kopf. „Einfach so?"

„Nun, ich dachte mir, wenn du erst einmal deine eigene Praxis hast, bist du vielleicht die Brötchenverdienerin und kannst das Haus bauen, während ich zu Hause bleibe."

Sie lächelt süßlich. „Ist es das, was du willst?"

„Ich will nur dich", sage ich ernst und strecke eine Hand aus, um ihren Bauch zu streicheln. „Und dieses Baby. Ich will eine Familie sein."

„Oh, Josh", sagt sie, beugt sich vor und küsst mich zärtlich. „Mach Liebe mit mir."

Ich hebe sie hoch und trage sie in unser Schlafzimmer. Alle ihre Kleider sind fein säuberlich in meinem Kleiderschrank verstaut. Die Hälfte der Kommode gehört ihr, und ihre Badutensilien sind von meiner Mutter im Hauptbad ordentlich organisiert worden.

Ich lege sie auf das Bett und himmle sie von Kopf bis Fuß an, wobei ich besonders auf die Kugel achte, vor der ich viel zu lange zurückgeschreckt bin. Dieses Baby ist ein Wunder. Diese Frau ist ein Wunder. Dieser Moment und mein Leben sind alle ein Wunder. Und ich habe vor, sie nie als selbstverständlich anzusehen.

KAPITEL 32

„Das darf doch nicht wahr sein!", schreie ich auf dem Rücksitz des Minivans meiner Schwester, während wir mit einer Geschwindigkeit über die Autobahn rasen, die ich gar nicht wissen will.

„Einfach atmen, Baby, einfach atmen", sagt Josh beruhigend.

„Würdest du die verdammte Augenklappe abnehmen, wenn du so einen Scheiß zu mir sagst?", schreie ich, erschrocken über die hohe Oktave, die meine Stimme gerade erreicht hat.

Josh schüttelt den Kopf und reißt seine Augenklappe, seinen Hut und seine Perücke herunter, als hätte er sich gerade erst daran erinnert, dass er wie Captain Jack Sparrow gekleidet ist. „Tut mir leid."

„Gott, warum passiert mir das?" Ich stöhne laut auf. „Kate …, ich bin eine verdammte Hellseherin."

„Du bist keine verdammte Hellseherin!", ruft Kate und dreht sich vom Beifahrersitz aus zu mir um. Sie ist als Davy Jones verkleidet und trägt einen lächerlichen, selbst gebastelten Tentakelbart, der aussieht wie lange, dünne Penisse, die von ihrem Gesicht hängen.

Ich heule vor Schmerz auf und starre an die Decke des Wagens. „Ich bin eine verdammte Hellseherin, was bedeutet, dass wir es nicht schaffen werden!"

„Wir werden es schaffen!", schreit Kate und packt Miles' Arm so fest, dass ihre Knöchel weiß werden. „Fahr schneller, Bootstrap Bill, oder ihre Schwester wird es ihr nie verzeihen, wenn sie den Rücksitz mit einer Geburt beschmutzt."

„Wovon redet ihr eigentlich mit diesem übersinnlichen Zeug?", wirft Josh ein, dessen Gesicht mit Eyeliner vollgeschmiert ist. Ich habe ihm gesagt, dass er sich in diesem Kostüm nicht die Augen reiben soll, aber der Idiot hat keine Ahnung, wie man Make-up trägt.

Ich denke an die letzten Stunden zurück und frage mich, ob dieses ganze Szenario hätte verhindert werden können. Ich kann nicht glauben, dass ich nicht an meinen Traum gedacht habe, als ich beschloss, dass es Spaß machen würde, uns zu verkleiden und Lennon auf ihrer Geburtstagsparty unter dem Motto *Fluch der Karibik* zu überraschen.

Ich meine, ganz ehrlich, das war eine große Überraschung.

Lennon weinte!

Dann habe ich geweint ..., weil meine Fruchtblase geplatzt ist, während wir „Happy Birthday" gesungen haben, wie ein Haufen betrunkener, knurriger Piraten.

Jetzt liege ich seitlich auf dem Rücksitz des Minivans meiner Schwester, weil unsere Autos alle zugeparkt waren, und ich halte meine Beine zusammen, aus Angst, dass mein Verlobter mein Baby auf die Welt holt.

Albtraum-Szenario.

Gott, bin ich eine Idiotin.

Ich vermute, dass diese Krämpfe, die in Schüben kamen, nicht nur Braxton Hicks waren. Es waren Wehen. Und jetzt sind sie direkt hintereinander und verwandeln meinen Unterbauch in ein Knäuel aus Schmerz und ...

Heilige Scheiße, so wollte ich mein Baby nicht bekommen.

„Josh, sieh mich an", schreie ich, als mich eine weitere Wehe überfällt. „Ich habe geträumt, dass du unser Baby auf dem Rücksitz eines Minivans als Pirat verkleidet auf die Welt geholt hast, und so wahr mir Gott helfe, wenn du eine Wassermelone aus meiner

Vagina kommen siehst und nie wieder Sex mit mir haben willst, werde ich dein Haus niederbrennen." Meine Stimme verwandelt sich in einen tiefen, satanischen Ton, der an religiöse Zungen erinnern könnte, aber es passt zur Stimmung, also lasse ich es durchgehen.

Josh packt Miles an der Schulter. „Fahr schneller."

„Ich fahre ja schon schneller", sagt Miles, wobei seine Stimme am Ende bricht. „Das ist gerade verdammt viel Druck."

„Du solltest mal fühlen, was dieses Baby mit meiner Vagina anstellt!", schreie ich und fange dann an zu weinen, denn, Gott, ich will Medikamente.

Die Lichter der Notaufnahme von Boulder kommen endlich in Sicht, und dann werde ich vom Rücksitz auf eine Trage gehoben.

„Wir haben es geschafft!" Freudentränen fallen. „Kate, ich bin keine Hellseherin. Ich bin nur eine Spinnerin."

Kate lächelt und hält meine Hand, als sie mich hineinrollen. „Und schau mal, hier haben du und Josh erfahren, dass ihr ein Baby bekommt. Erinnerst du dich noch daran, dass du auf einer Trage wie dieser hereingerollt wurdest?"

„Ja, das war klasse." Ich lächle und sehe Josh an.

Er schüttelt den Kopf und lacht. Das verdammte Arschloch lacht mich aus, und Kate schwelgt in Erinnerungen, während meine Vagina sich anfühlt, als würde sie mich gleich in zwei Hälften spalten.

Schließlich werde ich in den Kreißsaal verlegt, wo sie mich aus meinem Elizabeth Swan-Piratenkostüm in einen wirklich hässlichen Krankenhauskittel umziehen. Als Dr. Lizzy reinkommt, fange ich an zu heulen.

„Gott sei Dank, Sie sind da!", rufe ich, und sie nimmt meine ausgestreckte Hand. „Ich dachte, Josh würde das Baby auf dem Rücksitz eines Minivans auf die Welt holen, weil ich eine Vision hatte. Kann man durch eine Schwangerschaft übersinnlich werden?"

„Nicht, dass ich wüsste." Sie zeigt auf Josh. „Dad, die Krankenschwester hat einen Kittel zum Umziehen für Sie und vielleicht kann sie Ihnen ein Abschminktuch besorgen. Wart ihr auf einer Comic-Con oder so?"

„Geburtstagsparty", antworten wir beide gleichzeitig, und Josh rennt los, um sich umzuziehen, während die Krankenschwestern mich an eine Million Geräte anschließen.

Dr. Lizzy ist mit der Untersuchung meines Gebärmutterhalses fertig, als Josh im blauen Kittel auftaucht, der überhaupt nicht wie nach Pirat aussieht, sondern eher nach meinem geliebten Dr. Arsch.

„Also, Lynsey, ich weiß, dass Ihr Geburtsplan eine Epiduralanästhesie vorsah, aber ich fürchte, dafür haben wir keine Zeit."

„Was?", schreie ich unter einer Druckwelle, als eine weitere Wehe einsetzt.

Dr. Lizzy lächelt mitfühlend. „Tatsächlich ist es Zeit, zu pressen."

„Jetzt?", fragen Josh und ich beide.

Sie nickt. „Das Köpfchen kommt heraus."

„Das hört sich nicht gut an!", rufe ich, und dann ergreift Josh meine Hand und hält sie fest, während die Krankenschwester meine andere ergreift. Sie setzen mich auf und halten meine Beine fest.

„Pressen!", schreien alle gleichzeitig.

Ich folge den Anweisungen stumm, schließe die Augen und presse mit aller Kraft. Nach einem Moment sagt Dr. Lizzy, ich solle aufhören und atmen, und ich lehne mich zurück und schnappe nach Luft.

„Du machst das toll, Baby", sagt Josh und streicht mir die Haare aus dem Gesicht.

„Oh, ich bin gerade so wütend auf dich", stöhne ich, da ich jeden verdammten Schmerz in meinem Unterleib spüre. „Es ist so ein Blödsinn, dass alle Geburten auf die Frau fallen."

„Ich weiß", sagt er, während er mich gequält ansieht.

„Verdammte Wissenschaft, richtig?", blaffe ich zurück. „Wissenschaft ist totaler Beschiss."

„Totaler Beschiss", plappert Josh nach.

„Und jetzt habe ich das Gefühl, dass du dich über mich lustig machst", stöhne ich, wende mich von ihm ab und wünsche mir, dass mir jemand den Schweiß aus dem Gesicht wischt, weil ich im Moment nicht gerade heiß aussehen kann.

„Ich mache mich nicht über dich lustig", sagt Josh, der wie von Zauberhand mit einem nassen Handtuch auftaucht und mir die Stirn abtupft.

Ich schaue traurig zu ihm auf. „Du bist Arzt, und ich habe gerade gesagt, dass dein Beruf Beschiss ist."

„In diesem Fall ist es Beschiss, deshalb übernehme ich alle nächtlichen Fütterungen, so lange du willst", sagt Josh eilig.

Ich ziehe die Brauen hoch. „Das ist eine nette Geste."

„Für dich tue ich alles, Baby." Er drückt mir einen Kuss auf die Stirn.

Dann schreit Dr. Lizzy mich an, noch einmal zu pressen.

Mann, ist die herrisch.

Meine Beine sind wieder in Position, und ich gebe diesmal alles, weil ich unbedingt will, dass es vorbei ist. Ich will, dass dieser Schmerz, diese Anspannung und diese Vorfreude vorbei sind.

Was für eine Reise die letzten sechs Monate doch waren. Ein Arschloch-Arzt, der sich in einen One-Night-Stand verwandelt hat, in einen Liebhaber, der zum Baby-Daddy und der Liebe meines Lebens wurde. Und das alles nur, weil ich mich in eine Krankenhauscafeteria geschlichen habe, um zu schreiben. Ich meine …, was Meet Cute angeht, haben Josh und ich die Sache mit Kate und Miles in der Reifenwerkstatt irgendwie übertroffen, auch wenn ich ihm Kuchen in den Schritt fallen ließ. Obwohl meine Geschichte wahrscheinlich mit einem Dammschnitt oder zumindest mit heftigen Hämorrhoiden enden wird, sodass Kate mir da definitiv etwas voraus hat.

Ein schreiendes Baby lässt mir die Kinnlade herunterfallen, und ich schaue nach unten, um zu sehen, wie Dr. Lizzy eine wirklich eklige Kreatur auf mich plumpsen lässt. Die Krankenschwestern umschwärmen mich, wischen das Klebrige ab und lassen sie mit jedem aggressiven Wischen etwas weniger außerirdisch aussehen.

„Es ist ein Mädchen!", ruft Dr. Lizzy aus und reicht Josh eine Schere. „Dad, wollen Sie die Nabelschnur durchschneiden?"

Josh sieht mich mit einem breiten, stolzen Lächeln an, während ich mich darüber freue, wie sehr ich es liebe, wenn er Dad genannt wird. Seine ruhigen Hände leisten gute Arbeit, und sie wickeln mein kleines Mädchen schnell in eine blau-rosa Decke und setzen ihr ein rosa Mützchen auf ihren dunkelbraunen Kopf. Sie heben sie zu mir hoch, sodass ich sie im Arm halte und ihre Kampfschreie mitbekomme.

Dr. Lizzy lächelt zwischen meinen Beinen hervor. „Sprechen Sie mit ihr, Lynsey. Sie wird Ihre Stimme erkennen."

Ich atme tief ein und schlucke, bevor ich das Erste sage, was mir in den Sinn kommt: „Der Mann fistete die …"

„Baby", wirft Josh mit einem schockierten Blick ein. „Du zitierst unserem Kind doch jetzt nicht etwa Schweinereien, oder?"

„Ähm …, nein!", rufe ich aus, entsetzt darüber, dass ich das fast getan hätte. „Ich wollte ihr gerade eine Geschichte darüber erzählen, wie du neulich meine dicken Knöchel gefistet hast."

Josh lächelt, küsst mein verschwitztes Haar und streckt einen Finger aus, damit unsere kleine Erdnuss ihn greifen kann. Sie sieht gar nicht mehr so kreaturmäßig aus. Sie sieht aus wie … ein Baby. Wie … unser Baby.

Mein Kinn zittert, als ich Züge von Lennon und Claire und Josh und mir in ihrem kleinen Gesicht sehe. Sie ist eine wunderbare Mischung aus all den Menschen, die ich am meisten liebe. Ich streichle ihre flaumig-weichen Wangen, lächle sie an und blinzle durch meine Millionen von Tränen.

Ich schniefe und schaue zu meinem Verlobten auf. „Was hältst du davon, sie Julianna zu nennen?"

Josh wendet seinen liebevollen Blick von unserer Tochter zu mir. „Wirklich?"

Ich nicke lächelnd. „Ich finde es schön und perfekt."

Seine Augen röten sich vor Tränen. „Ich liebe dich." Er küsst mich auf die Lippen und schaut dann auf unser kleines Mädchen hinunter. „Und ich liebe dich", fügt er hinzu, bevor er ihr einen Kuss auf die Stirn drückt. „Julianna."

„Ich liebe sie mehr." Ich drücke sie an meine Wange, da ich jede Einzelheit dieses Augenblicks in mein Gedächtnis einprägen will. „Ich liebe sie so sehr, dass ich zum Kannibalen werden möchte, weil ich dieses kostbare Baby zum Frühstück, Mittag- und Abendessen verspeisen möchte."

Ich ziehe ihre Finger an meine Lippen und murmle: „Ich will ihre kleinen Finger und kleinen Zehen essen und …" Ich schaue zu Josh auf und sehe, dass er mich schnell und alarmiert anblinzelt. Ich presse meine Lippen zusammen und krächze: „Das klang in meinem Kopf besser."

Er lacht und klettert neben mir aufs Bett, damit wir unser Baby eine ganze Weile anstarren können. Dann zittert er neben mir, Tränen laufen ihm über das Gesicht. „Danke, Jones."

Mein Kinn bebt, und ich kann das breite Lächeln auf meinem Gesicht nicht unterdrücken. „Nichts zu danken, Dr. Arsch."

Und einfach so … sind wir eine Familie.

KAPITEL 33

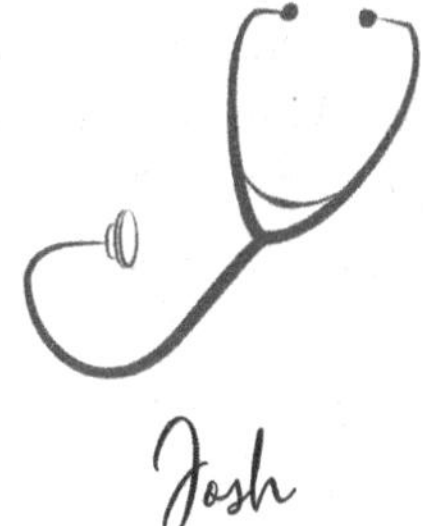

Josh

Ein paar Monate später

Ich schreite in die Krankenhauscafeteria und sehe Lynsey sofort an ihrem Lieblingstisch sitzen. Mein Gesicht verzieht sich zu einem breiten Grinsen, als ich ihren aufgeklappten Laptop sehe, ihre Papiere und Bücher, die überall verstreut sind, und die Wickeltasche, die Handtasche und den Kinderwagen, die neben ihr stehen. Außerdem liegen zwei Stücke Kuchen neben ihr.

Manche Dinge ändern sich nie.

Ich schaue mich nach meiner Tochter um, aber Lynsey trägt einen Stillhut über ihrer Kleidung, sodass die Chancen gut stehen, dass Julianna gerade trinkt. Ich mache mich auf den Weg zum Tisch, und Lynseys Augen heben sich, als ich mich ihr nähere.

„Hallo, meine Ehefrau." Ich senke den Kopf und gebe ihr einen Kuss auf die Lippen. Wir sind seit einem guten Monat verheiratet, und ich nenne sie immer noch gern so, wann immer es geht.

Ursprünglich wollten wir warten und im nächsten Sommer eine große, traditionelle Hochzeit feiern, aber eine babyfreie Nacht und ein paar Tiki-Bar-Getränke zu viel führten dazu, dass Lynsey und ich in einem Flugzeug nach Vegas saßen. Die Hochzeit war impulsiv, und die vierundzwanzigstündige Reise war voller Nonstop-Sex, denn Lynsey hatte gerade von Dr. Lizzy die Freigabe erhalten. Man könnte meinen, wir hätten noch nie Sex gehabt, so wie wir es die ganze Nacht trieben. Gott, war das eine gute Nacht. Es war unsere erste Nacht ohne Julianna, und wir haben die ganze Zeit über gevögelt und über unsere gemeinsame Zukunft gesprochen.

Als wir nach Hause kamen, dachte ich, unser Durchbrennen würde unsere Eltern in den Wahnsinn treiben, aber meine Mutter sprudelte vor Glück. Lynseys Eltern lenkten ein, als wir zustimmten, Julianna in ihrer Kirche taufen zu lassen. Es hat alles ziemlich perfekt funktioniert.

„Hallo, mein Ehemann", sagt Lynsey mit einem dämlichen Lächeln, das ich immer sehen möchte.

Ich schaue unter die Decke, wo Julianna gerade trinkt. „Hallo, meine Tochter."

Ihr Kopf löst sich augenblicklich von Lynseys Brust, und Milch schießt ihr ins Gesicht, während sie zu meiner Stimme schaut. Sie schreit bei dem Ansturm der Flüssigkeit auf, und Lynsey drückt sie schnell wieder an die Brust.

„Lenke ein Mädchen nicht ab, wenn es isst", ruft Lynsey und stupst mich an, damit ich weggehe.

Lachend setze ich mich auf den offenen Stuhl neben sie, wobei ich meine Belustigung nicht verbergen kann. „Ein bisschen Muttermilch im Gesicht ist nicht so schlimm wie Kuchen im Schritt."

Lynsey rollt mit den Augen. „Touché."

Ich ziehe ein Stück Kuchen vor mich und stürze mich darauf.

„Wie war dein Mommy-and-Me-Kurs?", frage ich mit einem Stück Kuchen im Mund.

„Sehr informativ", antwortet Lynsey und öffnet dann den Mund, als ich ihr einen Bissen anbiete. Sie leckt sich die Reste von den Lippen und fügt hinzu: „Heute haben wir Kegel-Übungen besprochen, um unsere Vaginas wieder auf Vordermann zu bringen."

Ich runzle die Stirn. „Ich habe dir doch gesagt, dass der Sex noch genauso gut ist wie vor Jules. Du steigerst dich zu sehr hinein."

Lynseys Nase rümpft sich. „Trotzdem möchte ich meine Situation für meinen heißen Arzt-Ehemann hoch und eng halten."

„Perfektion kann man nicht verbessern." Ich beuge mich über den Tisch und küsse ihre Schläfe. Ich werfe einen Blick auf ihre Unordnung auf dem Tisch. „Was hast du für mich?"

„Okay, der Makler hat gesagt, dass wir uns heute Abend ein paar Gebäude ansehen können", sagt Lynsey und dreht ihren Laptop in meine Richtung. „Eines davon war früher eine Hausarztpraxis, also denke ich, dass das unsere beste Option ist."

„Das sieht aus, als hätte es Potenzial", antworte ich, während ich durch die Fotos klicke.

Lynsey nickt zustimmend. „Wir werden sicher einige größere Baumaßnahmen durchführen müssen, aber sieh dir die Quadratmeterzahl an. Es gibt viel Platz für deine Untersuchungsräume und meine Gruppenberatungsräume."

Ich lehne mich zurück und staune über meine Superfrau. Sie hat sich praktisch während ihres gesamten Mutterschaftsurlaubs mit der Idee beschäftigt, dass wir beide unsere eigene Praxis eröffnen. Sie ist ein Mom Boss durch und durch, und ich muss zugeben, dass sie mich mit ihrer Vision begeistert.

Das Konzept ist ein Familien-Wellness-Zentrum mit medizinischer und emotionaler Betreuung. Wir würden Familientherapien und Gruppentherapiesitzungen für Lynseys Kinder anbieten, und ich würde in der Hälfte der Praxis eine Hausarztpraxis führen. Wir können Partner aufnehmen und die Praxis ausbauen oder den Boutique-Stil beibehalten, wenn wir das möchten. Das Konzept sollte uns beiden bessere Arbeitszeiten ermöglichen, sodass wir als Familie öfter zu Hause sein können.

Seit Jules auf der Welt ist, habe ich die ganze Papaszene für mich entdeckt. Ich trage sie gern an meiner Brust und gehe mit ihr in der Nachbarschaft spazieren, um sie jedem zu zeigen, an dem wir vorbeikommen. Sie ist so ein rosafarbenes, perfektes kleines Bündel, und selbst wenn sie weint, möchte ich sie lieb haben. Lynsey sagt, ich sei besessen von meiner Tochter, aber wenn man bedenkt, dass ich auch von meiner Frau besessen bin, ist das alles eine gute Sache. Und wenn ich durch die Eröffnung dieser Praxis ein echter Familienmensch werden kann, dann nur zu.

Und ehrlich gesagt vermisse ich die Arbeit mit Kindern. Die Verbindung mit Julianna hat mich an meine wahre Berufung im Leben erinnert. Ja, ich bin jedes Mal total gestresst, wenn sie schnieft. Und ich weiß, je größer sie wird, desto anfälliger für Unfälle wird sie sein, also sind Wehwehchen vorprogrammiert. Aber Lynsey erinnert mich daran, dass die Belohnungen die Risiken wert sind. Und meine Erinnerungen mit Julian sind ein Beweis dafür.

Julianna ist mit dem Trinken fertig, und Lynsey zieht sie geschickt aus ihrer Decke und reicht sie mir mit einem Tuch. „Hallo, Kleine, wie war dein Tag?"

Sie lächelt ein breites, zahnloses Lächeln, und mein Herz schmerzt auf eine wunderbare Weise, die ich nie für möglich gehalten hätte. Lynsey schiebt ihren Stuhl neben mich, und wir beide gurren dieses wunderschöne Baby an, das unser Zuhause in den letzten Monaten völlig auf den Kopf gestellt hat.

Was einst Lynseys Schuhe waren, die mich in den Wahnsinn trieben, wurde durch Babyspielzeug und -geräte und all die Dinge ersetzt, die ein vier Monate altes Kind in der Entwicklung braucht. Aber es ist ein Chaos, das ich ständig in meinem Haus haben möchte.

„Wann werden wir noch eins haben?", frage ich und drücke meine Lippen auf Juliannas weiche Wange.

Lynsey lacht. „Diese Frage hast du mir jeden Tag gestellt, seit wir wieder Sex haben können."

„Ich will mehr", murmle ich, drücke Jules an meine Brust und schaue Lynsey an, die so schön ist, dass es manchmal wehtut, sie anzusehen. „Du machst gute Babys."

„Deshalb überprüfe ich das Verfallsdatum all unserer Kondome", sagt Lynsey lachend. „Erst die Praxis ..., dann mehr Kinder."

Ich atme schwer aus. „Gut.“

Sie lächelt und drückt ihre Lippen für einen langen, anhaltenden Kuss auf meine. Sie stöhnt, als sie sich mit ausgestreckten Händen zurückzieht. „Du musst zurück zur Arbeit, also sollten wir besser losgehen.“

„Einen Moment, bitte“, antworte ich und lege meinen Arm um Lynsey, während ich Julianna an mein Herz drücke. „Ich genieße gerade meine Familie.“

ENDE

Haben dir Lynsey und Dr. Arsch gefallen? Bist du an den Geschichten ihrer Freunde interessiert? Schau dir Kate und Miles in *Ein Mechaniker zum Verlieben – Wait With Me* oder Sam und Maggie in *Forbidden Love – Verliebt in den besten Freund meines Bruders* an! Und auch Dean erzählt seine Geschichte in *Falling for the Billionare – Ein Fake Date mit Folgen*.

Hast du die schon gelesen? Dann MUSST du dir alles gönnen, was die Harris Brüder betrifft. Drei Worte: *Britische, fußballspielende Brüder!*

amydawsauthor.com/deutsch

Und melde dich für meinen deutschen Newsletter an, um alle Updates über die nächsten Bücher zu erhalten: www.subscribepage.com/amydaws_deutscher_newsletter

WEITERE BÜCHER VON AMY DAWS

Die Harris-Brüder-Reihe:

Challenge – Ein Bad Boy zum Verlieben: Camdens Geschichte
Endurance – Ein Feind zum Verlieben: Tanners Geschichte
Keeper – Ein bester Freund zum Verlieben: Bookers Geschichte
Surrender – Ein Boss zum Verlieben und *Dominate – Ein Fußballstar zum Verlieben*: Gareths Geschichte

Payback – Ein knisternder Racheplan Roans Geschichte
Blindsided – Eine beste Freundin mit gewissen Vorzügen Macs Geschichte
Replay – (K)eine Chance für Mr. Dunkel und Gefährlich Santinos Geschichte
Sweeper - Mein heißer Nachbar, der Fußballstar Zanders Geschichte

Ein Mechaniker zum Verlieben - Wait With Me
Wait With Me als Verfilmung

Forbidden Love – Verliebt in den besten Freund meines Bruders
Doctor Daddy – Die Baby Überraschung
Falling for the Billionare – Ein Fake Date mit Folgen

Für weitere Informationen zu allen Büchern von Amy, schau hier auf Amys Website nach:
amydawsauthor.com/deutsch

Und wenn du einfach per E-Mail informiert werden möchtest, wenn das nächste Buch erscheint, abonniere Amys deutschen Newsletter:
www.subscribepage.com/amydaws_deutscher_newsletter

MEHR ÜBER DIE AUTORIN

Amy Daws ist eine Amazon-Bestsellerautorin der Harris-Brüder-Reihe und vor allem für ihre wortwitzigen, fußballspielenden britischen Playboys bekannt. Die Harris-Brüder und ihre London-Lovers-Reihe fachen ihre Leidenschaft für alles an, das mit London zu tun hat. Wenn Amy nicht gerade schreibt, schaut sie Gilmore Girls oder singt mit ihrer Tochter Karaoke im Wohnzimmer, während Dad hilflos lächelnd aus der Ferne zusieht.

Mehr von den deutschen Ausgaben von Amys Büchern findest du auf ihrer Website: amydawsauthor.com/deutsch/und generell alles von Amy unter den unten stehenden Links.

www.facebook.com/amydawsauthor
www.instagram.com/amydaws.deutsch
www.tiktok.com/@amydaws_deutsch

Abonniere auch den deutschen Newsletter, um keine Neuigkeit zu den deutschen Veröffentlichungen von Amy zu verpassen:
www.subscribepage.com/amydaws_deutscher_newsletter

www.ingramcontent.com/pod-product-compliance
Lightning Source LLC
Chambersburg PA
CBHW010639190726
48289CB00009B/2774